KB035274

에로스와 한자

에로스와 한자

김하종 지음

문현
MUN HYUN

들어가는 말

중국산동대학교에서 고문자를 연구한 후 한국에 돌아와 처음으로 「암각
화 부호와 고문자 부호와의 상관성 연구 I」란 논문을 발표했습니다. 암각화
에 남겨진 수많은 성(性)부호와 고문자에 남아있는 '성'관련 부호를 연결시
켜 한자 속에 숨겨진 사라진 원시사회의 문화를 복원하는 작업이었죠. 하지
만 논문이 발표되기까지는 많은 어려움이 있었습니다. 왜냐하면 우리 사회
에서 대놓고 얘기할 수 없는 '성'을 언급했기 때문이었습니다. 두 번째 논문
인 「암각화 부호와 고문자 부호와의 상관성 연구 II」와 최근에 쓴 논문인
「고문자에 반영된 龍의 原型 고찰」 역시 '성'과 관련된 내용이었기 때문에
상당히 힘들게 발표되었습니다.

학계에서 논란이 되었던 내용을 감히 책으로 엮은 이유는 고문자를 연구
하는 새로운 방법을 제시함과 동시에 원시 사회의 생생한 모습을 엿보고자
함입니다. 저의 능력의 한계로 제 생각이 전부 옳다는 것은 아닙니다. 그래
서 독자 여러분들의 다양한 견해를 듣고 싶습니다. 여러분들이 의견을 말씀
해 주시고 다양한 자료를 제공해 주신다면 저는 겸손한 마음으로 받아들여
좀 더 완성된 내용으로 다시 찾아뵐 것을 약속드립니다.

끝으로 이 책의 기획과 출판을 맡아 고생해 주신 한신규 사장님께 감사를
드립니다. 특히 언제나 말없이 헌신적으로 뒷바라지 해준 아내 경아와 자식
성욱에게 미안하고 감사합니다.

2014년 11월
우당도서관에서 김하종

차례

들어가는 말

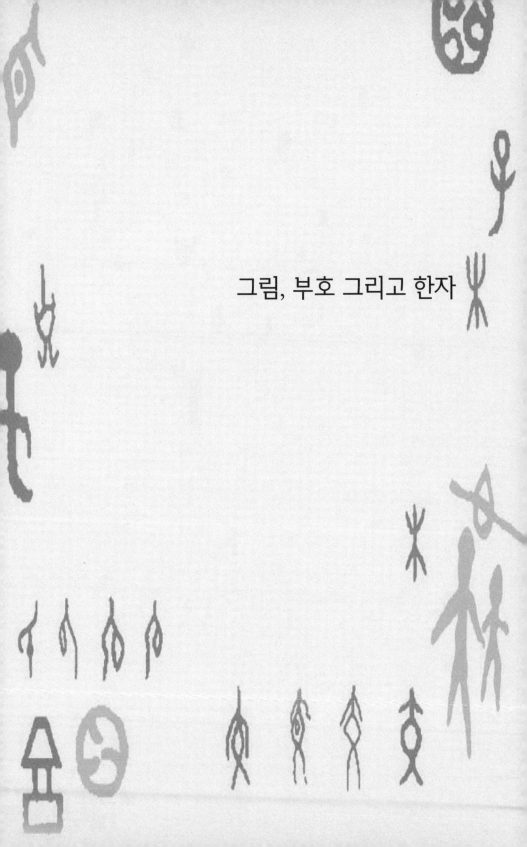

그림, 부호 그리고 한자

그림, 부호 그리고 한자

책을 읽기 전에 다양한 그림들이 어떻게 부호화 과정을 거쳐 한자로 만들어지는지에 대해서 이해할 필요가 있으므로, 여기에서 간략하게 설명한 후에 본격적으로 에로스와 한자에 대해 알아보겠습니다.

한자는 그림과 부호를 토대로 만들어진 문자입니다. 부호는 상징적인 그림으로 볼 수 있으므로, 한자는 결국 그림에서 출발한 문자라고도 할 수 있겠죠. 그러므로 한자를 공부하기 위해서는 우선 한자가 만들어지기 이전에 그려진 그림들에 대한 이해가 선행되어야만 합니다.

현재 우리들이 확인할 수 있는 최초의 한자 자료는 갑골문(甲骨文)과 금문(金文)입니다. 갑골문이란 고대 동북아 역사에 등장하는 상(商. 기원전 1600년경~기원전 1046년경)나라 때 점(占)을 치기 위하여 사용되었던 거북이배껍질과 소와 같은 큰 짐승의 어깨뼈나 넓적다리뼈에 새겨진 문자를 말하고, 금문이란 상나라 혹은 그 이전부터 청동기에 새겨진 문자를 말합니다. 갑골문과 금문은 그림과 흡사하기 때문에 우리는 이것들을 그림문자라고 부릅니다. 상나라는 기원전 1600년경에 탄생한 나라이므로 우리들은 당시에 사용되었던 그림문자들을 통하여 지금으로부터 약 3600년 전 사람들의 생활상을 엿볼 수 있습니다.

이들 그림문자는 갑자기 생겨난 것일까요? 결코 그렇지 않습니다. 석기시대 사람들은 바위, 돌, 동물의 뼈 그리고 토기에 다양한 그림과 부호를 그리거나 새겼습니다. 바위에 새기거나 그린 것을 바위그림 혹은 암각화(岩刻

畵)라고 하는데 우리나라 울주 대곡리 반구대 바위그림을 포함하여 세계 도처에서 발견되고 있죠. 신석기시대에 이르러 토기가 등장하였는데 여기에도 다양한 상징적 부호가 새겨져 있습니다.

석기시대 사람들이 어떠한 이유에서 바위에 그림을 그렸는지 알 길이 없지만 우리들은 이러한 유물들을 통해 그들의 삶을 엿볼 수 있습니다. 왜냐하면 거기에는 수렵(狩獵)과 성교(性交) 등 당시 생활이 고스란히 담겨 있기 때문이죠. 씨족장은 선대(先代)가 남겨놓은 유산인 바위그림의 의미를 구성원들에게 설명하였고, 씨족구성원들은 바위그림에 나타난 바를 삶의 지침으로 삼아 생활했습니다. 이러한 의미에서 볼 때, 바위그림은 과거와 현재 그리고 미래를 연결해주는 교량(橋梁)이었다고 할 수 있습니다.

바위그림이 그들의 생활지침서가 되면서부터, 그것은 예술로써의 순수한 그림이 아닌 정치로써의 신성한 그림이 되기 시작했습니다. 씨족장과 같은 특정인을 제외하면 바위그림에 나타난 그림을 함부로 만지거나 고치거나 바꿀 수가 없었습니다. 왜냐하면 그것들은 이미 신성성(神聖性)을 가지고 있다고 여겨졌기 때문입니다.

시간이 흘러 정착생활을 하면서 토기가 발명되었습니다. 토기는 바위만큼 크지 않기 때문에 거기에 전체적인 그림을 그릴 수가 없었습니다. 그래서 당시 사람들은 토기나 기타 작은 물건에 그림을 간단하게 표현한 상징적인 부호를 새기기 시작했습니다. 부호 역시 바위그림에서 출발했기 때문에 바위그림과 마찬가지로 신성성을 갖게 되었습니다.

그림과 부호가 신성성을 갖게 되면서부터 신성한 사람들만이 그것들을 관리할 수가 있었습니다. 그들은 각종 그림과 부호에 신성함을 부여하면서 그림과 부호를 씨족구성원들을 관리하고 통제하는 수단으로 삼았습니다. 모계씨족사회에서의 '관리와 통제'란 씨족의 안녕과 번영을 의미했고, 부계씨족사회에서의 '관리와 통제'란 지배 계급의 이익을 의미했습니다. 초기국가가 만들어 질 무렵 그들은 이러한 사실을 직시한 후, 그림과 부호를 더욱 간단하게 변화시켜 하나의 통일된 체계, 즉 그림문자 체계를 만들어 자신들의 이익을 위해 씨족구성원들을 통제하는 수단으로 삼았습니다.

하나의 그림문자를 만들기 위해서는 다음과 같이 최소한 세 가지 단계를 거쳐야 합니다. 하나, 그림문자의 대상은 '그들의 삶과 밀접하게 관련된 일상적이면서도 중요한 것'입니다. 왜냐하면 그들의 삶과 관련이 없는 것들은 그것을 나타내는 명칭이 없었기 때문에 그림문자로 나타낼 수 없었습니다. 둘, 그것을 정확하게 관찰하여 그것만이 가지고 있는 '본질적인 특징'을 찾아내야만 합니다. 이 본질적인 특징은 반드시 '다른 사물과 확연히 구분'되어야만 합니다. 셋, 본질적인 특징을 그린 그림이라 할지라도 반드시 서로 연관되는 것들 즉, '문자 체계 안'에서라야만 그림문자로써의 기능을 할 수 있습니다. 그러므로 문자 체계를 고려하지 않은 그림은 단순히 그림일 뿐 문자로 볼 수는 없습니다.

이제 그림문자를 만들기 위한 세 가지 단계 중 '본질적인 특징'과 '문자 체계'에 대해 간략하게 살펴보겠습니다. 다음 그림문자를 볼까요?

 소 우(牛)	 양 양(羊)

소와 양의 가장 큰 차이점은 뿔 모양이 다릅니다. 그래서 위 그림문자처럼 뿔 모양을 달리해서 소와 양을 나타냈습니다.

 코뿔소 시(兕. 兕)	 사슴 록(鹿)

코뿔소와 사슴이 다른 동물과 구분되는 점은 뿔이 특이하다는 점입니다.

그래서 위 그림문자처럼 뿔을 강조해서 나타냈습니다.

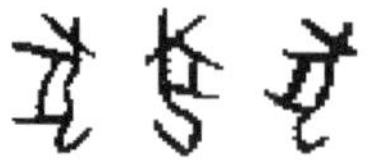 개 견(犬)	 돼지 시(豕)

개의 특징은 꼬리가 위로 올라가고 이빨이 날카롭지만 돼지와는 달리 사냥을 위해 항상 굶주린 모습입니다. 그래서 위 그림문자처럼 개와 돼지를 배 모양과 꼬리 모양을 구분해서 나타냈습니다.

 범 호(虎)	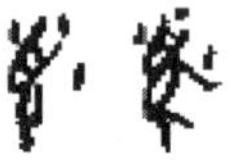 쥐 서(鼠)

호랑이의 가장 큰 특징은 이빨이 날카롭다는 점이고, 쥐의 가장 큰 특징은 입으로 땅굴을 파기 위해 입이 돌출되었다는 점입니다. 위 그림문자는 호랑이와 쥐의 이러한 특징들을 잘 나타냈습니다.

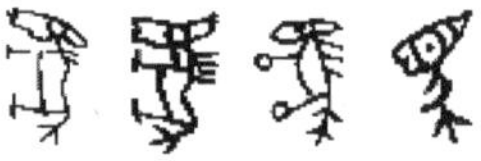 말 마(馬)	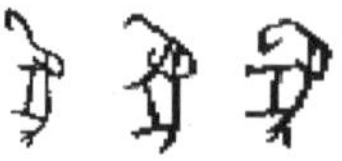 코끼리 상(象)	 토끼 토(兔)

말의 일반적 특징은 달리는 것입니다. 달리기 위해서는 앞을 잘 봐야 하기 때문에 눈을 강조해서 그렸습니다. 코끼리는 코를 길게 그렸으며, 토끼는 짧은 꼬리와 쫑긋하게 솟아 오른 귀를 강조해서 그렸습니다.

위 다양한 동물을 그린 그림문자에서 볼 수 있듯이, 그림문자를 만들기 위해서는 먼저 다른 사물과 구분되는 이 사물만의 본질적인 특징을 찾아내야만 합니다. 다음 그림문자를 볼까요?

![그림문자]	![그림문자]	![그림문자]
날 생(生)	싹이 날 철(屮)	나무 목(木)

날 생(生)자의 그림문자는 초목(草木)이 땅 위로 올라온 모습이고, 싹 날 철(屮)자의 그림문자는 초목이 땅에서 처음 생겨난 모습이며, 나무 목(木)자의 그림문자는 처음으로 가지치기를 한 나무 모습입니다. 이 세 개의 그림문자에서 공통적으로 들어있는 그림은 '↑'입니다. '↑'은 '위로 올라오는 모습'을 나타내므로, '태어나다, 솟아나다'라는 의미를 지닌 문자들(문자 체계)을 만들 때에는 일반적으로 '↑'이 결합됩니다. 그러면 '↑'을 거꾸로 그린 '↓'은 '아래로 내려가다'는 의미가 되겠죠? 그러므로 '아래로 향하다, 아래로 내려가다'라는 의미를 지닌 문자들(문자체계)을 만들 때에는 일반적으로 '↓'이 결합됩니다. 앞의 다양한 동물을 나타낸 그림문자들 중에서 코뿔소의 꼬리, 말의 꼬리, 코끼리의 꼬리 모습이 모두 '↓'처럼 되어 있는 이유가 바로 이러한 사실 때문입니다. 나무는 줄기와 뿌리가 위아래로 뻗어 나가기 때문에 '↑'와 '↓'을 결합하여 '↕'처럼 그렸습니다. 이처럼 그림문자를 만들기 위해서는 사물의 본질적인 특징을 찾아낸 후, 문자체계의 통일성과 안정성을 고려하면서 사물의 특징을 분명하게 드러내야만 합니다.

그림문자를 '쓰기 쉬운 그림부호'로 바꾼 것이 지금의 한자입니다. '그림'이기 때문에 어느 정도는 이해할 수 있지만 '대부분 부호'이기 때문에 정확하게 이해하는 것은 어렵습니다. 이러한 어려움을 해소시키는 방법 가운데 하나는 '한자의 체계'를 이해하는 것입니다.

한왕조(漢王朝) 후한(後漢. 25~220)시대의 문자학자인 허신(許愼)은 121년에 최초의 자전(字典)인 『설문해자(說文解字)』를 지었는데, 그는 이 책에서 육서(六書)라는 한자의 체계에 대해 간략하게 설명했습니다. 육서 가운데 네 가지만 살펴보면 다음과 같습니다.

1. 상형문자(象形文字) : 사람(人), 나무(木), 새(鳥), 시냇물(川) 등과 같이 객관적인 사물을 그린 문자입니다.

2. 지사문자(指事文字) : 하나(一), 둘(二), 셋(三), 위(上), 아래(下) 등과 같이 직접 눈으로 보면 그 의미가 무엇인지 대략적으로 알 수 있는 문자입니다.

3. 회의문자(會意文字) : 좋다(好), 남자(男), 삼림(森) 등과 같이 두 개 혹은 두 개 이상의 문자가 결합하여 만들어진 새로운 뜻을 지닌 문자입니다. 문자 A와 문자 B가 결합한 'AB'라는 회의문자를 해석할 때는 일반적으로 A와 B 두 개 문자의 뜻을 결합해서 해석하지만, A입장과 B입장에서 각각 해석해야만 하는 경우도 있습니다. 벼 화(禾)자와 칼 도(刂. 刀)자가 결합해서 만들어진 날카로울 리(利)자를 예로 들면, 벼(禾)의 입장에서 해석하면 이익(利益)을 뜻하며 칼(刂. 刀)의 입장에서 해석하면 예리(銳利)한 것을 뜻하기 때문에 리(利)자는 '이익, 날카롭다'는 뜻을 동시에 가지게 된 것입니다.

4. 형성문자(形聲文字) : 돌기둥 비(碑), 여자 종 비(婢), 지라 비(脾), 도울 비(裨) 등과 같이 두 개 혹은 두 개 이상의 문자가 결합한 형태로 회의문자와 형태는 같지만, 한 문자는 뜻을 나타내고 다른 문자는 소리를 나타내는 문자라는 점에서 두 개 다 뜻을 나타내는 회의문자와 다릅니다. 하나가 소리를 나타낼 때, 순수하게 소리만 나타내는 경우가 있는 반면 소리와 더불어 뜻을 나타내는 경우도 상당수 있기 때문에 우리들은 이러한 경우에 해당하는 문자를 회의겸형성자(會意兼形聲字)라고 부르기도 합니다. 현재 약 6만여 개의 한자 가운데 약 90%가 형

성문자입니다. 형성문자가 이렇게 많은 이유는 쉽게 새로운 문자를 만들 수 있기 때문입니다.

한자의 체계에서 중요한 부분은 부수(部首)입니다. 허신이『설문』을 지을 때, 9,353개 한자를 효과적으로 배열하기 위해 처음으로 의미별로 540개 부수를 설정했습니다. 그 후 명(明. 1368~1644)나라 때인 1615년에 매응조(梅膺祚)가『자휘(字彙)』를 지으면서 540개 부수를 214개 부수로 줄이고 처음으로 획수의 개념을 만들어 한자 배열의 규칙으로 삼았습니다. 그가 만든 214개 부수와 한자 배열 규칙이 지금까지 사용되고 있습니다.[1]

이상의 내용을 종합하면, 현재 사용 중인 한자는 '대부분 부호'이기 때문에 어떤 한자들은 진정한 의미를 파악하기가 매우 힘이 듭니다. 한자의 신이라고 알려진 허신 역시 몇몇 한자들을 잘못 해석한 원인 가운데 하나가 기원전 1300년 경에 사용되었던 갑골문인 그림문자를 본 적이 없었기 때문입니다. 그는 어째서 보지 못했을까요? 왜냐하면 갑골문을 사용했던 상(은)나라를 주나라가 정복하면서 갑골문이 사라지게 되었고, 금문 위주의 문자를 사용했던 주(서주, 동주)나라를 진나라가 통일하면서 그리고 여러 나라의 문자를 하나(대전체)로 통일하면서 다양한 그림문자들이 사라져 버렸기 때문입니다. 그러므로 일부 한자들의 본래 의미를 되찾기 위해서는 우선 석기시대 사람들이 남겨놓은 바위그림과 각종 부호에 대한 이해가 필수적입니다. 이제 다양한 바위그림과 부호의 세계로 들어가 볼까요?

---

1) 김하종,『部首 規範化에 관한 硏究 -『說文解字』540部首와『字彙』214部首를 통하여-』, 濟州大學校 大學院, 석사학위논문, 2003.

1장. 여성과 한자 1

不(불), 秠(배), 조(비), 否(부), 啇(부), 才(재), 在(재), 帝(제), 啇(적)

1장

여성과 한자 1

不(불), 胚(배), 丕(비), 否(부),
咅(부), 才(재), 在(재), 帝(제), 商(적)

　바위그림에 나타난 석기시대 사람들의 삶은 동물숭배, 수렵생활, 여성과 남성 그리고 성교(性交), 다산(多産)과 풍요 기원 등으로 요약할 수 있습니다. 이러한 내용들은 다양한 형태로 한자에 반영되었죠. 여기에서는 여성의 모습이 한자에 어떻게 반영되었는지 살펴보겠습니다. 먼저 여성을 묘사한 석기시대의 유물과 바위그림을 살펴볼까요?

---

1) 프랑스 비엔느에서 출토된 구석기시대에 해당하는 고부조(高浮彫) 작품.
2) 이탈리아 마르케스 볼렌티노에서 발견된 후기 구석기(그라베티안 문화기)에 해당하는 돌 위에 남겨진 조각품.
3) 중국 내몽고 하란산(賀蘭山) 선사시대의 바위그림.

그림 1¹⁾　　　　　　　그림 2²⁾　　　　　　　그림 3³⁾

　각각의 여성들은 서로 다른 모습이지만 공통된 특징을 가지고 있는데, 그 것은 바로 여성생식기를 간단하게 그린 상징 부호인 역삼각형(▽)입니다. 위 그림에서처럼 여성을 사실적으로 나타내면 단순히 그림이 되지만, 여성을 '▽'처럼 나타내면 상징적 부호가 됩니다. 이처럼 상징적 부호의 탄생은 사실적인 그림이 문자로 발전해나가는 중요한 과정입니다.

월경혈 불(不)

이제 본격적으로 여성생식부호인 '▽'에 대해 살펴보겠습니다. 한자에도 부호 '▽'가 있을까요? 당연히 있습니다.

갑골문	금문	소전체⁴⁾	해서체⁵⁾
𣎑	𣎑	𣎑	不

---

4) 진시황이 천하를 통일한 후 이전의 각 나라 안에서 제각기 사용되고 있던 수많은 문자들을 통일하였는데, 이때 통일된 문자체를 소전체(小篆體)라고 합니다.
5) 진나라에서 발생한 예서체(隸書體)를 변화시킨 것으로, 당나라 때는 예서라고 불렀으나

해서체를 보세요. 여러분들이 잘 알고 있는 아닐 불(不)자입니다. 여러분들은 불(不)자가 어찌하여 '아니다, 하지 말라'라는 금지(禁止)의 뜻이 되었는지 생각해 본 적이 있나요? '不'의 모양만을 통해서 '아니다, 하지 말라'라는 의미를 유추하는 것이 어렵게 느껴집니다. 그렇지 않나요?

한자와 관련된 대부분의 책에서는 아닐 불(不)자를 '뿌리(↑)가 땅(一)에 막혀 나무가 땅 밖으로 빠져 나오지 못한 모양'으로 해석했습니다. 하지만 갑골문과 금문을 보면 '不'자의 '一'은 결코 땅 모양이 아니라 여성생식부호인 '▽'이 변한 것임을 알 수 있습니다.

이제 그림문자인 '夰'를 좀 더 구체적으로 분석해 보겠습니다. '▽' 밑에 있는 '朳'는 무엇으로 보이나요? '뿌리'로 볼 수도 있고 '물'로 볼 수도 있습니다. 만일 '朳'을 '뿌리'로 해석한다면, '夰'은 생명 탄생의 뿌리(근본)가 되는 곳을 의미한다고 볼 수 있겠죠. 하지만 굳이 '朳'을 그리지 않아도 '▽' 자체가 생명 탄생의 뿌리가 아닌가요? 만일 '朳'을 '물'로 해석한다면, '소변보는 여성'이란 의미겠죠. 하지만 남성 역시 소변을 보는데 굳이 여성만 그렇게 그릴 이유가 있었을까요? 그러므로 우리들은 다시 여성의 본질적인 특징을 생각해 봐야만 합니다.

남성과 달리 여성만 가지고 있는 본질적인 특징은 무엇일까요? 그것은 임신이 아닐까요? 임신할 수 있는 여성으로 성장했는지는 초경(初經)[6]을 했

현재는 해서체라고 합니다. 당나라 때에 최대의 전성기를 맞아 이후 가장 중요한 서체가 되었습니다.

6) 월경(月經)은 영어로 '멘스트루에이션(menstruation)'이라고 하는데, 이 단어는 '달'을 뜻하는 라틴어 '멘시스(mensis)'에서 유래했습니다. 월경 주기는 개인에 따라 차이가 있지만, 가장 흔하고 널리 알려진 것이 28일로, 이 날수는 달의 운행 주기와 같기 때문에 예로부터 여성은 태음주기(太陰週期)의 영향을 받는 것으로 여겨졌습니다. 월경과 관련된 용어들은 대부분 지난 100년 사이에 만들어졌습니다. 이는 월경에 대한 과학적 연구가 최근에야 시작되었음을 말해주는 것이죠. 예컨대 초경(初經)을 나타내는 '매나키(menarche)'라는 용어는 독일인 의사인 하인리히 카슈(Heinrich Kisch)가 19세기말 '달'을 뜻하는 '맨시스'와 시작을 뜻하는 그리스어 '아르케(arche)'를 결합해서 만든 단어입니다.

는지 여부로 판단할 수 있습니다. 즉, 초경은 임신할 수 있는 여성으로 성장했음을 의미합니다. 그러면 'ᗰ' 모양은 월경혈(月經血)을 나타낸 것이 아닐까요? 아래 바위그림에는 'ᗰ' 모양이 선명하게 그려져 있습니다.

위 바위그림은 이탈리아의 엠마누엘 아나티[7]가 지은 『예술의 기원』[8]에 실려 있는데, 여기에서 그는 다음과 같은 설명을 덧붙였습니다.

"위 바위그림은 이집트 다클라 오아시스에서 발견된 것이다. 정보를 담은 그림문자와 표의문자들이 뚜렷하게 새겨져 있다. 코끼리 꼬리 옆에 자리를 잡고 있는 여성의 형상은 타인의 손에 의해 다른 양식으로 새겨진 것이다. 이전의 그림들이 식별 불가능할 정도로 지워지자 보다 상세한 내용이 필요하다고 여긴 다른 사람이 그려 놓은 것으로 추정된다. 왼쪽의 두 표의문자는 하나의 선으로 이어져 있다. 하나는 여성의 생식기를, 다른 하나는

---

7) 엠마누엘 아나티(Emmanuel Anati)는 이탈리아 태생의 선사(先史)학자로 40년 넘게 전 세계를 누비며 선사예술 연구에 몰두하였습니다. 그는 1957년부터 1964년까지 이탈리아 발카모니카 지역의 바위그림을 집중적으로 발굴조사했고, 이를 세계에 소개했습니다. 이런 활발한 탐사 덕분에 발카모니카 지역은 세계 최대의 바위그림 유적지라는 영광을 안게 되었고, 유네스코가 지정하는 세계문화유산에 등재되었습니다. 그는 1980년에 국제바위그림예술작품위원회CARICOMOS를 창설했으며, 그 후로도 이탈리아 고고학 발굴 팀을 이끌며 시나이 반도와 네게브 사막에서 하르 카르콤 성소를 발굴하기도 했습니다. 그가 지은 책으로는 『발카모니카 계곡의 문명(La civilisation du val camonica)』, 『하르 카르콤, 신이 살았던 산(La montagne de Dieu, Har Karkom)』, 『시나이 산의 수수께끼(Les mysteres du mont Sinai)』, 『타파 천으로 만들어 낸 예술(L'art du tapa)』, 『최초 인류의 종교(La religion des origines)』, 『유럽 최초 인류의 오디세이(L'odyssee des premiers hommes en Europe)』(공저) 등이 있습니다.
8) 엠마누엘 아나티 지음, 이승재 옮김, 『예술의 기원』, 바다출판사, 2008.

타원형 혹은 원형의 문자로 여성을 의미하는 것으로 보인다. 그 다음으로는 위에서 언급한 여성 형상이 표현되어 있고, 제작 시기는 표의문자보다 최근에 만들어진 것이다. 그 다음으로는 코끼리 한 마리가 있다. 가장 오른쪽의 또 다른 표의문자는 고대 수렵인의 예술 작품에 널리 사용되었던 문자로 여성의 생식기를 상징한다고 정의되고 있으며, '결합' 혹은 '관계'의 의미가 있다. 코끼리 뒷다리에 붙어 있는 원형의 기호는 코끼리가 암놈임을 뜻한다."(190쪽)

위 내용에 따르면, 그는 위 바위그림에 들어 있는 '◁, ◉, ○' 등 세 개의 부호를 여성상징으로 해석하였음은 물론 특히 불(不)자의 그림문자(◈)와 비슷한 '◈'는 고대 수렵인의 예술 작품에 널리 사용되었던 여성생식기를 상징하는 문자로 풀이했습니다. 그가 '◈' 모양을 여성과 연결시켰다는 것은 '◈' 모양이 여성의 본질적인 특징을 나타내고 있다고 여겼기 때문이죠. 남성과 구분되는 여성의 본질적인 특징은 월경입니다. 월경혈로 여성을 나타냈다는 점이 놀랍지 않나요?

그렇다면 불(不)자는 어떤 이유 때문에 '아니다, 하지 말라'라는 뜻이 되었을까요? 고대사회의 생활상에 대한 몇 가지 사례를 살펴봄으로써 이 궁금증을 풀어볼까 합니다.

영국의 인류학자이자 민속학자인 프레이져(Sir James George Frazer, 1854~1941)는 『황금 가지(The Golden Bough : A Study in Magic and Religion)』[9]에서 월경은 대체로 인간의 신체에서 배설되는 더러운 것, 부정한 것으로 간주되어 부정하게 인식되는 것이 일반적이고 이에 대한 부정시(不淨視)는 세계 보편적인 현상으로 보았습니다. 그가 사례로 든 아메리카 인디언 사회에 대한 내용은 다음과 같습니다.

"모든 데네(Dene)족과 아메리카의 대부분의 부족에서는 월경 중인 여인만큼 공포의 대상이 되는 것이 없었다. 이 징조가 젊은 여인에게 나타나자마자 그 여자는 여자 친구를 제외한 모든 사람에게서 조심스럽게 차단되고

---

9) J. 프레이져 저, 장병길 역, 『황금가지』, 삼성출판사, 1994.

마을 사람들이나 혹은 떠돌아다니는 무리의 남자의 눈에 띄지 않는 오막살이 속에서 혼자 살아야 했다. 이 무서운 상태에 있는 동안 남자에 속하는 모든 것, 혹은 사슴이나 그 밖의 동물 등의 포획물을 만지는 것을 삼가야 했다. 이 근신을 어기고 모든 것을 더럽히면 포획물의 분노에 의해서 수렵에 실패하도록 사냥꾼에게 재앙을 내릴 염려가 있었기 때문이다. 먹는 것은 마른 물고기에 한정되고 관을 통해서 빠는 냉수가 유일한 음료였다. 그리고 여자가 정상적인 상태에 돌아와도 얼마 동안은 그 여자의 모습만 보아도 사회에 위험이 있었기 때문에, 얼굴을 가리고 가슴까지 내려온 깃이 달린 특수한 가죽모자를 쓰고 공중의 시선을 가리도록 하였다."(282~283쪽)

위 설명에 따르면, 데네족을 포함한 아프리카 대부분의 사람들은 월경을 부정한 것으로 여겼습니다. 특히 사냥과 관련해 월경은 남성에게 위험을 초래하는 불길한 것으로 여겨졌기 때문에 남성들은 그런 여성을 기피했습니다. 그리하여 월경 중인 여성은 남성이 점유하는 공간이나 남성의 활동이 주로 이루어지는 공간 등으로 출입할 수 없었습니다.

계속해서 다른 예를 보겠습니다. 인간 영혼의 밑바닥에 잠복한 심리적 원형을 떠오르게 하는 저서들로 유명한 에스터 하딩(Esther harding, 1888~1971)의 『사랑의 이해』[10]에는 다음과 같은 내용이 있습니다.

"여성이 생리를 하게 되면 그녀는 마을에 머물러 있어도 안 되고, 또 평소 때 하던 일을 해서도 안 된다. 때로 그런 여성은 며칠 동안만 생리 중인 여성을 격리시킬 목적으로 지어진 집에 피해 있어야 한다. 그것은 대개는 환기가 되지 않는 어두운 방이었다. 생리 중인 여성의 몸 위에는 햇빛도 달빛도 떨어져서는 안 되기 때문이다. 때로는 월경의 오막살이라고 불리는 특별한 오두막집을 지어서 여성들이 피신해 있을 수 있도록 했다. 그러나 때로는 이러한 최소한의 배려마저 전혀 기대할 수 없는 경우도 있었다. 여성들은 숲으로 가서 기껏해야 더위나 폭풍우, 그리고 추위를 피하거나 그녀들이 손수 지은 엉성한 피신처에 숨어 있거나 할 뿐이었다. 많은 부족들에게서 해산의 진통도 이와 비슷한 금기의 대상이었다. 해산이 가까워지면 여성은 그 누구의 도움도 받지 않고 혼자서 문제를 해결하기 위하여 마을을 떠나야만 했다. 여성이 머물고 있는 곳에서 멀찌감치 떨어진 곳에다 음식을 가져다

---

10) 에스터 하딩 저, 김정란 역, 『사랑의 이해』, 동네문학, 1996.

놓아주는 경우도 있었다. 여성이 자신의 음식에 손을 댈 수 없는 경우도 있었다. 그런 경우에는 사람들이 한 조각 한 조각씩 작대기 끝으로 음식을 집어 여성에게 먹여주거나, 또는 여성 자신이 헝겊을 손에 감은 뒤 음식을 집어먹거나 했다."(102~103쪽)

이처럼 여성의 성(性)과 관계된 부분이 부정적으로 인식되는 데는 피나 정액과 같은 분비물이 불순하고 불길한 것으로 여겨졌기 때문도 있지만,[11] 이보다 사회제도 및 규범을 확립하여 온전하고 평화로운 마을이 유지될 수 있도록 성을 규제하는 측면이 있음을 주목할 필요가 있습니다. 에스터 하딩은 이 책에서 여성의 생리에 대해 아주 독특한 견해를 제시했습니다. 그녀는 여성의 생리 기간이 동물의 발정기와 동일하게 여겨졌다면, 이럴 경우 사회의 온전한 기능이 불가능했을 수도 있었다는 사실을 다음과 같이 흥미롭게 언급했습니다.

"이런 발정기 때 동물의 암컷은 수컷의 접근을 물리치기는커녕 오히려 자기의 짝을 구하고 찾는다. 그 어떤 금기도 동물의 암컷이 매력을 발산하는 것을 막을 수 없다. 그것과 같은 종(種)의 동물은, 아무리 멀리 떨어져 있어도 그 동물의 암컷에게 끌리며, 암컷은 발정기 때에는 다른 아무 것에도 관심을 가지지 않는다. 암캐를 본 적이 있는 사람들은 누구나 그것을 지배하고 있는 '못된 귀신'이 얼마나 힘센지 알고 있다. 암컷 뒤를 졸졸 따라다니는 수컷은 입맛을 잃고 주인집에서 자기가 해야 할 '의무'를 소홀히 한다. 이때 싸움이라도 있게 되면 암컷은 수컷에게서 서로 싸울 의지를 빼앗아서, 만일 그것이 암컷을 차지하기 위한 싸움이 아니라면 싸우는 대신에 꽁무니를 빼고 뒤로 물러나 앉을 지경이 되게 할 수도 있다.
인간 사회에서는 만일 본능이 이 정도로 강력하게 나타나는 것을 내버려둔다면, 부족사회 전체가 위태로워진다. 어떤 사태의 변화가 생겨나기 전에 반드시 억제하지 않으면 안 된다. 원시인의 의지는, 가장 유리한 상황에서도 불안정한 것이었다. 부족사회의 기도(企圖)를 잘 수행하기 위해서는 이처럼 위험한 상태에 처해 있는 여성들을 격리시키지 않으면 안 되었다. 왜냐하면, 부족의 남성들은 다음날의 사냥을 준비하기 위해서 밤새 춤을 출수도 있었지만, 그러나 만일 생리중인 여성을 만나면, 무기고 결심이고 죄

11) 로제 카이유와 저, 권은미 역, 『인간의 聖』, 문학동네, 1996, 212쪽.

팽개쳐버릴 것이었기 때문이다. 이렇게 남성들의 길들여지지 않는 욕망을 폭발시키는 모든 것은 '악'이라고 간주되어야만 했다. 부족의 남성들은 자기 자신을 지키기 위해서 위험한 여성을 유폐시켜야만 했으며, 그렇게 함으로써 동시에 자신들의 고유한 성적 능력의 위험한 결과로부터도 자신들을 지킬 수 있었다."(108~109쪽)

조르쥬 바따이유(Georges Bataille, 1897~1962)는 『에로티시즘』에서 "성행위가 노동을 혼란에 빠뜨리기 때문에 사회집단을 유지하기 위한 노동시간을 확보하고자 일정한 규칙으로 성을 제한했다."[12]고 언급하고 있어, 이러한 하딩의 주장에 긍정적인 반응을 보였습니다.

이종철은 『한국의 性 숭배문화』[13]에서 "첫째는 월경이 성행위와 밀접하게 결부되고 있다는 점이고, 둘째는 성이 규제하기 힘들 정도로 범람하면 사회 조직 자체가 위태롭고 질서가 깨질 수 있다는 점에서 의도적으로 규제하고 금기시한다는 점이다. 성은 생산을 본질로 하여 풍요다산의 신앙성을 갖게 했지만 그것이 과도할 경우 야기되는 인간사회의 위험도 분명히 인지하고 있었던 것이다. 이런 점에서 성과 관련된 여성성의 부정시는 성의 본질이나 그 상징인 풍요나 다산성과 무관한 것이 아니라고 볼 수 있다."(272~273쪽)고 언급한 것으로 보아, 월경은 금기 및 사회의 안정성과 밀접한 관계가 있음을 인정하였다고 할 수 있습니다.

위 사례들에 나타난 바와 같이 전 세계적으로 보편적으로 나타나는 월경에 대한 부정적인 시각은 그림문자를 만들어 사용했던 집단에서도 예외는 아니었을 것입니다. 그러므로 여성이 생리하는 모습을 간단하면서도 사실적으로 나타낸 아닐 불(不)자는 사회의 규범과 질서를 만들기 위해서 가장 절실하게 필요했던 그림문자가 아니었을까요? 이러한 사실에 비추어, 최초의 규범이자 질서는 '금지'였으므로 아닐 불(不)자는 '하지 말라'라는 '금지'의 뜻으로 쓰였던 것으로 추론해 볼 수 있습니다.

---

12) 조르쥬 바따이유 저, 조한경 역, 『에로티시즘』, 민음사, 1993, 54쪽.
13) 이종철, 『한국의 性 숭배문화』, 민속원, 2003.

월경혈 배(衃)

월경을 뜻하는 한자가 있을까요? 있습니다. 피 혈(血)자와 월경혈 불(不)자가 결합한 어혈(월경혈) 배(衃)자[14]입니다. 원래 불(不)자 자체가 '월경혈'을 의미했지만, 시간이 흐르면서 '하지 말라'라는 금지의 뜻으로 사용되어버렸기 때문에 월경혈이란 의미가 사라져버렸습니다. 그래서 불(不)자의 원래의 의미를 되찾아주기 위해 피를 뜻하는 혈(血)자를 더해 새롭게 월경혈 배(衃)자를 만들었던 것이죠. 이처럼 원래의 의미를 되찾아주기 위해 다른 문자를 결합해서 만들어진 새로운 한자를 후기자(後起字)라고 합니다. 예를 들면, 없을 막(莫)자와 저물 모(暮)자의 관계가 그렇습니다. 없을 막(莫. 🐥)자는 수풀 사이(茻)로 해(日)가 사라진 모양을 그린 한자로 원래는 '저녁'을 뜻했으나, 후에 '사라지다, 없어지다'는 뜻으로 사용되어버렸습니다. 그래서 막(莫)자의 본래 의미인 '저녁'이란 의미를 되찾아주기 위해 해 일(日)자를 결합하여 새롭게 저녁 모(暮)자를 만들게 되었던 것입니다. 이제는 어찌하여 월경혈 배(衃)자에 아닐 불(不)자와 피 혈(血)자가 결합되었는지 이해할 수 있겠죠? 계속해서 아닐 불(不)자가 결합된 한자들을 살펴보겠습니다.

◆ 잔 배(杯): 나무 목(木) + 월경혈 불(不). 여성생식기는 텅 빈 공간이지만 차면 넘치는 인체 기관입니다. 잔 역시 마찬가지죠. 비어있지만 차면 흘러넘칩니다. 이 둘 사이에는 의미상 서로 관계가 있기 때문에 불(不)자가 들어있게 된 것입니다. 뿐만 아니라 잔은 일반적으로 나무로 만들었기 때문에 불(不)자에 나무 목(木)자를 결합하여 잔 배(杯)자를 만들었습니다. 잔 모양은 임신한 여성의 배 모습이므로 '杯'자의 발음을 '배'로 했던 것입니다.[15]

---

14) 『설문』: 衃(배)자는 '응고된 혈액'을 뜻한다(衃, 凝血也).

◆ 배를 움켜쥘 부(抔): 손 수(扌. 手) + 월경혈 불(不). 여성들이 월경 기간에 아랫배가 쓰릴 정도의 통증을 느낄 때 손으로 아랫배를 움켜잡는다는 사실을 나타낸 한자입니다. 우리말 가운데 '부둥켜 끌어안다'라는 말이 있는데 이때 '부둥켜'의 '부'가 아마도 배를 움켜쥘 부(抔)자가 아닐까 합니다.

월경이 멈춘 모습, 임신 비(丕)

아닐 불(不)자와 관련된 한자를 몇 개 더 살펴보겠습니다. 아래 한자를 통해서 여성생식부호인 '▽'의 의미를 보다 분명하게 이해할 수 있을 것입니다.

갑골문	금문	소전체	해서체
朿	朩	丕	丕

위 한자는 클 비(丕)자입니다. 잘 모르는 한자죠? 여러분들은 『삼국지』의 중심인물 가운데 한 사람인 조조(曹操)에 대해서 들어본 적이 있을 것입니다. 조조의 셋째 아들이자 위(魏. 220~265)나라 초대 황제의 이름이 조비(曹丕)입니다. 조비(曹丕)의 이름에 들어있는 한자가 바로 비(丕)자죠. 황제의 이름에 걸맞게 클 비(丕)자를 썼네요. 그렇다면 어찌하여 '크다'는 의미가 되었을까요? 이 부분을 이해하기 위해서는 그림문자를 정확하게 분석할 필요가 있습니다. 그림문자를 다시 한 번 보세요. 갑골문은 '하지 말라'는 아닐 불(不)자와 같지만 금문에는 '不'자에 '━'가 들어있죠. '━'은 무엇일까요? 갑골문과 금문에 쓰인 부호 '━'의 의미에 대하여 간단하게 설명하자면, '━'

---

15) 2장 여성과 한자 2편 참고.

이 단독으로 사용될 때에는 '하나'라는 뜻이지만, 하나라는 뜻 이외에도 다음과 같이 다양한 의미를 지닌 부호로도 사용됩니다.

◆ '一'은 하늘을 나타냅니다. 예를 들면, 사람이 양팔을 벌리고 서 있는 모습인 큰 대(大)자 위에 '一'을 결합한 한자는 하늘 천(天)자이고, 하늘(一)에서 떨어지는 물방울(㲾)이 비 우(雨)자입니다. 천(天)자, 우(雨)자 등에서 부호 '一'은 하늘을 나타냅니다.

◆ '一'은 땅을 나타냅니다. 예를 들면, 땅(一) 위로 해(日)가 떠오르는 모습을 그린 한자는 새벽 단(旦)자입니다. '환'으로도 읽어요. 우리말에서 '환하다'는 태양이 떠올라 밝다는 것을 의미합니다. 땅(一) 위에 사람이 양팔을 벌리고 서 있는 모습인 큰 대(大)자를 결합한 한자는 설 립(立)자이고, 두 명이 땅 위에 서 있는 모습을 그린 한자는 함께 나란히 설 병(竝)자입니다. 혹시 '韭'처럼 생긴 한자를 본 적이 있나요? 지금은 '韭'처럼 쓰고 '부추 구'라고 읽습니다. 땅(一) 위에 풀이 올라온 모습인데 뜯고 뜯어도 계속해서 자라나는 것을 그린 한자입니다. 부추의 방언은 정구지(精久持)입니다. 부추는 사랑(精)을 오래(久)도록 지속(持)시켜 주는 채소이므로 이러한 의미를 한자어로 나타내어 '정구지'로 불렸습니다. 여기에서 부추 '구'자와 오래되다 '구'자의 발음이 같죠. 즉, 부추는 계속해서 뜯어도 뿌리만 있으면 '오래도록' 자라나 먹을 수 있는 강장제란 것을 나타내고 있습니다. 단(旦)자, 립(立)자, 병(竝)자, 구(韭)자 등에서 부호 '一'은 땅을 나타냅니다.

◆ '一'은 비녀를 나타냅니다. 예를 들면, 사람이 양팔을 벌려 서 있는 모습을 그린 큰 대(大)자에 성인식을 치른 후 머리에 꽂아주는 비녀(一)를 결합한 한자는 지아비 부(夫)자이고, 성인 여성을 그린 여성 여(女)자에 손으로 머리를 움켜쥐고서(卅) 성인식을 치른 후에 꽂아주는 비녀(一)를 결합한 한자는 아내 처(妻)자입니다. 부(夫)자와 처(妻)자에서 부

호 '一'은 비녀를 나타냅니다.

◆ '一'은 멈춤을 나타냅니다.[16] 새가 하늘에서 내려와 땅에 앉은 모양 혹은 날개 짓을 멈춘 모양을 그린 이를 지(至)자에서 부호 '一'은 멈춤을 나타냅니다. '멈추다'를 뜻하는 한자인 그칠 지(止)자의 발음이 이를 지(至)자의 발음과 같은 이유는 모두 '멈추다'는 의미를 지녔기 때문입니다.

이제 여러분들이 생각해 보세요. 클 비(丕)자에서 밑에 있는 부호 '一'은 위 네 개의 의미(하늘, 땅, 비녀, 멈춤) 가운데 어떤 의미일까요? 클 비(丕)자에서 부호 '一'은 '멈추다'는 의미를 취하였습니다. 즉, 비(丕)자는 월경(不)이 멈추다(一)는 것을 나타낸 한자입니다. 왜 월경이 멈췄을까요? 월경이 멈췄다는 것은 나이가 들거나 혹은 병이 생긴 것을 제외하고는 일반적으로 임신한 상태를 의미합니다. 임신하면 임산부의 몸속에서 새로운 생명이 자라나게 되므로, 허신은 "丕(비)자는 크다, 자라다는 뜻이다."[17]라고 해석했던 것입니다.

클 비(丕)자가 결합한 한자 가운데 아이를 밸 배(胚)자가 있는데, 이에 대해 허신은 "胚(배)자는 임신 1개월을 뜻한다."[18]라고 풀이했습니다. 배(胚)자는 '月'과 클 비(丕)자가 결합하여 이루어진 한자입니다. 여기에서 '月'은 무엇일까요? 한자에서 부수로 쓰인 '月'은 달 월(月), 고기 육(肉) 등 두 개의 발음이 있습니다. 고기 육(肉)자가 부수로 쓰이면 육(月)처럼 모양이 바뀝니다. 아이를 밸 배(胚)자에서 '月'은 육체(肉體)를 의미합니다.

임신하여 월경이 멈춘 것을 나타낸 클 비(丕)자와 아이를 밸 배(胚)자를 통해 우리들은 다시 한 번 아닐 불(不)자는 월경혈을 그린 문자임을 확인할

---

16) 임진호 · 김하종, 「암각화 부호와 고문자 부호와의 상관성 연구」, 중국어문학지, 2011. 12.

17) 『설문』: 丕, 大也.

18) 『설문』: 胚, 懷孕一月也.

수 있습니다. 임신하면 몸속에 아이가 자라나기 때문에 비(丕)자는 '점점 자라다, 크다, 첫째'라는 의미가 생기게 된 것이죠. 이제 어찌하여 조조가 자신의 아들 이름을 비(丕)로 지었는지 이해가 되죠?

비(丕)자에서 부호 '一'은 '멈춤'이라는 의미 외에도 '하나'라는 의미도 있으므로 이는 곧 월경이 멈춘 지 한 달이 되었다고도 해석이 가능합니다. 임신한 지 1개월밖에 지나지 않는 상태에서 사랑을 나누면 유산(流産)되는 경우가 허다하기 때문에 그 기간 동안 사랑을 나누면 안 되므로, 불(不)자와 마찬가지로 비(丕)자에도 '금지'의 의미가 들어 있습니다. 이처럼 아닐 불(不)자와 클 비(丕)자는 거의 비슷하기 때문에 이 두 개의 한자는 혼용해서 사용되었습니다. 예를 들면 언덕 배(坯)자는 '坏'자로 써도 무방하고, 아이 밸 배(胚)자는 '肧'자로 써도 무방합니다. 이러한 사실에 주의하면서 이제 클 비(丕)자가 결합된 한자를 살펴보겠습니다.

◆ 아이를 밸 배(妡): 여성 여(女) + 임신 비(丕)
◆ 동물의 새끼 비(狉): 개, 동물, 짐승 견(犭. 犬) + 임신 비(丕)
◆ 두려워할 비(怌): 마음 심(忄. 心) + 임신 비(丕). 임신한 여성이 유산될까 두렵고 떨리는 마음을 나타낸 한자입니다.
◆ 언덕 배(坯): 흙 토(土) + 임신 비(丕). 임신하면 배가 볼록 솟아나겠죠? 흙(土)이 임신한 배처럼 볼록 솟아오른 곳(丕)이 언덕입니다.
◆ 꽃이 무성할 비(芣): 풀 초(艹. 草) + 임신 비(丕)

허약한 여성 부(否)

다시 아닐 불(不)자가 결합된 아닐 부(否)자를 살펴보겠습니다.

갑골문	금문	소전체	해서체
없음	否	否	否

아닐 부(否)자는 월경혈을 그린 불(不)자와 입모양을 그린 구(口. ㅂ)자가 결합한 한자입니다. 이게 가능한 일인가요? 월경과 입은 도대체 어떤 관계가 있어 이 두 개를 결합하여 '아니다, 부정하다'는 의미를 지닌 부(否)자를 만들게 되었을까요?[19)]

현대 부인병(婦人病) 가운데 '착경망행(錯經妄行)'이란 것이 있습니다. 이것은 월경혈이 배출되는 행로가 뒤바뀌어 엉뚱한 곳으로 출혈이 된다는 뜻으로 소위 대상성월경을 말합니다. 대상성월경은 월경이 있어야할 시기에 월경이 전혀 없거나 혹은 조금 비치는 대신 자궁이 아닌 다른 곳에서 주기적으로 출혈이 되는 것을 의미합니다. 이를 한의학에서는 도경(倒經) 또는 역경(逆經)이라고도 하는데 출혈부위에 따라 입으로 나오는 것을 토혈(吐血), 코에서 나오는 것을 육혈(衄血), 기침할 때 나오는 것을 각혈(喀血), 소변과 함께 나오는 것을 요혈(尿血), 대변과 함께 나오는 것을 변혈(便血)이라 합니다. 한의학적으로 도경(倒經)은 간(肝)과 신장(腎臟)의 화기(火氣)로 인하여 피가 뜨거워진 것을 원인으로 보는데 피가 열을 받으면 피는 정상의 순환경로를 이탈하여 출혈을 일으키게 된다고 합니다. 생활여건이 좋은 현대에도 이런 부인병이 있는데, 하물며 생활여건이 훨씬 열악하고 의료 기술이나 여건이 발달하지 못한 고대사회에서는 이러한 병을 얻은 여성들이 상당했겠죠. 이러한 여성들은 임신과 출산, 그리고 태아에 이상이 생길 가능성이 매우 높기 때문에 성교를 하거나 임신을 해서는 안 됩니다. 이러한 까

---

19) 중국의 문자학자인 왕양(王襄)은 아닐 불(不)자와 아닐 부(否)자는 원래 같은 문자라고 보았습니다(『고문자고림(古文字詁林)』(古文字詁林委員會, 12册, 上海教育出版社, 2005) 9책, 457~472쪽).

닭에 부(否)자 역시 불(不)자와 마찬가지로 '하지 말라'는 의미를 가지게 되었던 것입니다.

도경(倒經)을 하는 여성들은 몸의 건강상태가 상당히 안 좋은 것을 의미합니다. 그리하여 부(否)자에는 '나쁘다'는 의미도 들어 있습니다. 『역경(易經)』에서 부(否)는 흉괘(凶卦)를 뜻하는 괘명(卦名)으로 피(否)로 읽습니다. 괘형(卦形)은 '곤상건하(坤下乾上)'로 이것은 천지가 서로 소통되지 못하고 음양(陰陽)이 반대가 되어 서로 막혀 소통되지 못하는 것을 나타냅니다. 여하튼 부(否)는 여성이 월경할 때 나타나는 증상 가운데 하나인 '허약함'을 사실적으로 보여준 한자입니다. 이제 부(否)자가 결합된 한자를 살펴볼까요?

◆ 아니 될 배(俖): 사람 인(亻. 人) + 허약한 여성 부(否)
◆ 미련할 부(娝): 여성 여(女) + 허약한 여성 부(否)
◆ 뱃속이 결릴 비(腤): 육체 육(月. 肉) + 허약함 부(否)

출산 부(咅)

중국의 문자학자인 임의광(林義光)은 침 부(咅)자와 아닐 부(否)자는 원래는 같은 문자라고 했고,[20] 허신은 "咅(부)자는 주(丶)자와 부(否)자가 결합해서 만들어진 회의문자다."[21]라고 했습니다. 이들의 견해에 따르면, 부(咅)자와 부(否)자는 같거나 유사하다고 할 수 있습니다. 그렇다면 부(咅)자 역시 '월경, 임신, 출산, 허약함'과 관계있음을 부정할 수 없을 것입니다. 이제 부(咅)자가 결합된 한자를 살펴볼까요?

◆ 더할 배(倍): 사람 인(亻. 人) + 출산 부(咅). 사람이 계속 불어남을 나

20) 『고문자고림』 5책, 254~255쪽.
21) 『설문』 : 咅, 从丶从否.

타낸 한자입니다.

◆ 나누다, 가르다 부(剖): 출산 부(音) + 칼 도(刂. 刀). 칼로 배를 갈라서 출산함을 나타낸 한자입니다.

◆ 북돋울 배(培): 흙 토(土) + 임신 부(音). '북돋우다'에서의 '북'은 '식물의 뿌리를 싸고 있는 흙'을 말합니다. 즉, 식물을 잘 자라게 하기 위해 북을 위로 쌓아 올려 주는 것을 '북돋우다'라고 하고, 이 말은 '기운을 더욱 높여 주다'는 뜻으로도 사용됩니다. 임신한 배와 흙을 북돋은 모습이 유사하지 않나요?

◆ 살찔 부(婄): 여성 여(女) + 임신 부(音)

◆ 갑자기 달려갈 부(趨): 달릴 주(走) + 출산 부(音)

월경대 재(才)

지금까지 몇 몇 한자들을 통하여 부호 '▽'은 분명히 여성생식기를 구체적이고도 추상적으로 그린 것임을 확인할 수 있었습니다. 여성생식부호인 '▽'이 들어있는 한자를 계속해서 살펴보겠습니다.

갑골문	금문	소전체	해서체
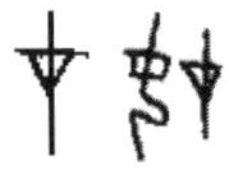 屮 料	 ✚	 半	才

우리들은 모두 특별한 재능(才能)을 가지고 태어났습니다. 어떤 사람들은 지금까지 그 재능을 발견하지 못했을 수도 있고 어떤 사람들은 일찍 발견했을 수도 있습니다. 석기시대 사람들에게 있어서 여성의 특별한 재능은 임신과 출산이었고, 남성의 특별한 재능은 사냥이었습니다.

위 그림문자는 재능을 뜻하는 재능 재(才)자입니다. 위 갑골문(屮, 料)과 금문(**)을 보면 이 역시 여성생식부호인 '▽'와 밀접한 관계가 있음을 확인할 수 있을 것입니다. 하지만 허신이 "才(재)자는 초목의 시작을 뜻한다."[22]라고 해석했기 때문에 이후 많은 학자들은 그의 해석에 근거하여 재(才)자를 '씨앗이 땅을 뚫고 나오는 모습'을 그린 한자라고 해석했습니다.[23] 그들은 재(才)자는 '생명의 탄생'과 밀접한 관계가 있다는 점은 수긍하면서도 여기에서 가장 중요한 '▽'이 무엇인지를 밝히지 않았습니다. 성(性)에 대한 언급을 금기시하는 유교적 사회 환경에서 살았기 때문에 의도적으로 회피했던 것은 아니었을까요?

재(才)자의 그림문자(**, **, **)에서 확인할 수 있듯이, 재(才)자는 분명 여성생식부호인 '▽'와 'ㅣ'이 결합되어 있는 모습입니다. 재(才)자가 여성과 관련된 한자라는 사실을 보다 분명하게 보여 주는 그림문자가 바로 '**'입니다. 그림문자인 '**'에서 '**'는 여성을 그린 여성 여(女)자이기 때문이죠.[24] 그러면 여기에서 'ㅣ'은 무엇을 나타내는 부호일까요? 부호 'ㅣ'은 '남성생식부호'로 사용되는 경우도 있고,[25] '몽둥이'로 사용되는 경우도 있으며, '줄기'로도 사용되는 경우가 있습니다. 재(才)자에서의 'ㅣ'은 여성생식기를 가리기 위해 사용되었던 월경대(생리대)인 것 같습니다. 이처럼 추론한 근거를 간략하게 덧붙여 설명하겠습니다.

중국에서는 전국시대(戰國時代. 기원전 453~기원전 221)에 이르러서야 비로소 남성과 여성들이 속곳을 입기 시작했는데, 그 주된 이유는 북방의 흉노(匈奴)라고 불리는 민족이 중국의 심장부인 중원(中原)을 침략했기 때문이었습니다. 기마(騎馬)를 위주로 한 그들의 전술 앞에서 중국은 속수무책으로 당할 수밖에 없었기 때문에 중국도 본격적으로 말을 타고 달리면서 전투하는 기술을 배우기 시작했죠. 말을 타기 위해서는 겉옷 안에 다른 옷

---

22)『설문』: 才, 草木之初也.

23)『고문자고림』6책, 30~39쪽.

24) 3장 여성과 한자 3편 참고.

25) 4장 남성과 한자 편 참고.

을 덧대어 입어야만 했는데 이것이 바로 중국에서의 속곳의 기원으로 알려져 있습니다.[26] 이러한 사실을 통해 우리들은 전국시대 이전(지금으로부터 약 2500년 전)에는 속곳을 입지 않고 생활했다고 유추할 수 있습니다. 중국에서 발견된 상(商)나라 유물을 통해 이러한 사실을 쉽게 확인할 수 있습니다.[27] 이러한 사실로 볼 때, 才(中)자에서 음부(▽)를 가린 것(丨)은 결코 속곳이 아님을 알 수 있습니다. 여성생식기를 가리는 것 중에서 속곳이 아니면 무엇일까요? 그것은 월경대라고 밖에 볼 수 없습니다. 그러면 월경대와 재능과는 어떤 관계가 있는 것일까요? 고대사회의 여성들이 월경대를 착용하였다는 것을 그림문자로 나타낼만한 다른 중요한 이유가 있었던 것은 아닐까요?

고대사회의 영아(嬰兒) 사망률은 우리들이 상상할 수 없을 정도로 매우 높았습니다. 아이를 임신했다 하더라도 유산되는 경우가 허다했고, 출산했다 하더라도 태어날 때 사망하는 경우와 태어나도 100일을 넘지 못하는 경우가 매우 많았습니다. 영아가 무탈하게 100일까지 살았다는 것은 다양한 위험으로부터 벗어나 더 성장할 수 있다는 것을 의미했고, 1년을 생존하였다는 것은 몸에 면역체계가 어느 정도 갖추어져 조그마한 질병은 이겨낼 수 있다는 것을 의미했죠. 그래서 100일 잔치, 돌잔치가 지금보다는 훨씬 더 중요한 의미를 지녔던 것입니다. 일반적으로 여성들은 14세가 되면 월경을 시작하는데,[28] 그러한 악조건에서 월경을 할 수 있는 여성으로 성장하였다는 것은 정말 대단한 일이었죠. 게다가 여성의 타고난 재능을 확인하는 순간이기도 했습니다. 그러므로 월경을 할 수 있는 여성으로 성장했다는 것은

---

26) 李星可,「釋女」, 中法大學 月刊 4卷 3期에 수록.

27) 3장 여성과 한자 3편 여성 여(女)자와 무릎 꿇어 앉을 절(卩)자에 대한 설명 참고.

28) 한의학에서는 여성의 주기를 7년, 남성의 주기를 8년으로 봅니다. 여성은 14세 (7×2=14)가 되면 월경을 시작하고, 49세(7×7=49)가 되면 폐경(閉經)합니다. 남성은 16세(8×2=16)가 되면 정자를 생산할 수 있고, 64세(8×8)가 되면 더이상 정자를 생산할 수 없습니다.

여성 본래의 재능을 갖추었다는 것을 의미하게 되었습니다. 그래서 재(才)자는 재능(才能), 재간(才幹)이라는 의미를 지니게 되었던 것입니다.

고대사회에서 월경을 하는 여성들을 사회에서 격리한 이유에 대해서는 앞에서 충분히 설명했습니다. 특히 피 냄새로 인해 전체 부족이 맹수로부터 생명을 위협받을 수도 있었기 때문에 그런 여성들은 반드시 월경대를 착용해야만 했습니다. 월경대는 처음에는 진흙과 풀잎을 섞어서 햇볕에 잘 말린 후 그것을 동물가죽 안에 넣어 만들었습니다. 시간이 흘러 옷을 만들어 입게 되자 통풍이 잘 되도록 가죽을 옷감으로 대체했죠. 재(才)자에 숨겨진 이러한 내용들을 생각하면서 재(才)자가 들어있는 한자를 살펴볼까요?

- ◆ 재목 재(材): 나무 목 (木) + 뛰어난 것 재(才). 나무(木) 중에서 뛰어난 것(才)을 재목(材木)이라 합니다.
- ◆ 재물 재(財): 조개 패(貝) + 뛰어난 것 재(才). 옛날 상(商)나라 혹은 그 이전에는 조개껍질을 화폐로 삼고 거북껍질을 보물로 삼았습니다. 주(周)나라에서는 천(泉)이라는 화폐가 있었으며, 진(秦)나라에 이르러서야 패(貝)를 폐지하고 전(錢)이 사용되어 오늘에 이르게 되었습니다.[29] 조개(貝) 가운데서도 가장 뛰어난 것(才)이 재물입니다.
- ◆ 누룩 재(麩): 보리 맥(麥) + 월경 재(才). 월경은 썩은 피를 의미합니다. 보리(麥)로 누렇게 썩게(才) 만든 것이 누룩입니다.

속곳이 있을 재(在)

그림문자를 보면 재능 재(才)자와 있을 재(在)자는 매우 유사합니다.

---

29) 『설문』: 貝, 象形. 古者貨貝而寶龜, 周而有泉, 至秦廢貝行錢.

갑골문	금문	소전체	해서체
↓ ↑	↓ ↓	杜	在

갑골문에서는 재능 재(才)자와 있을 재(在)자가 같이 쓰였지만, 전국시대 금문에서는 갑자기 '土'가 생겨나면서 재(才)자와 재(在)자로 나뉘게 되었습니다. '土'는 선비 사(土)자로 '남성생식기 모양'을 구체적으로 그린 그림문자입니다.30) 그러므로 그림문자 '圵'은 여성뿐만 아니라 남성도 필요로 하는 것을 나타냅니다. 남성도 월경대를? 그게 아니라 시간이 흐르면서 '↓'는 월경대와 속곳을 의미하게 되었습니다. 그러므로 있을 재(在)자는 사회 질서를 강조하는 유교적인 사회로 변하면서 이제 속곳은 남성과 여성에게 있어서 필수품이 되었다는 것을 사실적으로 나타낸 것이죠. 속곳을 나타내는 한자인 속곳 일(䙓)자는 매일(日) 입어야만 하는 옷(衤)을 나타낸 한자이므로, 속곳은 항상 입어야만 하는 필수품이었음을 쉽게 알 수 있습니다.

월경하는 여성들은 반드시 월경대를 착용해야만 했죠. 그래서 갑골문에서는 재(才)자는 '반드시 필요한 것', '반드시 있어야만 하는 것'이란 재(在)자의 의미로 사용되었습니다. 재(在)자의 그림문자(↓, ↑)와 재(才)자의 그림문자(↓, ↑)가 같거나 비슷한 이유 그리고 발음이 같은 이유가 바로 여기에 있어요. 재(才)자와 재(在)자의 그림문자를 분석해보면, 원래는 재(才)자 한 글자였지만 전국시대에 이르러 재(才)자와 재(在)자가 분리되면서 재(才)자는 '재능, 자질'이라는 의미로, 재(在)자는 '있다, 존재하다'는 의미로 각각 사용되었습니다.

---

30) 4장 남성과 한자 편 참고.

생명의 근원이자 우주 만물의 생식신 제(帝)

아래 그림문자는 임금 제(帝)자입니다.

갑골문	금문	소전체	해서체
 𤈶 𢆉	 𤓷 𤓷	 𢂀	帝

임금 제(帝)자의 그림문자에도 여성생식부호인 '▽'가 있는 점으로 미루어보아 제(帝)자 역시 여성과 관계된 한자임을 알 수 있습니다. 임금 제(帝)자에 대한 학자들의 견해는 대체로 아래와 같이 세 가지로 나뉩니다.

하나, 오대징(吳大澂), 대가상(戴家祥) 등의 견해로, 그들은 제(帝)자의 가장 오래된 원형은 '▽'이고, 이것은 '꽃받침' 혹은 '꼭지'를 표시한 것이라고 했습니다.

둘, 엽옥삼(葉玉森)의 견해로, 그는 제(帝)자의 가장 오래된 원형은 '▽'이고, 이것은 나중에 'T' 형태로 변했고, 'T'은 '제단'을 나타내는 '示(시)'자가 되었다고 했습니다.

셋, 장계광(張桂光)의 견해로, 그는 제(帝)자의 가장 원초적인 의미는 '우주 만물의 시조'이자 '우주 만물의 생식신(生殖神)'이라는 견해를 피력했습니다.[31]

이 학자들 가운데 장계광의 주장이 고대사회의 역사적인 사실에 상당부분 일치하기 때문에 그의 주장에 대해 좀 더 구체적으로 살펴보겠습니다.

---

31) 『고문자고림』 1책, 44~56쪽.

그는 「은주시기 帝(제)와 天(천)의 관념 고찰」[32]이란 논문에서 다음과 같이 말했습니다.

> "제(帝)자는 갑골문에 들어 있는데, 그것이 도대체 어떤 사물을 그린 것 인지에 대하여 꽃과 꽃받침 모양, 여성생식기 모양, 나무를 쌓아 불을 지펴 제사를 지내는 모양, 풀을 엮어 만든 우상(偶象)의 모습 등의 해석이 존재한 다. 이처럼 해석한 이유는 은(殷)왕조(지금으로부터 약 3300년 전) 사람들이 유일무이한 임금(帝)을 숭배했던 사회적 관습에서부터 출발하여 얻어낸 결 론이다. 그러면 어찌하여 임금을 숭배하는 관습이 생겨났을까? 그것은 아마 도 그 이전부터 있어왔던 생식기 숭배, 천신(天神) 숭배 혹은 우상숭배에 그 기원을 둘 수 있을 것이다. 그리고 생식기 숭배설에 대한 단서는 갑골문 자 료를 통해 엿볼 수 있는데, 예를 들면 '祖(조상 조)'자는 갑골문에서 남성생 식기 모양이고, '妣(어미 비)'자는 갑골문에서 여성생식기 모양이며, '后(왕 비 후)'자는 갑골문에서 여성이 자식을 낳는 모습이 그것이다. 이러한 한자 들은 모두 생식기 숭배와 관련된 것들이다. ……은왕조 사람들이 존경하고 숭배했던 제(帝)는 우주만물의 시조이며 우주만물의 탄생을 주관하는 신이 었던 것이다."[33]

위 내용을 통해 우리들은 장계광은 제(帝)를 만물의 탄생을 주관하는 신, 바로 여성생식기와 연결시키고 있음을 알 수가 있습니다. 제(帝)자의 그림 문자(帝, 帝, 帝)와 불(不)자의 그림문자(帝, 帝)가 다른 점은 부호 'ㅐ'가 결합 되었다는 점밖에는 없습니다. 그러면 부호 'ㅐ'은 무엇일까요?

부호 'ㅐ'는 '工(장인 공)'자를 90° 돌려놓은 형상입니다. 장인 공(工)자는 무엇일까요? 허신은 "工(공)자는 무당을 뜻하는 '巫(무)'자와 같은 뜻이다 ."[34]라고 해석했습니다. 무당은 하늘과 땅을 연결하는 사람이기 때문에 부

---

32) 張桂光, 「殷周 '帝天' 觀念考索」, 華南師大學報社科版 1984년 제2기.

33) '帝'字在甲骨文中的字形, 主要有象花蒂之形, 象女性生殖器之形, 象燎柴祭天之形, 象 草制偶像之形等幾種解釋. 這幾種解釋, 實際上牽涉到一個殷人尊帝是出於生殖崇拜(如 第一, 二說), 抑或天神崇拜(第三說), 或者偶像崇拜(第四說)的問題. …而生殖崇拜說則 與甲骨文中殷人對祖(甲骨文象男性生殖器之形), 妣(甲骨文象女性生殖器之形), 后(甲 骨文象婦女生小孩之形)的崇拜相一致. …證明殷人所尊的帝的初意即爲宇宙萬物的始 祖, 是宇宙萬物的生殖之神.

호 'ㅂ'은 '서로 연결하다'는 의미를 나타내는 부호가 아닌가 생각됩니다. 즉, 임신이 가능한 여성(不. 㐀)은 자손을 대대로 이어주는(ㅂ) 중요한 존재 (帝. 㐀)이므로, 이러한 사실을 상징적으로 그려낸 한자가 제(帝)자라고 볼 수 있죠.[35] 만일 이와 같다면 장계광이 위에서 주장한 것처럼 제(帝)자는 분명 우주 만물의 생식신(生殖神)을 나타내는 것이라고 추론해 볼 수 있을 것입니다. 이러한 내용을 토대로 이제 제(帝)가 결합된 한자를 살펴보겠습니다.

◆ 배 불룩한 모양 제(臍): 육체 육(月. 肉) + 임신 제(帝)
◆ 신의 이름 제(嫦): 여성 여(女) + 생식신 제(帝)
◆ 연결할 체(締): 실 혹은 탯줄 사(糸) + 하늘과 땅을 연결하는 존재 제(帝)
◆ 뿌리 제(梯): 나무 목(木) + 생명의 근원 제(帝)
◆ 진실 체(諦): 말씀 언(言) + 생명의 근원 제(帝)
◆ 중국어로 음핵(陰核)인 클리토리스를 음체(陰蒂)라 쓰고 'yīn-dì(인띠)'로 발음합니다. 이를 통해 제(帝)자는 분명히 여성생식기와 관계가 밀접하다고 할 수 있습니다.

생식신 시(啻)→꼭지 적(商)으로 변형되어 사용됨

다음 한자는 뿐(다만 ~뿐 아니라) 시(啻)자로 임금 제(帝)자와 입 구(口)자가 결합한 한자입니다.

---

34) 『설문』: 工, 與巫同意.
35) 7장 임신과 한자 편에서 임(壬)자, 공(工)자, 무(巫)자에 대한 설명 참고.

금문의 啻(시)자

위 그림문자에 우주 만물의 생식신을 나타낸 제(帝)자의 그림문자(禾, 禾)
가 들어 있는 것이 보이죠? 그렇다면 시(啻)자 역시 생식신을 나타낸 문자라
고 추측해 볼 수 있습니다. 허신은 "啻(시)자는 간혹 말을 많이 하다는 뜻이
다. 시(啻)자는 입 구(口)자에서 뜻을 취하고 임금 제(帝)자에서 소리를 취하
여 만든 형성문자다. 시(啻)자의 다른 뜻은 바른 말을 하다는 뜻이다."[36]라
고 풀이했습니다. 그의 설명으로 유추해보면 '바로 이 여성이 우주 만물의
생식신이라는 사실을 사실 그대로 말하는 것'이 시(啻)자의 본래 의미였다
는 것을 알 수 있습니다. 하지만 지금은 시(啻)자가 변형되어 대신 꼭지 적
(商)자로 쓰입니다. 그러므로 적(商)자가 결합한 한자들은 '사실대로 말하
다, 여성'이란 의미가 들어있게 된 것입니다. 적(商)자가 결합한 한자들을
볼까요?

◆ 정실 적(嫡): 여성 여(女) + 사실을 바르게 말할 적(商). 남편에게 당당
   하게 자신의 생각을 말할 수 있는 여성이 바로 본처임을 나타낸 한자
   입니다. 적(嫡)자는 '정실'이라는 의미 외에도 '본처가 낳은 아이, 대를
   이를 사람, 맏아들'이란 의미도 있습니다. 그래서 적자(嫡子)는 '정실
   (嫡)의 몸에서 태어난 아들(子)'이고, 적출(嫡出)은 '정실(嫡)의 몸에서
   나온(出) 자식'입니다. 반대로 첩의 아들은 서자庶子라고 합니다.

◆ 유배 갈 적(謫): 말씀 언(言) + 사실을 바르게 말할 적(商). 바른 말을
   하면 불충한 이들의 원성을 받게 되어 유배를 가게 된다는 것을 나타

---

36)『설문』: 啻, 語時不啻也. 从口帝聲. 一曰啻, 諟也.

낸 한자입니다.

◆ 시집갈 적(適): 쉬엄쉬엄 갈 착(辶. 辵) + 여성 적(商). 여성(商)이 남성 집으로 가는 것(辶)을 나타낸 한자입니다. 여성이 시집을 갈 때에는 발걸음이 무거워 빨리 걸어갈 수 없겠죠? 그래서 쉬엄쉬엄 갈 착(辶. 辵)자가 결합한 것이죠. 결혼이라는 것은 곧 생식을 의미합니다. 여성이 결혼 적령기에 결혼하는 것은 마땅한 일입니다. 그래서 이 한자는 적당(適當), 적합(適合), 최적(最適), 적성(適性), 적절(適切) 등의 단어에 사용됩니다.

◆ 원수 적(敵): 여성 적(商) + 칠 복(攵). 여성(商)을 차지하기 위하여 손에 몽둥이를 들고 때리면서(攵) 서로 싸우는 것을 나타낸 한자입니다.

◆ 과일 따위를 집어서 딸 적(摘): 손 수(扌. 手) + 여성 적(商). 자손을 번성시킬 수 있는 여성(商)을 손으로 낚아채는 것(扌)을 나타낸 한자입니다.

지금까지 여성생식부호인 '▽'가 들어 있는 한자인 불(不), 배(杯), 비(조), 부(否), 부(音), 재(才), 재(在), 제(帝), 적(商)자 등을 통해 고대인들의 여성숭배에 대한 내용을 대략적으로 엿볼 수 있었습니다. 다음 장에서는 여성과 관련된 다양한 형태의 부호를 통해 고대인들의 사물에 대한 관찰력과 당시 여성들의 삶에 대해 알아보겠습니다.

2장. 여성과 한자 2

尸(시), 匕(비), 比(비), 也(야), 文(문), 吝(린),
口(구), 谷(곡), 容(용), 泉(천), 原(원), 田(전), 穴(혈), 臼(구)

2장
여성과 한자 2

尸(시), 匕(비), 比(비), 也(야), 文(문), 吝(린),
口(구), 谷(곡), 容(용), 泉(천), 原(원), 田(전), 穴(혈), 臼(구)

19세기 이후 힘으로 무장한 강대국들이 식민지를 개척하면서 당시까지 들어보았거나 봐 본 적이 없었던 많은 민족과 부족들이 세계무대에 알려지게 되었고, 이와 더불어 많은 사람들이 그들의 삶에 대하여 관심을 가지고 연구하기 시작했습니다. 그들의 주된 연구 대상은 당시까지 원시적인 삶을 살고 있었던 부족들이었죠. 원시부족들은 여성을 중심으로 한 모계씨족사회도 있었고 남성을 중심으로 한 부계씨족사회도 있었는데, 중요한 것은 그들은 우리들이 상상했던 것보다 훨씬 풍요롭고 행복하게 살고 있었다는 점입니다. 여성을 중심으로 하든 남성을 중심으로 하든 여성들은 마을에서 아이들을 돌보며 생활하였고, 남성들은 거친 들판에 나가 사냥하며 부족민들의 생계를 책임지고 있었습니다. 부족의 여성들은 풍만한 젖가슴과 볼록 튀어나온 배가 인상적이었고 이와는 대조적으로 남성들은 여성들에 비해 훨씬 마른 편이었습니다.

여성과 남성의 이러한 모습을 통해 우리들은 그들의 삶을 어느 정도 짐작할 수 있었습니다. 남성들은 부족민들을 위해 사냥을 해야만 했고 사냥을 할 때에는 언제나 민첩하게 움직여야 했기 때문에 살찔 틈이 없었죠. 왜냐하면 뚱뚱한 몸매의 둔한 행동은 도리어 다른 맹수들의 공격 대상이 되기 십상이었으니까요. 그들에 비해 여성들은 부족의 무궁한 번영을 위해 건강한 자식을 많이 낳아야만 했고 이를 위해서는 양질의 영양분이 필수적이었습니다. 그러므로 대부분의 여성들은 남성들보다 훨씬 더 우람한 모습일 수밖에 없었던 것이라 유추해 볼 수 있습니다. 여성들은 거의 평생 동안 임신한 상태로 살아가야 했기 때문에 '배가 볼록한 모양 자체가 여성의 상징'이 되었습니다. 원시사회의 여성들의 이러한 삶에 근거하여 다음 문장들을 살펴보겠습니다.

- 배를 비우다. 배부르게 먹다. 배가 불다. 아이를 배다. 배가 볼록(불룩)하다.
- 부(咅): 임신하다.
- 비(丕): 아이가 뱃속에서 자라다.
- 부(婦): 아내, 여자, 며느리
- 여자는 빗자루를 들고 집안을 청소하고, 남자는 밖에 나가 처자식의 생계를 도모한다.
- 빗질로 헝클어진 머리를 곱게 단장하다.

위 문장들은 마치 원시모계씨족사회의 여성들의 생활 모습을 보여주는 듯합니다. 문장에서 밑줄(_)친 부분들은 모두 여성과 관련되어 있는 것으로 보아 '배, 불, 부, 비'란 발음은 여성과 일정 부분 관련이 있다고도 볼 수 있습니다. 우리들이 1장에서 살펴본 '胚, 不, 否, 丕' 등 한자의 발음 역시 '배, 불, 부, 비'입니다. 이러한 발음은 정말 여성과 관련된 발음일까요? 우선 석기시대의 여성 조각상들을 살펴본 후, 이 발음 가운데 하나인 '비'를 통해 여성과의 관련성을 알아보겠습니다.

아래의 조각상들은 구석기시대의 대표적인 여성 조각상들입니다.

전 세계에서 발견된 조각상들을 토대로 볼 때, 구석기시대의 예술과 종교에서는 여성의 형상을 아주 중요하게 다뤘던 것 같습니다. 시베리아의 바이칼 호수 근처에서는 어떤 여신의 형상이 무려 스무 개 이상 발견되었고, 이탈리아의 리구리아(Liguria)와 오스트리아, 프랑스에서도 비슷한 시기에 제작된 여신 형상이 발견되었다고 각종 매체를 통해 보도됐습니다.

비록 조각상들의 모습이 완전히 똑같지는 않지만 위대한 여성은 대부분 자세가 곧고 살찐 모습입니다. 간혹 얼굴이 없고 높이가 몇 센티미터에 불과한 것도 있지만 크기만 다를 뿐 이러한 여성의 모습은 마치 축소판을 보는 듯 거의 변함이 없습니다.

이러한 사실에 비추어 볼 때, 위대한 여성의 조각상은 누군가의 손에 쥐어졌을지도 모르는 일입니다. 게다가 때때로 발이 없거나 하반신이 보이지 않는 조각상도 있는데 이러한 것들로 보아 땅에 심어졌을 가능성도 배제할 수가 없습니다. 위대한 여성 조각상이 가지고 있는 가장 명확한 특징은 커다란 젖가슴과 넓고 풍만한 배 그리고 펑퍼짐한 엉덩이입니다. 불행하게도 그런 모습이 이전 세대의 고고학자들에게는 '유방과 엉덩이'로 비쳤기 때문에 '비너스'상으로 범주화되었으며, 그 뒤 비너스란 여신은 성적 사랑과 연관되어버렸습니다.

비너스상 중에서 가장 유명한 것은 바로 앞에 보이는 조각상입니다. '빌렌도르프의 비너스'라고 명명된 이것은 1908년 오스트리아 빌렌도르프 (Willendorf)에서 발견된 것으로, 학계에서는 기원전 30,000~25,000년경의 작품으로 추정하고 있습니다. 석회암으로 만들어진 이 비너스상은 비록 11센티미터 높이에 불과하지만 이것을 조각한 사람의 사실적인 묘사에 절로 감탄이 나올 정도입니다.

위 부조(浮彫)는 '로셀의 비너스'라고 이름이 붙여진 것으로, 프랑스의 도르도뉴(Dordogne) 주의 로셀(Laussel) 지방 석회암 동굴 입구에 있는 여인상입니다. 젖가슴과 임신한 아랫배 그리고 엉덩이를 과장해서 표현했고, 인체의 다른 부분은 과감하게 생략하거나 간소화했습니다. 이 여인상은 빌렌도르프 비너스와 매우 흡사합니다. 단지 크기가 40센티미터 정도로 빌렌도르프 비너스상보다 더 크고, 바위에 부착되어 있어서 움직일 수 없는 것이 두 여인상의 차이입니다. 학계에서는 기원전 20,300년경의 후기 구석기시대의 작품으로 추정하고 있습니다. 성숙한 여인이 손에 뿔을 들고 있고, 뿔에는 각기 다른 세 개의 도구로 새긴 13개의 홈이 보이는데, 각각 6개, 4개, 3

개씩 무리를 이루고 있습니다. 게다가 여인의 오른쪽 장딴지 부위에는 막대모양의 부호가 새겨져 있는데, 이것은 무엇을 나타내는 부호인지 지금까지도 해석이 안 된 상태입니다.

지금부터는 신석기시대의 대표적인 여성 조각상들을 살펴보겠습니다. 구석기시대를 지나 신석기시대에서도 여성상의 모습은 크게 변하지 않았습니다. 예를 들어 고고학상의 분수령으로 여겨지는 터키의 신석기시대 유적지인 차탈휘위크(Çtalhüyük)를 보면, 마을 전체가 여성이 관장하는 종교와 그 종교적인 예술에 바쳐졌던 것 같습니다. 4~5가구당 1가구 꼴로 집 안에서 제단이 발견되었으며, 한 마을에서 적어도 40여 개의 제단이 발견되었고, 그 모든 제단들은 남신이 아니라 여신을 위한 것이었음이 밝혀졌습니다. 제단 벽에 걸린 임신한 여성을 나타낸 조각상들은 구석기시대의 '비너스들'과 놀라울 정도의 유사성을 지니고 있습니다.

차탈휘위크에서 발견된 위대한 어머니 여성상

현대적인 시각에서 볼 때, 이러한 비너스상들은 결코 에로틱한 모양이 아닙니다. 아무리 보아도 남성의 성적 욕망을 불러일으키기에는 너무나 미흡하고 부족해 보입니다. 그러므로 이러한 조각상들은 아마도 다산(多産)의 상징으로 보는 것이 좀 더 타당할 것 같습니다. 왜냐하면 대체로 임신한 모습을 형상화하고 있기 때문이죠.

이러한 형상의 조각상 이외에도 성적 쾌락을 보여주는 조각상들도 있습니다. 체코의 고고학자인 카렐 압솔론(Karel Absolon, 1877~1960), 핀란드의 고생물학자인 퀴르텐(Björn Olof Lennartson Kurtén, 1924~1988) 등 일부 학자들은 이스라엘 북서부의 항구 도시인 하이파(Haifa) 인근에 있는 카르멜산(Mount Carmel)의 엘와드(el-Wad) 동굴에서 발견된 다수의 남성생식기를 상징하는 부싯돌로 만든 유물, 아인사크리(Ain Sakhri)상으로 알려진 성행위를 묘사한 작품, 체코의 돌니 베스토니체(Dolní Věstonice)에서 발견된 석상, 러시아의 코스텐키(Kostenki) 1호 유적에서 발견된 유물, 프랑스 피레네산맥 지역의 이스투리츠(Isturitz) 유적에서 발견된 여성생식기에 삽입된 남성생식기 그림이 새겨져 있는 2만년 된 돌 등을 근거로 석기시대에 속하는 크기가 작은 비너스상의 용도는 신성한 여성이 아닌 성적 쾌락의 표시라고 주장했습니다. 물론 이러한 주장도 세밀하게 검토해볼 가치가 충분하지만, 발견된 조각상들이 대다수가 여성이라는 점은 분명 성의 상징보다는 더 큰 의미를 부여해야만 한다고 생각합니다.

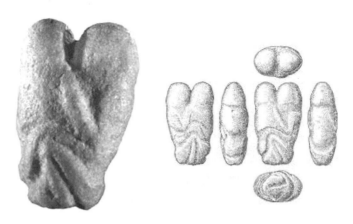

Ain Sakhri lover라고 불리는 작품

　중국에서는 내몽고 흥륭와(興隆洼) 유적지에서 신석기시대에 해당하는 유물이 출토되었는데, 그 중에는 '빌렌도르프의 비너스'와 같은 돌로 만들어진 두 개의 여성상이 있었습니다.

내몽고 임서(林西) 서문 밖 흥륭와 문화 유적에서 출토된 두 개의 여성상

　위 여성상은 1984년에 출토되었는데, 모두 화강암을 조각해서 만든 작품

으로 큰 것은 높이가 67센티미터이고 작은 것은 높이가 40센티미터입니다. 이 두 여성상의 공통점은 투박하고 두 눈이 명확하며, 입은 안으로 오목 들어가 있고 코는 융기되었으며, 두 귀가 작고 복부가 돌출되었고 유방이 비교적 크다는 점입니다. 다른 점은 큰 것은 귀 부분이 명확하고 두 팔을 허리 부분에서 교차했으며, 작은 것은 귀가 분명치 않고 두 팔은 위를 향해 구부려져 있으며 장식품을 차고 있다는 점입니다. 특이하게도 둘 다 다리는 보이지 않습니다.

중국 하북성(河北省) 난평(灤平)의 후대자(后台子) 신석기문화유적지에서는 6개의 석조 여성상이 출토되었습니다.

하북성 난평의 후대자 신석기 문화 유적에서 출토된 여성상

위 여성상의 높이는 약 10센티미터로 휘록암(輝綠岩)을 조각해서 만든 작품입니다. 가슴이 나와 있고 배가 불룩할 뿐만 아니라 엉덩이가 상대적으로 큰 모습입니다. 게다가 두 팔은 배를 감싸 안았고 두 다리는 무릎을 구부려 꿇어앉았으며 아래는 원추형인 점이 특징입니다.

이 이외에도 내몽고 서랍목륜하(西拉木倫河) 북쪽의 백음장한(白音長汗) 신석기문화유적지에서도 여성상이 발굴되었고, 요녕성(遼寧省) 객좌현(喀左縣)의 동산취(東山嘴) 홍산문화(紅山文化) 유적에서도 흙으로 만들어진 20여 개의 여성상이 출토되었습니다.

중국에서 발견된 이러한 여성상에 대하여 중국의 학계에서는 여러 가지 해석들을 내놓고 있습니다. 이들 여성 조각상의 공통점은 나체 임신부상으로 생식과 관련되어 있으며 정욕관념에 바탕을 두고 있거나 혹은 다산과 무술(巫術)의 산물과 연관되어 있다고도 하고,[1] 선조(先祖)의 우상으로 보기도 합니다.[2] 또한 생육(生育)의 신이며 혹은 고매신(高媒神)으로 해석하기도 하고,[3] 조각상의 하반신이 땅속에 묻혀 있는 것으로 보아 만물이 땅에서 나고 땅에서 자란다는 뜻이 뚜렷하므로 이는 바로 지모(地母)의 형상이라고도 하며,[4] 이밖에도 불의 신 혹은 농업의 신으로 풀이하기도 합니다.

지금까지 커다란 젖가슴, 불록한 배, 풍만한 엉덩이를 가진 석기시대의 다양한 여신상들을 살펴보았습니다. 이 세 가지 특징은 당시 여성들의 일반적인 모습이었고, 이 모습은 임신 및 출산과 관계가 밀접합니다. 이러한 여성을 지칭했던 발음은 무엇이었을까요? 이제 여성과 관련되어 있다고 추정되는 발음인 '배, 불, 부, 비' 중에서 발음 '비'에 대해 알아보겠습니다.

흔글에서 음(音)이 '비'인 한자를 찾아본 결과 모두 164개 한자가 있었는데, 이들 164개 한자를 '한자 체계'에 따라 다음과 같이 분류해 보았습니다.

① 畀: 畀渒痹 → 鼻嘎嬶漰襣臕

---

1) 朱狄,『原始文化硏究』, 三聯書店, 1988.
2) 孫守道·郭大順,『牛河梁紅山文化女神頭像的發現與硏究』,『文物』, 1986, 8기. 殷志强,『也談東山嘴紅山文化神祀遺址』,『北方文物』, 1986, 3기.
3)『座談東山嘴遺址』,『文物』, 1984, 제11기.
4) 石云子,『原始藝術-生育女神彫像』,『中國文物報』, 1994년 5월 22일.

② 必: 泌秘祕閟柲

③ 𤰇: 備鞴憊犕糒

④ 丕: 丕邳狉伾呸蚽駓髬魾鉟秠苤怌岯 → 痞嚭

⑤ 肥: 肥淝俷萉蜰

⑥ 弗: 沸狒疿怫咈 → 費鄪鐨攢嘳

⑦ 非: 非悲匪榧蜚誹扉菲裴剕腓騑霏翡緋悱棐屝斐婓屝痱篚陫鯡裶騑
輩奰

⑧ 飛: 飛騑榌

⑨ 匕: 匕庀朼疕

→ 比妣屁批砒庇秕枇毖毗粃仳芘蚍沘琵紕毘坒鈚舭豼疪笓肶毞眦粊
阰狴

→ 篦膍鎞莔蓖螕貔媲

⑩ 己: 妃圮

⑪ 卑: 卑碑髀郫婢脾裨俾埤庳椑睥萆陴痺鼙諱蜱啤崥箄蜱錍鞞淠廛
鼊

⑫ 啚: 啚鄙

⑬ 辟: 譬臂

⑭ 기타: 贔轡羆嬰屄朏蟦

위에서 ①번에 있는 코 비(鼻)자는 뜻을 나타내는 스스로 자(自)자와 소리를 나타내는 줄 비(畀)자가 결합해서 만들어진 형성문자입니다. '코'라는 뜻을 갖기 위해서는 코 비(鼻)자에서 뜻을 나타내는 스스로 자(自)자에 '코'라는 의미가 있어야 합니다. 갑골문에는 스스로 자(自)자가 코 모양을 그린 ''처럼 되어있고, 금문에는 ''처럼 되어 있습니다. 숨 쉴 식(息), 냄새 취(臭), 코를 골 해(眉) 등 3 개 한자에 공통적으로 쓰인 한자는 '自'자입니다. 숨 쉴 식(息)자는 휴식(休息)하다에 쓰이는 한자로 마음(心)으로 숨을 쉬는

것(自)을 나타내고, 냄새 취(臭)자는 개(犬)는 후각(냄새. 自)이 가장 뛰어남을 보여주며, 코를 골 해(齁)자는 사람이 코(自)를 골면서 누워서(尸) 자는 모습을 보여줍니다. 이러한 사실로 볼 때, 스스로 자(自)자는 원래 '코'였으나 후에 '자신, 스스로'라는 의미로 사용되어버렸기 때문에 '코'라는 의미를 나타내기 위해 자(自)자에 비(畀)자를 결합해서 코 비(鼻)자를 만들게 되었던 것입니다. 이 설명에서 한 가지 의문사항은, 그러면 어째서 많은 한자 가운데 하필 줄 비(畀)자를 결합해서 코 비(鼻)자를 만들었던 것일까요? 혹시 '삶을 <u>주는 것</u>, 생명을 <u>주는 것</u>'을 나타내기 위해서였던 것은 아닐까요? 여하튼 문자를 만든 사람(들)은 코(숨을 쉬는 것)를 삶과 생명을 유지시켜주는 가장 중요한 원천으로 보았던 것 같습니다.

인간의 '얼굴'은 '얼(정신)'이 통하는 '굴(구멍)'입니다. 얼빠진, 얼떨떨, 어(얼)안이 벙벙하다 등의 우리말에서 '얼'은 정신을 뜻합니다. 인간에게는 얼굴에 구멍 7개와 대소변을 보는 구멍 2개를 더하여 모두 9개의 구멍이 있습니다. 이 구멍 가운데서 하나라도 막히면 정상적인 생활을 할 수 없고 그 가운데서도 콧구멍이 막혀버리면 곧바로 죽음에 이르게 됩니다. 따라서 구멍은 '비'어 있어야 하고, '비다'라는 동사는 여기에서 나온 것이며, '빔'은 곧 생명이었습니다. 그러므로 '비'라는 발음은 생명, 비다(사라지다, 없어지다) 등과 일정 부분 관계가 있는 듯합니다. 위 한자 분류에서 ① 줄 비(畀) ② 반드시 필(必) ③ 갖출 비(備) ④ 클 비(丕) ⑤ 살찔 비(肥) 등은 '생명'과 관련되어 있으며, ⑥ 아니 불(弗), ⑦ 아닐 비(非)[5] ⑧ 날아가 버릴 비(飛) 등은 '없다, 사라지다'와 관련되어 있습니다. 계속해서 '비'라는 발음에 대해 살펴보겠습니다.

---

[5] 毴(비)자는 '털이 많은 여성생식기'를 뜻하는 '비'자입니다. 이를 통해 '非' 역시 여성생식기를 나타내는 한자로도 볼 수 있습니다.

웅크려 앉아 있는 사람의 모습 시(尸)

다시 코를 골 해(眉)자를 분석하면, 사람이 코(自)를 골면서 누워서(尸) 자는 모양입니다. 주검 시(尸)자는 '눕다, 죽다'는 의미가 아니라 원래는 '웅크려 앉아 있는 사람의 모습'을 그린 한자입니다. 어째서 '웅크려 앉아 있는 모습'을 문자로 만들었던 것일까요?

갑골문	금문	소전체	해서체
夰 夕	彐 彐	尸	尸
夕	彳	几	人

갑골문을 보면, 사람 인(人)자는 사람이 서 있는 옆모습을 그린 문자이고, 시(尸)자 역시 사람의 옆모습을 그린 문자입니다. 하지만 사람 인(人)자와 다른 점은 '무릎을 구부려 앉아 있음' 혹은 '엉덩이 부분을 강조한 모습'입니다. 사람은 앉아서 무엇을 할까요? 앉아서 대소변 등 생리적인 현상을 해결하거나 혹은 앉아서 쉬겠죠. 아래 한자들을 보면 이와 같은 사실을 확인할 수 있을 것입니다.

- ◆ 오줌 뇨(尿): 앉아 있는 모습 시(尸) + 물 수(水). 비뇨기과(泌尿器科), 당뇨병(糖尿病), 야뇨증(夜尿症), 방뇨(放尿)하다 등 단어에 사용되는 뇨(尿)자는 사람이 앉아서 배설하는 물이란 뜻입니다.
- ◆ 똥 시(屎): 앉아 있는 모습 시(尸) + 쌀 미(米). 앉아서(尸) 쌀(米)과 같은 찌꺼기가 나오는 것을 나타낸 한자입니다. 돼지는 사람의 똥을 먹고

자랍니다. 이런 문화는 제주도, 일본의 오키나와, 필리핀 및 중국의 산동성, 산서성, 하북성 등지에서도 발견되는 점으로 미루어보아 세계 여러 나라의 보편적인 문화현상이라 할 수 있습니다. 돼지를 나타내는 한자는 돼지 시(豕)자입니다. 돼지 시(豕)자의 발음과 똥 시(屎)자의 발음이 같다는 점은 우리들이 다시 한 번 생각해 볼 필요가 있습니다.

◆ 보지 비(屄): 앉아 있는 모습 시(尸) + 구멍 혈(穴). 앉아 있을 때(尸) 보이는 구멍(穴)을 나타낸 한자입니다. 중국에서는 비(屄)자를 'bī(삐)'로 발음하는데 상당히 나쁜 욕으로 사용되고 있습니다.

◆ 자지 초(屌): 앉아 있는 모습 시(尸) + 물건이 축 늘어질 적(吊). 앉아 있을 때(尸) 축 늘어진 것(吊)을 나타낸 한자입니다. 중국에서는 초(屌)자를 'diǎo(띠아오)'로 발음하는데 이 역시 매우 나쁜 욕으로 사용되고 있습니다.

◆ 꼬리 미(尾): 앉아 있는 모습, 엉덩이 시(尸) + 털 모(毛). 엉덩이 쪽(尸)에 붙어 있는 털(毛)은 꼬리입니다.

◆ 냄새가 구리다고 할 때에는 꽁무니 구(尻)자를 씁니다.

◆ 방귀소리는 '피식~', 이는 방귀 비(屁)자의 발음과 유사합니다. 중국어로 방귀를 뀌다는 放屁(방비)로 쓰고 발음은 'fang-pì(팡피)'라고 합니다.

위 한자들의 분석을 통해, 주검 시(尸)는 앉아 있는 모습을 그린 한자임이 분명해 보입니다. 사람이 앉아서 쉬는 곳은 집입니다. 그래서 시(尸)자에는 '집'이란 의미도 생겨나게 되었습니다. 예를 들면, 집 옥(屋), 비가 샐 루(屚) 등이 그것입니다.

조금 전에 앉아 있는 모습 시(尸)자와 비(比)자가 결합한 방귀 비(屁)자를 설명했습니다. 비(屁)자는 방귀를 뜻하므로, 비(屁)자에서 비(比)자는 엉덩이와 관계가 있어야 합니다. 비구니(여승) 니(尼)자는 '여성'을 뜻하기 때문에 니(尼)자에서 비(匕)자는 '여성'과 관련되어야만 합니다. 엉덩이(匕)와 여성(匕)을 나타내는 두 개 한자의 발음은 '비'입니다. 여성의 음부를 뜻하는 '屄'자의 발음도 '비'이고, '왕비'를 뜻하는 '妃'자의 발음도 '비'이며, 생명과 관련된 '코'를 뜻하는 '鼻'자의 발음 역시 '비'입니다. 이러한 사실들로부터 '비'라는 발음이 나타내는 의미가 무엇인지 대략 짐작할 수 있을 것입니다. 계속해서 비(匕)자와 비(比)자에 대해 좀 더 구체적으로 살펴보겠습니다.

여성이 엎드려 있는 모습 비(匕), 여성을 비교할 비(比)

모양이 인(人)자 만큼이나 간단한 비(匕)자의 뜻은 '숟가락'으로 되어 있습니다. 어째서 숟가락이란 의미가 되었을까요? 그것은 수저 비(朼)라는 한자 때문입니다. 예전에는 나무로 수저를 만들었기 때문에 수저 비(朼)자에 나무 목(木)자가 있는 것이고 비(朼)자가 수저라는 의미를 나타내기 위해서는 비(朼)자에서 나무 목(木)자를 제외한 비(匕)자가 수저를 뜻해야만 하기 때문에 비(匕)자는 수저라는 의미가 될 수밖에 없었던 것입니다.

비(匕)자는 정말 숟가락을 그린 모양일까요? 이에 대한 대답은 여러분들의 관찰력에 달려 있습니다. 이제 사람 인(人), 따를 종(从. 從), 숟가락 비(匕), 견줄 비(比) 등 4개 한자의 그림문자를 살펴보겠습니다.

갑골문	금문	소전체	해서체
↑	↑	∏	人
↑↑	↑↑	∭	从(從)

〢	𠂉	𠘨	匕
𠈌	𠈌	𠈌	比

사람 인(人)자 뒤에 다시 사람 인(人)자가 있는 따를 종(从)자는 위 갑골문과 금문에서 보이는 바와 마찬가지로 '다른 사람의 뒤를 따라가다'는 의미입니다. 이것은 그림문자만으로 쉽게 알아볼 수 있습니다. 현재 중국에서는 종(从)자로 쓰지만 우리나라에서는 종(從)자로 쓰고 있습니다.

그럼 지금부터 사람 인(人)자와 비(匕)자를 세밀하게 관찰해 보겠습니다. 이 두 개 한자는 비(匕)자의 손 모양과 다리 모양이 인(人)자와 조금 다릅니다. 손은 꺾여있는 듯하고 다리는 구부러져 있는 듯합니다. 이것은 어떤 자세일까요? 사람이 손바닥과 무릎을 바닥에 대고 엎드려 있는 자세입니다. 다시 아래의 비(匕)자를 보겠습니다. 사람이 엎드린 모습으로 보이나요?

갑골문의 匕(비)자

비(匕)자는 분명히 숟가락 모양이 아닌 어떤 행동, 즉 양손을 바닥에 대고 무릎을 꿇어 엎드려 있는 모습입니다. 왜 엎드려 있는 것일까요? 어떤 행위를 하기 위한 자세일까요? 이 문제의 실마리를 풀기 위해 우선 비(匕)자와 결합된 한자 가운데 하나인 암컷 빈(牝)자의 그림문자를 보겠습니다.

갑골문의 牝(빈)자

위 그림문자를 보면 비(匕.)와 결합된 동물은 소(. 牛), 양(. 羊), 돼지(. 豕), 개(. 犬), 호랑이(. 虎) 등이지만 소를 대표 동물로 해서 소 우(牛)자와 암컷을 나타내는 부호 비(匕)를 결합해서 암컷 빈(牝)자를 만들었습니다. 이 뿐만 아니라, 사슴 록(鹿)자와 비(匕)가 결합한 암사슴 우(麀)자에서도 비(匕)는 암컷을 나타내는 부호로 쓰였습니다. 따라서 우리들은 '사람이 양손을 바닥에 대고 무릎을 꿇어 엎드려 있는 모양'을 그린 비(匕)자, 암컷을 뜻하는 빈(牝)자, 암사슴을 뜻하는 우(麀)자 등을 통해 비(匕)는 '여성'이 엎드린 자세를 그린 한자라고 유추해 볼 수 있습니다.

문자를 만든 사람(들)은 도대체 왜 굳이 '엎드려 있는 여성'을 그려 이것을 문자로 만들었던 것일까요? 이러한 행동은 아마도 여성생식기를 분명하게 보여주기 위해서 취했던 자세인 것 같습니다. 이러한 자세를 취했던 이유는 성교를 위한 준비라든지 여러 가지 이유가 있을 수 있지만 임신을 잘 할 수 있는 여성인지 다산(多産)과 풍요(豊饒)를 선사해 줄 수 있는 여성인지를 판단하기 위해서였을 가능성을 배제할 수 없습니다. 왜냐하면 그러한 여성만이 부족의 안녕과 번영을 책임질 수 있었을 테니까요. 이 추론이 타당하다면, 모계씨족사회에서 남성들은 비록 여성을 위해 풍부한 영양분을 책임지는 의무뿐만 아니라 마을의 번영을 책임질 수 있는 여성을 선택할 수 있는 권리를 가졌다고도 볼 수 있습니다. 왜냐하면 남성들은 그들이 원하는 여성을 우두머리로 선택해야만 그녀에게 모든 것을 바칠 수 있었기 때문이죠. 이런 사실을 알아차렸는지 허신은 "匕(비)자는 서로 나란히 견주어 차례를 정한다는 뜻이다. 이 글자는 인(人)을 좌우로 바꾼 모양이다."[6]라고 풀이했습니다. 이제 비(匕)자가 결합된 한자들을 분석해 보면 비(匕)자의 의미를 보다 자세히 알 수 있을 것입니다.

◆ 비교할 비(比): 여성이 엎드린 모습 비(匕) + 여성이 엎드린 모습 비(匕). 부족의 안녕과 번영을 책임질 수 있는지 여부를 판단하기 위해서 여러 여성들을 서로 비교해보는 것을 나타낸 한자입니다.

◆ 이 차(此): 발 지(止) + 여성이 엎드린 모습 비(匕). 엎드려 있는 여성이 있는 곳으로 걸어감을 나타낸 한자입니다.

지금까지 '비'로 발음되는 다양한 한자들을 살펴보았습니다. 위 내용들을 종합해보면, 한자 발음 '비'는 대체로 '여성, 생명, 나약함, 텅 빔, 사라짐' 등과 관련된 발음으로 볼 수 있습니다.

앞에서도 언급했듯이, 비(匕)자에는 '숟가락'이라는 의미도 들어 있습니다. 어째서 숟가락이란 의미가 생겼는지 확인할 방법은 없지만 아마도 모계 씨족사회에서 부족을 대표하는 여성만이 신성하게 사용하지 않았을까하고 조심스럽게 생각해 봅니다. 다음 한자들은 비(匕)자가 숟가락이라는 의미로 사용되었습니다.

◆ 맛있을 지(旨): 숟가락 비(匕) + 입에 침이 고인 모양을 나타낸 달 감(甘). 입에 침이 고일 정도로 맛있는 음식이 숟가락에 놓여 있음을 나타낸 한자입니다.

◆ 고소할 급(皀): 숟가락 비(匕) + 하얀 쌀밥 백(白). 하얀 쌀밥이 숟가락에 놓여 있음을 나타낸 한자입니다.

◆ 곧 즉(卽): 숟가락 비(匕) + 하얀 쌀밥 백(白) + 무릎을 꿇고 앉아 있는 모습 절(卩). 앉아서 '곧바로' 먹을 준비가 되어 있음을 나타낸 한자입

---

6)『설문』: 匕, 相與比敘也. 从反人.

니다.

◆ 이미 기(旣): 숟가락 비(匕) + 하얀 쌀밥 백(白) + 다른 방향으로 입을
벌린 모양 기(旡). 밥상 반대쪽으로 입을 벌렸다는 것은 '이미' 식사를
끝마쳤음을 의미합니다.

◆ 숟가락 시(匙): 이 시(是) + 숟가락 비(匕). 이 한자는 순수형성문자로
시(是)는 발음을, 비(匕)는 뜻을 나타냅니다. 숟가락 시(匙), 먹을 식
(食), 똥 시(屎), 돼지 시(豕) 등 이 네 개 한자의 발음이 모두 '시'인 점으
로 보아 고대사회에서 '인간은 돼지를 먹고, 돼지는 인간의 똥을 먹고,
다시 인간은 돼지를 먹고……' 이러한 생태계의 순환 관계가 보편적이
었음을 알 수 있습니다. 이러한 사실로 볼 때, 집 가(家)자에 돼지 시
(豕)가 들어 있는 것은 어쩌면 당연한 것이 아닐까요?[7]

비(匕)자에 대한 설명을 마치기 전에 이와 유사한 화(匕)자에 대해 알아보
겠습니다. 고대인들은 살아 있는 사람은 '人(亻)'처럼 그려 나타냈고, 죽은
사람은 '亻'을 거꾸로 그려 '𠤎'처럼 나타냈고 '匕'처럼 썼습니다. 비(匕)자와
화(匕)자는 매우 비슷했기 때문에 지금은 비(匕)자와 화(匕)자를 구분하지 않
고 비(匕)자로 통일해서 사용하고 있습니다. 그러므로 한자 가운데 '변화, 늙
음, 죽음'과 관련된 한자에 비(匕)자가 결합되어 있지만, 발음은 '화'와 같거
나 비슷합니다. 예를 들면 '변화'를 뜻하는 화(化), '늙음'을 뜻하는 '로(老)'
자, '죽음'을 뜻하는 사(死)자에 보이는 비(匕)자는 원래 화(匕)자의 변형입니
다.

지금까지 부호 비(匕)에 대해 살펴보았습니다. 다시 한 번 강조하자면, 부
호 비(匕)는 '여성, 숟가락, 변화'를 나타내기 때문에 비(匕)가 결합된 한자들
을 분석할 때에는 이 점을 반드시 유의해야만 합니다.

---

7) 집 가(家)자에 대한 내용은 7장 임신과 한자 편 참고.

여성생식기를 사실적으로 그린 모습 야(也)

'야~'한 얘기를 할까요? 멋있고 예쁜 남녀를 보면 입을 다물지 못하고 '와~', '야~'하는 감탄사가 절로 나오죠. '야하다, 야한 밤'에서의 '야'라는 발음을 생각해 보세요. 어떤 느낌이 드나요? 그냥 '야~'한 느낌이 드나요? '야하다'에서 '야'를 한자로 쓴다면 어떤 한자를 써야 할까요? '야'자하면 제일 먼저 떠오르는 한자는 아마도 밤 야(夜)자, 들 야(野)자, 어조사 야(也)자 등일 것입니다. 이제 이 세 개 한자에 대하여 하나씩 살펴보겠습니다.

아래 한자는 밤 야(夜)자입니다.

갑골문	금문	소전체	해서체
없음	夾	夾	夜

밤 야(夜)자는 저녁 석(☽. 夕), 큰 대(大. 大), 부호(丿) 등 세 개가 결합해서 만들어진 한자로, 저녁(☽)에 사람(大)이 베개(丿)를 들고 있는 모습으로 해석할 수 있습니다. 사람이 베개를 든 모습은 밤에 쉬기 위하여 잠을 자려는 행동이므로, 허신은 "夜(야)자는 집이다. 온 천하가 집에서 휴식을 취한다."[8]라고 풀이했던 것입니다.

아래 한자는 들 야(野)자입니다.

---

8) 『설문』: 夜, 舍也. 天下休舍也.

갑골문	금문	소전체	해서체
		野	野

갑골문과 금문을 보면 들 야(野)자는 수풀 림(林)과 부호 'ㅗ'가 결합해서 만들어진 한자입니다. 부호 'ㅗ'는 '남성생식기'를 나타내는 부호입니다.[9] 원시사회에서는 여성들은 마을에서 아이를 양육했고 남성들은 마을 근처의 숲에 나가서 사냥을 했습니다. 그러므로 들 야(野)자는 '아무 것도 걸치지 않은 남성(ㅗ)들이 사냥하기 위하여 돌아다니는 숲속(林)'을 나타냅니다. '저 사람 참 야성적(野性的)이다.'라고 할 때 야성적(野性的)이라는 한자에 어째서 들 야(野)자가 들어있는지 이해되지 않나요? 야생마(野生馬)의 활기찬 기운이 느껴질 것입니다.

밤(夜)은 새로운 생명이 잉태되는 시간이고 들(野)은 거친 생명들이 태어나고 자라나는 곳입니다. 밤 야(夜)자와 들 야(野)자를 통해 '야'라는 발음은 '생명의 탄생'과 어느 정도 연관되어 있는 듯 보입니다. 이러한 내용에 비춰본다면, '야~하다'에서 '야'는 밤 야(夜)자 혹은 들 야(野)자로도 볼 수가 있습니다.

이제 '야'로 발음되는 한자 가운데 마지막 한자인 어조사 야(也)자에 대해 살펴보겠습니다. 어조사 야(也)자를 네 가지 측면, 즉 야(也)자가 결합된 한자 분석, 야(也)자 모양의 청동기 유물, 야(也)자의 그림문자, 바위그림과 유물에 새겨진 야(也) 등을 통해 어조사 야(也)자는 '여성생식기를 그린 문자다'라는 점을 증명해 보도록 하겠습니다.

하나, 야(也)자가 결합된 한자 분석.

---

9) 4장 남성과 한자 편 참고.

허신은 "也(야)자는 여성생식기를 그린 상형문자다."[10]라고 풀이했습니다. 그는 동한(東漢. 25~220)시대에 살았던 문자학자로, 당시는 사회적 현상과 자연적 현상 그리고 인간과 자연과의 관계를 유교(儒敎)사상과 음양(陰陽)사상으로 설명했던 시기였습니다. 인간은 사회적 존재이기 때문에 허신 역시 그러한 사회적 분위기를 벗어날 수 없었고 그리하여 그는 많은 한자를 유교사상과 음양사상으로 풀이했습니다. 그러한 사회적 환경 속에서 야(也)자를 '여성생식기'라고 공개적으로 언급했다는 점은 실로 놀라운 일이 아닐 수 없습니다. 그는 어째서 당시의 금기를 깨고 과감하게 성(性)을 언급했던 것일까요? 어쩌면 그는 이것만큼은 '진실'을 말해주고 싶었던 것은 아닐까요? 이제 야(也)자가 들어있는 몇 개의 한자를 살펴보겠습니다.

◆ 땅 지(地): 흙 토(土) + 여성생식기 야(也). 흙(土)은 육상의 만물을 생산(也)하는 곳임을 나타낸 한자입니다.

◆ 연못 지(池): 물 수(氵. 水) + 여성생식기 야(也). 물(水)은 수중의 만물을 탄생(也)시키는 곳임을 나타낸 한자입니다.

◆ 마음이 가는 곳으로 달려 갈 치(馳): 말 마(馬) + 암컷생식기 야(也). 이를 자의적(恣意的)[11]으로 해석해보면, 번식기가 되면 말로 대표되는 수컷 동물(馬)들은 암컷(也)을 보면 물불을 가리지 않고 달려갑니다. 바로 그러한 상황을 묘사한 한자가 내달릴 치(馳)자입니다.

◆ 흙탕물 야(池): 보일 시(示) + 여성생식기 야(也). 생식할 수 있는 나이에 도달한 남성(혹은 수컷)들은 여성(혹은 암컷)을 보기만 해도 체액이 줄줄 흘러내릴 것입니다. 음흉하게 바라보면서 흘러내리는 물은 맑은 물이 아니라 혼탁한 물입니다. 이런 물 색깔로 인해 야(池)자는 '흙탕

---

10) 『설문』: 也, 女陰也. 象形.
11) 사의적 해석이란 어떠한 문자를 역사적 사실, 문화적 사실, 출토 유물에 근거하여 자연스럽게 해석하는 것을 말합니다. 자의적 해석은 회의문자와 회의겸형성자인 경우에 필요합니다.

물'을 의미하게 되었습니다.

지금까지 야(也)자가 결합된 지(地), 지(池), 치(馳), 야(袘) 등 4개 한자를
통하여 야(也)자는 여성생식기와 관계가 있음을 확인할 수 있었습니다. 이
러한 사실은 야(也)자에 대한 허신의 설명과 일치합니다. 야(也)자가 결합한
한자 중에는 한국에서는 잘 쓰이지 않지만 중국어에서 자주 쓰이는 한자가
있는데, 바로 3인칭대명사인 남성 타(他)자와 여성 타(她)자입니다. 이 두 개
의 한자에도 야(也)자가 들어있습니다. 수많은 한자 가운데 왜 하필 야(也)
자를 더하여 사람을 나타냈는지는 충분히 생각해 볼만한 문제입니다.

둘, 야(也)자 모양의 청동기 유물.
아래의 청동기는 고대 중국에서 제사를 지낼 때 사용되었던 제기(祭器)
가운데 하나입니다.

고대 중국에서 제사를 지낼 때 사용되었던 제기

여러분들이 만일 문자를 만드는 사람이라면 이 물건을 어떻게 그려 그림
문자로 만들겠습니까? 고대인들은 이 물건을 상자 방(匚)자와 어조사 야
(也)자를 결합해서 '주전자 이(匜)'자로 썼습니다. 제사 그릇들은 아무 곳에
나 함부로 보관해서는 안 되겠죠? 그래서 우리는 주전자 이(匜)자에 상자 방

(囗)자가 들어있는 이유를 짐작할 수 있습니다. 하지만 주전자 이(匜)자에 어찌하여 야(也)자가 들어 있는 것일까에 대한 짐작은 그리 쉽지만은 않습니다.

제사를 지내기 위해서는 몸과 마음을 깨끗이 해야 합니다. 깨끗하게 씻은 손으로 제물(祭物)을 그릇에 옮겨야 하는데, 이때 손을 씻기 위해서 만든 그릇이 바로 이 사진속의 물건입니다. 제사를 지내는 사람들은 여기에 물을 채운 후 손에 부우면서 손을 씻었습니다. 당시 사람들은 야(也)와 '물'과는 모종의 관계가 있음에 주목한 듯합니다. 혹자는 이 물건을 위에서 보면 여성생식기 모양과 비슷하다고 했는데, 제가 중국 산동성 제남시(齊南市)에 있는 박물관에서 이 제기를 봤을 때 정말로 여성생식기와 매우 흡사했습니다. 여러분들도 중국의 박물관에 갈 기회가 있다면 직접 확인해보세요. 이러한 사실들로 볼 때, 야(也)자는 일정 부분 여성생식기와 관계가 있는 문자일 가능성이 매우 높습니다. 그렇다면 고대인들은 야(也)자를 어떻게 그렸을까요?

금문의
也(야)자

셋, 야(也)자의 그림문자.

옆 그림문자는 갑골문에는 없고 단지 금문에만 있는 야(也)자입니다. 여성생식기처럼 보이나요? 여성생식부호인 '▽'가 있는데 어째서 다시 야(也)자를 만들었는지 의아하게 생각할 수도 있을 것입니다. 그렇지 않나요? 같은 사물을 여러 개의 한자로 나타냈다는 것은 그 사물이 매우 중요하다는 것을 의미합니다. 예를 들면, '돼지'를 나타내는 한자는 돼지 해(亥), 돼지 시(豕), 돼지 돈(豚) 등 세 개의 한자가 있고, '새'를 나타내는 한자도 새 을(乙), 새 추(隹), 새 조(鳥) 등 세 개의 한자가 있으며, '머리'를 나타내는 한자 역시 머리 수(首), 머리 혈(頁), 머리 두(頭) 등 세 개의 한자가 있어요. 이러한 사실로 볼 때, 우리 삶에서 중요한 사물들은 여러 개의 한자로 니디냈

다고 유추해 볼 수 있습니다. 그래서 생명과 관련된 여성생식기는 중요하고
도 중요하기 때문에 하나는 부호(▽)로, 다른 하나는 그림문자(也)로 나타냈
던 것입니다.

물론 야(也)자는 여성생식기를 그린 문자라는 주장[12]에 대해 반대하는 학
자들도 많이 있습니다.[13] '동물의 꼬리'로 보는 견해도 있고, '뱀'으로 보는
견해도 있으며, 혹자는 앞에서 언급한 제사 그릇인 주전자 이(匜)로 보는 견
해도 있어요. 동물의 꼬리, 뱀, 주전자 이(匜) 모두 여성생식기와 관계가 있
죠. 우선 소와 말 그리고 양과 같은 동물의 암컷은 꼬리를 이용하여 생식기
를 숨깁니다. 그래서 유교를 숭상했던 사회 분위기로 인해 학자들은 '꼬리
속에 감춰진 것'이라고 말하기가 어색하여 어쩌면 '동물의 꼬리'라고 해석
했는지도 모릅니다. 주전자 이(匜)자는 앞에서 언급한 바와 같이 실제 여성
생식기와 매우 유사합니다. 아마도 이(匜)자는 여성생식기를 모방하여 만든
그릇인지도 모르겠습니다. 여기서 주목할 만한 내용은 여성생식기와 뱀을
연결시켰다는 점입니다. 뱀, 용, 여성, 배아, 태아 등의 관계에 대해서는 7장
임신과 한자 편에서 자세히 살펴볼 예정입니다. 구체적인 내용은 그곳을 참
고하면 되므로 여기에서는 간단하게 살펴보겠습니다.

금문의
它(사)자

뱀을 그린 문자는 다를 타(它)자입니다. 타(它)자를 뱀 사(它)
로도 읽습니다. 뱀이라 하면 일반적으로 뱀 사(蛇)자를 떠올릴
것입니다. 뱀 사(蛇)자는 사(它)자에 '벌레'를 뜻하는 벌레 충(虫)
자가 결합한 한자입니다. 옆에 있는 그림문자가 금문에 있는 뱀
사(它)자입니다. 앞에 있는 그림문자인 야(也)자와 비교해 보세
요. 정말 비슷하지 않나요?

---

12) 임진호·김하종, 「암각화 부호와 고문자 부호와의 상관성 연구 II」, 중국어문학지,
    2012. 04.
13) 다양한 학자들의 의견은 『고문자고림』 9책, 921~923쪽에 자세히 실려 있습니다.

갑골문	금문	소전체	해서체
없음	𠃚	𢁚	也
없음	𠃚	𢁚	它

넷, 바위그림과 유물에 새겨진 야(也).

그렇다면 어째서 여성생식기를 사실적으로 그린 야(也)자와 뱀을 그린 사 (它)자가 이처럼 닮았을까요? 여성생식기와 뱀은 어떠한 상관관계가 있는 것일까요? 한참동안 이 문제에 대해 고민하던 중, 우연히 엠마누엘 아나티 (Emmanuel Anati)가 지은 『예술의 기원(AUX ORIGINES DE L'ART)』[14]이 라는 책에서 아래의 바위그림을 발견하게 되었습니다.

구석기 시대로 추정되는 스웨덴 비우위케 바위그림

엠마누엘 아나티는 이 바위그림을 "신화 속에 나오는 존재가 수레를 타

---

14) 엠마누엘 아나티 지음, 이승재 옮김, 『예술의 기원』, 바다출판사, 2008.

고 도착하고 있는데, 성기가 발기되어 있고 그 앞에 뱀이 그려져 있다."(258쪽)고 설명했습니다. 남성의 발기된 성기가 향하는 곳에 뱀이 있다? 그렇다면 뱀은 무엇을 의미하는 것일까요? 신화에서 묘사되는 뱀은 남성의 모습과 여성의 모습을 동시에 나타낸다고 합니다. 그 이유는 겉모습을 보면 뱀은 남성의 성기 모양과 비슷하지만 그것을 삼킨다는 의미에서 여성의 자궁을 상징하기도 합니다.[15] 위 바위그림은 아마도 남성의 성기를 집어삼키는 여성의 성기를 뱀으로 나타낸 듯합니다.

옆에 있는 유물은 체코 모라비아에서 출토된 매머드로 만든 원형 작품으로 학계에서는 '원형의 음문(陰門)'으로 명명했습니다. 이것은 그라베트 문화기(기원전 27,000년~19,000년)에 속하는 작품으로 알려져 있습니다. 아래는 중국과 미국에 있는 바위그림들입니다.

중국 닝샤 러한산 바위그림　　　　미국 캘리포니아 오웬 계곡 바위그림

왼쪽은 구석기시대에 해당하는 바위그림으로 여기에 그려진 것들은 여성생식기를 사실적으로 묘사한 그림 집단으로 알려져 있습니다. 오른쪽은 구석기시대에 해당하는 미국 캘리포니아 오웬 계곡에 있는 바위그림으로 여기에 그려진 것들 역시 왼쪽의 바위그림과 마찬가지로 여성생식기를 사

---

15) 김화경, 『세계 신화 속의 여성들』, 도원미디어, 2003; 에리히노이만 저, 박선화 옮김, 『위대한 어머니여신』, 살림, 2009년.

실적으로 묘사한 그림 집단으로 알려져 있죠. 이러한 그림 집단은 내몽고 바위그림에서도 많이 발견되었습니다.

내몽고 오란찰포 사자왕기 사간합사도
바위그림

내몽고 산달뢰암사 바위그림

석기시대 사람들은 우리들에게 그들의 삶이자 그들이 추구했던 생활상을 다양한 그림으로 보여주고 있는데, 위 바위그림들 속에 나타난 야(也)는 생명의 탄생과 자손의 번성에 대한 그들의 열망을 사실적으로 보여주는 모습입니다.

지금까지 야(也)자가 결합된 한자 분석, 야(也)자 모양의 청동기 유물, 야(也)자의 그림문자, 바위그림과 유물에 새겨진 야(也)를 통해 어조사 야(也)자는 여성생식기를 그린 그림문자임을 재차 확인할 수 있었습니다. 여러분들 주위에 친구들이 있다면 '야~'하고 불러보세요. '야~'는 '위대한 어머니에게서 태어난 당신은 위대한 사람'을 지칭하는 언어가 아니었을까요? '친구야'에서 '야'의 의미, '엄마야'와 '아빠야'에서 '야'의 의미를 다시 생각해보는 계기가 되었으면 합니다.

암컷의 뒷모습, 암컷생식기 문(文), 암컷생식기 린(吝)

글월 문(文)자를 볼까요? 대다수의 학자들은 글월 문(文)자를 '가슴에 문신을 새긴 모양'을 그린 문자로 보았고, 그렇기 때문에 '무늬'란 뜻이 되었다고 해석했습니다.[16) 여러분들이 직접 문(文)자의 그림문자를 관찰해 보세요.

갑골문과 금문의 文(문)자

여러분들도 '가슴에 새겨진 문신 모양'으로 보이나요? 만일 그렇게 보인다면 여러분들 역시 학자들처럼 '✕'을 '사람 모양'으로 보고 있다는 증거입니다. 물론 문(文)자의 그림문자는 이보다 훨씬 많습니다. 그 이유는 '✕' 안에 들어 있는 모양이 다양하기 때문이죠. 예를 들면, ┼, ∪, ⨄, ⨃, ♧, ·, ⊂, ◇, ⩊, ⨀, ⨁, ⨂, ⨆ 등이 '✕' 안에 그려져 있습니다. 그리하여 학자들은 이러한 모양들을 사람의 가슴에 새겨진 문신 모양으로 이해했던 것입니다. 특히 가슴을 강조한 이유는 ⨀, ⨁, ⨂, ⨆ 등은 심장을 그린 심(心)자와 매우 유사하기 때문입니다.

그러면 한번 생각해보죠. 학자들이 중요하게 생각한 부분은 바로 '문신'입니다. 문자를 만든 사람(들)은 어찌하여 문신 모양을 하나로 통일하지 않았을까요? 그렇다면 위에서 문신이 없는 그림문자들(⨀, ⨁, ⨂, ⨃, ◇, ✕)은 무엇인가요? 문신은 어째서 가슴에만 새긴 것일까요? 이처럼 다양한 의문

---

16)『고문자고림』 8책, 64쪽~71쪽.

들이 떠오르지 않나요?

문신을 새긴 목적은 무엇일까요? 현재 중국 운남성(雲南省) 서부에 독룡족(獨龍族)이라는 소수민족이 살고 있는데, 이 부족민들 가운데 유독 할머니들의 얼굴에만 문신이 새겨져 있습니다. 그 이유는 중국정부의 정책으로 인하여 젊은 여성들의 얼굴에 문신을 새기는 것을 금지했기 때문이죠. 할머니들께 얼굴에 문신을 새긴 이유에 대해 여쭤본 결과, 가장 중요한 이유는 다른 부족의 남성들이 자신들을 납치해가지 못하도록 무섭게 보이게 하기 위해 얼굴에 문신을 새겼다고 대답했습니다. 즉, 다른 부족의 남성들로부터 자신들을 보호하기 위하여 가슴이 아닌 얼굴에 문신을 새긴 것이죠.[17)]

앞에서 제시한 다양한 의문에 대한 답을 찾아 헤매던 중 우연한 기회에 아래의 그림들을 발견하게 되었습니다.

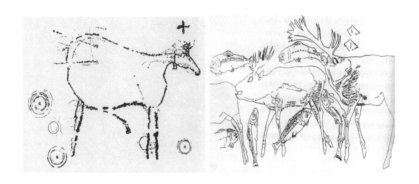

왼쪽에 있는 바위그림은 이탈리아 발카모니카에서 발견된 것이고 오른쪽에 있는 그림은 프랑스 오트피레네 로르테 동굴에서 발견된 짐승의 뿔에 조각된 것입니다. 엠마누엘 아나티는 왼쪽의 바위그림은 암컷을 나타내는 성기부호(○, •, ✝)가 그려진 것으로 보아 커다란 암컷 사슴이라 해석했고, 오른쪽의 '◇'은 암컷을 나타내는 부호로 보았습니다.[18)] 바위그림이나 토기

---

17) 7장 임신과 한자 편 첩 첩(妾)자에 대한 설명 참고.
18) 엠마누엘 아나티 지음, 이승재 옮김, 『예술의 기원』, 바다출판사, 2008.

에 새겨진 부호 '◇'는 여성생식기를 그린 그림이라는 것이 일반적인 해석
입니다.[19]

　　이제 다시 무늬 문(文)자의 그림문자들을 보죠. 그림문자들 가운데 '✡'은
비록 아나티가 암컷생식부호라고 말한 부호 '◇'가 아닐지라도 유사한 형태
를 취하고 있는 것은 사실입니다. 이러한 사실에 비추어 추론해보면, 그림
문자 '✡'은 동물 중에서 암컷의 뒷모습을 그린 그림으로 보는 것도 가능합
니다. 예를 들어 '✡'를 분석해보면, '✡'에서 위에 솟은 'ㅣ'는 동물의 꼬리를,
가운데 있는 '◇'는 암컷 생식기를, 밑에 있는 'ʌ'는 동물의 양 뒷다리를 사
실적으로 그린 것입니다. 따라서 '◇' 안에 그려진 다양한 부호 중에서 '十,
ㅸ'는 성교하는 곳을 가리키는 것이고, 'ㅂ, ·, ㅛ'는 구멍을, '◊, ◐, ◑, ◒, ◓'
는 심장 혹은 수컷생식기를 그린 것으로 볼 수 있습니다. 심장이 그려진 이
유는 아마도 인간이나 동물이나 마음이 움직여야 생명을 잉태시킬 수 에너
지가 생긴다는 것을 보여주기 위함이 아니었을까요? 이러한 해석에 근거하
여 이제부터 문(文)자가 결합된 한자를 살펴보겠습니다.

- ◆ 낳을 문(妏): 여성 여(女) + 암컷생식기 문(文)
- ◆ 낳을 산(産): 암컷생식기 문(文) + 태어남 생(生)
- ◆ 어지러울 문(紊): 암컷생식기 문(文) + 탯줄 혹은 실 사(糸)
- ◆ 힘쓸 민(忞): 암컷생식기 문(文) + 마음 심(心). 암컷(여성)의 마음을 사
  로잡기 위해서는 힘든 노력을 기울여야한다는 것을 나타낸 한자입니다.
- ◆ 가엾게 여길 민(閔): 문 문(門) + 암컷생식기 문(文). 임신을 하면 유산
  할 위험이 있기 때문에 암컷(여성)을 문 안에서만 살게 했습니다. 그러
  면 남겨진 수컷(남성)들은 정말 가여운 신세를 면하기 힘들겠죠?
- ◆ 문지를 문(抆): 손 수(手. 扌) + 암컷생식기 문(文)
- ◆ 따뜻할 문(炆): 불 화(火) + 암컷생식기 문(文)

---

19) 부호 '◇'의 의미에 대해서는 8장 출산, 탯줄, 양육과 한자 편 참고.

이 이외에도 문(文)자와 결합된 한자들이 많이 있으므로 여러분들이 직접 찾아보고 상상력을 동원해서 자의적으로 해석해 보면, 문(文)자는 암컷생식기를 나타낸 문자임을 확신할 수 있을 것입니다.

이를 보다 정확하게 그린 그림문자가 있습니다. 그것은 다름 아닌 아낄 린(吝)자입니다.

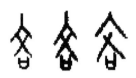

갑골문의 吝(린)자

허신은 "吝(린)자는 원망하다, 애석하다는 뜻이다."[20]라고 풀이했습니다. 이 해석만으로는 이해하기가 좀 어렵습니다. 이를 분명하게 알기 위해서는 우선 『설문』에 들어 있는 사슴 록(鹿)자와 아낄 린(吝)자가 결합한 린(麐)자를 살펴볼 필요가 있습니다. 허신이 "麐(린)자는 암키린이다."[21]라고 밝힌 점으로 미루어 린(吝)은 분명 암컷을 나타낸 한자라고 할 수 있습니다. 그렇다면 린(吝. 尞)자에서 '口'는 암컷(여성)생식기를 나타낸 부호로도 볼 수 있겠죠.

'문'이란 발음은 문 문(門)과 관계가 깊습니다. 문 문(門)은 출입문을 그린 한자입니다. 문(門)에 입(口)을 대고서 '누구의 집 아닙니까?'라고 물어보는 것을 나타낸 한자는 물을 문(問)자, 이때 문(門)에 귀(耳)를 대고서 잘 들어보는 것을 나타낸 한자는 들을 문(聞)자입니다. 여하튼 문(門)은 출입하는 곳

---

20) 『설문』: 吝, 恨惜也.
21) 『설문』: 麐, 牝麒也.

입니다. 문(文) 역시 출입할 수 있는 곳이므로 문(文)자와 문(門)자의 발음이 같은 것은 아닐까요?

여성생식기를 상징하는 구(口)

입 구(口)자는 쉬운 한자 가운데 하나입니다. 입 구(口)자가 결합한 한자들 대부분은 그 의미가 '입'과 관련되어 있습니다. 하지만 린(㕮. 㕦)자에서 '口'는 여성생식기를 나타내는 부호로 사용된 것으로 보아, 입 구(口)자가 들어 있다고 해서 모두 입과 관계가 있다고는 할 수 없습니다. 예를 들면, 가운데 중(中), 좋을 길(吉), 기뻐할 이(台) 등에서의 입 구(口)는 모두 입을 뜻하지는 않기 때문이죠. 이런 한자들을 해석할 때면 구(口)를 단순히 '입'만으로는 해석이 불가능합니다.

그러면 부호 '口'는 무엇일까요? 정말 '口'가 입모양만을 그린 것일까요 아니면 다른 것도 모방한 것일까요? 조국화(趙國華)는 『생식숭배문화론』[22]에서 다양한 상징의 세계를 제시했습니다. 그가 언급한 상징의 세계는 다음과 같습니다.

◆ 활은 여성생식기, 화살은 남성생식기로 활과 화살의 결합은 성교를 나타내는 상징부호
◆ 물고기는 여성생식기를 나타내는 상징부호
◆ 두 개의 물고기가 결합한 모양은 여성생식기를 나타내는 상징부호
◆ 새는 남성생식기를 나타내는 상징부호
◆ 새가 물고기를 물고 있는 것은 성교를 나타내는 상징부호

구석기시대에서 신석기시대로 접어들면서 돌연 새로운 상징체계가 출현

---

22) 趙國華, 『生殖崇拜文化論』, 中國社會科學出版社, 1996년.

했는데, 어째서 이러한 변화가 갑자기 발생했는지 어느 학자도 분명하게 설명하지 못하고 있는 실정입니다. 어쨌든 신석기시대에 갑자기 등장한 상징체계를 보면 조국화의 설명이 상당 부분 타당한 듯합니다. 그가 언급한 상징부호 가운데 '두 개의 물고기가 결합한 모양은 여성생식기를 나타내는 상징부호'에 대해 조금 더 살펴보겠습니다.

임동(臨潼) 강채(姜寨) 1기에 해당하는 채색토기

위 그림은 『중국 신석기시대 토기 장식 예술』(81쪽)에 실린 것인데, 임동 강채 1기에 해당하는 채색토기입니다. 보이는 바와 같이 토기에는 두 마리 물고기와 개구리가 그려져 있습니다. 위 그림에서 두 개의 물고기 모양을 확대해 보겠습니다.

반파(半坡) 유적지에서 발굴된 토기에 새겨진 문양

위 그림은 중국의 신석기시대 유적지 가운데 하나인 반파 유적지에서 발굴된 토기에 새겨진 문양입니다. 어떻게 보이나요? 두 개의 물고기가 겹쳐 있는 모양인 '🝆, 🝆'의 모습은 '입술 모양'으로도 보이고, 두 개의 물고기를 '🝆, 🝆'처럼 세워놓으면 여성생식기 혹은 '조개'를 벌려 놓은 모양과 매우 닮지 않았나요? 입을 그린 모양(口)은 아마도 '입술'을 그린 모양에서 연유된 듯하며, 입술을 그린 모양은 두 개의 물고기를 겹쳐놓은 모습에 근거를 둔 듯합니다. 이 모두는 상징적인 의미를 지니고 있으며 그 의미는 다산(多産)과 풍요(豊饒)를 의미합니다.

여성생식기 곡(谷)

입 구(口)가 결합된 한자 가운데 골짜기 곡(谷)자가 있습니다. 다음은 곡(谷)자의 그림문자입니다.

갑골문과 금문의 谷(곡)자

곡(谷)자의 그림문자는 두 가지로 해석이 가능합니다. 하나는 골짜기 모양을 그린 모습이고, 다른 하나는 여성이 두 다리를 벌려서(八) 음부(ⴸ)를 드러낸 모습입니다. 계곡은 '여성의 다리 사이'로 상징되는 이유가 바로 여기에 있습니다. 골짜기를 분명하게 나타내기 위해 뫼 산(山)자를 결합하여 후기자인 골짜기 욕(峪)자를 새로 만들었습니다. 곡(谷)자가 결합된 한자들을 분석해보면 곡(谷)자의 상징적 의미를 어느 정도 이해할 수 있을 것입니다.

◆ 하고자 할 욕(欲): 여성생식기 곡(谷) + 하품 흠(欠). 하품 흠(欠)자는 입을 벌린 모양을 그린 한자로 다른 문자와 결합하여 '희망하다, 바라다'는 의미를 갖습니다. 따라서 욕(欲)자는 여성을 취하고 싶어 안달하는 모습을 나타낸 한자로 볼 수 있습니다. 욕심 욕(慾)자는 '욕정'이라는 뜻도 들어 있는데 이 한자를 통해 욕(欲)자의 기본적인 의미를 파악할 수 있습니다.

◆ 풍속 속(俗): 사람 인(亻. 人) + 여성생식기 곡(谷). 속(俗)자에는 '풍속'이라는 뜻 이외에도 '바라다, 잇다'는 뜻도 있습니다. 속(俗)자는 여성만 생각하는 사람이란 뜻으로 '속(俗)되다'에서 속(俗)이 바로 그러한 의미로 사용됩니다.

◆ 목욕할 욕(浴): 물 수(氵. 水) + 여성생식기 곡(谷). 여성이 목욕하는 것을 말합니다.

◆ 넉넉할 유(裕): 옷 의(衤. 衣) + 여성생식기 곡(谷). 여성이 입는 속곳은 꽉 죄는 옷보다는 좀 '헐렁한' 옷이어야 위생적입니다. 그렇기 때문에 넉넉하다는 의미가 된 것입니다.

여성생식기 용(容)

골짜기 곡(谷)자가 들어 있는 한자 가운데 얼굴 용(容)자가 있습니다. 용(容)자의 그림문자는 다음과 같습니다.

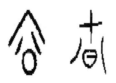

고문자 容(용)자

얼굴 용(容)자 역시 골짜기 곡(谷)자와 매우 비슷합니다. 특히 그림문자(容)에서 '刈'는 여성의 두 다리 사이로 음부가 훤히 드러난 모습이고, '十'는 음양(남녀)의 결합을 나타낸 부호입니다. 이러한 이유 때문에 용(容)자는 '얼굴'이란 뜻 이외에도 '그릇 안에 담다, 넣다'는 뜻도 들어 있게 된 것입니다. 용(容)자가 결합한 한자들을 볼까요?

- ◆ 질펀히 흐를 용(溶): 물 수(氵. 水) + 여성생식기 용(容)
- ◆ 쇠를 녹일 용(鎔): 쇠 금(金) + 여성생식기 용(容). 용(鎔)자와 용(熔)자는 같습니다.
- ◆ 불안할 용(俗): 사람 인(亻. 人) + 여성생식기 용(容)

본서 서술의 편의상, 여성생식기를 상징하는 부호인 '口'와 결합한 한자에 대해서는 6장 에로스와 한자 2편에서 자세히 설명할 예정입니다.

생명의 근원인 여성 원(原), 여성생식기 천(泉)

이제 근원 원(原)자를 살펴보겠습니다.

갑골문의 原(원)자

위 그림문자는 벼랑(厂) 안에 샘(泉)이 있는 모양입니다. '厂'는 기슭 엄(厂)자이고, '泉'는 샘 천(泉)자입니다. 샘 천(泉)자의 그림문자를 볼까요?

갑골문의 泉(천)자

허신은 "泉(천)자는 물의 근원을 말한다. 물이 흘러 나와 내를 이룬 모습을 그린 상형문자다."[23)라고 풀이했는데, 그림문자(📷)를 보면 그의 해석이 일견 타당한 것 같지만 문제는 '🔲, 🔲'를 설명할 수 없다는 점입니다. '🔲, 🔲' 역시 여성이 다리를 벌린 모습으로 보이는데, 정확하지 않기 때문에 여러분들의 판단을 기다리겠습니다. 이러한 추측이 맞는지 샘 천(泉)자가 결합된 한자를 살펴보겠습니다.

◆ 샘물 반(虇): 많을 번(絲) + 여성생식기 천(泉). 많을 번(絲)자는 많은 자식을 낳은 위대한 어머니(每)와 탯줄(糸)이 결합하여 만들어진 한자입니다. 즉, 여성이 많은 자식을 낳은 것을 말합니다. 샘물 역시 모든 생명의 근원이므로 샘물과 여성을 동일시한 것 같습니다.
◆ 줄 선(線): 탯줄 사(糸) + 여성생식기 천(泉). 탯줄은 여성과 자식을 이어주는 줄입니다.
◆ 샘 선(腺): 육체 육(月. 肉) + 물의 근원 천(泉). 생물체 안에서 분비작용을 하는 기관을 나타낸 한자입니다.

이제 다시 근원 원(原)자를 보겠습니다. 벼랑(厂) 안에 샘(泉)이 있는 모양이 어찌하여 '근원'이라는 의미가 생긴 것일까요? 이 부분에 대해서는 더 많은 연구가 필요한 듯 보입니다. 하지만 샘(泉. 泉)을 여성생식기를 나타낸 문자로 보면, 근원 원(原)자는 여성생식기를 감싼 모습으로 해석할 수 있습니

---

23)『설문』: 泉, 水原也. 象水流出成川形.

다. 이곳은 마르지 않는 샘물을 간직한 곳이므로 이를 더욱 분명하게 나타내기 위해 근원 원(原)자에 물 수(氵. 水)자를 결합하여 근원 원(源)자를 만들게 되었던 것 같습니다. 이제 원(原)자가 결합된 한자들을 통해 원(原)자의 의미를 재차 확인해 보겠습니다.

- ◆ 분홍빛 전(縓): 탯줄 사(糸) + 생명의 근원인 여성 원(原). 이 둘 다 모두 분홍빛입니다.
- ◆ 바랄 원(愿): 생명의 근원인 여성 원(原) + 마음 심(心). 마음으로 여성(새로운 생명)을 바라는 것을 말합니다.
- ◆ 바랄 원(願): 생명의 근원인 여성 원(原) + 머리 혈(頁). 머리(생각)로 여성(새로운 생명)을 바라는 것을 말합니다.
- ◆ 줄기와 잎이 퍼질 원(薳): 풀 초(艹. 草) + 생명의 근원인 여성 원(原). 생명이 퍼져 나가 듯 줄기와 잎도 퍼져 나가는 것을 나타냅니다.
- ◆ 천천히 말할 원(謜): 말씀 언(言) + 생명의 근원인 여성 원(原). 생명의 근원에 대해 말한다는 뜻입니다. 원(謜)자에는 '천천히 말하다'는 뜻 이외에도 '끊이지 않다, 말이 막힘없이 나오다, 근원을 묻다'는 의미도 있습니다. 이러한 의미가 생긴 것은 원(原)자는 새로운 생명이 계속 태어나는 것과 밀접한 관계가 있기 때문입니다.

여성생식기 상징: 전(田), 혈(穴), 구(臼)

마지막으로 여성생식기를 상징적으로 나타낸 한자에는 밭 전(田)자, 구멍 혈(穴)자, 절구 구(臼)자가 있습니다. 본서 서술의 편의상, 밭 전(田)자에 대해서는 4장 남성과 한자 편, 구멍 혈(穴)자에 대해서는 5장 에로스와 한자 1편, 절구 구(臼)에 대해서는 6장 에로스와 한자 2편에서 각각 살펴볼 예정이므로 그곳을 참고하면 될 것입니다.

3장. 여성과 한자 3

女(여), 卩(절), 妻(처), 母(모), 毋(무), 每(매),
帚(추), 𠂤(되), 師(사), 官(관), 追(추), 歸(귀), 辥(설)

3장

여성과 한자 3

女(여), 卩(절), 妻(처), 母(모), 毋(무), 每(매), 帚(추), 𠂤(퇴),

師(사), 官(관), 追(추), 歸(귀), 辥(설)

여기에서는 여성과 어머니 그리고 여성의 역할 등에 대하여 알아보겠습니다. 여러분들도 아시다시피 여(女)자는 '계집, 여자'를 뜻합니다. 하지만 갑골문과 금문에서는 '여자'의 의미보다는 결혼 적령기에 접어든 '여성'의 의미로 사용되었습니다.

여성 여(女)

여성 여(女)자의 그림문자를 볼까요?

갑골문	금문	소전체	해서체
			女

갑골문은 양팔을 가슴 앞으로 모아서(⺈) 무릎을 꿇고 앉아 있는 사람(⺈)의 모습입니다. 이 모습(⺈)이 어찌하여 '女'자처럼 변했을까요? 이 부분을 이해하기 위해서는 우선 갑골문을 사용했던 당시에 '어떤 사람들이 어떻게 문자를 기록'했는지에 대한 이해가 선행되어야 합니다.

당시 문자를 사용할 수 있었던 사람은 왕과 신의 계시를 알아보기 위하여 점占을 쳤던 정인(貞人)이었습니다. 왜냐하면 문자 자체에 신성한 힘이 들어 있다고 생각했기 때문이죠. 그래서 일반적인 관료들조차 문자를 사용할 수 없었습니다. 지금도 이처럼 생각하는 사람들이 있습니다. 부적(符籍)도 그 가운데 하나입니다. 여하튼 왕이 신의 계시를 얻고자 했을 때 정인을 불렀습니다. 정인은 신의 계시를 알아보기 전에 우선 거북이 배 껍질 혹은 동물의 어깨뼈나 넓적다리뼈를 준비하여 평평하게 다듬은 후 깨끗하게 손질했습니다. 그리고는 거북이 배 껍질에 청동기로 만든 송곳 같은 도구를 사용하여 조그맣게 구멍을 뚫은 후 왕이 알고자 하는 내용을 신께 물어보았습니다. 그 다음에 신이 어떠한 계시를 내렸는지 알아보기 위하여 뜨겁게 달궈진 청동기 송곳을 조그맣게 뚫린 구멍에 갖다 댄 다음 꾹 눌렀습니다. 그러면 구멍 주위에 다양한 모양으로 금이 갑니다. 금간 모양을 간단하게 그린 문자가 점 복(卜)자[1]와 조짐 조(兆)자입니다. 신의 계시를 보여주는 금간 모양(卜)을 자세히 살펴본 후 깨끗하게 손질된 거북이 배 껍질 혹은 동물의 어깨뼈나 넓적다리뼈 뒷면에 그 내용을 기록하였는데, 우리들은 이러한 기록들을 갑골문이라 부릅니다.

갑골문 '⺈' 모양이 어찌하여 '女'자처럼 변했을까요? 청동기로 만든 송곳 같은 날카로운 도구로 문자를 새겼기 때문에(간혹 쓴 것도 발견됨), 원형이나 구부러진 것을 새기기가 매우 곤란했습니다. 그래서 복잡한 모양을 직선으로 나타냈죠. '⺈' 역시 마찬가지였습니다. 무릎을 꿇고 앉아 있는 모양(⺈)

---

1) 점(卜)을 친 내용을 입(口)으로 말하는 것을 나타낸 한자는 점칠 점(占)자고, 점치는 집에는 많은 사람들이 모여 들기 때문에 가게 점(店)자가 만들어지게 된 것입니다.

갑골문

은 새기기에 다소 복잡하였기 때문에 이것을 간단하게 변화시킨 결과 '丿'처럼 변했고(금문), '丿'에서 약간 구부러진 부분을 다시 직선(丨)으로 바꾸면 '中'와 같은 모양이 됩니다. 그렇게 해도 '中'와 '女'의 모양은 다르죠?

여기에서 한 가지 더 주목해야만 합니다. 그것은 갑골문과 금문에서 볼 수 있듯이 당시에는 한자를 '세로로 쓰는 것이 원칙'이었다는 사실입니다. 예를 들면, '눈'을 그린 한자는 눈 목(目)자인데, 갑골문에서는 '眼'처럼 그렸는데 세로로 쓰기 시작하면서 '眼'처럼 되었다가 지금은 목(目)처럼 형태가 바뀌게 되었죠. 아마도 쓰는 공간이 작았거나 거북이 배 껍질이 세로로 되어 있었기 때문인 것 같습니다. 그러므로 '中'을 세로로 세우면 '女'처럼 됩니다. 어떻습니까? '女' 모양과 '女'자가 비슷해지지 않았나요?

그러면 어째서 '女'을 '여성'으로 풀이했을까요? 여성만이 양팔을 가슴 앞으로 모아서 무릎을 꿇고 앉았을까요? 이 문제에 대해서는 두 가지 측면에서 살펴보겠습니다. 하나는 어찌하여 꿇어 앉았을까하는 점이고, 다른 하나는 왜 양팔을 가슴 앞에 모았을까하는 점입니다. 이 두 가지 문제를 해결하기 위해서는 우선 문자를 만들었던 당시(혹은 그 이전)의 문화에 대하여 살펴봐야만 합니다.

19세기 이후 고고학이 발전하면서 지하 세계에 숨겨져 있었던 고대문화가 우리 앞에 그 모습을 드러내기 시작했습니다. 그 전까지 만해도 '어찌하여 여성만 꿇어앉았을까'에 대한 의문을 해결할 수 없었죠. 중국 하남성(河南省) 안양시(安陽市) 은허(殷墟) 유적지에서 상(商)나라의 유물이 그 모습을 드러내는 순간 꿇어앉은 모양은 당시 여성의 사회적 지위가 낮았다는 것을 의미하는 것이 아니라 그것은 당시의 문화였음이 밝혀졌습니다. 1989년에 내몽고 서랍목륜하(西拉木倫河) 북쪽의 백음장한(白音長汗) 신석기시대 문화 유적지에서도 '임신한 나체 여성상'이라고 불리는 여성상이 발굴되었는데, 이 역시 갑골문 여(女)자처럼 꿇어앉은 모습이었습니다.

내몽고 시라무룬하 북쪽의 백음장한에서 발굴된 여성상

위 여성상은 배 부분이 살짝 볼록 튀어나왔다는 점을 강조하여 학계에서는 '임신한 나체 여신상'으로 불립니다. 높이는 30센티미터로 정수리 부분이 뾰족하게 솟아 있으며 이마 부분이 돌출하였고 눈은 안으로 들어가 있으며 입 부분은 앞으로 나와 있는 것이 특징이죠. 혹자는 이 형태를 '앉아서 출산하는 형태'로 보고 있습니다. 무엇을 의미하는 것인지는 확실치는 않지만 분명한 것은 양손을 양쪽 가슴에 모으고 꿇어앉아 있다는 점입니다. 이러한 사실로 볼 때, 이러한 문화는 상당히 오랜 시간동안 지속되었던 것 같습니다. 다음은 전국시대 '조(趙)나라의 토템(totem) 기둥이 있는 청동으로 만들어진 집'으로 알려진 청동기 유물인데 1982년 3월에 발굴되었습니다.

조나라의 토템 기둥이 있는 청동으로 만들어진 집(趙國圖騰柱靑銅房屋)

위 청동기 유물은 집안에 음악을 연주하는 6명과 음악을 듣고 감상하는 2
명의 모습을 사실적으로 보여주고 있는데, 자세히 살펴보면 여성뿐만 아니
라 남성 역시 무릎을 꿇고 앉아서 음악을 감상하고 있습니다. 전국시대보다
훨씬 이전인 상나라에서도 남성들 역시 여성들과 마찬가지로 꿇어앉았다는
사실이 은허 유적지에서 발굴된 청동상에 반영되어 있습니다.

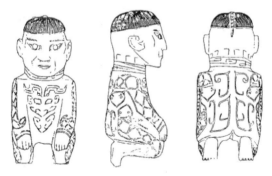

하남성 안양시 은허 유적지에서 출토된 청동상

무릎을 꿇고 앉아 있는 남성 절(卩)

갑골문	금문	소전체	해서체
	없음		卩 (㔾, 卪)

위 문자는 '병부(兵符, 나무패)'라는 의미를 지닌 절(卩)자입니다. 병부란 왕과 신하가 각각 반으로 나누어 가진 표시를 말합니다. 병부 절(卩)자는 병부를 반으로 나눈 모습과 닮았기 때문에 붙여진 이름입니다. 하지만 병부 절(卩)자의 그림문자는 분명 사람이 꿇어앉은 모양입니다. 우리말 '절하다'에서 '절'이라는 발음, '무릎'을 뜻하는 '슬(膝)'이라는 발음, '마디'를 뜻하는 '절(節)'이라는 발음은 모두 '절(卩)'이라는 발음과 관계가 있습니다. 결론적으로 말하면, 여(女)자는 양팔을 가슴에 모아서 꿇어 앉아 있는 여성의 모습이고, 절(卩)자는 양팔을 무릎 위에 놓고서 꿇어 앉아 있는 남성의 모습입니다.

절(卩. 㔾)자는 무릎을 꿇고 앉아 있는 '남성'이라는 의미에서 무릎을 꿇고 앉아 있는 '사람'이라는 의미로 확대되었습니다. 이제 절(卩. 㔾)자가 들어있는 한자들을 살펴볼까요?

◆ 하여금 령, 부릴 령(令): 꿇어앉은 사람 절(卩) + 지붕 모습 집(亼). 령(令)자의 전체적인 모습은 큰 집(亼)에서 무릎을 꿇고 앉은 사람(卩)이 누군가의 명령(命令)을 듣고 있는 모습입니다.

◆ 명할 명, 목숨 명(命): 입 구(口) + 꿇어앉은 사람 절(卩) + 지붕 모습 집(亼). 큰 집(亼)에서 무릎을 꿇고 앉아 있는 사람(卩)에게 누군가가 입(口)으로 명령(命令)을 하고 있는 모습입니다.

◆ 재앙 액(厄): 기슭 엄(厂) + 꿇어앉은 사람 절(㔾). 절벽(厂)에서 굴러 떨어져 다쳐서 쪼그려 앉아 있는 사람(㔾)으로, 운이 나쁜 사람을 나타낸 한자로 볼 수 있고, 절벽에서 죽음을 기다리며 꿇어 앉아 있는 포로 혹은 죄인을 나타낸 한자로도 볼 수 있습니다.

◆ 위태할 위(危): 사람 인(人) + 재앙 액(厄). 절벽(厂) 위에 사람(人→⺈)이 위태롭게 서 있는 모습과 절벽(厂)에서 굴러 떨어져 다쳐서 쪼그려 앉아 있는 사람(㔾)의 모습으로 해석하기도 하고, 뾰족하게 생긴 물체 위에 사람이 위태롭게 서 있는 모습으로 해석하기도 합니다.

◆ 범할 범(犯): 개 견(犭. 犬) + 꿇어앉은 사람 절(㔾). 사람이 개처럼 다른 어떤 것을 공격하고자 하는 모습입니다.

◆ 물러날 각(却): 꿇어앉은 사람 절(㔾) + 갈 거(去). 꿇어앉은(㔾) 채로 뒷걸음질로 물러나다(去)는 의미입니다.

여하튼 문자를 만들 당시(혹은 그 이전)에는 남성이든 여성이든 무릎을 꿇고 앉았다는 점은 분명한 사실입니다. 그러면 당시 사람들은 어째서 무릎을 꿇고 앉았을까요? 혹자는 은허 유적지에서 출토된 청동상 같은 조각상들이 신전(神殿)이나 혹은 무덤에서 발굴된 사실에 근거하여 신을 경배하는 모습이거나 혹은 제사를 지내는 모습이라고 주장하기도 합니다. 이러한 주장과는 달리, 이성가(李星可)는 당시 사람들은 은밀한 곳을 가릴 속곳을 입지 않았기 때문에 앉을 때 무릎을 꿇고 앉았다는 견해를 제시했습니다. 즉, 그는 당시 사람들은 다리 양 옆으로 찢어진 그리고 앞과 뒤만 가릴 수 있는 치마 같은 옷을 입었는데, 앉을 때 오늘날처럼 털썩 주저앉으면 엉덩이와 생식기가 지면에 맞닿아 위생상 불결했기 때문에 여성이든 남성이든 무릎을 꿇고 앉게 되었다고 했습니다.[2]

지금까지 '무릎을 꿇고 앉게 된 이유'에 대해 간략하게 살펴보았습니다.

---

2) 李星可, 「釋女」, 中法大學 月刊 4卷 3期에 수록.

지금부터는 '양팔을 가슴 앞에 모은 이유'에 대해 알아보겠습니다. 다시 여(女)자와 절(卩)자를 볼까요?

갑골문	금문	소전체	해서체
甹	冉	戾	女
𠂤 𠂤	없음	弔	卩(卩, 㔾)

　여성이 꿇어앉은 모습인 여(女)자와 남성이 꿇어앉은 모습인 절(卩)자에서 가장 큰 차이점은 양팔을 놓은 위치가 다르다는 점입니다. 여(女)자는 양팔을 가슴으로 모았고, 절(卩)자는 양팔을 무릎 사이에 놓았습니다. 문자를 만든 사람(들)은 '양팔의 위치'로 여성과 남성을 구분했던 것이죠. 여러분들은 왜 이처럼 그렸다고 생각하나요? 여성은 앉으면 음부는 가려지지만 볼록 튀어나온 젖가슴은 가릴 수가 없었기 때문에 양팔로 젖가슴을 가리고 앉았습니다. 남성은 앉을 때 볼록 솟아 오른 성기가 민망하여 그것을 양팔로 가리고 앉았기 때문에 여성과 남성의 양팔의 위치가 서로 달랐던 것입니다.

　갑골문에서 여(女)자를 어머니 모(母. 甹)처럼 쓴 경우도 많이 있습니다. 즉, 양팔을 가슴 앞으로 모았다는 것은 여성의 젖가슴이 확연하게 보일 정도로 성숙하였음을 상징적으로 나타내는 것이죠. 그리하여 당시에는 여(女)자는 '결혼할 나이에 접어 든 성숙한 여성'이란 의미를 갖게 되었던 것입니다. 갑골문에서 여(女)자의 다른 형태로는 '甹'도 있습니다. 자세히 살펴보면, 이것은 여(女. 甹)자에 부호 'ㅡ'을 더한 것으로, 여기에서 부호 'ㅡ'을 '비녀'로 해석합니다. 즉, 여자가 비녀를 꽂는 행위는 결혼할 성년 여성이 되었음을 나타냅니다. 주(周)나라 때에는 여자는 15세가 되면 머리에 비녀를 꽂았습니다. '甹'은 비녀를 꽂은 모양을 나타낸 한자인 아내 처(妻)자입니다. 그러므로 고대에는 여성 여(女), 어머니 모(母), 아내 처(妻) 등 세 글자는 비

숫한 의미로 사용되었습니다. 이러한 이유 때문에 허신은 "女(여)자는 부인이란 뜻이다."3)라고 해석했던 것입니다. 하지만 시간이 흐르면서 여성의 지위가 낮아졌고 남성의 권위가 강화하면서 여(女)자가 결합된 몇 몇 한자들은 여성을 비하하는 등의 의미를 갖게 되었습니다.

아내 처(妻)

이에 대해서 좀 더 구체적으로 살펴보기 위하여 여성 여(女), 아내 처(妻), 어머니 모(母), 말 무(毋), 매양 매(每)자의 그림문자를 보겠습니다.

갑골문	금문	소전체	해서체
𡚤	𠂤	𠨵	女
없음	𡚽 𡚽 𡚽	𡚾	妻
𡙇 𡙇	𡙈	𡙈	母
없음	𡙉	𡙉	毋
𡙊	𡙋	𡙌	每

아내 처(妻)자는 손으로 여성의 머리를 잡고 비녀를 꽂는 모양으로 마치 결혼식을 올리려고 준비하고 있는 듯합니다. 처(妻)자가 들어 있는 한자를 통해서 당시 신부, 아내의 마음이 어떠했었는지 알아볼까요?

---

3)『설문』: 女, 婦人也.

◆ 슬퍼할 처(悽): 마음 심(忄. 心) + 신부 처(妻): 부모님을 떠나 다른 남자의 집으로 시집가는 여성(妻)의 마음(心. 忄)이 매우 슬프다는 것을 나타낸 한자입니다.

◆ 쓸쓸하고 처량할 처(凄): 얼음 빙(冫. 氷) +아내 처(妻): 부모님을 떠나 다른 남자의 집으로 간 여성(妻)이 남편의 사랑을 받지 못하면 쓸쓸하여 마음이 얼음(冫)처럼 차가워짐을 나타낸 한자입니다.

어머니 모(母)

여(女)자에 두 개의 젖꼭지를 그린 문자가 어머니 모(母)자입니다. 젖꼭지는 양쪽 가슴에 붙어야 하는데 어찌하여 '위와 아래'로 붙었을까요? 이것은 앞에서 설명한 여(女)자가 만들어진 방법과 같습니다. 두 개의 젖꼭지를 강조한 이유는 무엇일까요? 허신은 "母(모)자는 기르다는 의미다. 여성을 뜻하고, 임신한 모습이다. 다른 의미로는 자식에게 젖을 먹이는 모습을 그렸다고 한다."[4]라고 풀이했습니다. 임신한 여성이 어머니란 의미입니다. 임신하면 젖이 더 커지기 때문에 어머니 모(母)자에는 두 개의 젖꼭지를 강조한 것이죠. 뿐만 아니라 자식을 낳으면 어머니 젖가슴이 더 커지죠? 바로 그 모습을 강조한 것이 모(母)자입니다. 임신하거나 자식을 낳은 여성과 낳지 않은 여성의 차이를 '두 개의 커다란 젖꼭지'로 구분했던 것입니다. 어머니는 우리에게 생명을 주시고 길러주신 가장 위대한 분이죠? 그래서 모(母)자가 결합한 한자는 '가장 위대한 분'이라는 의미가 들어 있습니다.

◆ 여스승 모(姆): 여성 여(女) + 가장 위대한 분 모(母). 여성 가운데 가장 위대한 분은 모든 여성들의 스승임을 나타냅니다.

◆ 엄지손가락 무(拇): 손 수(手. 扌) + 가장 위대한 것 모(母). 우리가 경

---

4)『설문』: 母, 牧也. 从女, 象褢子形. 一曰象乳子也.

이로운 상황에 직면했을 때 엄지손가락을 치켜들죠? 그리고 "무지(拇指) 예쁘다."라고 할 때에도 엄지손가락을 치켜드는데 여기에서 무지(拇指)는 가장 뛰어난 것을 뜻합니다.

임신한 여성을 범해서는 안 될 무(毋)

앞 그림문자에서 어머니 모(母)자는 말 무(毋)자와 매양 매(每)자와 비슷하거나 같습니다. 그러므로 말 무(毋)자 역시 '어머니'를 뜻하죠. 그러면 어찌하여 무(毋)자가 '말다, 없다, 아니다'를 나타내는 부정(否定)과 금지(禁止)의 뜻이 되었을까요? 허신은 "毋(무)자는 그치다는 뜻이다. 무(毋)자는 女(여)자와 간통하려는 자가 있음이 결합해서 만들어졌다."5)라고 풀이했습니다. 즉, 무(毋)자는 간통하려는 남성을 여성(어머니)이 방어하는 것을 나타낸 모습이라는 것이죠. 이게 사실일까요? 이제 무(毋)자가 결합된 한자인 애(毒)자를 통해 무(毋)자의 의미를 찾아보겠습니다.

허신은 "毒(애)자는 사람이 해서는 안 되는 행위를 말한다. 毒(애)자는 사(士)자와 무(毋)자가 결합한 회의문자이다. 가시중은 '진시황의 어머니와 노애가 음란한 행위를 했기 때문에 그의 목을 베어버렸다. 그러므로 후세 사람들은 음란한 행위를 한 자를 욕할 때 노애(嫪毐)라 하였다.'고 했다."6)라고 풀이했습니다. 이 해석에 따르면 진시황과 그의 어머니 조희(趙姬) 그리고 노애(嫪毐) 사이에 어떤 사건이 벌어진 듯합니다. 이 세 사람 사이에는 어떤 일이 있었을까요? 사마천(司馬遷)이 지은 『사기(史記 · 여불위전(呂不韋傳))』에 노애(嫪毐)라는 인물이 등장하는데, 개략적인 내용은 다음과 같습니다.

---

5) 『설문』: 毋, 止之也. 从女, 有奸之者.
6) 『설문』: 毒, 人無行也. 从士从毋. 賈侍中說: 秦始皇母與嫪毒淫, 坐誅, 故世罵淫曰嫪毐.

"진시황의 어머니인 장양태후(庄襄太后) 조희(趙姬)는 남편인 장양왕 이인(異人)이 죽은 뒤로부터 음란함이 더욱 강해져 매일 여불위(呂不韋)를 감천궁(甘泉宮) 안으로 불러들여 동침했다. 그러자 여불위는 진시황이 점점 장성하면서 그의 영특함이 남다르기 때문에 그의 어머니와 자신의 음란한 행위가 언젠가는 들킬 것이 두려워 그녀로부터 벗어날 궁리를 하고 있었다.

당시 진나라의 풍속에 농사가 끝난 가을이 되면 사람들은 저잣거리에 모여 3일 동안을 즐기고 노는데, 이때 백성 중에 특기를 가진 자들은 사람들이 많이 모인 자리에 나가 각기 자기의 장기를 자랑하기도 하였다. 그런데 이 지방에 노애(嫪毐)라는 건달이 살았는데 그는 음녀(陰女)들의 사랑을 독차지하였다. 그는 성기가 크고 단단하기로 이름이 난데다가 가끔씩 저자 사람들이 모인 자리에서 오동나무로 만든 수레바퀴를 뽑아 자신의 성기에다가 꽂고 빙글빙글 돌려 자신의 것이 건장하고 큰 것을 자랑하였다. 이날도 저잣거리의 많은 부녀자가 그의 물건을 보려고 모여들었는데 이 소식을 들은 여불위는 조희에게 넌지시 노애의 이야기를 하면서 그를 궁 안에 불러들여 재주 부리는 것을 한번 보겠느냐고 물어보았다. 조희가 이에 응하자 여불위는 몰래 노애를 내시(內侍)처럼 변장시킨 다음 조희와 만나게 했다.

노애가 궁 안으로 들어간 뒤 그는 조희와 함께 밤낮없이 마치 아교와 옻처럼 서로 달라붙어 떨어질 줄을 몰랐다. 얼마 되지 않아 그녀는 임신을 하게 되었고 2명의 자식을 낳았다. 마침내 이 둘 사이는 더욱 친밀하게 되어 주위의 눈도 꺼리지 않고 마치 부부처럼 생활하였다. 이러한 사실이 진시황에게 전해지자 그는 매우 진노하여 노애를 붙잡아 수레에 사지(四肢)를 매달아 찢어 죽이고 그의 삼족(三族. 외족(外族), 처족(妻族), 친족)을 전멸시켰다. 노애를 따르던 모든 사람을 전부 죽여 머리를 장대 끝에 매달게 하고 그 추종자들이나 노애의 빈객 노릇을 하던 사람들 4천여 가구를 모두 촉(蜀) 지방으로 옮겨 살게 하였을 뿐만 아니라 그의 어머니인 조희에게는 국모(國母)로서의 자격을 빼앗고 역양궁(棫陽宮)에 유폐(幽閉)시키고 파수병 300명을 시켜 지키게 했다.

노애를 조희에게 추천했던 여불위는 진시황이 두려워 매일 병을 핑계로 집에 들어앉은 채 거동조차 하지 않았고 자신 역시 처형될까 두려워 진시황에게 사직을 청하였다. 진시황은 여불위를 죽이고 싶었지만 주위의 만류로 일단 사표를 받아들였다. 자신이 꾸민 일이 탄로 날까 두려움에 떨던 여불위는 마침내 자살로 생을 마감했다. 이때부터 속세에서는 음탕함을 욕할 때 '노애'라는 이름을 사용하게 되었다."

위 내용을 토대로 추측해보면, 이유야 어쨌든 간에 노애라는 남성은 진시황의 어머니를 범犯한 사람입니다. 따라서 노애는 어머니를 범한 남성을 뜻하게 되었죠. 노애(嫪毐)라는 이름을 풀이해 볼까요?

사모할 노(嫪)자는 여성 여(女)자와 높이 날 료(翏)자가 결합한 한자입니다. 높이 날 료(翏)자는 비단으로 만든 얇은 옷이 바람결에 살랑살랑 넘실거리는 모양을 나타내므로, 노(嫪)자는 '바람결에 가볍게 떠는 얇은 비단옷을 입은 여성'을 의미하죠. 남성들은 이러한 여성을 만나고 싶어 하기 때문에 노(嫪)자는 '그리워하다, 사모하다'는 뜻을 지니게 된 것입니다.

음란할 애(毐)자는 남성(士)과 어머니(毋)가 결합한 한자입니다. 즉, 어머니를 범하고자 하는 남성을 말하죠. 인간에게는 넘어서는 안될 최소한의 도리가 있는데 그것은 다른 사람의 어머니를 범해서는 안된다는 사실입니다. 그러므로 무(毋)자는 '다른 사람의 어머니를 범하지 말라'는 뜻을 나타냈다고 볼 수 있습니다. 게다가 무(毋)자는 임신한 여성을 나타내므로 '임신한 여성은 범하지 말라'는 금지의 뜻을 나타냈다고도 볼 수 있습니다.

많은 자식을 낳은 어머니 모습 매(每)

계속해서 어머니 모(母)자와 비슷하거나 같은 매양 매(每)자에 대해 살펴보겠습니다. 매(每)자가 모(母)자와 다른 점은 모(母)자 위에 머리털이 있다는 점입니다. 그림문자에서 머리털을 강조한 모습은 머리가 길었다는 것을 의미합니다. 늙을 로(老)자의 그림문자(耂), 효도 효(孝)자의 그림문자(耂), 길 장(長)자의 그림문자(镸)를 통해 이러한 사실을 확인할 수 있죠. 머리가 길었다는 것은 오래 살았다는 뜻입니다. 그러므로 매양 매(每)자는 많은 자식을 낳은 늙은 어머니의 모습을 사실적으로 나타낸 그림문자입니다. '매양'이란 '늘, 언제나, 항상'이란 뜻입니다. 언제나 한결 같다는 의미죠. 어머니가 자식을 향한 사랑의 마음은 어떨까요? 늘 한결같지 않나요? 지금부터 매(每)자가 결합한 한자들을 통해 매(每)자의 의미를 구체적으로 알아보겠습니다.

◆ 바다 해(海): 물 수(氵. 水) + 어머니 매(每). 바다(海)는 어머니(每) 마
음처럼 넓은 물(氵)로 해석하는 경우도 있고, 물(氵)의 어머니(每)로 해
석하는 경우도 있습니다.

◆ 뉘우칠 회(悔): 마음 심(忄. 心) + 어머니 매(每). 어머니(每)께서 돌아
가시면 자식들의 마음(忄)은 어떨까요? '살아 계실 때 좀 더 잘 해드릴
걸. 조금 더 잘 해드렸으면 이토록 마음이 아프지 않을 텐데……'하는
후회하는 마음뿐일 것입니다.

◆ 업신여길 모(侮): 사람 인(亻. 人) + 어머니 매(每). 모계씨족사회에서
부계씨족사회로의 변화는 여성의 신분에 많은 변화를 가져왔습니다.
그 가운데 하나가 여성을 천시(賤視)하는 경향이 발생한 것이죠. 모(侮)
자는 '사람(亻)이 여자(每)를 업신여기다'는 뜻입니다.

지금까지 여성 여(女), 아내 처(妻), 어머니 모(母), 말 무(毋), 매양 매(每)
자 등에 대해 살펴보았습니다. 여(女)자와 모(母)자의 차이점을 분석하면서
부풀어 오른 두 개의 젖꼭지로 임신하거나 혹은 자식을 낳은 여성과 낳지
않은 여성을 구분했던 고대인들의 관찰력과 사고력이 정말 놀랍지 않나요?

여성의 젖가슴을 나타낸 그림문자가 더 있을까요? 물론 더 있습니다. 이
부분에 대해서는 8장 출산, 탯줄, 양육과 한자 편에서 자세히 살펴보기로 하
고 여기에서는 한자에 나타난 여성의 삶에 대해서 간단하게 알아보겠습니
다.

여(女)자를 부수(部首)로 삼는 한자들은 매우 많은데, 내용을 종합하여 간
략하게 정리해 보면 다음과 같습니다.

하나, 아름다운 여성, 날씬한 여성, 착한 여성 등 여성의 모습

예쁠 연(娟), 예쁠 요(姚), 예쁠 제(姼), 예쁠 압(姶), 예쁠 주(姝), 예쁠 교(姣), 예쁠 요(嫋), 예쁠 요(嬈), 예쁠 와(婐), 예쁠 핍(妼), 예쁠 선(嫙), 예쁠 연(娟), 예쁠 왜(娃), 예쁠 작(婥), 예쁠 앵(嫈), 고울 연(妍), 고울 타(嫷), 고울 미(媄), 고울 선(嬋), 고울 연(姸), 아리따울 아(娥), 아리따울 무(嫵), 아리따울 연(嬿), 아리따운 교(嬌), 아리따울 교(嬌), 아리따울 요(嬈), 아리따울 아(嫛), 아름다울 유(媮), 아름다울 연(嬿), 아름다울 연(孌), 맵시 자(姿), 미녀 원(媛), 예쁜 여자 발(妭), 화려할 간(婜), 얼굴 얌전할 주(婤), 희고 환할 찬(孂), 품성 좋을 완(婠), 순할 완(婉), 눈짓으로 전하는 예쁜 모양 결(妜), 눈매 고울 묘(媌), 날씬할 조(嬥), 날씬할 정(婧), 우아할 한(嫻), 싱긋 웃을 언(嫣), 가냘픈 모양 염(姌), 가늘 섬(孅), 가는 허리 규(嫢) 등

둘, 결혼과 여성의 호칭
중매 매(媒), 중매 작(妁), 짝 유(婑), 만날 구(姤), 사모할 로(嫪), 연모할 고(姑), 꾸밀 장(妝), 시집갈 가(嫁), 혼인할 혼(婚), 혼일할 인(姻), 사랑할 폐(嬖), 즐거워할 오(娛), 즐거울 담(媅), 기쁠 혈(妶), 기쁠 이(嬰), 기쁠 홍(嬹), 성교할 구(媾), 아이 밸 임(妊), 아이 밸 신(娠), 아이 밸 추(媰), 아이 밸 태(娧), 갓난아이 영(嬰), 갓난아이 예(婗), 좋을 호(好), 좋을 제(娚), 여자 애 양(孃), 아내 빈(嬪), 아내 유(嬬), 아내 처(妻), 며느리 부(婦), 어머니 모(母), 시어머니 고(姑) 등

셋, 성씨(姓氏)에서 성(姓)자는 여자(女)가 낳은(生) 아이에게 자신의 성(姓)을 따르게 한 모계씨족사회에서 유래하는 글자이고, 씨(氏)자는 모계씨족사회에서 부계씨족사회로 변화하면서 아버지 성(姓)을 일컫는 글자입니다. 지금은 둘을 합쳐서 성씨(姓氏)라고 합니다. 성씨로 쓰이는 한자로는 강(姜), 희(姬), 길(姞), 규(嬀), 운(妘), 연(燃), 육(妭), 야(婼) 등이 있습니다.

넷, 남존여비(男尊女卑)사상으로 인한 부정적인 의미

간사할 간(姦), 시끄럽게 송사할 난(奻), 시기할 질(嫉), 질투할 투(妬), 요망할 요(妖), 방자할 방(妨), 더럽게 여길 기(娸), 더럽힐 독(嬻), 아첨할 미(媚), 아첨할 축(嬸), 교활할 활(姡), 싫어할 혐(嫌), 음탕할 탐(婪), 음탕할 음(婬), 업신여길 오(嫯), 미련할 부(婄), 미련할 대(嬯), 추할 휴(媾) 등

다섯, 여성의 사회적 지위

노예 노(奴), 여자노예 비(婢), 계집종 비(娝), 계집종 애(娭), 기생 기(妓), 창녀 창(娼) 등

물론 여(女)자를 부수로 삼는 한자들은 이 외에도 많이 있지만 이 정도의 설명만으로도 여성들의 삶에 대해 어느 정도 이해할 수 있을 것입니다. 이 부분에 대해 관심이 있다면 여(女)자를 부수로 삼는 한자들을 찾아 세밀하게 분류해보면 더욱 다양한 내용을 얻을 수 있을 것입니다.

빗자루 추(帚)

마지막으로 고대사회에서 여성의 역할 가운데 하나였던 청소에 대해 살펴보겠습니다. 청소(淸掃)는 깨끗하게(淸) 빗자루로 쓸다(掃)는 두 개의 한자가 결합해서 만들어진 단어입니다. 소(掃)자는 손 수(扌. 手)와 빗자루 추(帚)가 결합하여 '빗자루를 손에 들고 쓸다'는 의미를 나타낸 한자입니다. 그러면 선사시대 여성들은 어떤 자리를 청소해야 했을까요?

모계씨족사회에서 신전(神殿)은 매우 중요한 장소였습니다. 왜냐하면 하늘과 통하는 장소였기 때문이죠. 그 장소에 드나들 수 있는 사람은 생명을 잉태하여 부족의 안녕을 책임지는 위대한 여성이었습니다. 그러므로 신성한 장소를 정리하고 청소하는 역할 자체가 매우 신성한 일로 여겨졌으며,

이 일들은 위대한 여성만이 담당할 수 있었습니다. 하지만 부계씨족사회로 변화하면서 남성들이 신전을 독차지하게 되었고, 그로 인하여 신전을 청소했던 여성들은 신전 주위를 청소하게 되었고 마침내 집안 청소를 담당하는 지위로 전락하게 되었던 것입니다. 빗자루 추(帚)자의 그림문자를 볼까요?

갑골문	금문	소전체	해서체
𣍘	𣍘	帚	帚

빗자루는 쓸면서 청소하는 도구이므로, 추(帚)자가 결합된 한자는 대부분 '쓸다, 청소하다'라는 의미로 해석됩니다. 예를 들면,

◆ 쓸 소(埽): 흙 토(土) + 빗자루 추(帚). 빗자루(帚)를 들고서 흙(土)을 쓸어내는 것을 나타낸 한자입니다.
◆ 아내 부(婦): 여성 여(女) + 빗자루 추(帚). 빗자루(帚)를 들고서 집안을 깨끗하게 정돈해 주는 여성(女)은 부인이자 아내입니다.
◆ 눈 설(雪): 비 우(雨) + 빗자루 추(帚)의 생략형(彐). 비(雨)가 눈이 되어 내리면 빗자루로 쓸어야한다는 데에서 유래한 글자입니다.
◆ 빗자루 추(帚)자가 들어있는 한자 가운데 침범할 침(侵)자가 있습니다. 이 한자의 그림문자는 '𠬶'처럼 되어 있습니다. 즉, 손(又)으로 빗자루(帚)를 잡고 있는 모습이죠. 하지만 시간이 흐르면서 '𠬶(帚)'의 밑 부분인 '巾'이 생략되어 '㣇'처럼 변했습니다. 사람이 빗자루를 들고 쓸면서 조금씩 앞으로 나아간다고 해서 침범하다는 의미가 생겨났죠. 후에 이러한 의미를 분명하게 드러내기 위하여 사람 인(亻)자가 결합하여 침입(侵入), 침범(侵犯), 침해(侵害), 침략(侵略) 등 단어에 사용되는 침범할 침(侵)자가 되었습니다. 침(㣇)자가 들어 있는 한자로는 침실(寢室), 침대(寢臺) 등 단어에 사용되는 잠잘 침(寢)자, 침수(浸水), 침투(浸透),

침식(浸蝕) 등 단어에 사용되는 물에 잠길 침(浸)자 등이 있습니다.

엉덩이 되(𦣞)

주로 수렵생활을 하면서 생활했던 선사시대에는 여성들뿐만 아니라 남성들 역시 빗자루를 들고 쓰는 일을 했습니다. 남성들은 사냥을 나갔다가 여러 적들로부터 자신들을 보호하기 위하여 그들이 쉬었던 흔적을 지우기 위해 빗자루를 사용했죠. 그들이 앉았던 흔적은 한자로 어떻게 나타냈을까요? 우선 아래 그림문자를 살펴보겠습니다.

엉덩이 되(𦣞)			스승 사(師)		
벼슬 관(官)			쫓을 추(追)		
돌아갈 귀(歸)			허물 설(辥)		

엉덩이 되(𦣞)[7], 스승 사(師), 벼슬 관(官), 쫓을 추(追), 돌아갈 귀(歸), 허물 설(辥) 등 6개 그림문자에 공통적으로 들어있는 것은 '𠂤'입니다. 이것을 한

---

7) 허신은 각 한자의 음을 반절(反切)로 나타냈습니다. 반절 형식은 'AB切'인데, 이 경우 'A'에서는 성모(자음)를 취하고 'B'에서는 운모(성모를 제외한 것으로 일반적으로 모음)를 취해 발음합니다. 그는 '𦣞'자의 발음을 "도회절(都回切)"이라고 했습니다. 도회절(都回切)의 '都(도)'에서 'ㄷ'과 '回(회)'에서 '외'를 결합하면 '되'가 됩니다. 따라서 '𦣞'자의 발음은 '되'입니다.

자로 나타낸 것이 되(自)자입니다. 여러분들은 '𝟅' 모양이 무슨 모양으로 보이나요? 나체인 몸으로 깔개 없이 흙바닥 위에 앉았다가 일어서면 생기는 곡선의 윤곽, 그 모습이 바로 '𝟅'입니다. 그리하여 문자를 만든 사람(들)은 '𝟅'로 사람들이 앉았던 흔적 혹은 그 흔적을 만든 엉덩이를 나타냈죠.

1957년 안휘성 부남현(阜南縣) 주채진(朱寨鎭)에서 발굴된
용준(龍尊). 상(商)왕조로 추정

위 그림에서 엉덩이 모습을 새긴 부호가 보이죠? 自(𝟅)과 매우 유사하지 않나요? 하지만 허신은 "自(되)자는 조그마한 언덕이다. 상형문자다."[8]라고 풀이했습니다. 엉덩이 모습과 언덕 모습이 유사하기 때문일까요? 충청남도, 전라북도, 경상도, 제주도에서는 '언덕'을 '엉덕'이라 하는데 어떤 연관이 있는 것은 아닐까요? 이 부분에 대해서는 좀 더 많은 연구가 필요할 듯합니다. 아마도 앉았던 흔적 → 사람들이 일상적으로 앉아 지내는 곳(사람들이 거주하는 곳) → 그들이 거주했던 곳은 낮은 지대가 아닌 구릉처럼 조금 높은 지

8) 『설문』 : 自, 小𨸏也. 象形.

대였기 때문에 허신은 조그마한 언덕으로 해석했던 것 같습니다. 신석기시대 사람들은 앞에는 물이 흐르고 뒤에는 산이 있는 언덕에 마을을 형성했습니다. 만일 언덕이 아닌 평지나 낮은 지대에서 생활하게 될 처지에 놓였다면 흙을 북돋아 쌓아 올린 후 생활 터전을 만들어야 했기 때문에 되(自)자에는 '흙을 높이 쌓다'는 의미도 더불어 생겨나게 되었습니다. 이러한 설명에 착안하여 앞에 제시된 각각의 한자에 대해 분석해 보겠습니다.

스승 사(師)

스승 사(師)자의 그림문자(𠂤)와 엉덩이 되(自)자의 그림문자(𠂤)가 서로 같은 것으로 보아, 사(師)자는 원래 되(自)자였지만 나중에 되(自)자에 '두루, 널리, 여기저기, 빙 두르다'를 뜻하는 두를 잡(帀)자가 결합된 것임을 알 수 있습니다. 두를 잡(帀)자는 허리 혹은 주위를 나타내는 부호 '一'과 수건 건(巾)자가 결합한 한자입니다. 즉, 수건으로 허리를 빙 두른 모습이죠.

갑골문과 금문에서 스승 사(師)자는 '군대'라는 의미로 사용되었습니다. 어째서 사(師)자가 군대라는 의미로 사용되었을까요? 그 이유는 여기저기에(帀) 많은 사람들이 앉았던 엉덩이 흔적(自) 때문입니다. 남성들이 사냥을 하기 위하여 모여 앉았던 곳을 나타냈던 사(師)자는 나중에 남성들이 다른 부족을 치기 위하여 모여 앉았던 곳을 의미하게 되었고, 더 나아가 그 집단을 나타냈기 때문입니다. 그러므로 사(師)자는 본래 '군대가 주둔하던 장소'란 의미에서 '군대를 지휘하는 장수'로 그리고 '스승'이라는 의미로 변천했음을 알 수 있습니다. 장수 수(帥)자가 스승 사(師)자와 비슷한 이유는 이 때문입니다. 사자 사(獅)자는 짐승 견(犭)자와 뛰어난 스승 사(師)자가 결합한 한자로, 사(獅)자는 짐승 중에서 가장 뛰어난 짐승을 가리킵니다.

벼슬 관(官)

벼슬 혹은 관리를 의미하는 관(官)자의 그림문자(�)는 '집'의 윤곽을 그린 집 면(宀, 冖)자와 엉덩이 되(𠂤)자가 결합한 모습입니다. 일상적으로 우리들이 생활하는 집은 집 면(宀)자와 집 가(家)자가 있습니다. 이러한 사실로 볼 때, 관(官)은 결코 일상적인 집이 아님을 알 수 있습니다. 일상적인 집이 아니라면 도대체 어떤 집을 나타내는 것일까요? 양수달(楊樹達), 마서륜(馬叙倫), 진몽가(陳夢家) 등은 '손님들이 잠을 자기 위하여 들리는 객사(客舍)'라고 풀이했고, 주덕희(朱德熙)는 '황후가 식사하는 장소'라고 해석했습니다. 위 학자들 모두 관(官)은 '잠시 거주하는 곳'으로 풀이했습니다. 즉, 잠을 자기 위하여 잠시 거주하는 곳, 먹기 위하여 잠시 들르는 곳이라는 주장입니다. 이러한 주장과는 달리 하금송(何金松)은 성인이 되었지만 아직 결혼하지 않는 여성이 결혼 상대를 기다리면서 임시로 거주하는 곳이라는 독창적인 견해를 제시했습니다. 즉, 원시사회에서 아이들이 성인이 되면 각각 근처에 거처를 마련하여 그곳에 살게 했는데 이때 성인미혼 여성들이 사는 곳이 바로 관(官)이라는 주장입니다.

위 학자들의 견해에 비추어보면 관(官)은 장소를 뜻하는 한자임이 분명합니다. 그러면 어떤 장소일까요? 확실치는 않지만 관(官)자에 엉덩이 되(𠂤)자가 있는 점으로 보아 하금송의 주장처럼 남녀의 '성교'와 관련된 특별한 장소인 것 같습니다. 그곳은 매우 신성한 곳이었기 때문에 그곳을 관리하는 사람은 마을에서 신임을 받는 사람이었을 것입니다. 그래서 관(官)자는 '신성한 장소'란 의미에서 '그곳을 관리하는 사람'이란 의미로, 더 나아가 '중요한 사람을 보좌하는 사람'으로 의미가 확대되었다고 추론해 볼 수 있습니다. 뿐만 아니라 엉덩이는 밖으로 배출하면서 소리를 내하는 기관이므로 소리를 내는 관악기에도 관(官)자가 사용됩니다. 관(官)자가 결합된 한자들을 분석해보면 관(官)자의 의미가 보다 분명해질 것입니다.

◆ 객사 관(館): 먹을 식(食) + 임시로 거주하는 장소 관(官). 숙식(宿食)하기 위하여 임시로 머무는 곳(官)을 말합니다.

◆ 벼슬하는 사람 관(倌): 사람 인(亻. 人) + 신성한 장소를 지키는 사람 관(官)

◆ 널 관(棺): 나무(木) + 신성한 장소 관(官)

◆ 살이 찐 아이 완(婠): 여성(女) + 성교를 하기 위한 신성한 장소 관(官). 성교(官) 후 여성(女)은 임신하면 몸이 불기 때문에 '살이 찐 모양'이란 의미를 지니게 되었던 것입니다.

◆ 대롱 관(管): 대나무 죽(竹) + 길게 연결된 모양 관(官). 수도관(水道管)으로 사용되는 파이프(pipe)를 지금은 플라스틱이나 금속으로 만들지만, 예전에는 모두 대나무로 만들었습니다. 대롱 관(管)자의 대롱은 파이프의 우리말입니다. 모세관현상의 모세관(毛細管)은 '털(毛)처럼 가는(細) 관(管)'입니다. 세뇨관(細尿管)은 '가는(細) 오줌(尿) 관(管)'으로, 신장에서 혈액 가운데 있는 노폐물을 오줌으로 걸러 내는 가는 관입니다. 수뇨관(輸尿管)은 '오줌(尿)을 보내는(輸) 관(管)'으로 신장의 오줌을 방광까지 운반해주는 가늘고 긴 관입니다. 오줌관 또는 요관(尿管)이라고 합니다.

◆ 옥피리 관(琯): 구슬 옥(王. 玉) + 긴 모양으로 밖으로 소리가 빠져나올 관(官). 관악기(管樂器)는 입으로 불어서 관(管) 안의 공기를 진동시켜 소리를 내는 악기(樂器)입니다.

쫓을 추(追)

쫓을 추(追)자의 그림문자(𠂤, 𧀂)는 엉덩이 되(𠂤)와 발 지(止)자가 결합한 모습도 있고, 여기에 다시 조금씩 걸을 척(彳)자가 결합된 모습도 있습니다. 조금씩 걸을 척(彳), 발 지(止), 쉬면서 천천히 갈 착(辶) 등은 모두 발동작과 관련되어 있어 '걷다'는 의미를 갖습니다. 남겨진 흔적(𠂤)을 뒤쫓는 것(辶)이 추(追)자입니다. 사람을 쫓는 것을 쫓을 추(追)라하고 동물을 쫓는 것을 쫓을 축(逐)이라 합니다.

돌아갈 귀(歸)

귀(歸)자는 '돌아가다, 돌아오다, 시집가다'는 뜻을 가진 한자입니다. 귀(歸)자의 그림문자(, , .) 역시 엉덩이 퇴(𠂤)자와 빗자루()를 그린 빗자루 추(帚)자가 결합하였고, 여기에 다시 '걷다'는 것을 의미하는 조금씩 걸을 착(彳), 쉬면서 천천히 갈 착(辶) 등이 결합한 모습입니다. 앞에서 언급했듯이 그림문자에서 빗자루를 나타내는 '帚()'는 일반적으로 여성을 나타냅니다. 따라서 귀(歸)자의 그림문자만으로 해석하면 '여성이 남겨진 흔적을 빗자루로 쓸기 위하여 다시 그곳으로 돌아가다'라는 의미가 됩니다. 그곳은 어떤 장소일까요? 바로 '성교'를 했던 장소가 아니었을까요? 성교를 했던 장소에 많은 흔적들이 있으면 그것을 깨끗하게 정리하고 남성을 맞이했을 것입니다. 따라서 여성의 입장에서 보면 이러한 행위는 시집가는 행위였죠. 그리하여 귀(歸)자는 '돌아가다, 돌아오다, 시집가다'는 의미를 내포하게 되었던 것입니다.

허물 설(辥)

앞에서 제시한 한자 가운데 마지막 한자인 허물 설(辥)자에 대해 알아보겠습니다. 설(辥)자의 그림문자(, , , ,)는 출산하는 모습(. 辛)[9]

9) 출산하는 모습을 그린 고통스러울 신(辛)자에 대해서는 7장 임신과 한자 편과 8장 출산,

과 엉덩이 모습(ﾌ)이 결합한 모습입니다. 그러므로 허물 설(辥)자는 출산한 후 그 흔적이 그대로 남아 있는 상황을 나타낸 한자입니다. 그러면 어째서 설(辥)자는 '허물, 잘못'이란 뜻을 갖게 된 것일까요? 이에 대한 대답의 실마리를 찾기 위해서는 원시시대의 상황을 살펴 볼 필요가 있습니다.

원시시대에는 특별한 경우가 아니면 여성이 혼자서 출산했습니다. 그리고 야생동물들의 습격을 받지 않기 위해서 출산한 후 그 흔적을 깔끔하게 치워 그 흔적을 지웠습니다. 이는 소와 말 등과 같은 동물들이 새끼를 난 후에 태반을 깨끗하게 먹어 치우는 행위와 같습니다. 만일 이러한 것들이 흩어져 있으면 육식동물들의 습격을 피할 수 없기 때문입니다. 이러한 행위는 자신과 부족의 안녕을 위해 반드시 필요했습니다. 만일 그렇게 하지 않는다면 부족민들에게 큰 잘못을 저지르는 일이 되었기 때문에 엄정한 벌을 받아야만 했습니다. 이러한 문화적 사실을 알려주는 한자가 바로 허물 설(辥)자입니다.

고대 중국에서는 죄를 지은 사람들은 노예가 되었습니다. 남자는 宰(관가의 요리를 맡은 요리사 재, 재상 재)가 되었고 여자는 妾(첩 첩, 계집종 첩)이 되었습니다. 첩이 낳은 자식을 서자라고 합니다. 이러한 연유로 말미암아 '서자'를 뜻하는 한자인 서자 얼(孼)자에 죄를 지은 여성을 뜻하는 허물 설(辥)자가 들어 있게 되었던 것입니다.

지금까지 3장에 걸쳐 여성과 관련된 한자들을 살펴보면서 선사시대 여성들의 삶의 흔적을 찾아보았습니다. 당시 여성들의 삶을 요약하면, 남성들은 초경을 거친 여성들 가운데 많은 자식을 낳아줄 여성을 선택하여 그녀에게 최고의 영양을 공급해 주었습니다. 그녀는 평생 동안 풍만한 몸매를 유지한 채 자식을 낳고 기르는 일을 담당했고, 나이가 들어 자식을 낳지 못하는 상황에 이르러서는 위대한 여성으로 숭배되었습니다. 부족민들은 다시 이러

탯줄, 양육과 한자 편 참고.

한 여성이 그 부족에게 태어나주기를 갈망하면서 그들이 숭배하는 여성의 모습을 조각하여 만들어 간직하였고, 그것을 대대손손 물려주었습니다. 시간이 흐르면서 위대한 여성의 형상은 신으로 받들어지게 되었고, 마을의 안녕을 담당하는 수호신 역할을 하게 되었던 것입니다.

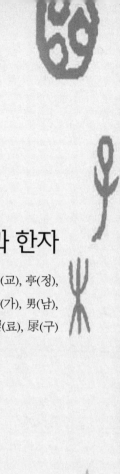

4장. 남성과 한자

且(조), 士(사), 土(토), 厶(사), 高(고), 膏(고), 喬(교), 亭(정), 京(경), 力(력), 晙(준), 耤(적), 朘(최), 峻(최), 妼(가), 男(남), 田(전), 黃(황), 大(대), 太(태), 堇(근), 糞(한), ㅣ(곤), 屪(료), 尿(구)

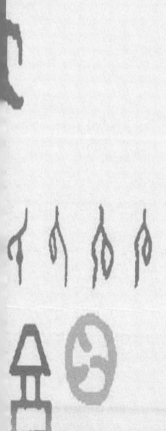

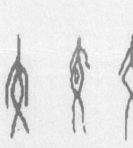

4장

남성과 한자

且(조), 土(사), 土(토), 厶(사), 高(고), 膏(고), 喬(교), 亭(정), 京(경), 力(력), 畯(준), 糳(적), 脧(최), 峻(최), 妿(가), 男(남), 田(전), 黃(황), 大(대), 太(태), 堇(근), 茣(한), ㅣ(곤), 屪(료), 尿(구)

　여기에서는 남성과 관련된 다양한 유물을 살펴보고 그것이 한자에 어떻게 반영되어 있는지에 대하여 알아보겠습니다. 남성과 여성을 구분해주는 외형상의 차이점은 여러분들도 아시다시피 남녀생식기입니다.

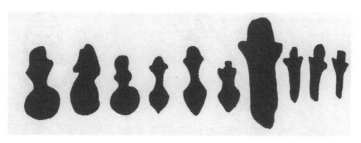

이탈리아 시실리아에 있는 남성생식기를 나타낸 바위그림

프랑스 도르도뉴 라 마들렌에 있는 짐승의 뿔 조각에 새겨진 그림

이탈리아 바위그림에서는 남성생식기를 적나라하게 묘사했습니다. 프랑스에서 발견된 그림은 왼쪽에는 남성생식기가 여성생식기에 들어간 모습이고, 오른쪽에는 고환(睾丸)이 선명한 남성생식기가 동물의 입속으로 들어가는 모양입니다.

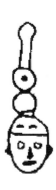

옆에 있는 바위그림은 내몽고 적봉시(赤峰市) 과이심(科爾沁) 초원에서 발견되었는데, 사람의 얼굴 위에 남성생식기가 우뚝 서 있는 모습입니다. 학자들은 남성생식기 밑에 있는 것(⊙)은 고환이고 그 밑에 있는 원(Ọ)은 여성생식기로 풀이했고, 밑에 있는 사람모양은 성교를 통해서 얻은 후손이라고 했습니다. 그러므로 이 바위그림은 당시(석기시대)의 성(性)숭배 신앙을 상징적으로 묘사했다고 할 수 있습니다.

남성생식기가 그려진 내몽고 음산(陰山) 바위그림

이 바위그림은 신석기시대에 그려진 것으로 남성생식기를 해학적으로 묘사했습니다. 아래는 섬서성(陝西省) 앙소(仰韶)문화1) 유적지에서 출토된

채색토기입니다.

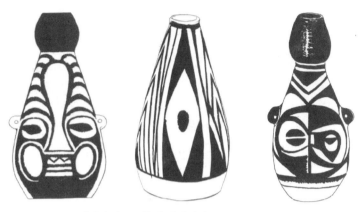
섬서성 앙소문화 유적지에서 발굴된 채색토기

　왼쪽에 보이는 토기는 1977년 감숙성(甘肅省) 정녕현(丁寧縣)에서 출토되었는데, 높이는 27센티미터입니다. 토기에 그려진 모습을 보세요. 무엇을 그렸는지 쉽게 알 수 있죠? 남성생식기를 재미있게 묘사하지 않았나요? 가운데 있는 토기는 섬서성 구읍현(句邑縣)에서 출토되었는데, 높이는 19센티입니다. 학자들은 여성생식기가 그려진 토기로 보고 있습니다. 여러분들도 그렇게 보이나요? 오른쪽에 있는 토기는 남성생식기와 여성생식기가 서로 결합한 모양을 분명하게 보여주고 있습니다.

---

1) 앙소문화란 명칭은 1921년에 J.G.안데르손이 하남성(河南省) 민지현(澠池縣) 앙소지역 부근에서 신석기시대의 대취락지를 발견하면서 붙여진 이름입니다. 앙소문화는 기원전 6~7천년 이전에 해당하는 신석기시대 최초의 문화로 모계씨족사회를 대표합니다. 학자들은 앙소문화를 3시기 4유형, 즉 반파(半坡)유형과 후강(後崗)유형은 조기앙소문화, 묘저구(廟底溝)유형은 중기앙소문화, 반파 상층 유형은 말기앙소문화로 세분했습니다. 지금의 중국 섬서성, 산서성, 하남성 등이 앙소문화의 중심이 됩니다.

신강지역의 바위그림

위 사진은 신강(新疆)지역에 있는 것으로 돌에 새겨진 것입니다. 하나는 남성생식기 모양이고 다른 하나는 만자 만(卍)자입니다. 일부 학자들은 만 (卍)자를 열 십(十)자와 부호(ㄹ)가 결합한 문자로 풀이합니다. 십(十)자는 음양(陰陽)이 결합한 것으로 성교를 의미하고, 부호(ㄹ)는 순환을 의미하죠.

위에서 열거한 바위그림, 채색토기에 새겨진 그림, 뿔에 새겨진 그림 등은 고대사회에서는 성숭배 신앙이 매우 활발했다는 것을 보여줍니다. 고대 사회뿐만 아니라 지금도 전 세계 어느 곳에서든지 남성생식기나 여성생식기 모양의 바위나 자연물을 숭배하는 모습을 쉽게 찾아 볼 수 있습니다. 이러한 숭배 현상은 어떻게 해서 생겨났을까요? 이 문제를 해결하기 위해서는 먼저 '동종주술(同種呪術, Homoeopathic Magic)' 또는 '모방주술(模倣呪術, Imitative Magic)'을 이해할 필요가 있습니다.

'동종주술' 또는 '모방주술'은 유사(類似)의 법칙에 근거를 두고 있습니다. 유사의 법칙이란 유사함은 유사함을 낳는다는 기본적인 생각을 말합니다. 단지 자신이 바라는 어떤 것을 모방함으로써 그 결과를 이끌어낼 수 있다고 추론하는 것이죠. 남성생식기나 여성생식기를 모방하여 그리거나 만들거나 혹은 손으로 그 모양을 모방하는 것만으로도 부족을 이어주고 대(代)를 이어 줄 자손을 낳을 수 있다고 생각하는 것이 동종주술의 형태입니다. 이 부분에 대해서 관심이 있거나 혹은 더 많은 자료를 원한다면 제임스 조지 프레이저(James George Frazer)가 지은『황금가지(The Golden Bough)』[2]를 읽어 보세요. 이 책에는 고대사회의 모습과 현대의 원시부족에 대한 많은 자료가 담겨 있습니다.

독일의 헤겔(Hegel)은 고대 동방의 생식숭배에 대해 이야기하면서 거대한 모양의 생식기숭배는 전 세계에서 보편적으로 나타나는 현상으로 설명했습니다.[3] 중국 내몽고 서부 지역에 위치한 파단길림(巴丹吉林)사막 지대에서 발견되는 바위그림에는 성(性)부호들이 대량으로 출현하는데,[4] 이러한 사실들은 헤겔의 주장을 뒷받침 할 수 있는 훌륭한 근거가 되고 있습니다. 이 외에도 부도림의『중국의 생식숭배 문화론』,[5] 후광과 장영지의『토템숭배와 생식숭배』,[6] 조국화의『생식숭배 문화론』[7] 등에서도 성과 관련된 생식숭배에 대해 상세히 설명되어 있습니다. 이들의 주장에 대해 유달림은 "생식숭배는 사실 원시사회의 보편적인 신앙이었다. 원시시대 사람들은 무지몽매하여 우주에 존재하는 모든 자연적인 현상에 대하여 합리적인 해석을 할 수 없었기 때문에 이러한 현상들을 차츰 인격화했다. 이와 동시에 그들은 생명력을 생산하는 불가사의한 힘에 대해 최상의 지위로 끌어 올려 숭배했으며, 이러한 현상은 매우 보편적이었다."[8]는 결론에 도달했습니다.

성숭배의 탄생 및 중국의 성숭배에 대한 자세한 내용은 위 책들을 참고하면 되므로 여기까지만 언급하고 지금부터는 남성생식기 숭배와 관련한 그림문자가 있는지에 대하여 알아보겠습니다.

---

2) 제임스 조지 프레이저(James George Frazer), 이용대 옮김,『황금가지(The Golden Bough)』, 한겨레신문사, 2005.
3) (德) 黑格爾 著, 朱光潛 譯,『美學』第3卷, 上册, 商務印書館, 1979, 40쪽.
4) 盖山林,『巴丹吉林沙漠岩畵』, 北京圖書館出版社, 1998.
5) 傅道彬,『中國生殖崇拜文化論』, 湖北人民出版社, 1990.
6) 侯光·蔣永志,『圖騰崇拜·牛殖崇拜』, 成都: 四川人民出版社, 1992.
7) 趙國華,『生殖文化崇拜論』, 北京: 中國社會科學出版社, 1996.
8) 劉達臨,『中國古代性文化』, 銀川: 寧夏人民敎育出版社, 2003, 19~22쪽.

남성생식기 조(且)

'且'자는 또 차(且)자지만, 또 차(且)자는 갑골문에서는 조상 조(祖)자로 쓰였습니다. 그러므로 차(且)는 '조'로 읽힙니다. 김용옥은 조상 조(且)자에 대해 저서 『여자란 무엇인가』[9]에서 상당히 거친 어조로 다음과 같이 썼습니다.

> "祖(조상 조)자의 원형인 '且(조)'자는 남근(男根)의 모습이며 쉬운 말로는 데쓰카부도를 뒤집어 쓴 좆대가리의 모습이다. 우리나라 조선조의 사대부들에게 있어서 너무도 거룩한 의미를 지녔던 이 조상 조(祖)자는 갑골문으로 말하자면 바로 '좆대가리 조자'인 것이다. 이러한 남자생식기가 조상의 의미를 지닌다는 것은 이미 혈통이 좆대가리를 따라 이어졌다는 것, 즉 부계(父系)의 권위의 확립을 그대로 의미하는 것이다. 그리고 그들에게 있어서 '좆대가리'야 말로 거룩한 것이었으며, 모든 종교적 의식이 본질을 이루는 것이었다."(144쪽)

> "결국 且(조), 祖(조), 俎(조), 示(시), 帝(제), 宗(종)의 일련의 관련된 자의에서 찾아지듯이 모든 고대 종교는 조상숭배, 즉 우리 생활주변에서 쉽게 발견되는 제사와 관련이 있으며, 이 제사는 모든 종교의식의 원초적 전범을 이루는 것이다. …… 祖가 조상 조가 아닌 좆대가리 조라는 사실, 어쩌면 순수 우리말인 '좆'이라는 음절이 고대로부터 조(祖)자와 관련이 있을 수도 있겠다는 것이 음성학자인 나의 마누라의 의견이기도 하다. …… 최소한 중국 고대인들은 좆과 생식(fertility)의 관계, 즉 성교라는 행위가 태생의 원인이 된다는 과학적 인과관계를 이미 태곳적부터 터득하고 있었다는 것을 바로 祖자가 증명한다."(147~149쪽)

그는 곽말약의 견해에 근거하여 이처럼 강한 어조로 조상 조(祖)는 원래 남성생식기였음을 주장했으므로, 우리들은 여기에서 곽말약의 견해를 간단하게 살펴볼 필요가 있습니다. 그는 『갑골문자연구 · 조(祖)와 비(妣)에 대

---

9) 김용옥, 『여자란 무엇인가』, 통나무, 2002.

한 해석』[10]이란 논문에서 갑골문의 다양한 그림문자에 근거하여 처음으로 조상 조(且)자, 선비 사(⊥. 士)자, 흙 토(土)자는 모두 수컷생식기를 그린 문자라고 주장했습니다. 그는 어찌하여 이런 주장을 했을까요? 그 이유는 암컷 빈(牝)자와 수컷 모(牡)자의 비교에서 시작되었습니다. 그러면 암컷 빈(牝)자와 수컷 모(牡)자의 그림문자를 비교해 볼까요?

우리는 이미 2장 여성과 한자 2편에서 암컷 빈(牝)자에 대하여 살펴보았습니다. 여기에서 다시 그림문자를 보겠습니다.

갑골문의 牝(빈)자

각각의 동물 옆에 부호 匕(𐆅)가 보이죠? 여기에서 '匕'는 단지 동물의 '암컷'을 나타내는 일종의 부호 역할을 하고 있음을 알 수 있죠. 그러면 '수컷'은 어떻게 나타냈을까요? 다음은 수컷 모(牡)자의 그림문자입니다.

갑골문의 牡(모)자

위 그림문자를 보면 '⊥'와 결합된 동물은 소(牛.), 양(羊.), 돼지(豕.), 사슴(鹿.) 등입니다. 여기에서 '⊥'는 단지 그러한 동물의 '수컷'을 나타내는 일종의 부호 역할을 하고 있습니다.

---

10) 郭沫若,「甲骨文字硏究·釋祖妣」,『郭沫若全集』第1卷, 人民文學出版社, 1982.

그러면 부호 'ㅗ'는 무엇일까요? 곽말약은 부호 'ㅗ'를 문자로 나타내면 선비 사(士), 흙 토(土)라고 했습니다. 그의 설명이 부족하다고 느꼈는지 마서륜(馬叙倫)은 부호 'ㅗ'는 남성생식기를 사실적으로 그린 'ᕀ, ᕀ'를 간략하게 나타낸 형태이고, 부호 'ㅗ'은 후에 선비 사(士)자로 변했다고 했습니다.

이제 곽말약이 남성생식기를 그린 한자라고 주장한 조상 조(且), 선비 사(士), 흙 토(土)의 그림문자를 살펴보고 남성생식기 모양과 비교해 보겠습니다.

갑골문과 금문의 且(조)자   갑골문과 금문의 土(토)자   갑골문과 금문의 士(사)자

위 세 개 한자의 그림문자 가운데 조(且)자의 그림문자와 토(土)자의 그림문자가 남성생식기와 많이 닮았습니다. 혹자는 조상 조(且)자를 비석(碑石) 혹은 신주(神主) 모양이라고 주장하기도 하지만, 여하튼 비석이든 신주 모양이든 남성생식기 모양과 비슷함은 부인하지 못할 것입니다. 그리고 흙 토(土)자는 무덤 모양이라고 주장하기도 합니다. 임신한 어머니의 배 모양, 대지에서 볼록 튀어나온 봉분(封墳) 모양, 남성에게서 볼록 튀어난 성기 모양, 즉 이 세 가지는 앞에서 언급한 '유사의 법칙'으로 이해할 수 있습니다. 게다가 죽음은 다시 어머니의 자궁으로 돌아간다는 생각이 무덤의 봉분을 완성했으리라는 추측도 있습니다. 이 세 개의 한자가 정말로 남성생식기와 관계가 있는지에 대해서는 이 세 개의 한자가 결합한 다양한 한자들을 분석해 볼 필요가 있습니다.

조상 조(且)자가 결합된 한자들 가운데 조(且)자가 남성 혹은 남성생식기 의미로 쓰인 한자는 조상 조(祖), 누이, 어머니 저(姐), 의지할 저(阻), 짤 조

(組), 세금 조(租), 숫말 장(駔), 호미 서(鉏), 저주할 저(詛), 교만할 저(怚), 도울 조(助), 죽을 조(殂), 씹을 저(咀) 등입니다.

◆ 조상 조(祖): 보일 시(示) + 남성 조(且). 보일 시(示)자는 고인돌을 측면에서 본 모습을 그린 문자입니다. 고인돌은 조상의 무덤입니다. 또한 고인돌은 조상에게 제사를 지내는 제단 역할도 했죠. 그러므로 보일 시(示)자는 조상, 제사 등과 밀접한 관계가 있는 한자입니다.

◆ 누이, 어머니 저(姐): 여성 여(女) + 남성 조(且). 남성을 차지할 나이에 이른 여성 혹은 남편을 독차지한 여성을 뜻하는 한자입니다.

◆ 의지할 저(疽): 집 엄(广) + 남성 조(且). 부계씨족사회가 되면서 남성이 가정에서 주도적인 역할을 차지하게 되었습니다. 그리하여 의지할 저(疽)자는 집(广)은 남성(且)에게 달려있음을 나타내는 한자입니다.

◆ 짤 조(組): 실 사(糸) +남성 조(且). 부계씨족사회가 되면서 남성에 의한 혈연이 실처럼 잘 짜였음을 나타낸 한자입니다.

◆ 세금 조(租): 벼 화(禾) +남성 조(且). 남성(且)은 봄에 밭에 나가 일을 하고 가을에 농작물(禾)을 수확해서 세금을 바칩니다.

◆ 숫말 장(駔): 말 마(馬) + 수컷생식기 조(且)

◆ 호미 서(鉏): 쇠 금(金) + 남성생식기 조(且). 남성생식기는 무언가에 들어가고 싶은 욕망이 있습니다. 호미 역시 땅을 파서 들어가는 도구이므로 의미상 서로 관계되어 있습니다.

◆ 저주할 저, 욕할 저(詛): 말씀 언(言) + 남성생식기 조(且). 생식기(且)와 관련된 말은 대부분 저주의 말이자 욕으로 사용됩니다.

◆ 교만할 저(怚): 마음 심(忄) + 크게 솟아오른 남성생식기 조(且). 크게 자라고(且) 싶은 마음(忄)이 교만한 마음입니다.

◆ 막을 저, 그만둘 저(沮): 물 수(氵) + 크게 솟아오른 남성생식기 조(且). 남성들은 성교할 때 사정(射精)을 해야만 비로소 멈추게 됩니다. 너무

야한 글자죠? 계속해서 하고 싶다면 정액이 나오는 것을 막아야겠죠?
그래서 '막다, 그만두다'는 의미가 생겨났습니다.

◆ 도울 조(助): 남성생식기 조(且) + 힘 력(力). 힘없이 고개를 숙인 남성
생식기(且)를 억지로(力) 발기(勃起)할 수 있도록 도와주는 것을 나타
낸 한자입니다. 이에 대해서는 6장 에로스와 한자 2편에서 자세히 설
명할 예정입니다.

◆ 죽을 조(殂): 뼈 알(歹) +남성생식기 조(且). 남성이 계속 성교를 하면
노쇠하여 죽음에 이를 수 있다는 것을 암시하는 한자입니다.

◆ 씹을 저, 맛볼 저(咀): 입 구(口) + 남성생식기 조(且). 너무 야한 한자
가 아닌가요?

남성생식기의 특징은 크고 우뚝 솟아오른 모습입니다. 조(且)자가 결합된
한자들 가운데 이러한 의미를 갖고 있는 한자들은 등창 저(疽), 험할 조(阻),
토끼그물 저(罝), 돌산 저(岨), 뾰족한 옥 조(珇) 등이 있습니다.

◆ 등창 저(疽): 병들어 기댈 녁(疒) + 봉긋한 모양 조(且). 병이 들어 몸에
두드러기보다 더 크게 올라온 것이 등창입니다.

◆ 험할 조(阻): 언덕 부(阝) + 높게 솟아오른 모양 조(且). 높게 솟아오른
산은 험준한 산입니다.

◆ 토끼그물 저(罝): 그물 망(罒) + 쉼 없이 계속 솟아오르는 것 조(且). 토
끼는 깡충깡충 뛰죠. 건강한 남성에게서 쉼 없이 솟아오르는 것이 생
식기입니다.

◆ 돌산 저(岨): 뫼 산(山) + 높게 솟아오른 모양 조(且)

◆ 뾰족한 옥 조(珇): 구슬 옥(玉) +높게 솟아오른 모양 조(且)

남성은 여성에 비해 매우 거칠죠. 게다가 남성생식기가 성질을 낼 때는

누구도 감당할 수 없을 정도로 거칩니다. 그래서 조(且)자가 들어있는 한자는 '거칠다'는 의미도 들어 있습니다. 예를 들면, 거칠 조(粗), 모질고 사나울 차(虘)가 그것입니다.

◆ 거칠 조(粗): 쌀 미(米) + 거칠 조(且). 거칠 조(粗)자는 세밀할 정(精)자의 반대말로, '쌀(米)을 거칠게 찧다'는 뜻입니다.

◆ 모질고 사나울 차(虘): 호랑이 호(虎)의 생략형인 호피무늬 호(虍) + 거칠 조(且). 발정(發情)난 호랑이는 어떨 지 짐작이 되겠죠? 차(虘)자는 또 다른 한자들과 결합하기도 합니다. 예를 들면, 이가 가지런하지 않을 차(齹), 저주할 저(謯), 풀 명자나무 사(樝), 땅이름 차(鄌), 엿볼처(覰), 교만할 저(嫭) 등입니다.

지금까지 조상 조(且)자가 결합된 한자들을 살펴보았습니다. 이 한자들을 통해서 알 수 있듯이 조(且)자는 분명히 '남성, 남성생식기'와 관계된 한자입니다. 이제부터는 흙 토(土)자가 결합된 한자들을 살펴보겠습니다.

남성생식기 상징 토(土)

흙 토(土)자가 결합된 한자는 수컷 모(牡), 마을 리(里), 무거울 중(重), 아이 동(童) 등 몇 개 한자를 제외하면 대부분 흙, 흙으로 만든 것과 관련되어 있습니다. 수컷 모(牡)자에서 토(土)는 수컷생식기를 나타낸다고 이미 설명한 바 있습니다. 마을 리(里)에서의 토(土)는 남성생식기를, 무거울 중(重)과 아이 동(童)에서의 토(土)는 임신한 모습을 나타냅니다. 이 부분에 대해서는 5장, 6장, 7장에서 자세히 살펴볼 예정입니다. 흙 토(土)자가 결합된 한자 가운데 이러한 몇 개의 한자를 제외하면 대부분 흙, 흙으로 만든 것과 관련되어 있는데 여기에서 이러한 한자들을 간단하게 살펴보겠습니다.

◆ 지역 역, 지경 역(域): 흙 토(土) + 혹시 혹(或). 혹(或)자는 창(戈)으로 땅(一) 위에 있는 지역(口)을 지키는 것을 나타낸 글자였으나 '혹시'라는 의미로 바뀌게 되었기 때문에 혹(或)자의 원래 의미(지역)를 분명하게 밝히기 위하여 나중에 흙 토(土)자가 추가 되어 지역 역(域)자가 되었고, 둘러쌀 위(口)자가 추가되어 나라 국(國)자가 되었습니다.

◆ 마당 장, 넓은 곳 장(場): 흙 토(土) + 빛날 양(昜). 빛이 비추는 넓은 곳 이라는 의미입니다.

◆ 무덤 묘(墓) : 흙 토(土) + 없을 막(莫). 막(莫)자는 수풀 사이에 태양이 가려진 모습을 그린 한자입니다. 즉, 날이 저물었다, 아무 것도 안 보인다, 모든 것이 사라져버렸다는 것을 의미하는 한자죠. 무덤 묘(墓)자는 사람이 죽어 흙(土)으로 만든 무덤(墓) 안으로 들어가서 사라진다는 의미입니다.

◆ 이 뿐만 아니라 흙으로 만든 토성 성(城), 탑 탑(塔), 벽돌 전(塼), 앉을 좌(坐), 땅이 평평할 평(坪), 땅이 고를 균(均) 등 흙 토(土)가 들어 있는 한자는 대체로 흙과 관련되어 있습니다.

그러면 '토(土)'라는 발음은 어디에서 왔을까요? 입으로 침을 뱉을 때 "퉤~, 퉤~" 혹은 "토, 토" 이렇게 하죠? 이러한 발음은 '무엇인가 안에서 밖으로 나올 때 하는 의성어'입니다. 토할 토(吐)자는 입(口)에서 분비물이 밖으로 나올 때(土) 하는 소리죠. 배 두(肚)자는 육체 육(月. 肉)자와 흙 토(土)자가 결합된 한자인데, '토'란 발음은 '툭 튀어나온 것'을 나타내기 때문에 우리 육체 중에서 볼록 튀어 나온 부분인 '배'를 나타냅니다. 그러므로 남성 생식기 역시 수그러들었다가 볼록 솟아오르는 것이기 때문에 '조'라는 발음 이외에도 '토'라는 발음으로도 나타낼 수 있었던 것입니다.

남성생식기 상징 사(土)

지금까지 남성생식기 모양의 한자인 조(且)자와 토(土)자에 대해 살펴보았습니다. 마지막으로 흙 토(土)자와 비슷한 선비 사(土)자를 볼까요? 사(土)라는 벼슬은 언제부터 생겨났을까요? 기원전 1120년 무렵에 시작된 주(周)나라는 12대 유왕(幽王)이 북쪽에 거주했던 민족으로부터 침입을 받아 살해되자, 그 아들 평왕(平王)이 도읍인 서안(西安)을 버리고 기원전 770년에 낙양(洛陽)으로 천도했습니다. 낙양으로의 천도를 기점으로 그 이전을 서주(西周)라 하고 그 이후를 동주(東周)라 합니다. 우리들이 중국의 역사를 공부할 때, 서쪽과 북쪽에 수도를 건설했다면 그 왕조는 강한 왕조를 의미하고, 동쪽과 남쪽에 수도를 건설했다면 그 왕조는 약한 왕조를 의미한다는 기본적인 사실을 이해하는 것이 중요합니다. 따라서 동쪽으로 천도했다고 하면 왕권이 약해졌음을 의미합니다.

기원전 722년 이후부터 약 240여 년간의 기간을 우리는 춘추(春秋)시대라고 합니다. 여러분들도 '춘추'라는 단어를 알죠? 어르신들께 나이를 여쭤볼 때 '춘추'라는 단어를 사용하죠. 이 단어는 어떻게 만들어졌을까요? 그것은 공자(孔子)께서 이 시대에 해당하는 역사를 기록했는데 책 이름을 『춘추』라고 했기 때문에 후대 사람들은 이 시대를 춘추시대라고 부르게 된 것입니다. 『춘추』는 역사책입니다. 그러므로 어르신들께 '춘추'를 여쭤보는 것은 어쩌면 어르신들께서 살아오신 삶의 역사를 여쭤보는 것과 같은 의미일 것입니다. 대체로 춘추시대부터 다음과 같은 벼슬(계급)이 생기기 시작하였습니다.

◆ 천자(天子): 춘추시대에는 주나라의 왕을 천자(天子)자라고 불렀고 사방 500리(里) 이내의 땅을 다스렸습니다. 이런 지역을 경기(京畿)라고

불렀는데, 우리나라의 경기도(京畿道)라는 명칭도 여기에서 나왔습니다.

◆ 제후(諸侯): 경기 지역을 제외한 나머지 지역을 친척이나 공을 세운 신하에게 나누어 주고 제후로 봉했습니다. 춘추시대에는 이러한 제후국이 140여 개나 되었어요.

◆ 대부(大夫): 제후는 자신의 영지의 일부를 친척들이나 신하들에게 일부 나누어 주고 대부로 봉했습니다.

◆ 경(卿): 제후나 대부가 거느리고 있던 신하들을 경이라고 불렀습니다.

◆ 사(士): 대부는 친척들에게 군대를 이끌도록 하고 사(士)라는 벼슬을 주었습니다. 선비 사(士)라고 우리에게 알려져 있는 이 글자는 원래 무사(武士)들에게 주는 벼슬이었습니다. 봉건시대 지배계층인 문관 관료층으로 알려져 있는 사대부(士大夫)라는 단어는 춘추시대의 벼슬인 사(士)와 대부(大夫)를 합쳐 만든 단어입니다.

『설문』에 따르면, 천자, 제후, 대부, 사의 등급이 매우 분명했음을 알 수 있습니다. 예를 들면, 점을 칠 때 사용하는 점대(筮)는 천자는 9척이 되는 점대를 사용하고, 제후는 7척, 대부는 5척, 사는 3척이 되는 점대를 사용해야 했고, 발인(發靷)할 때 영구(靈柩)의 앞과 뒤에 세우고 가는 깃발(翣)은 천자는 8개, 제후는 6개, 대부는 4개, 사는 2개를 사용해야 했으며, 지붕의 무게를 버티도록 기둥 위에 설치한 구조물인 가름대는 천자는 소나무, 제후는 측백나무, 대부는 란(欒)나무, 사는 버드나무를 사용해야 했습니다.

이러한 내용을 토대로 한다면, 선비 사(士)자는 '남성생식기 → 남성 → 남성 중에서 건강한 사람 → 무사 → 벼슬하는 사람 → 선비'로 의미가 변했음을 추론해 볼 수 있습니다.

◆ 사(士)자가 '남성생식기'란 의미로 사용된 한자는 길할 길(吉)자입니다.

이에 대해서는 6장 에로스와 한자 2에서 살펴볼 예정입니다.

◆ 사(士)자가 '남성, 건강함'이란 의미로 사용된 한자는 남편, 사위 서 (婿), 씩씩할 장(壯), 남성이 음란할 애(毐) 등입니다.

◆ 사(士)자는 '무사'란 의미로 사용되었는데, 싸울 투(鬥)자와 팔모진 창 수(殳)자에 대한 허신의 설명을 보면 알 수 있습니다. 싸울 투(鬥)자의 그림문자(𗼸, 𗼹, 𗼺)를 보면 두 사람이 서로 싸우는 모습임이 분명합니 다. 허신은 "鬥(투)자는 두 병사(士)가 무기를 뒤에 둔 채 양손으로 서 로 싸우고 있는 모습을 그린 문자다."11)라 했고, "殳(수)자는 군사 중에 서 무사(士)가 드는 창을 말한다."12)라고 풀이했습니다.

◆ 사(士)자가 '벼슬'이란 의미로 사용된 한자는 벼슬할 사(仕)자입니다. 사람(人)이 벼슬하기(士) 위해서는 배워야 하기 때문에 허신은 "仕(사) 자는 배운다는 뜻이다."13)라고 해석했습니다.

지금까지 남성생식기를 그린 한자인 조상 조(且)자, 흙 토(土)자, 선비 사 (士)자 및 이들 한자와 결합한 한자들에 대하여 살펴보았습니다. 지금부터 는 여성생식부호인 '▽'와 반대되는 모양인 부호 '△'가 들어 있는 한자들에 대해서 살펴보겠습니다.

'▽'와 반대되는 부호 '△'는 무엇을 나타낼까요? 미국의 O.A.월(Wall)은 처음으로 부호 '△'를 남성생식기로 해석한 학자입니다. 그는 "남성생식기 는 '신성한 남성을 상징하는 삼각형'인 정삼각형(△)으로 나타내는데 이것 은 여성생식기와 현저히 구분된다. 인도의 아리안 족과 고대 이집트인들 역 시 정삼각형으로 남성생식기를 나타낸다."는 견해를 밝혔습니다.14)

바위그림 부호 가운데 가장 특징적인 형태를 지니고 있는 부호는 '△'와

---

11) 『설문』: 鬥, 兩士相對, 兵杖在後, 象鬥之形.
12) 『설문』: 殳, 軍中士所持殳也,
13) 『설문』: 仕, 學也.
14) (美) O.A. Wall 著, 史頻 譯, 『性崇拜』, 中國文聯出版公司, 1988.

'▽'일 것입니다. 현재 이 부호가 그려진 바위그림은 전 세계적으로 발견되고 있는데, 우리나라의 칠포리 바위그림, 북미, 프랑스, 유고슬라비아 레펜스키 펄(Lepenski Vir), 루마니아 동북부에 위치한 몰도바, 불가리아 및 인도[15] 등에서 그 예를 다양하게 살펴 볼 수 있습니다. 그리고 바위그림에 그려진 부호 '△'는 남성 혹은 남성생식기를, 부호 '▽'는 여성 혹은 여성생식기를 상징한다고 해석하는 것이 일반적입니다.[16] 부호 '▽'와 '△'이 결합한 모양을 나타낸 부호 '✡'가 이스라엘 국기(國旗)에 있는 부호입니다. 이 부호는 '새로운 생명의 탄생'으로 해석할 수 있습니다.

남성생식기 사(厶)

이제부터 '△' 모양의 한자를 살펴보겠습니다. 부호 '△'와 동일한 형태를 지닌 한자는 나 사(厶)자입니다. 나 사(厶)자에 대해 허신은 "厶(사)자는 간사하고 사악하다는 뜻이다."[17]라고 풀이했습니다. '무엇'이 간사하고 사악하다는 것일까요? 이에 대하여 송(宋. 960~1279)나라의 정초는 『통지 · 육서략 · 상형 · 인물지형』에서 "厶(사)의 모습은 남성생식기이고, 부호 '△' 역시 남성생식기를 나타낸다. 부호 '△'을 한자로 쓰면 '厶(사)'와 같다"[18]고 했습니다. 허신과 정초의 설명에 근거하면, 남성생식기만큼 간사하고 사악한 것은 없다는 뜻입니다. 사(厶)자가 결합된 몇 몇 한자를 살펴보면, 자기

---

15) 理安 · 艾斯勒, 黄覺 옮김, 『神聖的歡愛-性 ﹃神話與女性肉體的政治學-』, 社會科學文獻出版社, 2004; 陳兆複, 『中國岩畫發現史』, 上海人民出版社, 2009; 게다가 www.baidu.com에서 '世界生殖崇拜岩画'를 검색한 후 '百度图片'을 보면 전 세계에서 발견된 다양한 암각화를 사진으로 살펴볼 수 있습니다.
16) 장명수, 「암각화에 나타난 성신앙(性信仰)의 모습」, 『古文化』제50집, 1997; 한국역사민속학회, 『한국의 암각화』, 한길사, 1996; 임세권, 『한국의 암각화』, 대원사, 1999 등 참고.
17) 『설문』: 厶, 姦衺也.
18) 鄭樵, 『通志二十略』, 中華書局, 1995, 239쪽. 재인용: 厶, 男子陰. 陰謂之△, 與厶同體.

사(私)자는 자신이 소유한 물건을 나타내고, 유혹할 유(䍃)자는 건강한 남성미(厶)를 갖춘 사람이 천천히 걸으면서(久) 강족(羌族)의 여인들을 유혹하는 것을 나타냅니다. 넓을 홍(弘)자를 볼까요? 신석기시대의 상징 가운데 화살은 남성을 상징하고 활은 여성을 상징한다고 이미 설명한 바 있습니다.[19] 즉, 활과 화살만을 그린 바위그림은 사냥뿐만 아니라 성교를 뜻하기도 하죠. 그런 의미에서 볼 때, 홍(弘)자 역시 마찬가지입니다. 활 궁(弓)은 여성을, 나 사(厶)는 남성을 상징하므로 이 역시 남녀의 성교를 뜻하는 한자입니다. 그래서 자손이 '널리 퍼지다'는 의미를 취하여 넓을 홍(弘)이 되었던 것이죠. 나 사(厶)자의 그림문자는 '♂, ♠'이고, 이것은 부호 '△'의 변형입니다.

거대하게 발기한 남성생식기 고(高)

지금부터 남성생식부호인 '△'이 들어 있는 한자들에 대해 알아보겠습니다.

높을 고(高)자에 대해 살펴보기 전에 한 가지만 질문해 보죠. 높을 고(高)자는 '무엇'이 높다는 뜻인가요? '집'이 높다? '건물'이 높다? 하지만 높은 것은 집 혹은 건물뿐일까요? 산도 높고, 큰 나무도 높고, 하늘도 높고……. 그렇지 않나요?

그림문자의 특징은 다른 사물과 구분되는 이 사물만이 지닌 본질적인 특징을 파악한 후 그것을 구체적이고도 추상적으로 나타낸 것이라고 이미 설명한 바 있습니다. 그렇다면 높을 고(高)자는 도대체 어떠한 물체를 높다고 했을까요? 이것은 매우 중요한 문제입니다. 아래에 있는 그림문자를 볼까요?

---

19) 2장 여성과 한자 2편 참고.

갑골문과 금문의 高(고)자

위 그림문자는 높은 건물처럼 보이죠. 하지만 갑골문에서 고(高)자는 지명(地名), 고조(高祖), 남성 등 3개의 뜻으로만 사용되었을 뿐 '높다'는 의미로 사용된 것은 아직까지 발견되지 않았습니다. 갑골문 자료를 통해 알 수있는 사실은, 최초에 높을 고(高)자가 남성의 의미로 사용되었다는 점인데이 사실은 매우 중요합니다. 이러한 사실로 볼 때, 높을 고(高)자는 처음에는 남성과 관련된 한자였다고 추측해 볼 수 있습니다. 그러면 남성을 나타내는 높을 고(高)자가 어째서 높은 건물을 의미하게 되었을까요?

류달림은 고대 중국에서 남성생식기 모양의 석주를 숭배하는 현상이 매우 보편적이었다는 사실을 언급했습니다. 그는 위륵(魏勒)의 『성숭배(性崇拜)』를 인용하여 '뾰족한 탑은 남성생식기 모양을 본떠 만든 것'이라고 주장하는 한편, 운남(雲南)과 사천(四川) 지역의 소수민족의 예를 들어 구체적으로 설명했습니다.[20] 뿐만 아니라 외국에서 남성생식기를 모방한 건축물의 예를 다음과 같이 제시했습니다.

---

20) 劉達臨, 『性與中國文化』, 人民出版社, 1999, 85쪽~87쪽.

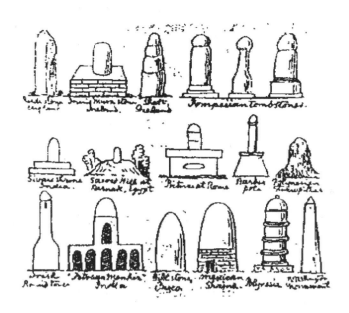

남성생식기를 모방한 건축물

위 사진 속의 건축물 모습이 높을 고(高)자의 그림문자(髙)에 있는 '𣏾'처럼 보이지 않나요? 게다가 앞에서 살펴본 조상 조(且)자의 그림문자(且)자와도 매우 유사하죠. 그러면 '髙'에서 '𣏾'은 남성생식기라면 그 밑에 있는 'ㅁ'는 무엇을 그린 것일까요? 부호 'ㅁ'는 여성이 양 다리를 벌린 모양을 나타낸 부호입니다.21)

높을 고(高)자의 그림문자(髙)에서 '髙' 밑에 있는 'ㅂ'는 무엇일까요? 2장 여성과 한자 2편에서 이미 살펴보았듯이, 'ㅁ(ㅂ)'는 몇 몇 한자에서 '여성생식기'를 나타내는 부호라고 설명한 바 있습니다. 남성생식기는 여성생식기와 마주할 때 비로소 발기(勃起)가 됩니다. 힘없이 축 늘어진 물건을 단단하고 높이 세우는 힘은 여성에게 있음을 단적으로 보여준 그림이 바로 높을 고(髙)자입니다.

---

21) 5장 에로스와 한자 1편 참고.

높을 고(高)자의 사전적 의미는 '높다, 높아지다, 뽐내다'입니다. 즉, 점점 높게 솟아오른다는 의미죠. 고(高. 🔱)자의 모양을 통해서 볼 때, 고(高)자의 사전적 의미가 확실히 이해되지 않나요? 여성의 음부를 보면 남성의 물건이 천천히 솟구쳐 오르기 때문에 '높아지다'는 의미가 있게 되었고, 발기되어 빳빳하게 솟아 오른 거대한 물건을 충분히 자랑할 만하기에 '뽐내다'는 의미가 생기게 되었던 것이죠. 높을 고(高)자와 결합한 한자들을 통해 고(高)자의 의미를 구체적으로 살펴보겠습니다.

◆ 불꽃이 세차게 일어날 고(熇): 불 화(火) + 남성생식기 고(高). 남성생식기가 발기된 모양(高)처럼 불꽃(火)이 '세차가 일어나다'는 사실을 나타낸 한자입니다.

◆ 엄하게 다스릴 학(嗃): 입 구(口) + 남성생식기 고(高). 부족의 안녕을 위하여 남성이 아무 때나 발기하면 안 되겠죠? 만일 그러한 남성이 있으면 우선 말(口)로 따끔하게 혼내 줘야만 합니다.

◆ 두드릴 고(敲): 칠 복(攴) + 남성생식기 고(高). 만일 말로 혼내서(嗃) 안 될 경우 몽둥이를 손에 들고(攴) 실컷 때려줘야겠죠.

◆ 만일 남성이 항상 발기된 상태가 되면 어떻게 될까요? 몸이 허할 대로 허해지겠죠. 그렇게 되면 몸의 기운이 빠지고 몸이 바짝 마르게 될 것입니다. 그리하여 고(高)자에는 '마르다'는 뜻도 생겨나게 되었던 것입니다. 예를 들면, 말라 죽을 고(藁), 말라 죽을 고(槁), 말라 죽을 고(稁) 등이 그러한 한자입니다.

◆ 정액은 조금 묽은 하얀색이죠? 그래서 물이 희게 빛날 호(滈), 흰 명주 호(縞) 등의 한자에서는 높을 고(高)자가 '희다'는 의미로 사용되었습니다.

정액 고(膏)

높을 고(高)자가 결합된 한자 가운데 살찔 고(膏)자가 있습니다. 살찔 고(膏)자의 그림문자를 볼까요?

갑골문과 금문의 膏(고)자

위 그림문자를 보면 '발기한 남성생식기(高)'와 '육체 혹은 고기 육(肉)'자가 결합해 있습니다. 이는 남성이 육체를 탄생시키기 위해 생명을 불어넣어 주는 것으로 정액을 나타냅니다.[22] 정액을 받고 여성이 임신하면 살찐 모습으로 보이기 때문에 허신은 "膏(고)자는 '살찌다'는 의미다."[23]라고 해석했던 것입니다.

정액이 분출하는 모양 교(喬)

높이 솟을 교(喬)자는 정액이 분출하는 모양을 나타낸 한자입니다. 교(喬)자의 그림문자를 볼까요?

---

22) 임진호·김하종, 「암각화 부호와 고문자 부호와의 상관성 연구」, 중국어문학지, 2011. 12.
23) 『설문』: 膏, 肥也.

갑골문과 금문의 喬(교)자

위 그림문자에서 보이는 바와 마찬가지로, 교(喬)자는 분명히 남성생식기(高)에서 무엇인가 나오는 모양(ᄀ, ↓)이 결합한 한자입니다. 바로 정액이 분출하는 모습을 그린 모습이죠. 교(喬)자와 결합한 한자들의 의미를 살펴볼까요?

◆ 높은 산 교(嶠), 높은 집 교(𢊺), 뿔이 높은 모양 교(觼) 등을 보면 교(喬)자는 '높이 솟다'는 의미와 관계되어 있습니다.

◆ 재빠르고 건강할 교(趫), 건강하고 굳셀 교(蹻) 등을 보면 교(喬)자는 '건강함'과도 관계되어 있습니다.

◆ 들추어낼 교(譑), 벼이삭이 팰 교(稿) 등의 의미를 보면 교(喬)자는 '안에서부터 밖으로 뿜어져 나오는 것'과도 관계되어 있습니다.

◆ 교량, 다리 교(橋), 연결시켜 맬 교(鞽) 등의 의미를 보면 교(喬)는 '연결'과도 관계되어 있습니다.

위의 의미들을 종합해보면, 교(喬)자는 건강하고 힘차게 위로 솟은 것에서 뿜어져 나오는 것으로 자손대대를 연결하는 정액임을 짐작할 수 있습니다. 남성으로부터 정액을 뿜어져 나오게(喬) 하는 여성(女)은 어떤 여성일까요? 매우 아름다운 여성이겠죠. 그리하여 교(嬌)자는 '사랑하다, 아름답다'는 의미를 지니게 되었던 것입니다. 말(馬) 혹은 동물들도 사정(射精)하면(喬) 교만해지므로, 교(驕)자는 '잘 난체 하다, 뽐내다, 교만하다'는 의미를 지니게 된 것은 아닐까요?

정액이 멈춤 정(亭), 정액이 힘없이 밑으로 흘러내림 경(京)

이제 정자(亭子) 정(亭)자와 서울 경(京)자에 대하여 살펴보겠습니다. 이 두 개 한자를 언급하는 이유는 정(亭)자와 경(京)자의 그림문자가 높을 고(高)자의 그림문자가 매우 유사하기 때문입니다. 아래의 그림문자를 볼까요?

갑골문과 금문의 亭(정)자

갑골문과 금문의 京(경)자

우선 '정자, 머무르다'는 의미를 지닌 정(亭)자의 그림문자는 '𩫖(高)'와 'ᅮ(丁)'이 결합되어 있습니다. 허신은 "亭(정)자는 백성들이 편안하게 거주하는 장소다."[24]라 했고, "京(경)자는 사람들이 거주하는 높은 언덕이다."[25]라고 풀이했습니다. 하지만 경전(經典)에는 경(京)자만 있고 정(亭)자는 보이지 않습니다. 실제로 경(京)자의 그림문자는 정(亭)자와 매우 흡사하지 않나요? 그렇기 때문에 마서륜(馬叙倫)은 정(亭)자와 경(京)자는 같은 글자로 보았고,[26] 우제보(牛濟普)는 원래 경(京)자만 있었는데, 춘추전국(春秋戰國) 시대에 정(亭)자가 만들어졌다고 주장했습니다.[27] 정(亭)자와 경(京)자를 연구한 학자들의 다양한 견해를 종합해보면, 정(亭)자는 '잠시 머물기 위하여 만든 건축물'을 나타내고, 경(京)자는 '오랫동안 머물기 위하여 만든 건축물'을 나타냅니다. 정(亭)자와 경(京)자의 그림문자에서 볼 수 있듯이, 이 두 개

---

24)『설문』: 亭, 民所安定也.
25)『설문』: 京, 人所爲絶高丘也.
26)『고문자고림』5책, 497쪽.
27)『고문자고림』5책, 539쪽.

한자의 차이점은 '髙(高)' 밑에 어떤 것이 있느냐는 점입니다. 다시 말하면 정(亭)자의 'ㅜ'와 경(京)의 'ㅣ'가 도대체 어떤 의미를 갖느냐는 것이죠. 앞에서 살펴본 바와 마찬가지로, '髙'는 발기된 남성생식기입니다. 그러면 'ㅜ'와 'ㅣ'는 분명 남성생식기와 일정부분 관계가 있는 부호라고 유추해 볼 수 있습니다. 예를 들면 경(鯨)자는 '고래의 수컷'을 의미하는 한자로 보아 경(京)자는 '남성'과 관계가 있음을 엿볼 수 있을 것이고, 또한 정(聤)자는 '귀에 진물이 흐르는 것'을 의미하는 한자로 보아 정(亭)자는 '액체'와 관계가 있음을 확인할 수 있습니다. 이러한 사실을 종합하면, 정(亭)자와 경(京)자는 모두 정액을 나타내는 글자인데, 정(亭)자는 정액이 뿜어져 나오는 것이 '멈춤'과 관계가 있고, 경(京)자는 위로 힘차게 뿜어져 나오는 정액을 그린 교(喬)자와는 달리 '힘없이 아래로 줄줄 흘러내리는' 정액을 그린 것으로 볼 수 있습니다. 그리하여 정(亭)은 '잠시 멈춤'의 의미가 강하기 때문에 '잠시 머무는 곳'으로 의미가 확대되었고, 경(京)은 '힘이 없음, 오래됨'의 의미가 강하기 때문에 '오래 머무는 곳, 마을'이란 의미로 확대되었다고 추론 가능합니다. 이제 아래 한자들을 볼까요?

◆ 잠시 머무를 정(停): 사람 인(亻. 人) + 잠깐 멈춤 정(亭)
◆ 물이 고이다, 멈추다 정(渟): 물 수(氵. 水) + 멈춤 정(亭)
◆ 아름답고 예쁜 정(婷): 여성 여(女) + 정액 분출 정(亭). 정액을 나올 수 있게(亭) 할 만한 여성(女)은 아름다운 여성이기 때문에 아름답고 예쁜 정(婷)자가 만들어 졌습니다.
◆ 슬플 량(惊): 마음 심(忄. 心) + 힘이 없음 경(京)
◆ 참, 믿다 량(諒): 말씀 언(言) + 오래됨 경(京)
◆ 맑은 술 량(醇): 술 유(酉) + 오래됨 경(京)
◆ 서늘할 량(涼): 물 수(氵. 水) + 오래됨 경(京). 정액(氵)이 힘이 없을 정도로 너무 많이 빠져 나가면(京) 몸이 서늘하기 때문에 '서늘하다'는 의

미를 지닌 량(涼)자가 만들어졌습니다.

쟁기로 남성생식기를 상징한 힘 력(力)

정액(精液)에 대해서는 5장과 6장 에로스와 한자 편에서 자세히 언급하기로 하고 여기에서는 조금 쉬운 한자인 힘 력(力)자를 살펴보겠습니다. 한자는 우리 주위에 있는 다양한 사물들을 구체적이고도 상징적으로 그린 문자입니다. 한자를 만들 당시 대다수의 사람들이 어떤 힘든 일들을 했는지 불분명하지만 분명 힘든 일들이 있었을 것입니다. 그렇기 때문에 그것을 나타내기 위하여 '힘'을 나타내는 문자가 필요했을 것이고요. 하지만 생각해보세요. '힘'이라는 것을 그림문자로 나타낼 수 있었을까요? 여러분들이 한자를 만든다면 어떤 그림으로 '힘'을 나타낼 수 있죠? 힘줄을 그리면 된다고요? 힘줄을 어떻게 그릴 건데요? 허신 역시 "力(력)자는 힘줄이다. 즉, 인간의 힘줄 모양을 그린 한자다."[28]라고 풀이했습니다. 아래의 그림문자를 볼까요?

갑골문과 금문의 力(력)자

위 그림문자가 힘줄로 보이나요? 서중서(徐中舒), 이효정(李孝定) 등은 '쟁기'를 그린 문자라 했고, 많은 학자들 역시 이들의 주장에 동의해서 힘 력(力)자는 쟁기를 그린 문자로 보고 있습니다. 그리하여 남자를 뜻하는 사내 남(男)자는 밭(田)에서 쟁기(力)로 열심히 일하는 사람이라고 풀이했던 것입

---

28)『설문』: 力, 筋也. 象人筋之形.

니다.

하지만 사내 남(男)자를 밭(田)에서 쟁기(力)로 열심히 일하는 사람으로 해석하면 몇 가지 문제가 있습니다. 첫째, 쟁기를 뜻하는 한자인 쟁기 뢰(耒)자가 있습니다. 둘째, 밭에서 일하는 사람은 남자가 아니라 농부라고 합니다. 그래서 농부를 뜻하는 한자인 농부 준(畯)자가 따로 있습니다. 셋째, 게다가 밭을 갈다는 의미를 지닌 한자인 밭갈 적(耤)자도 있습니다. 그렇다면 밭(田)에서 쟁기(力)로 일하는 사람은 반드시 남자다(?)라는 해석은 다시한 번 생각해 볼 필요가 있지 않을까요?

성교 숭배 준(畯), 밭을 갈 적(耤), 여성이 아이를 낳을 가(劜)

다음은 농부 준(畯)자와 밭갈 적(積)자의 그림문자입니다.

갑골문과 금문의 畯(준)자

갑골문과 금문의 耤(적)자

사실 위 그림문자는 상당히 중요한 의미를 가지고 있습니다. 농부 준(畯)자의 그림문자는 밭 전(田, 田)과 남성생식기(𠙻, ㄥ) 그리고 남성이 무릎을 꿇고 앉아 있는 모양(𠂤, 卩)이 결합한 한자입니다. 따라서 준(𠂤, 夋)은 남성 생식기를 숭배하는 모습임이 분명합니다. 예를 들면, 나아갈 준(夋)자가 결합된 한자 가운데 '어린아이의 자지, 불알'을 뜻하는 최(朘)자와 '어린애 자지'를 뜻하는 최(峻)자가 있는 점으로 보아 준(夋)은 남성생식기 숭배와 관계가 밀접하죠. 뒤에서 설명하겠지만 밭 전(田)은 여성을 상징적으로 나타낸 한자입니다. 따라서 준(畯)자는 남성과 여성생식기 숭배 사상 혹은 성교와 관계가 깊은 한자라는 사실을 알 수 있습니다.

밭갈 적(耤)자의 그림문자는 성기를 드러낸 남성(丮)이 양 손으로 쟁기 (丿)를 잡고 있는 모양이 결합한 한자입니다. 그렇다면 당당하게 드러낸 성기와 쟁기 그리고 밭, 이것은 어떠한 상황으로 받아들여야 할까요?

옆에 있는 사진은 충남 대전의 한 골동품상점에서 발견된 방패 모양의 청동기입니다. 일명 농경문청동의기(農耕紋靑銅儀器)로 알려진 이것은 청동기시대 혹은 그 이전 시대의 풍속과 의례(儀禮) 및 농경생활상을 자세히 보여주는 예술품입니다. 이 청동기는 그물 무늬로 양분되어 있는데, 한쪽에는 발가벗은 몸에 발기된 성기를 드러내 놓고 밭에서 쟁기질을 하는 농부가 있고, 다른 한쪽에는 토기항아리를 놓고 일하는 농부가 새겨져 있습니다. 둥근 고리가 달린 뒷면에는 큰 나무 윗가지에 두 마리 새가 앉아 있는 솟대 모양의 문양이 있어, 청동기시대 혹은 그 이전부터 이어져 온 문화의 한 단면을 보여줍니다. 이 청동기는 6개의 네모난 구멍이 한 줄로 뚫려 있는 것으로 보아, 지배자나 제사장이 신분과 힘을 상징하는 패물로 몸에 매달아 사용했을 것으로 추정되고 있습니다.[29]

우리나라 관동·관북지방에는 예로부터 나경(裸耕)이 있었다고 전해지고 있습니다. 이것은 정월대보름날 거대한 성기를 자랑하는 숫총각이 실오라기 하나 걸치지 않은 벌거숭이가 되어 나무로 만든 소인 목우(木牛)나 흙으로 만든 소인 토우(土牛)를 몰고 밭을 갈며 풍년을 비는 민속이죠. 땅은 풍요의 여신이요, 쟁기는 남성의 성기를 상징하는 것으로 다산력(多産力)을 지닌 대지 위에 남자의 성기를 노출시킴으로써 풍성한 수확을 비는 것입니다.[30] 이외에 전남 진도에는 추석 전 어린이들이 발가벗고 나이 수대로 밭

29) 장주근, 「장승과 솟대」, 『한국의 향토신앙』, 을유문화사, 1974년.
30) 배도식, 「소에 얽힌 민속」, 『민속학연구』2집, 국립민속박물관, 1995, 231쪽.

고랑을 기는 풍습이 있고, 일본의 관서지방과 인도네시아에서도 농부가 밭을 갈 때 발가벗은 상태로 괭이질을 하거나 씨앗을 뿌린 후 부부가 성관계를 가지는 풍습이 있습니다.[31] 또한 자바, 수마트라, 호주 등지의 원주민과 미국 인디언은 봄에 씨를 뿌리고 그 씨가 싹이 틀 때 부부가 밭에 나가 성교를 하는데, 이 성교 자체가 곡물의 성장과 풍농의 원동력이 된다고 믿고 있습니다.[32] 이러한 풍습들은 앞의 준(畯)자와 적(耤)자의 그림문자와 그 궤도를 같이 하는 것으로 볼 수 있습니다.

쟁기를 그린 모양으로 알려진 힘 력(力. ⌡)은 남성생식기를 보여주는 상징물입이다. 밭을 간다는 것은 성교의 상징적 행위죠. 다산을 기원하는 의례에서의 성행위는 남성의 모든 힘을 보여줘야만 합니다. 그렇기 때문에 력(力)은 '힘'이라는 뜻이 되었던 것입니다. 육체에서 힘줄을 가장 분명하게 관찰할 수 있는 곳은 어디일까요? 그렇죠. 바로 남성생식기죠. 이러한 사실을 보다 분명하게 보여주는 바위그림이 있습니다.

다음의 바위그림은 오스트레일리아 킴벌리(Kimberley)에서 발견된 것으로, 인물의 머리에는 호박(?) 혹은 과일이 얹어 있고, 한 손에는 부메랑과 비슷한 모양의 도구를 다른 손에는 아이를 들고 있습니다. 뿐만 아니라 이 인물의 생식기는 력(力)자의 그림문자(⌐, ⌡)자와 매우 비슷합니다. 이러한 사실로 볼 때, 힘 력(力)은 분명히 남성생식기를 그린 문자라고 확신할 수 있습니다.

력(力)자가 남성생식기 혹은 남성을 뜻하는 한자는 가(劜)자인데, 이 한자는 갑골문에서만 보일 뿐 지금은 사용되고 있지 않습니다. 아래 그림문자는

31) 安田德太郎 저, 임동권 역,『女性의 全盛時代』, 정원, 1993.
32) J. G. Frazer, the Golden Bough-Study in Magim & Religion, Macmillan, 1967, 179쪽.

여성(🦵)이 남성생식기(♂)를 잡고 있는 모습입니다. 곽말약(郭沫若)은 『은허수편고석(殷墟粹編考釋)』(160쪽)에서 이 글자를 가(妿)라고 썼고 여성이 남자아이를 낳은 것을 의미한다고 풀이했습니다.

갑골문의 妿(가)자

그의 이러한 견해는 서중서(徐中舒)의 『갑골문자전(甲骨文字典)』, 주기상(朱歧祥)의 『갑골학논총(甲骨學論叢)』, 하록(河淥)의 「고문자의 병합과 소실을 논함(論古文字的兼並與消亡)」(『무한대학학보(武漢大學學報)』 1991년 제2기)에서 모두 받아들여졌습니다. 즉, 이들은 력(力)을 '남자아이'를 나타내는 부호로 보았던 것입니다. 실제 갑골문 자료를 살펴보면 이 글자는 분명 '남자아이를 낳아 기분이 좋다' 등의 의미로 사용되었음을 확인할 수 있습니다. 그리하여 이 글자를 '𡜏'처럼 쓰기도 했습니다.

성적 결합을 나타내는 사내 남(男)

밭을 가는 행위는 성교의 상징적 의미입니다. 이런 생활상을 묘사한 한자가 바로 남성 남(男)자입니다.

갑골문과 금문의 男(남)자

여성은 아이를 잉태할 수 있었기에 생산의 신비를 잘 알고 있는 존재로 여겨졌습니다. 신석기시대(농경시대)에 이르러서는 대지(大地)의 생산력과 결부되면서 다양한 풍요신앙을 배태시킬 수 있었죠. 대지의 풍요성과 여성의 다산성 사이의 유사성은 농경사회의 현저한 특징이라 할 수 있습니다. 여성과 경작된 밭(田)의 동일시, 생식 행위와 농경 작업의 동일시는 매우 널리 유포된 고대적 관념입니다. 우리의 농경의례에서도 농경의 풍요를 기원하기 위해 여성의 출산력이나 여성의 오줌이 이용되는데, 이를 통하여 흙이 지닌 생산력과 여성의 출산력이 동일시되는 관념을 어느 정도 엿볼 수 있습니다.

> "예전에 모내기를 할 때 남자들은 못줄이나 잡아주고 주로 다산한 여인들이 모를 심었다. 특히 아이를 열 이상 낳은 다산한 부인은 이 논 저 논 돌아다니며 상징적으로 몇 포기만 꽂아 주고서도 품삯을 배나 받았다. 반면에 아이를 낳지 못하는 여자는 모꾼으로서 실격이었다."[33]

남성 남(男)자는 바로 이러한 생활상을 전해주는 한자입니다. 쟁기를 들고 밭을 가는 사람을 왜 농부라 하지 않고 남성이라고 했는지 다시 한번 곰곰이 생각해보면 농경사회의 다양한 모습들이 떠오를 것입니다.

---

33) 이태규, 『한국인의 기속』, 기리원, 1979, 429쪽.

여성을 상징하는 밭 전(田)

문자를 만든 사람(들)은 밭 모양을 둥글게 표현하려고 노력했습니다. 그 것은 일반적인 밭이 아니라 상징적인 밭을 나타내고 싶었기 때문이었겠죠.

갑골문과 금문의 田(전)자

상(商)나라 때에 사용되었던 갑골문은 일부 붓으로 쓴 것을 제외하면 대부분 칼로 새겨진 것들입니다. 청동기를 날카롭고 뾰족하게 만들어서 거북 껍질이나 큰 동물의 어깨뼈에 새길 때 곡선보다는 직선이 훨씬 수월했기 때문에 대부분의 문자들은 직선의 형태를 취하고 있습니다. 그들이 직선으로 밭 전(田)자를 새겼다면 훨씬 쉬웠을 텐데, 어째서 위 그림문자처럼 원형으로 만들려고 노력했을까요? 이 부분은 다시 생각해 볼 문제입니다. 물론 모든 밭 전(田)자를 여성생식기로 볼 수는 없지만 전(田)자가 여성생식기를 상징하고 있다는 점은 고려해볼 필요가 있음을 여기에서 밝혀둡니다. 사람(尸)과 밭(田)이 결합한 한자인 전(届)자가 어찌하여 '구멍'이라는 뜻이 생긴 것인지, 여성(女)이 밭(田)이 될 정도로 성숙한 것을 나타내는 한자인 뉴(姓)자 등에서는 밭 전(田)자를 단순히 밭이라고 보기에는 무리가 따릅니다.

월경대를 찬 모습인 누를 황(黃)

정말로 밭 전(田)자가 여성과 관계가 있는 한자일까? 만일 이런 의문이 생긴다면 아래 그림문자를 보겠습니다.

갑골문과 금문의 黃(황)자

위 그림문자는 황색을 뜻하는 누를 황(黃)자입니다. 허신은 "黃(황)자는
땅의 색이다. 이것은 밭 전(田)자와 빛 광(炗)자가 결합하여 만들어진 한자
이다. 여기에서 빛 광(炗)자는 소리도 나타낸다. 광(炗)자는 고문의 빛 광
(光)자이다."[34]라고 풀이했습니다. 위 그림문자를 보면 허신은 여성(⼤)을
빛 광(炗)으로 본 듯합니다. 그림문자는 분명히 위대한 여성(⼤)과 밭 전(田)
이 결합한 모습입니다. '⿱'에서 밭 전(田. ⊕)의 위치로 보아 이는 분명 신체
의 일부 혹은 그것을 가리는 무엇이라고 볼 수 있습니다. 그것은 무엇일까
요? 어찌하여 '황색'이라는 의미를 지니게 되었을까요? 이 물음에 대해 학자
들은 사람이 패옥(佩玉)을 허리에 찬 모양이라고 풀이하고 있습니다. 그리
고 패옥의 색깔이 황색이기 때문에 '황색'이라는 의미를 갖게 된 것이라고
하고 있죠. 패옥만이 황색일까요? 이 문제를 해결하기 위해 우선 큰 대(大)
자의 의미를 분명하게 파악하는 것이 무엇보다도 중요합니다.

위대한 여성을 나타내는 큰 대(大)

지금까지 큰 대(大. ⼤)자를 위대한 여성으로 해석했는데, 왜 이렇게 해석
했는지 간단하게 설명하겠습니다. 아래의 그림문자는 갑골문과 금문에 보
이는 '크다, 위대하다'라는 의미를 지닌 대(大)자입니다.

---

34) 『설문』 : 黃, 地之色也. 从田从炗, 炗亦聲. 炗, 古文光.

갑골문과 금문의 大(대)자

위 그림문자에 대한 설명을 하지 않아도 '인간의 모습'임을 알 수 있을 것입니다. 대부분의 학자들은 이 그림문자를 '인간이 정면으로 서 있는 모습'이라고 풀이하고 있죠. 하지만 '서 있는 모습'을 의미하는 설 립(立)자의 그림문자(立)는 따로 있습니다. 즉, 서 있는 인간의 모습을 나타내는 그림문자는 '大'에 땅을 의미하는 '一'이 결합하여 만들어진 설 립(立)자입니다. 따라서 큰 대(大)자는 설 수 있을 정도로 자랐기 때문에 '크다'는 의미를 지녔다는 해석은 다시 한 번 생각해봐야만 합니다.

중국 최초의 언어자료라고 일컬어지는 갑골문을 보면 왕의 이름을 나타낼 때 대갑(大甲), 대을(大乙), 대병(大丙), 대정(大丁) 등 천간(天干)자 앞에 대(大)자를 써 넣었습니다. 그리하여 '지극히 존귀(尊貴)하다'는 의미를 불어넣어 주었죠. 이를 보면 대(大)자는 정말로 위대하고 존경스러운 인간을 나타내는 한자임에 틀림없어 보입니다. 그림문자에 '夾'가 있는데, 이것은 낄협(夾)자입니다. 즉, 대(大)를 양옆에서 '두 사람이 부축하고 있는 모양'이죠. 여기에서 '두 사람'이라고 했지만 실제로는 수많은 사람이라고 보아야 옳습니다. 왜냐하면 갑골문과 금문에서 '두 개' 혹은 '세 개'를 겹쳐 사용할 경우에는 '많다'는 의미가 내포되어 있기 때문입니다. 천자문 첫 글자로 알려진 하늘 천(天)자는 '하늘'을 나타내는 '一'과 '大'가 결합한 한자로, 대(大)는 정말로 하늘과 맞닿을 정도로 위대한 사람이 아닐까요?

이제 선사시대 사람들이 남겨놓은 바위그림을 보겠습니다. 전 세계의 바위그림에는 대(大)자와 비슷하게 그려진 모습들이 매우 많이 있습니다. 아래는 내몽고 바위그림입니다.

내몽고 음산(陰山) 바위그림

　위 바위그림은 일반적으로 '성교와 생식'으로 해석하고 있습니다. 어느누가 보아도 '남성의 상징'이 눈에 들어올 것입니다. 이들은 남성의 상징이그려져 있지 않는 사람(여성)들과 서로 손을 잡고 있습니다. 이 바위그림을통해 대(大)자는 원래 '여성'을 나타낸 한자였음을 확인할 수 있습니다. 성기가 발기된 남성과 손을 잡고 있는 대(大), 이 모습은 서로 사랑을 나누고 자식을 잉태할 수 있는 성숙한 여성을 뜻합니다. 당시는 유아의 생존율이 매우 저조하였을 뿐만 아니라 여성이 임신 가능한 나이까지 성장하는 것은 결코 쉽지 않은 일이었습니다. 임신을 할 수 있는 여성, 자식을 낳아 종족을 보존시킬 수 있는 여성, 그 여성은 정말 '위대한 여성'이었고 추앙받는 여성이었죠. 하지만 모계씨족사회에서 부계씨족사회로 넘어가면서 '여성'을 의미하던 대(大)는 '남성'을 의미하게 되었던 것입니다.

남성을 나타내는 클 태(太)

　다시 한 번 강조하자면 대(大)자는 원래 임신이 가능한 성숙한 여성을 뜻했습니다. 여기에 질세라 문자를 만든 사람(들)은 남성을 나타내는 한자도만들었는데, 그 한자는 다름 아닌 클 태(太)자입니다. '大' 밑에 'ヽ'가 무엇을 의미하는지 설명을 하지 않아도 알 수 있겠죠? 즉, 대(大)자와 태(太)자는성교가 가능할 정도로 성숙한 여성과 남성을 뜻하는 한자입니다. 만일 선사시대의 초기 인류가 이러한 유물을 남겨두지 않았다면 우리는 결코 대(大)자와 태(太)자의 진정한 의미를 알 수 없었을 것입니다. '크다'는 의미를 나타내는 한자는 큰 대(大)자, 클 태(太)자 이외에 클 태(泰)자도 있습니다. 이에 대하여 살펴볼까요?

출산하는 장면을 보여주는 클 태(泰)

다음은 클 태(泰)자의 그림문자입니다.

토기에 새겨진 泰(태)자   갑골문에 있는 泰(태)자   소전 泰(태)자

토기에 새겨진 그림문자는 '성숙한 여성'을 의미하는 대(大) 밑에 다시 대(大)가 있고, 갑골문의 그림문자는 대(大) 밑에 머리를 크게 강조한 '𡗗'가 있는데, 여기에서 '𡗗'는 '어린 아이'를 나타냅니다.[35] 왜냐하면 갓 태어난 아이들의 가장 중요한 특징은 '다른 신체에 비해 머리가 크기' 때문입니다. 소전에 이르러서는 어린아이 대신 '양손(𠬞)'과 '물(氺)'이 첨가되었습니다. 어떠한 장면이 떠오르나요? 이것은 뱃속의 아이가 자라서 지금 막 세상 밖으로 나오는 출산 장면을 묘사한 것으로 보이지 않나요? 우리말에 '태어나다'가 있습니다. '태어나다'의 '태'가 바로 클 태(泰)자입니다.

---

35) 5장 에로스와 한자 1편에 있는 자식 자(子)자 참고.

억지로 성교를 강요받는 여성 근(菫)

대(大)자는 성생활이 가능할 정도로 성숙한 위대한 여성을 그린 문자입니다. 누를 황(黃)자의 그림문자(𩫖)에 있는 '𡗜'는 여성(大)입니다. 여기에서 누를 황(黃)자와 비슷한 진흙 근(菫)자의 그림문자를 살펴보겠습니다.

갑골문과 금문의 菫(근)자

허신은 "菫(근)자는 진흙이다. 이것은 흙 토(土)자와 누를 황(黃)자의 생략된 부분인 '𦰩'가 결합하여 만들어진 한자다."[36]라고 풀이했습니다. 위 그림문자를 보면, 진흙 근(菫)자는 분명 황(黃)자와 관계가 있습니다. 그러므로 황(黃)자는 '흙'과 관련된 것임을 알 수 있을 것입니다. 그리하여 허신은 黃(황)을 '땅의 색'이라고 풀이했던 것이죠. 이를 토대로 앞에서 살펴본 황(黃)자를 분석하면 여성과 진흙이 결합된 모습임을 짐작할 수 있을 것입니다.

고대사회에서 여성들은 언제 진흙을 사용했을까요? 진흙이 어찌하여 여성의 복부 혹은 생식기에 묻어 있었던 것일까요? 혹시 월경대가 아닐까요? 여성이 월경할 때 헝겊이나 풀잎에 진흙을 넣고 사용한 것은 아닐까요? 지금도 아프리카에는 나뭇잎이나 나무껍질, 누더기, 천조각, 진흙과 같은 것으로 월경대를 대신하고 있고 사용 후에는 물에 씻고 잘 말린 후 다시 사용하고 있다고 합니다. 원시시대에는 더더욱 그러했지 않았을까요?

흙, 누런 색, 여성의 생리, 잉태 등은 모두 동일한 선상에서 나온 의식이라

---

36)『설문』: 菫, 黏土也. 从土, 从黃省.

고 볼 수 있습니다. 이러한 내용을 염두해서, 이제 누를 황(黃)자가 결합한 몇 몇 한자를 살펴보겠습니다.

◆ 웅덩이 황(潢): 물 수(氵. 水) + 월경대 황(黃). 여성생식기(黃)는 마르 지 않는 샘(水)인 웅덩이와 의미상 연관되어 있습니다.

◆ 큰 개 황(獷): 개 견(犭. 犬) + 성숙한 여성 황(黃). 개(犬)가 크게 자란 (黃) 것을 나타낸 한자입니다.

◆ 끈으로 묶을 황(繢): 실 사(糸) + 월경대 황(黃). 월경대(黃)가 떨어지 지 않도록 끈(糸)으로 잘 동여맨 것을 나타냅니다.

◆ 넓을 광(廣): 집 엄(广) + 성숙한 여성 황(黃). 모계씨족사회에서 위대 한 여성(黃)이 살아가는 집(广)은 많은 자식들과 함께 생활해야하기 때 문에 매우 넓어야 했음을 나타낸 한자입니다.

◆ 위엄스러울 광(儣): 사람 인(亻. 人) + 성숙한 여성 황(黃). 모계씨족사 회에서 위대한 여성(黃)의 모습은 어떠했을까요? 상당히 위엄이 있지 않았을까요?

◆ 아름다울 묘(嬹): 여성 여(女) + 월경대 황(黃). 월경대(黃)가 필요할 만 큼 성숙한 여성(女)이 모계씨족사회에서 가장 아름다운 여성이었음을 보여주는 한자입니다.

진흙 근(堇)자의 그림문자(菫)로 볼 때, 진흙 근(堇)자는 월경대(黃)를 착 용한 여성에게 남성생식기(土)를 '억지로 가까스로' 밀어 넣는 모양으로 볼 수 있습니다. 그래서 근(堇)자가 결합한 한자에는 '겨우, 가까스로' 등의 의 미가 들어 있는 경우가 많이 있습니다. 예를 들면, 겨우 근(厪), 겨우 근(僅), 겨우 근(廑) 등이 그것입니다. 몇 가지 한자를 더 살펴볼까요?

◆ 근심하여 서러워할 근(懂): 마음 심(忄. 心) + 억지로 성교를 강요받는

여성 근(堇). 이러한 상황에 처한 여성(堇)의 마음(心)을 나타냈습니다.
◆ 지치고 피곤하여 병들어 누울 근(瘽): 병질 녁(疒) + 억지로 성교를 강요받는 여성 근(堇). 이러한 상황에 처한 여성(堇)은 병들어 드러눕지(疒) 않을까요?
◆ 삼갈 근(謹), 공손할 근(謹): 말씀 언(言) + 억지로 성교를 강요받는 여성 근(堇). 어쩔 수 없이 여성을 범하는 남성은 최대한 말과 행동을 조심해야했습니다. 그래야만 모계씨족사회에서 추방당하지 않을 테니까요. 씨족사회에서의 추방은 곧 죽음을 의미입니다.
◆ 부지런할 근(勤), 힘쓸 근(勤): 억지로 성교를 강요받는 여성 근(堇) + 남성 력(力). 남성이 억지로 성교하려고 부지런히 힘쓰는 행동을 나타낸 한자입니다.

초기에 억지로 성교를 강요받는 여성을 뜻했던 근(堇)자는 후에 월경대의 재질인 '진흙'으로 의미가 변했습니다.

◆ 흉년들 근(饉): 먹을 식(食) + 진흙 근(堇). 먹을 것이 없어서 진흙만 먹는다는 것은 바로 흉년이 들었기 때문입니다.
◆ 굶어 죽을 근(殣): 뼈 알(歹) + 진흙 근(堇). 진흙만 먹어서 뼈가 앙상하게 된 상태를 말합니다.
◆ 지렁이 근(螼): 벌레 충(虫) + 흙 근(堇). 흙속에 사는 벌레는 지렁이입니다.

억지로 성교를 강요받는 여성 한(堇)

진흙 근(堇)자의 변형은 한(堇), 한(堇)입니다. 이 한자 역시 진흙 근(堇)자의 본래 의미인 억지로 성교를 강요받는 여성(堇)을 나타냅니다.

◆ 탄식할 탄(嘆), 한숨 쉴 탄(嘆): 입 구(口) + 억지로 성교를 강요받는 여성 한(莫). 이 상황에 처한 여성이 입으로 한숨 쉬며 탄식하고 있는 상황을 나타낸 한자입니다.

◆ 탄식할 탄(歎): 억지로 성교를 강요받는 여성 한(莫) + 입을 크게 벌려 하품할 흠(欠). 이 상황에 처한 여성이 입을 크게 벌리고 탄식하는 상황을 나타낸 한자입니다.

◆ 노여워할 한(嘆): 여성 여(女) + 억지로 성교를 강요받는 여성 한(莫). 이 상황에 처한 여성(女)은 매우 노여워할 것입니다.

초기에 억지로 성교를 강요받는 여성을 뜻했던 근(堇)자의 변형인 '莫, 莫' 역시 후에 월경대의 재질인 '진흙'으로 의미가 변했습니다.

◆ 햇볕에 쬐어 말릴 한(暵): 해 일(日) + 진흙 한(莫): 진흙(莫)을 햇볕(日)에 쬐어 말리는 모습을 나타냅니다.

◆ 불에 쬐어 말릴 한(熯): 불 화(火) + 진흙 한(莫): 진흙(莫)을 불(火)에 쬐어 말리는 모습을 나타냅니다.

남성생식기 곤(丨), 자지 료(屪), 자지 구(屌)

남성생식기를 나타내는 뚫을 곤(丨)자에 대해서는 5장 에로스와 한자 1편에서 구체적으로 살펴보겠습니다. 마지막으로 남성생식기를 나타내는 한자들을 보면, 자지 초(屌), 자지 료(屪), 자지 구(屌), 어린애 자지 최(峻), 어린애 자지(불알) 최(脧) 등이 있습니다. 우리들은 이미 자지 초(屌), 어린애 자지 최(峻), 어린 애 자지(불알) 최(脧) 등에 대해 살펴보았기 때문에 여기에서는 자지 료(屪), 자지 구(屌)에 대해서만 간단하게 설명하고 마치겠습니다.

◆ 자지 료(屪)자는 사람 모습 시(尸)자와 나무가 활활 불타는 모습 료(尞)
자가 결합된 한자입니다. 사람 기관 중에서 쉽게 불타는 기관은 어디
일까요? 아마도 남성생식기가 아닐까요? 료(尞)자가 남성생식기란 의
미로 사용되는 한자에는 뚫을 료(竂)자, 가지고 놀 료(嫽)자, 돋울 료
(撩)자가 있습니다. 뚫을 료(竂)자는 여성을 상징하는 구멍 혈(穴)과 쉽
게 불붙는 남성생식기를 상징하는 료(尞)자가 결합하여 만들어진 한자
입니다. 굳이 설명하지 않아도 어떤 의미인지 쉽게 이해할 수 있을 것
입니다. 가지고 놀 료(嫽)자는 여성을 나타내는 여성 여(女)와 쉽게 불
붙는 남성생식기를 상징하는 료(尞)자가 결합하여 만들어진 한자입니
다. 그러므로 이 한자는 여성이 남성을 가지고 놀다는 의미를 지닙니
다. 돋울 료(撩)자는 손 수(扌. 手)자와 남성생식기 료(尞)자가 결합한
한자로 '자위'를 나타냅니다. 그리하여 생식기를 크게 하다는 뜻에서
'돋우다'는 의미가 되었던 것입니다.

◆ 자지 구(屩)자는 사람 모습 시(尸)자와 필요한 것을 찾아서 구할 구(求)
자가 결합된 한자입니다. 사람 기관 중에서 항상 무엇인가를 갈구하는
기관은 어디일가요? 그것은 아마도 남성생식기가 아닐까요?

원래 남성생식기를 나타낸 한자는 조(且), 사(土), 토(土), 사(厶), 고(高),
력(力), 태(太), 곤(丨) 등이었습니다. 초(屌), 료(屪), 구(屩) 등은 나중에 만
들어진 한자들입니다. 전자를 통해서는 고대인들의 관찰력과 상징성이 돋
보이며, 후자를 통해서는 그들의 상상력과 해학성을 엿볼 수 있습니다.

5장. 에로스와 한자 1

凡(범), 用(용), 甬(용), 周(주), 甫(보), 井(정), 丼(정), 丹(단),

靑(청), 同(동), 興(흥), 冂(경), 冋(경), 向(향), 尙(숭), 當(당),

入(입), 內(내), 丙(병), 穴(혈), 矞(율), 商(상), 卨(눌), 网(량),

兩(량), 㒼(만), 再(재), 冓(구), 爯(칭), 申(신), 神(신), 雷(뢰),

畾(뢰), 電(전), 良(량), 壽(수), ㅣ(곤), 臼(구), 隤(퇴), 貴(귀)

5장

에로스와 한자 1

凡(범), 用(용), 甬(용), 周(주), 甫(보), 井(정), 丼(정), 丹(단),
靑(청), 同(동), 興(흥), 冂(경), 冋(경), 向(향), 尙(숭), 當(당), 入(입),
內(내), 丙(병), 穴(혈), 矞(율), 商(상), 閆(눌), 网(량), 兩(량), 萬(만),
再(재), 冓(구), 爯(칭), 申(신), 神(신), 雷(뢰), 畾(뢰), 電(전), 良(량),
壽(수), 丨(곤), 臼(구), 蕢(퇴), 貴(귀)

인류학을 연구하는 많은 학자들의 주장에 따르면, 고대원시사회에는 성(性)숭배가 있었다고 합니다. 성숭배는 생식기숭배와 성교숭배 두 가지로 나뉘는데 이러한 숭배 현상은 고대원시사회에서 뿐만 아니라 지금도 존재하고 있고 앞으로도 계속 존재할 것입니다. 우리들에게 잘 알려진 인도의 시바(Shiva)신의 공통적인 형태는 남성생식기 모양의 링가(Linga)입니다. 일반적으로 링가는 우주의 자궁을 상징하는 여성생식기 모양의 요니(Yoni) 위에 놓여 있습니다. 이처럼 링가와 요니를 결합한 이유는 우주의 근원인 생명의 형성과 탄생을 나타내기 위해서입니다.

링가와 요니가 결합된 쉬바링가의 모습

성교의 궁극적인 목적은 생명의 잉태와 탄생입니다. 하지만 쾌락 역시 부정할 수는 없죠. 지금부터 흥분(興奮)되는 얘기를 시작하겠습니다. 제가 한자에 대해서 관심을 갖게 된 한자는 바로 흥(興)자였습니다. 흥분할 흥, 일어날 흥(興)자가 어째서 흥분하다는 뜻을 갖게 되었을까하는 점이었죠. 이 부분을 이해하기 위해서는 다양한 부호에 대한 관찰력과 상상력이 필요합니다. 우선 흥분할 흥(興)자에 대한 허신의 해석을 보면, "興(흥)자는 일어나다는 뜻이다. 이 한자는 마주 들 여(舁)자와 함께 동(同)자가 결합하여 이루어졌다. 즉, 같이 힘을 쓴다는 의미다."[1]라고 풀이했습니다. 마주 들 여(舁)자는 위와 아래에 각각 두 개의 손이 있는 모양입니다. 즉, 두 사람이라는 뜻이죠. 그러면 흥(興)자는 '동(同)'을 서로 같이 힘을 써서 들었다는 뜻이 됩니다. 동(同)이 과연 무엇이길래 흥분시킨다는 것일까요? 지금부터 함께 동(同)자의 의미를 찾아 다양한 부호의 세계로 여행을 떠나겠습니다.

---

1) 『설문』 : 興, 起也. 从舁从同. 同力也.

갑골문과 금문의 凡(범)자	갑골문과 금문의 用(용)자
갑골문과 금문의 甬(용)자	갑골문과 금문의 周(주)자
갑골문과 금문의 甫(보)자	갑골문과 금문의 井(정), 丼(정)자
갑골문과 금문의 丹(단)자	갑골문과 금문의 靑(청)자
갑골문과 금문의 同(동)자	갑골문과 금문의 冂(경), 同(경)자

위 한자들은 일반적인 범(凡)자, 사용할 용(用)자, 솟아오를 용(甬)자, 두루 주(周)자, 클 보(甫)자, 우물 정(井, 丼)자, 붉을 단(丹)자, 푸를 청(靑)자, 함께 동(同)자, 멀 경(冂, 고문자에서 경(冂)자와 경(同)자는 같습니다)자입니다. 이 10개의 한자에서 공통적인 부호는 범(甘. 凡)입니다.

항문, 방귀소리 범(凡)

그러면 범(甘. 凡)은 무엇을 그린 문자일까요? 부호 甘(凡)은 예측하기가 상당히 어렵기 때문에 이를 연구한 학자들의 견해 역시 매우 다양합니다. 우선 허신은 "凡(범)자는 가장자리를 양쪽에서 묶은 것이다."[2]라고 풀이했

---

2) 『설문』 : 凡, 最括也.

습니다. 무슨 말인지 이해가 되지 않죠? 무엇인가를 펼친 후 양 옆을 묶은 모양이라는 것이죠. 이처럼 어렵게 풀이했기 때문에 그의 해석에 대하여 많은 학자들이 의문을 제기했습니다. 그의 해석에 반대하는 학자들 가운데 일부 학자들은 𠙴(凡)을 쟁반 반(槃)자로 해석하기도 했고, 또 다른 일부 학자들은 대야 반(盤)자로 해석하기도 했으며, 돛 범(帆)자로, 여성의 허리 요(要)자로,3) 배 주(舟)자로, 같을 동(同)자 등으로 해석했습니다. 이들의 해석이 틀렸다고만 할 수는 없을 것 같습니다. 왜냐하면 𠙴(凡)은 갑골문과 금문에서 이들이 주장한 다양한 '의미'로 쓰였기 때문입니다. 그렇다면 𠙴(凡)은 이 학자들이 제시한 '의미'를 모두 포괄하는 것으로도 볼 수가 있을 것입니다. 이러한 의미를 종합해보면, 𠙴(凡)은 '물건을 담을 수 있게 만든 움푹 들어간 곳, 바람, 물'과 관계된 것이라는 예측이 가능합니다.

『설문』의 9,353개 한자 중에서 범(凡)자와 결합한 한자는 모두 5개 한자입니다. 즉, 풀이 무성할 봉(芃), 봉황새 봉(鳳), 물결을 따라 떠다닐 범(汎), 바람 풍(風), 수레의 바닥 둘레나무 범(軓) 등이 그것입니다. 봉황새 봉(鳳)자는 무릇 범(凡)자와 새 조(鳥)자가 결합한 한자입니다. 봉황새 봉(鳳)자에서 보이는 '새'는 날아다니는 모든 조류(鳥類)를 의미한다고 볼 수 있습니다. 바람 풍(風)자는 무릇 범(凡)자와 벌레 충(虫)자가 결합한 한자입니다. 바람 풍(風)자에 보이는 '벌레'는 모든 육상생물을 의미한다고 볼 수 있습니다. 이 5개 한자의 의미를 종합하면, 범(凡)자는 모든 생물의 근원, 생명의 번성과 관계된 듯합니다. '바람'이 불어오는 곳, 그 곳은 어디일까요? 그것은 무엇일까요? 𠙴(凡)자의 고대 발음은 어째서 '봉', '풍'일까요? 지금부터 𠙴(凡)이 무엇인지에 대한 실마리를 찾기 위해 다음의 그림문자를 살펴보겠습니다.

---

3) 허신은 '요구하다, 바라다, 잡다'는 뜻을 지닌 요(要)자는 '양 손으로 여성의 허리를 감싸는 모양'을 그린 한자라고 했습니다. 하지만 그의 설명과는 달리 요(要)자는 성교를 적극적으로 원하는 여성을 보여주는 한자입니다. 요(要)자에 대한 구체적인 의미는 6장 에로스와 한자 2편 참고.

갑골문과 금문의 子(자)자

한자를 공부해 본 적이 있다면 위 그림문자 중에서 오른쪽 4개의 그림문자(ㄣ, ㄣ, ㄣ, ㄣ)가 무엇을 그린 것인지 대충 짐작을 할 수 있을 것입니다. 물론 그림문자를 모르는 분들일지라도 자세히 살펴보면 곧바로 눈치를 챌 수 있겠죠. 위 그림문자는 '어린아이'를 의미하는 자식 자(子)자입니다. 당시에는 지금처럼 남녀(男女) 아이를 구분하지 않았고 단지 '아이, 자식'을 뜻하는 단어만 있었습니다. 자식이 자라서 성인식을 거치게 되면 남자아이는 비로소 남성 남(男)이 되고 여자아이는 여성 여(女)가 됩니다. 어째서 'ㄣ, ㄣ, ㄣ, ㄣ'이 어린아이를 그린 것인지 잘 모르겠다고요? 자, 그럼 갓 태어난 어린아이의 특징을 먼저 생각해보죠. 어린아이의 가장 큰 특징은 다른 신체에 비해서 머리가 크다는 점입니다. 그리고 양팔을 상하좌우로 움직이기도 하고요. 문자를 만든 사람(들)은 어린아이의 이러한 특징을 정확하게 파악하여 사실적이고도 간단하게 어린아이 자(子)자를 만들게 되었던 것입니다. 왼쪽 3개의 그림문자(ㅂ, ㅂ, ㅂ) 역시 갓 태어난 어린아이를 그린 모습입니다.

시중에 나와 있는 한자 관련 서적을 보면 자식 자(子)자의 그림문자는 대부분 'ㄣ, ㄣ, ㄣ, ㄣ'처럼 소개하고 있을 뿐, 'ㅂ, ㅂ, ㅂ'처럼 소개한 한자 서적은 한 권도 찾아볼 수 없습니다. 어째서 이것을 숨겨버렸을까요? 그 이유는 지금껏 다른 사람들이 그렇게 했기 때문에 어떠한 확인과 의심도 없이 다른 사람들이 한 것을 그대로 빌려 사용했기 때문입니다. 물론 한자를 연구하는 학자들 역시 가장 중요한 요소가 내포된 이 부분을 숨겨버렸죠. 왜 그렇게 했을까요? 어쩌면 이것이 무엇인지 알고는 있었지만 유교사상이 팽배한 사회에서 그것을 적나라하게 묘사하는 것 자체가 금지되었기 때문에 의식적으로 해석을 피했는지도 모르겠습니다.

'也'은 '갓 태어난 아이'를 매우 정확하게 나타낸 그림입니다. 즉, '그곳(Ħ)'에서 '아이(丨)'가 태어나는 모습입니다. 여기에서 '丨'은 '子'를 가장 간단하게 표현한 부호로 그것이 나타내는 의미는 분명합니다.

갓 태어나는 아이를 그린 '也'로 볼 때, Ħ(凡)은 여성의 음부, 자궁 등을 시각적으로 분명하게 묘사한 그림인 것 같습니다. 이를 토대로 보면 Ħ(凡)은 들어가고 나오는 곳이요, 생명을 담고 있는 그릇이요, 마르지 않는 샘물을 간직한 곳을 나타냅니다. 문자를 만든 사람(들)은 '아이가 나오다'는 의미에서 Ħ(凡)을 '배출하는 곳', 즉 '항문'을 나타내는 부호로 삼기도 했던 것 같습니다. 항문에서 심심치 않게 들려오는 소리, '뽀옹~', '뿡~' 등의 소리로 Ħ(凡)자의 발음인 '풍, 퐁, 봉'을 삼은 것처럼 느껴지는 이유는 저만의 생각일까요?[4]

지금까지 Ħ(凡)은 '구멍' 특히 '항문'일 가능성에 대해 설명했습니다. 항문의 주요 기능은 음식물을 배출하는 것입니다. 이것을 나타낸 한자는 사람 시(尸)자와 쌀 미(米)자가 결합하여 '사람의 밑에서 나오는 음식물'이란 뜻을 지닌 똥 시(屎)자입니다. 현재 중국에서는 '대변을 보다'는 의미로 '라스(拉屎, lāshǐ)'라는 단어를 사용하는데, 아마도 음식물이 배 밖으로 배출할 때 나오는 소리인 '슥~'에서 '스~'라는 발음을 채택한 듯합니다. 음식물 배출은 시(屎)자로 나타내고 방귀(바람)의 배출은 Ħ(凡)자로 나타내었다고 볼 수 있죠. 방귀소리는 '뽀옹~', '뿡~'이므로 이 한자의 발음은 '펑(범)', '봉', '붕', '풍' 등이 되었다고 보는 것이 합리적인 생각이 아닐까요? 일반적으로 범(凡)자의 의미가 '무릇, 모두'라는 의미를 지니게 된 이유는 당시에는 음식물

---

4) 저는 부호 Ħ(凡)은 '항문, 방귀소리'를 나타낸다고 확신합니다. 하지만 지금까지 자료를 충분히 수집하지 못했기 때문에 학술지에 논문발표를 하지 못했고, 논문으로 발표하기 위하여 지금도 계속 자료를 수집하고 있는 중입니다. 만일 이 논문이 발표된다면 더 자세한 내용으로 여러분들을 다시 찾아뵐까 합니다

이 매우 거칠었기 때문에 대부분의 사람들이 방귀를 뀌는 것은 일반적인 일이었을 것입니다. 그리하여 '일반적인, 모두'라는 의미가 되었다고 볼 수도 있죠. 현대 한자 가운데 범(凡)자가 결합한 한자를 통해, 범(凡)자의 구체적인 의미를 살펴보겠습니다.

◆ 돛단배 범(帆): 헝겊 혹은 수건 건(巾) + 바람 범(凡)
◆ 물에 뜰 범(汎): 물 수(氵. 水) + 바람 범(凡)
◆ 배 범(舤): 배 주(舟) + 바람 범(凡)
◆ 말이 바람처럼 빨리 달릴 범(馺): 말 마(馬) + 바람 범(凡)
◆ 젖 풍(肌): 인체 육(月) + 구멍 범(凡)

제 생각이 타당한지 여부는 여러분들의 판단에 맡기겠습니다. 凡(凡)이 '항문' 혹은 항문에서 배출되는 방귀라는 사실을 토대로 본다면 앞에서 제시한 다양한 한자 즉, 멀 경(冂, 冋), 함께 동(同), 붉을 단(丹), 우물 정(井, 丼), 사용할 용(用), 두루 주(周), 클 보(甫), 솟아오를 용(甬), 푸를 청(青)자의 의미가 더욱 선명하게 드러날 것입니다.

나뭇가지를 사용하여 뒤처리할 용(用)

우선 쓸 용, 사용할 용(用)자를 볼까요? 사용할 용(用)자의 그림문자는 '凷, 凷, 凷'입니다. 여러분들도 잘 아시다시피 용(用)자는 '사용하다'는 뜻입니다. 무엇을 어디에 어떻게 사용한다는 것일까요? 우리는 이미 凡(凡)은 항문을 나타낸 그림문자라는 사실을 알고 있기 때문에, 무엇을 사용하는 것인지 어느 정도 유추할 수 있을 것입니다. 용(用)자는 '대변을 본 후 뒤처리를 하기 위해 사용하는 것'을 말합니다. 지금은 화장지를 사용하지만 당시는 무엇을 사용했을까요? 그것은 용(用)자의 그림문자(凷, 凷, 凷)에 자세히 나와 있습니다. 즉, '揹'자는 'ㅂ'와 '나뭇가지(ㅏ)'가 결합한 한자로 보아 '나뭇가지를 사용하여 뒤처리를 하다'는 뜻으로 볼 수 있습니다.

안에서 밖으로 빠져나와 속이 비어 있는 상태 용(甬)

이제 꽃 피는 모양 용, 솟아오를 용(甬)자를 볼까요? 용(甬)자의 그림문자는 '甬, 甬'입니다. 용(用)자의 그림문자(揹, 揹, 揹)와 비슷하지 않나요? 단지 뒤처리용으로 사용되는 나뭇가지 끝에 달려 있는 'ㅂ'만 다를 뿐입니다. 그림문자만으로 풀이해보면 'ㅂ'은 아마도 뒤처리 시에 함께 묻어나오는 '대변'일 것입니다. 대변은 안에서 밖으로 빠져 나온 것이므로 용(甬)자는 '안에서 밖으로 솟아 나오다'라는 의미가 된 것이 아닐까요? 뿐만 아니라 안에서 무언가가 빠져 나오면 속은 빈 상태가 되므로 용(甬)자는 '비어있다'는 의미도 들어있게 된 것으로 보입니다. 이제 용(甬)자와 결합한 한자를 살펴볼까요?

◆ 위로 뛰어 오를 용(踊): 발 족(足) + 솟아오를 용(甬)

◆ 용감할 용(勇): 솟아오를 용(甬) + 힘 력(力) 혹은 남성생식기 력(力)

◆ 욀 송, 암송할 송(誦): 말씀 언(言) + 안에서 밖으로 나올 용(甬)

◆ 샘이 솟을 용(涌): 물 수(氵. 水) + 솟아나올 용(甬)

◆ 대나무로 만든 통 통(筒): 대나무 죽(竹) + 속이 빈 것 용(甬)

◆ 물건을 담는 통 통(桶): 나무 목(木) + 속이 빈 것 용(甬)

◆ 아플 통(痛): 아픈 사람이 침상에 누워 있는 모습 녁(疒) + 속이 빈 것 용(甬)

◆ 허수아비 용(俑): 사람 인(亻. 人) + 속이 빈 것 용(甬)

◆ 통할 통(通): 쉬엄쉬엄 갈 착(辶), 길거리 착(辶) + 속이 빈 것 용(甬). 이것은 길거리에 아무도 없으므로 쉽게 걸어간다는 의미입니다.

여성이 대소변을 본 후의 뒤처리를 묘사한 두루 주(周)

'두루, 골고루, 널리'라는 의미를 지닌 주(周)자를 볼까요? 주(周)자의 그림문자(圕, 甫, 㘽, 釁, 豐, 悲)는 '나뭇가지를 이용하여 뒤처리하는 모습'을 그린 용(用)자의 그림문자(甶, 甫, 甶)와 관계있음을 볼 수 있습니다. 용(用)자는 남녀를 구분하지 않았지만 주(周)자는 용(用)자 밑에 여성생식부호인 '▽'이 첨가된 것으로 보아 이는 '여성이 대소변을 본 후의 뒤처리'를 나타낸 문자라고 추측할 수 있습니다. 여기에서 뒤처리는 대소변뿐만 아니라 월경(月經)도 의미합니다. 왜냐하면 월경의 뒤처리는 부족의 안녕을 위해서 다른 어떤 일보다 훨씬 더 중요했기 때문입니다. 월경은 새로운 생명을 잉태할 수 있는 기반이 됩니다. 새로운 생명을 탄생시키고 종족을 보존하기 위하여 '널리' 퍼뜨리는 것, 그것은 여성의 권리이자 의무였던 것입니다. 주(周)자의 그림문자 가운데 '圕'은 어쩌면 이러한 정황을 설명하기 위하여 만들어낸 그림문자일 것입니다. 왜냐하면 '圕'은 여성의 자궁 안에 무수히 많은 생명체(∷)가 담겨 있는 모양을 그린 그림문자로 보이기 때문이다. 주(周)자와 결합한 한자를 분석해보면 주(周)자의 의미가 더욱 분명해질 것입니다.

◆ 뛰어날 척(倜): 사람 인(亻. 人) + 종족을 널리 퍼뜨릴 수 있는 여성 주(周)

◆ 속옷 주(裯): 옷 의(衤. 衣) + 월경하는 여성 주(周)

◆ 숨길 주(綢): 실 사(糸) + 월경하는 여성 주(周)

◆ 슬퍼할 추(惆): 마음 심(忄. 心) + 월경하는 여성 주(周)

◆ 시들어버려 생기가 사라질 조(凋): 얼음 빙(冫) + 월경하는 여성 주(周)

◆ 비웃을 조(嘲): 입 구(口) + 월경하는 여성 주(周)

◆ 수확이 많기를 빌 도(裯): 제단 시(示) + 수많은 생명 주(周)

◆ 풍족할 조(稠): 벼 화(禾) + 수많은 생명 주(周)

'푸~' 소리를 내면서 빠져 나오는 방귀소리 보(甫) 혹은 봇물이 터질 보(甫)

계속해서 쓸 용(用. 㣉, 㒮, 㒵)자와 흡사한 보(甫)자에 대하여 살펴보겠습니다. 보(甫)자의 그림문자는 '㣉, 㿝, 㿯'입니다. 허신은 "甫(보)자는 남자에 대한 미칭이다. 이 한자는 쓸 용(用)자와 아비 부(父)자가 결합하여 만들어진 회의문자인데, 여기에서 아비 부(父)자는 음도 나타내는 회의겸형성자다."5)라고 풀이했습니다. 실제로 보(甫)자의 그림문자(㣉)를 보면 㠭(凡)자와 㿯(父)자의 결합으로 이루어졌으므로 허신의 해석은 틀렸다고 볼 수는 없습니다. 하지만 보(甫)자의 다른 그림문자(㿝, 㿯)를 보면, 㠭(凡)자는 밭 전(田) 혹은 '㿰'로 변하였습니다. 밭 전(田)자에 대해서는 4장 남성과 한자 편에서 여성생식기를 상징적으로 나타낸 부호라고 이미 설명했습니다. 그러므로 보(甫. 㣉, 㿝, 㿯)자는 여성생식기든 항문이든 그곳으로부터 밖으로 빠져 나오는(㿯) 모양을 그린 것으로 볼 수 있습니다. 다시 허신의 설명을 볼까요? 그는 보(甫)자는 㠭(凡)자와 㿯(父)자의 결합으로 풀이했습니다. 㠭(凡)이 항문인 것과 그 발음이 부(푸. 父)인 것을 감안한다면 항문에서 '푸~' 소리를 내면서 빠져 나오는 방귀소리인 것 같습니다. 여기에서 잠시 허신의 해석을 고려하지 않고 자의적으로 보(甫)자를 풀이해보면, 여성생식기에서 무엇인가 빠져나오는 모습, 즉 '봇물이 터져 나오는 모습'으로도 해석할 수 있습니다. 왜냐하면 '봇물'의 '보'와 '보(甫)'의 발음이 같기 때문입니다. 무엇인가 빠져나오면 다시 보충해 줘야겠죠? 그렇기 때문에 보(甫)자는 '보충하다'는 의미도 숨겨져 있습니다. 이제 보(甫)자와 결합한 한자들을 살펴볼까요?

---

5) 『설문』: 男子美稱也. 从用, 父, 父亦聲.

◆ 펼 부, 퍼질 부(尃): 방귀 보(甫) + 마디 촌(寸). 일반적으로 마디 촌(寸) 자가 쓰인 한자는 손동작과 관계가 있습니다. 부(尃)자는 방귀를 뀐 다음 냄새가 넓게 퍼지도록 손으로 하는 동작을 나타낸 한자입니다.

◆ 먹을 포, 먹일 포(哺): 입 구(口) + 보충할 보(甫)

◆ 도울 보(俌): 사람 인(亻. 人) + 보충할 보(甫)

◆ 옷을 기울 보(補): 옷 의(衤. 衣) + 보충할 보(甫)

◆ 구할 포(捕): 손 수(扌. 手) + 보충할 보(甫)

◆ 수레에 힘을 더하기 위한 덧방나무 보(輔): 수레 거(車) + 보충할 보(甫)

우물 정(井, 丼), 붉을 단(丹), 푸를 청(靑)

이제 우물 정(井)자를 보죠. 우물 정(井)자의 그림문자인 '丼, 丼' 역시 '丼' 과 매우 닮았습니다. 아마도 문자를 만든 사람(들)은 '생명의 탄생과 생존'이라는 공통분모를 여기에서 찾은 듯합니다. '붉은색'을 나타내는 붉을 단(丹) 자의 그림문자인 '丹' 또한 정(井)자와 범(凡)자의 그림문자와 너무도 흡사합니다. '범(凡)'이 항문이라는 사실에 근거하여 '丹'을 해석하면, 항문에서 나오는 대변으로 해석할 수 있지 않을까요? 혹자는 '井'을 여성생식기로 보아, '丹'을 여성생식기에서 빠져나오는 핏덩어리로 해석하기도 합니다. 어느 해석이 보다 합리적인지는 여러분들의 판단에 맡기겠습니다. '푸른색'을 뜻하는 푸를 청(靑)자의 그림문자인 '靑, 靑'는 '새롭게 태어나다'는 뜻을 지닌 날 생(生. 生)과 '생명이 살아 숨을 쉬는 곳'을 나타내는 '丼'이 결합한 한자입니다. 고대인들은 대변은 낡은 것을 버리고 새로운 것을 시작하는 상징으로 생각을 했는지도 모르겠습니다. 따라서 청(靑)자는 새로운 생명의 탄생과 밀접하게 관계된 글자라고 할 수 있습니다. 봄에 식물이 파릇파릇 싹이 자라난 모습 그리고 그들이 뿜어내는 싱그럽고 생동감 넘치는 색상, 그것이 바로 청(靑)자의 의미입니다. 이제 푸를 청(靑)자와 결합한 한자들을 살펴볼까요?

- ◆ 변소 청(圊): 주위가 사방으로 막힌 국(□) + 대변 청(青). 대변을 보는 곳을 나타냅니다.
- ◆ 늘씬할 정(婧): 여성 여(女) + 대변 청(青). 쾌변을 하면 늘씬해지지 않을까요?
- ◆ 편안할 정(靖): 설 립(立) + 대변 청(青). 대변을 보면 마음이 편안해지겠죠.
- ◆ 풀이 우거질 청(菁): 풀 초(艹) + 푸릇푸릇한 새로운 생명 청(青)
- ◆ 불러 올 청(請): 말씀 언(言) + 새로운 사람 청(青)
- ◆ 예쁠 천(倩): 사람 인(亻. 人) + 푸릇푸릇한 새로운 모양 청(青)
- ◆ 정 정(情): 마음 심(忄. 心) + 속에서 새롭게 올라오다 청(青)
- ◆ 맑을 청(淸): 물 수(氵. 水) + 깨끗하고 새로운 것 청(青)
- ◆ 비가 그칠 청(晴): 해 일(日) + 새로운 것 청(青). 비가 오다가 다시 해가 떠오르는 것은 비가 그친 것을 나타냅니다.
- ◆ 단어 정액(精液)을 분석해 볼까요? 우선 액(液)자를 보죠. 물 수(氵. 水) 자와 밤 야(夜)자가 결합한 것으로 보아 밤에 흘리는 물(?)이라고 추측해볼 수 있습니다. 그러면 정(精)자는 어떻게 해석해야 할까요? 쌀 미(米)자와 새로운 생명 청(青)자가 결합한 것으로 보아 쌀은 우리들에게 생명을 주는 식물이다(?)라고 해석해야 하나요? 정(精)자는 '하얗게 찧은 쌀'입니다. 하얀 색은 작은 알맹이를 말하죠. 우리들에게 생명을 주는 하얀 색의 작은 알맹이는 무엇으로 풀이해야 할까요? 그것은 정액이 아닐까요? 그래서 정액(精液)의 정(精)자에 새로운 생명을 뜻하는 청(青)자가 들어 있게 된 것으로 볼 수 있습니다.

여성의 은밀한 곳을 적나라하게 보여주는 동(同)자

동(同)자의 그림문자(㒼, 㒼, 㒼, 㒼)는 항문을 나타내는 㡀(凡)과 여성생식기를 그린 '㡀(▽, 口)'가 결합한 것으로 보아, 동(同)자는 여성의 밑 부분을 적나라하게 보여주는 한자입니다. 한자를 만든 사람(들)은 어째서 항문과 여성생식기를 그린 동(同)자를 만들게 되었던 것일까요? 이러한 그림을 통하여 그들이 나타내고자 했던 것은 무엇일까요? '함께, 같이, 한 가지'를 의미하는 동(同)자는 '도대체 무엇을 같이' 하는 것일까요?

이미 누차 언급했듯이, 한자를 만들기 위한 첫 번째 조건은 일상생활에서 쉽게 발견할 수 있는 사물과 반복적으로 나타나는 행동입니다. 즉, 나무, 열매, 꽃, 보리, 벼, 몽둥이, 빗자루, 쟁기, …… 등과 같이 우리 일상생활에서 쉽게 발견되는 사물들과 가다, 오다, 먹다, 싸다, 채집하다, 농사짓다 등과 같이 반복적으로 행해지는 우리들의 행동인 것이죠. 이처럼 모든 사람들에게서 일반적으로 발생하는 일, 그것이 문자를 만드는 기초이고 이러한 현상을 간단하게 그림으로 표현한 것이 바로 그림문자입니다. 따라서 그림문자를 보면 당시 사람들의 일반적인 생활의 모습을 엿볼 수 있습니다. 이것을 '일반성'이라고 합니다. 그들의 생활모습은 지금과 별반 차이가 없었습니다. 이러한 기본적인 사실을 토대로 다시 동(同)자를 생각해 볼까요? 우리들이 일상생활을 하면서 '동시에' 그것도 '반복적으로' 할 수 있거나 혹은 하는 일은 무엇일까요? '소변과 대변을 동시에' 하는 것보다 더 '동시에' 할 수 있는 일이 있을까요? 물론 다른 일들도 있죠. 예를 들면 말하면서 밥을 먹는다든지 일하면서 노래 부른다든지 등등. 하지만 이런 행동을 그림문자로 만든다고 가정해 봅시다. 그렇다면 이것을 어떻게 문자로 만들 것인가요? 그리고 이러한 일은 특정인에게 해당하는 것이므로 '일반성'이 없다는 한계도 있습니다.

다시 여러분이 문자를 만드는 사람(들)이라면 '동시에'를 뜻하는 행위를 어떻게 만들 것인가요? '동시에 싸는 일'만큼 '일상적'이고도 '반복적'이며 '일반적'인 행위가 있을까요? 저는 동(同)자를 연구하면서 문자를 만든 사람(들)의 관찰력과 창의력 그리고 사고력에 경탄하지 않을 수 없었습니다. 그(들)는 우리들의 일상생활을 매우 세심하고도 분명하게 관찰했던 것입니다. 그(들)는 그 어떤 사람들보다도 뛰어난 관찰력과 창의력을 가진 사람(들)이었음이 분명합니다. 어쩌면 중국에서 한자를 만들었다고 전설로 전해 내려오는 네 개의 눈을 가진 창힐(蒼頡)이라는 신(神)일지도 모르죠. 그들은 동(同)자를 통해 우리들에게 '동시에, 같이 발생하는 현상'을 간단하면서도 정확하게 알려주고 싶었던 것은 아닐까요? 이제 동(同)자가 결합한 한자를 살펴보겠습니다.

◆ 설사할 동(衕): 사거리 모양 행(行) + 동시에 배출되는 것 동(同)
◆ 큰 소리 동(詷): 말씀 언(言) + 동시에 배출되는 소리 동(同)
◆ 골짜기 동(洞): 물 수(氵. 水) + 배출되는 곳 동(同)

격렬한 성행위 흥(興)

지금부터는 제가 한자에 관심을 갖게 된 흥분할 흥, 일어날 흥(興)자에 대해 살펴보겠습니다. 저는 앞에서 흥(興)자는 '같이 힘을 쓰다'는 의미이고, 마주 들 여(舁)자와 한 가지 동(同)자가 서로 결합한 한자라고 이미 설명했습니다. 게다가 마주 들 여(舁)자는 위와 아래에 각각 두 개의 손이 있는 모양이므로 두 사람을 뜻한다고도 했죠. 두 사람이 동(同)을 들고 있는 것이 어째서 흥분하는 것일까요? 이제 흥(興)자의 그림문자를 보면서 이 궁금증에 대한 해결의 실마리를 찾아보겠습니다.

갑골문과 금문의 興(흥)자

동(同)자는 여성의 밑에 있는 '두 개의 구멍'을 사실적으로 그린 한자라고 이미 설명했습니다. 위 그림문자를 보면 두 개의 구멍을 동시에 벌린 경우(🗙, 🗙)도 있고, 하나의 구멍(항문)만을 벌린 경우(🗙, 🗙, 🗙)도 있습니다. 실제로 흥(興)자의 다양한 그림문자를 보면 항문만 벌린 모양의 그림문자가 훨씬 많습니다.[6] 이것은 도대체 어떤 일을 묘사한 한자일까요? 어째서 '흥분하다'는 의미를 갖게 되었을까요? 두 사람(네 개의 손) 즉 여성과 남성이 여성의 항문을 벌리는 이유는 무엇일까요? 혹시 격렬하게 성행위를 하는 모습을 그린 것이 아닐까요? 그리고 성행위를 할 때의 거친 숨소리인 '흥~~ 흥~~'에서 이 한자의 소리를 취한 것은 아닐까요? 저는 흥(興)자의 그림문자를 통하여 '격렬한 성행위를 하는 모습, 남녀가 격렬하게 성행위를 할 때 여성이 최고로 흥분된 상태'를 보여주는 한자라고 생각하는데, 이에 대한 여러분들의 생각을 듣고 싶습니다. 흥(興)자가 결합된 한자는 1개가 있는데 이것은 기쁠 흥(嬹)자입니다.

◆ 기쁠 흥(嬹): 여성 여(女) + 격렬한 성행위 흥(興). 이 한자는 여성(女) 이 최고조로 흥분(興)한 상태를 보여주는 한자입니다.

여성이 양 다리를 벌린 모양 경(冂)

지금까지 본장 서두에서 제시한 9개 한자에 대하여 살펴보았습니다. 이

---

6)『고문자고림』3책, 234~236쪽에 실린 그림문자 참고.

제 마지막 남은 한자인 멀 경(冂)자가 무엇을 나타낸 것인지 알아보겠습니다. 허신은 "사람이 거주하는 장소인 읍(邑) 바깥쪽을 교(郊)라하고, 교(郊) 바깥쪽을 야(野)라하며, 야(野) 바깥쪽을 림(林), 림(林) 바깥쪽을 경冂이라 한다. 경冂의 모양은 먼 곳의 경계를 그린 것이다."[7]라고 해석했습니다. 하지만 여러분들은 경(冂)자의 그림문자(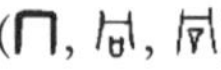)가 '먼 곳'을 나타내는 것처럼 보입니까? 저는 아무리 찾아보아도 '먼 곳을 나타내는 경계'로 보이지 않습니다.

본서 4장 남성과 한자 편에서 높을 고(高)자의 그림문자(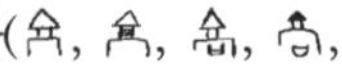, )를 설명하면서 ''은 발기된 남성생식기, ''는 양 다리를 벌린 모양, '' 밑에 있는 ''는 여성생식기를 나타낸다고 이미 설명했습니다. 이 분석에 근거하여 여성생식기와 마주할 때 발기된 남성생식기의 모습이 높을 고(高)자라고 설명했죠. 그러면 경(冂)자의 그림문자(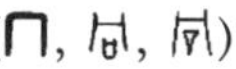)에서 '' 역시 양 다리를 벌린 모양이겠죠. 이 다리는 여성의 다리임을 강조하기 위하여 '' 안에 여성생식부호인 ''을 덧붙여서 ''처럼 그렸던 것입니다. 경(冂)자는 덮어 가릴 멱(冖)자로도 사용되었습니다. 당연히 두 다리를 좁혀 '그곳'을 가리면 아무리 보려고 해도 보이지 않기 때문입니다. '그곳'은 인간이 알 수 없는 생명의 신비를 간직한 신성한 곳입니다. 인간 세상과는 다른 신비한 그곳은 끝을 알 수 없는 멀고도 먼 미지의 세계입니다. 이제 경(冂. 冋)자와 결합한 한자들을 살펴보겠습니다.

- 끌어 죌 경(絅): 실 사(糸) + 여성이 다리를 오므릴 경(冋)
- 빗장 경(扃): 집 호(戶) + 여성이 다리를 오므릴 경(冋)
- 들 경(坰): 남성생식기 사(士) + 여성생식기 경(冋). 족외혼이 엄격하게 지켜지던 모계씨족사회에서 남녀가 쉽게 만날 수 있는 곳은 들판이었습니다.

---

7) 『설문』: 邑外謂之郊, 郊外謂之野, 野外謂之林, 林外謂之冂. 象遠界也.

◆ 빛날 경(炯), 밝게 살피는 모양 경(炯): 불 화(火) + 여성생식기 경(冋)

◆ 깊고 넓은 모양 형(洞): 물 수(氵. 水) + 여성생식기 경(冋)

◆ 염탐할 형(詗): 말씀 언(言) + 여성생식기 경(冋)

여성이 양 다리를 벌린 모양 향(向)

경(冂)자의 그림문자(ᑎ, ᑬ, ᑦ)가 들어있는 몇 몇 한자들을 더 살펴보겠습니다. 아래의 그림문자는 향할 향(向)자입니다.

갑골문과 금문의 向(향)자

허신은 "向(향)자는 북쪽으로 나 있는 창문을 뜻한다."[8]라고 풀이했습니다. 물론 집(ᑎ) 벽에 나 있는 구멍(ᗞ)으로 볼 수도 있죠. 왜냐하면 'ᑎ'은 집면(宀)자로 집 모양을 그린 것으로 풀이하는 것이 일반적인 해석이기 때문입니다. 그렇다면 어째서 향(向)자는 '향하다, 구하다'는 뜻이 들어있게 된 것일까요? 그러한 집을 원하기 때문일까요? 하지만 집의 대문과 창문은 남쪽을 향하는 것이 일반적입니다. 그렇기 때문에 허신이 설명한 것처럼 북쪽에 난 창문이 있는 집을 원한다는 것은 당시의 상식으로는 도저히 이해할 수 없는 일입니다. 향(向)자의 그림문자(ᑬ)는 분명히 경(冂)자의 그림문자(ᑦ)와 비슷하거나 같습니다. 즉, 여성의 다리와 음부를 그린 모습이죠. 남성들의 입장에 본다면, 남성들이 원하고 갈망하는 곳이 바로 향(向)입니다. 여섯들의 입장에서 본다면 그곳은 생명(빛)을 잉태하는 곳이죠. 그리하여

---

8) 『설문』 : 向, 北出牖也.

향(向)자가 들어있는 한자들은 '향하다, 구하다, 빛'이라는 의미가 들어있게 된 것입니다.

◆ 생각할 상(恦): 마음 심(忄. 心) + 여성생식기 향(向). 고대문자에서 마음 심(心)은 생각을 나타냅니다. 그러므로 상(恦)자는 여성을 생각한다는 의미입니다.
◆ 빛날 형(逈), 밝을 향(蔄)은 모두 '빛'과 관계 있습니다.

여성의 나체를 간단하게 묘사한 숭상할 상(尙)

다시 경(冂)자의 그림문자(冂, 尚, 冏)와 비슷한 다른 한자를 살펴보겠습니다.

갑골문과 금문의 尙(상)자

위 한자는 숭상할 상, 바랄 상(尙)자입니다. 분명히 다리를 벌려 음부를 적나라하게 보여주는 경(冂)자의 그림문자(冂)가 보이죠? 그렇다면 '冏' 위에 있는 '••, ハ, ハ, 𠆢'은 어떤 부호일까요? 이것은 여성의 유방입니다. 그러므로 그림문자(尚)를 분석하면, 'ハ'은 양쪽 유방, '·'은 배꼽, '冂'은 다리를 벌려 적나라하게 보이는 음부로 분석할 수 있습니다. 즉, 숭상할 상(尙)자는 임신과 양육이 가능한 여성을 구체적으로 묘사한 그림문자입니다. 모계씨족사회에서 사람들은 임신과 양육이 가능한 여성들을 신성시하고 숭배했습니다. 그리하여 숭상할 상(尙)자가 만들어지게 된 것이라고 볼 수 있습니

다. 그러므로 숭상할 상(尙)자는 원래 '나체 여성'이란 의미로부터 '여성 숭배'란 의미와 '여성들이라면 반드시 입고 다녀야만 하는 속곳'이란 의미가 생기게 된 것으로 유추할 수 있습니다. 숭상할 상(尙)자가 결합된 한자들을 살펴볼까요?

◆ 항상 상(常): 여성의 나체 상(尙) + 수건 건(巾). 허신은 "常(상)자는 아래 속옷 혹은 치마를 말한다."9)라고 해석했습니다. 이러한 해석으로 볼 때, 항상 상(常)은 원래 여성의 중요 부위(尙)를 가리는 수건(巾)인 '속곳'이었습니다. 항상 상(常)자를 통해 우리는 부계씨족사회로 넘어오면서 여성들은 그곳을 가리기 위하여 속옷을 '늘, 항상' 입고 다녀야만 했음을 알 수 있는 한자입니다.

◆ 치마 상(裳): 여성의 나체 상(尙) + 옷 의(衣). 여성들이 입는 옷이란 뜻입니다. 항상 상(常)자와 치마 상(裳)자를 통해 상(尙)은 '안쪽'과도 관계가 있음을 알 수 있습니다. '안쪽'과 관계된 한자는 손바닥 장(掌)자입니다.

◆ 손바닥 장(掌): 안쪽 상(尙) + 손 수(手). 허신은 "掌(장)이란 손의 안쪽이다."10)라고 풀이했습니다.

◆ 상줄 상(賞): 여성을 숭배할 상(尙) + 조개 패(貝). 숭배하여 화폐로 보답하는 것이 상줄 상(賞)자입니다.

◆ 집 당(堂): 높은 곳 상(尙) + 흙 토(土). 높은 곳에 세워진 건물을 말합니다. 혹은 남성(土)과 여성(尙)이 항상 사랑을 나눌 수 있는 공간으로도 해석이 가능합니다.

---

9) 『설문』: 常, 下帬也.
10) 『설문』: 掌, 手中也.

성교를 나타내는 마땅할 당(當)

여성을 숭상할 상(尚)자와 상당히 유사한 한자는 마땅할 당(當)자입니다. 아래 그림문자를 볼까요?

금문과 화폐문자의 當(당)자

그림문자에서 보면 마땅할 당(當)자는 숭상할 상(尚. 尚)자에 남성생식기를 그린 부호인 '♨. 土(흙 토)' 혹은 거꾸로 된 아이 모습(★)이 결합한 한자입니다. 남성(土)이 여성(尚)을 찾는 것은 당연한 일(?)이고 아이가 태어날 때는 머리가 먼저 나와야 하는 것은 당연한 일(?)이기 때문에, 당(當)자에 '반드시, 마땅히'라는 의미가 생겨나게 된 것으로 볼 수 있습니다. 부계씨족사회에서는 여성들은 남편 이외에는 어느 누구에게도 허락되지 않는 몸이었기 때문에 다른 남성의 접근을 막아야 했습니다. 그러므로 당(當)자에는 '막다'는 의미도 생겨나게 되었습니다. 마땅할 당(當)자가 결합된 한자들을 보면 당(當)자의 의미가 보다 분명해질 것입니다.

◆ 엿볼 당(闣): 문 문(門) + 사랑나누기 당(當). 남녀가 사랑을 나누는 장면을 문으로 엿보는 것을 나타낸 한자입니다.
◆ 숨길 당(擋): 손 수(扌. 手) + 사랑나누기 당(當). 남녀가 사랑을 나눌 때 손으로 가리는 것을 말합니다.
◆ 나무 침대 당(檔): 나무 목(木) + 사랑나누기 당(當). 사랑을 나누기 위

해 나무로 만든 것이 나무 침대입니다.

◆ 잠방이 당(襠), 홑바지 당(襠): 옷 의(衤. 衣) + 사랑나누기 당(當). 쉽게 사랑을 나누기 위해서 입는 간편한 옷을 말합니다.

남성생식기를 나타낸 들 입(入), 성교를 나타내는 안 내(內)

경(冂)자의 그림문자(冂, 𠔼, 𠔿)와 비슷한 한자들 가운데 우선 구멍 혈(穴)자를 살펴보겠습니다. 구멍이란 어떤 구멍을 말하는 것일까요? 이 문제를 해결하기 위해 우선 아래의 그림문자들을 보겠습니다.

 ∧ 人 ∧	 ⋀ ⋀ ⋀
갑골문과 금문의 입(入)자	갑골문과 금문의 면(宀)자
 內 內 內	 內 內 內
갑골문과 금문의 병(丙)자	갑골문과 금문의 내(內)자

위 한자들은 들 입(入)자, 집 면(宀)자, 십간(十干)의 세 번째를 나타내는 세 번째 천간 병(丙)자, 안 내(內)자입니다. 이제는 위 그림문자만으로도 어떤 의미인지 대충 짐작이 될 것입니다. 안 내(內)자의 그림문자(內, 內, 內)는 여성이 두 다리를 그린 모습 경(冂. 冂, 𠔼, 𠔿)과 들 입(入. ∧, 人, ∧)이 서로 결합한 문자입니다. 어디로 들어가는 것일까요? 여성의 두 다리 사이로 들어가는 것입니다. 우리들은 안 내(內)라고 하지만 '안'이 어떤 곳인지에 대해서 그다지 관심을 두지 않았습니다. 혹은 '집 안'으로 생각했을 것입니다. 집을 그린 집 면(宀)자의 그림문자(∧, ⋀, ⋀)와 冂(경. 冂, 𠔼, 𠔿)자와는 확

연히 다르기 때문에 이러한 해석은 분명히 잘못된 해석입니다. 안 내(內)자의 그림문자를 토대로 유추해보면, 집 안으로 들어가는 것이 아니라 자궁 안으로 들어가는 것으로 해석하는 것이 사실에 좀더 부합된다고 할 수 있습니다. 안 내(內)자의 그림문자(內, 內, 內)가 여성의 두 다리처럼 보이나요? 아래의 바위그림을 보면 안 내(內)자의 의미를 이해하는데 많은 도움이 될 것입니다.

내몽고 탁자산(桌子山) 바위그림

위 바위그림의 몸통 아랫부분은 여성과 남성의 성교모습을 하나의 그림으로 묘사했습니다. 정말 정교하지 않나요? 이 모습이 바로 안 내(內)자입니다. 이러한 사실로 볼 때, 들 입(入)자는 남성생식기를 가장 간단하게 나타낸 부호라 할 수 있습니다. 이제 안 내(內)자가 들어 있는 한자들을 살펴보겠습니다.

◆ 장가들 납, 살찔 납(妠): 여성 여(女) + 성교 내(內). 성교할 여성을 데리고 오는 것, 성교 후 여성이 임신한 것을 나타낸 한자입니다.

◆ 살찔 눌(朒): 고기 육(月. 肉) + 성교 내(內). 성교 후 여성이 임신한 것을 나타낸 한자입니다.

◆ 말을 더듬을 눌(訥): 말씀 언(言) + 성교 내(內). 성교한 사실을 숨겨 말을 더듬는다는 뜻입니다.

◆ 말을 더듬을 눌(吶): 입 구(口) + 성교 내(內). 말을 더듬을 눌(訥)과 마찬가지로 성교한 사실을 숨겨 말을 더듬는다는 뜻입니다.

◆ 촘촘히 박을 눌(抐): 손 수(扌. 手) + 성교 내(內). 성교 시 잘 진행이 되지 않을 경우 손으로 잡고 안으로 집어넣는다는 뜻입니다.

◆ 물이 합쳐질 예(汭): 물 수(氵. 水) + 성교 내(內). 성교 시 체액이 서로 합쳐진다는 뜻입니다.

사전에는 안 내(內)자의 의미를 ① 안, 속 ② 나라의 안, 국내(國內) ③ 대궐(大闕), 조정(朝廷), 궁중(宮中) ④ 뱃속 ⑤ 부녀자(婦女子) ⑥ 아내 ⑦ 몰래, 가만히 ⑧ 비밀히(祕密-) ⑨ 중(重)히 여기다, 친하게 지내다 등 9가지로 구분하였습니다. 이 9개 의미 가운데 어째서 뱃속, 부녀자, 아내란 뜻이 있게 되었는지 이제는 어느정도 감을 잡을 수 있을 것입니다.

성교 결과 생명이 시작을 알리는 셋째 천간 병(丙)

앞에 제시된 그림문자를 보면 안 내(內)자의 그림문자(內, 內, 內)와 셋째 천간 병(丙)자의 그림문자(內, 內, 內)는 같습니다. 병(丙)자에 대해 허신은 "丙(병)자는 남방의 자리를 말한다. 만물이 빛을 발하여 음기가 일기 시작하고 양기는 일그러진다. 이 글자는 일(一), 입(入), 경(冂)이 결합하여 이루어진 한자다. 여기에서 일(一)은 양(陽)을 말한다."11)라고 해석했습니다. 즉, 양기가 음기 안으로 들어가는 것이 병(丙)입니다. 양기가 음기 안으로 들어

---

11) 『설문』: 丙, 位南方, 萬物成炳然. 陰气初起, 陽气將虧. 从一入冂. 一者, 陽也.

가야 비로소 생명의 씨앗이 탄생하게 됩니다. 따라서 병(丙)은 생명의 시작을 나타낸 한자입니다. 즉, 안 내(內)자는 성교행위를 강조한 한자이고, 병(丙)자는 성교 결과 생명(빛)을 임신한 사실을 강조한 한자입니다. 고대인들은 생명을 빛으로 표현했습니다. 앞에서 몇 차례 언급했듯이 빛을 보다는 것은 새로운 생명이 탄생하다는 의미입니다. 그래서 병(丙)자의 의미를 찾아보면, 셋째 천간이라는 뜻 이외에도 남녘, 밝음, 굳세다 등의 의미가 있게 된 것입니다. 일반적으로 병(丙)자가 결합된 한자를 보면 몸 속, 밝음, 빛 등의 의미가 많은 것도 바로 이러한 연유 때문입니다.

◆ 병 병(病): 병들어 드러누울 녘(疒) + 몸속 병(丙). 병(病)은 몸속에 있는 병이고, 병 질(疾)은 몸밖에 있는 병입니다. 질병(疾病)은 외상(外傷)과 내상(內傷)을 말합니다.

◆ 근심할 병(怲): 마음 심(忄. 心) + 임신 병(丙). 임신한 여성의 마음이 늘 불안한 상태를 나타낸 한자입니다.

◆ 밝을 병(昞), 밝을 병(昺), 밝을 병(炳) 등 병(丙)자가 결합된 한자는 '밝음'과 관계가 있습니다.

구멍 혈(穴)

갑골문과 금문에는 구멍 혈(穴)자가 없습니다. 하지만 혈(穴)자가 사용되지 않았다는 증거도 없습니다. 왜냐하면 혈(穴)자와 결합한 다른 문자에서 그 예를 찾아볼 수 있기 때문이죠. 예를 들면 부엌을 뜻하는 부엌 조(竈. 𥨥)자에서 혈(穴. 𠔿)이 사용되었습니다.

석기시대의 예술과 종교에서는 여성의 형상뿐만 아니라 동굴도 매우 중요하게 다뤄졌습니다. 동굴에 그려진 다양하고도 화려한 그림을 보면, 동굴은 아마도 의례를 치르는 장소로 사용되기도 했던 듯하고, 자궁의 상징으로 여겨지기도 했던 것 같습니다. 그러므로 동굴은 생명을 잉태시키는 곳, 동굴과 여성, 동굴과 여성의 다리 사이 등과 의미상 서로 연결되어 있습니다.[12] 동굴의 형태와 내(內)자, 병(丙)자의 유사성이 이를 반증하기에 충분합니다.

사랑을 나누는 모습을 은유적으로 풀이한 구멍을 뚫을 율(矞)

그림문자 가운데 다음과 같은 그림문자도 있습니다.

갑골문과 금문의 㕯(눌)자

이 그림문자는 말을 더듬을 눌(㕯)자입니다. 허신은 "㕯(눌)자는 말을 더듬는다는 뜻이다."[13]라고 풀이했습니다. 눌(㕯)자를 분석해보면 입 구(口)자와 안 내(內)가 결합하여 만들어진 한자이기 때문에 허신의 설명이 타당한 듯 합니다. 도대체 어떤 일을 저질렀기에 말을 못하는 것일까요? 이 글자의 의미를 분석하기 위해서는 제주도의 특산물 가운데 하나인 귤 귤(橘)자에 들어 있는 송곳으로 구멍을 뚫을 율(矞)자와 헤아릴 상(商)자를 살펴볼 필요가 있습니다.

허신은 "矞(율)자는 송곳으로 뚫는다는 뜻이다. 율(矞)자는 창 모(矛)자와 말을 더듬을 눌(㕯)자가 결합하여 이루어진 한자다. 율(矞)자에는 가득 차서 나온다는 뜻도 있다."[14]라고 풀이했습니다. 송곳으로 뚫다? 이는 사랑을 나

---

12) 질(膣)자는 '여성생식기'를 뜻합니다. 여기에서 굴 혈(穴)은 여성생식기란 의미로 사용되었음을 확인할 수 있습니다.
13) 『설문』: 㕯, 言之訥也.

누는 모습을 은유적으로 풀이한 말일 것입니다. 여기서 중요한 점은 '가득
차서 밖으로 나오다'는 뜻입니다. 사랑을 나눈 결과 새로운 생명이 여성의
다리 사이에서 태어나는 것을 보여준다고 할 수 있습니다. 이와 같은 추론
이 맞는지 율(矞)자와 결합된 한자들을 살펴보겠습니다.

- ◆ 샘솟을 휼(潏): 물 수(氵. 水) + 사랑나누기 혹은 출산 율(矞). 출산할
  때 양수가 터져 나오듯이 물이 안에서 밖으로 솟아나는 것을 말하거나
  혹은 정액이 질내(膣內)에 뿜어져 나가는 것을 말합니다.
- ◆ 빛날 율(燏): 불 화(火) + 출산 율(矞). '빛을 보다'는 출산을 묘사한 말
  입니다. 따라서 '빛'은 출산을 말합니다.
- ◆ 속일 휼(憰): 마음 심(忄. 心) + 사랑나누기 율(矞). 진정한 마음으로
  사랑을 나누는 것이 아니라 자신과 상대방을 '속이는 마음'으로 사랑을
  나누는 일을 말합니다.
- ◆ 속일 휼(譎): 말씀 언(言) + 사랑나누기 율(矞). 사랑을 나누기 위해 말
  로 속이는 것을 말합니다.
- ◆ 놀라서 눈을 크게 뜰 휼(矞): 눈 목(目) + 사랑나누기 율(矞). 뜻밖에 사
  랑을 나누는 장면을 보게 된다면 놀라서 눈을 크게 뜰 것입니다.

어머니 자궁에서 아이가 태어나는 모습인 헤아릴 상(商)

아래 그림문자는 헤아릴 상(商)자입니다. 헤아릴 상(商)자는 상업(商業),
상인(商人) 등의 단어에 사용됩니다.

---

14) 『설문』: 矞, 以錐有所穿也. 从矛从冏. 一曰滿有所出也.

갑골문과 금문의 商(상)자

상(商)자의 그림문자는 아이를 출산할 때의 어머니의 고통을 의미하는 고생할 신(辛. 辛, 辛)자[15]와 여성의 두 다리 사이를 적나라하게 보여주는 부호(□, □)가 결합한 한자입니다. 이러한 사실에 기초하면, 상(商)자는 어머니 자궁에서 아이가 태어나는 모양을 그린 모습으로 풀이할 수 있을 것입니다. 어머니의 젖은 아이의 생명을 유지시켜 줄 수 있는 원천이므로 위 가운데 그림문자(□)에 두 개의 젖가슴(●●)을 더했다고 볼 수 있습니다. 허신은 "商(상)자는 밖으로부터 안쪽의 내용을 안다는 의미다."[16]라고 풀이했습니다. 이와 같은 해석은 아마도 자식을 보면 그의 부모를 알 수 있다는 것을 암시한 것은 아닐까요? 혹은 생명의 탄생을 통하여 생명의 신비를 알 수 있다는 것을 암시한 것은 아닐까요? 그렇기 때문에 상(商)자는 '헤아리다'는 의미가 생기게 된 것으로 추론해 볼 수 있습니다.

말을 더듬을 눌(商)

송곳으로 구멍을 뚫을 율(商)자는 성교 혹은 출산을 묘사한 한자이고, 헤아릴 상(商)자 역시 출산을 묘사한 한자입니다. 이 두 한자에 대한 분석을 토대로 하면, 말을 더듬을 눌(商)자 역시 성교 혹은 출산과 밀접한 관계가 있다고 할 수 있습니다. 몰래 사랑을 나누었던 일이 발각되면 말을 못하고 입 안에서만 머물겠죠? 그래서 말을 더듬는다는 의미가 만들어지게 되었던 것

---

15) 7장 임신과 한자 편 참고.
16) 『설문』: 商, 从外知內也.

입니다. 후손 예(裔)자를 볼까요? 허신은 "裔(예)자는 옷자락을 뜻한다. 예(裔)자는 옷 의(衣)자에서 뜻을 취하고 말을 더듬을 눌(冏)자에서 소리를 취하는 형성문자다."[17]라고 풀이했습니다. 예(裔)자는 어째서 '옷자락'이라는 의미와 '후예'라는 의미가 있게 되었을까요? 예(裔)자에서 '옷 의(衣)'를 강조하면 '옷자락'이 되고, '성교 사실(冏)'을 강조하면 '후예'가 되기 때문입니다.

짝 량(㒳), 재차 량(兩), 남녀가 하나 된 모습 만(㒼)

지금부터는 두 량(㒳. 䋝, 㒳, 䒟)자에 대해서 알아보겠습니다. 내(內)자 혹은 병(丙)자를 두 개 결합한 한자인 두 량(㒳)자는 원래 '짝'을 나타내는 한자입니다. 두 량(㒳)자가 어째서 '두 개' 혹은 '짝'을 나타내는지는 굳이 설명하지 않아도 생각해보면 쉽게 알 수 있을 것입니다. 량(㒳)자에 '一'을 더한 한자가 두 량(兩. 䒟, 䒟, 䒟)자입니다. 학자들은 량(㒳)자와 량(兩)자는 같은 한자라고 보고 있지만, 저의 생각은 조금 다릅니다. 그 이유는 량(兩)자는 분명 량(㒳)자에 '一'을 더했기 때문입니다. 여기에서 '一'은 무엇일까요? 저는 '재차'라고 생각합니다. 두 번 연속으로 성행위를 하는 것이죠. 즉, 량(㒳)은 '두 사람'을 강조한 한자이고, 량(兩)은 '두 차례 연속적인 행위'를 강조한 한자라고 볼 수 있습니다. 이 추론이 타당한지 량(㒳)자가 결합된 한자 중에서 만(㒼)자를 보겠습니다.

만(㒼)자는 '평평하다, 구멍이 없다'는 뜻을 지닌 한자입니다. 만(㒼)자의 그림문자는 '䒟, 䒟'입니다. 이 그림문자가 무엇을 그린 한자인지는 현재까지 밝혀진 바가 없지만 분명한 것은 '짝'을 나타내는 량(㒳)자가 들어 있다는 점입니다. 이제 만(㒼)자가 어떤 의미인지 만(㒼)자가 결합한 한자들을 근거로 추론해 보겠습니다. 가득 찰 만(滿), 흙으로 덮을 만(墁), 송진 만(樠), 어두울 문(瞒), 부끄러워 속일 만(瞒), 엉길 문(糊) 등으로 볼 때, 만(㒼)자는

---

17)『설문』: 裔, 衣裾也. 从衣冏聲.

'가득 차다, 엉겨 붙다, 덮다' 등의 의미와 밀접하게 관계된 듯합니다. 만(㒼)자에 두 사람이 한 몸이 된 량(㒳)자가 있고 또한 그 의미는 '가득 차다, 엉겨 붙다, 덮다'이기 때문에 만(㒼)자 역시 성교를 나타낸 한자라고 추론해 볼 수 있습니다. 남성 혹은 여성이 위에서 덮쳐 두 몸이 완벽하게 하나가 된 상태이므로 만(㒼)자는 '평평하다, 구멍이 없다'는 의미가 된 것이 아닐까요?

다시 성교할 재(再)

허신은 "㒳(량)은 다시라는 뜻이다."[18]라고 해석했습니다. 그럼 여기서 다시 재(再)자를 볼까요?

갑골문과 금문의 再(재)자 　　 갑골문과 금문의 㸯(구)자 　　 갑골문과 금문의 冓(칭)자

위 그림문자는 다시 재(再), 짤 구(冓), 둘을 한꺼번에 들 칭(冓)입니다. 그림문자에는 남성생식기 모양(𠬝)과 여성 음부로 진입을 나타내는 부호(人)가 공통적으로 들어있습니다. 이러한 공통적인 모양(𠬝)을 토대로 위 세 개의 한자를 분석해보겠습니다.

다시 재(再)자는 '𠬝'에 'ㅡ'이 결합하여 이루어진 한자입니다. 앞에서 설명했듯이 부호 'ㅡ'은 '다시 한 번 더'라는 의미를 지니고 있기 때문에, 다시 재(再)는 '다시 성교하다'는 의미를 지닌 한자임을 쉽게 유추할 수 있을 것입니다.

---

18) 『설문』: 㒳, 再也.

◆ 소리 내어 퍼질 재(渜): 물 수(氵. 水) + 재차 성교할 재(再). 체액(水)이 질퍽할 정도로 계속 성교(再)하여 신음소리가 울려 퍼지는 것을 표현한 한자입니다.

한 여성을 중심으로 여러 남성들이 모여 있는 모습 구(冓)

다시 재(再)자의 의미를 더 자세히 보충하기 위해 짤 구(冓)자를 살펴보겠습니다. 기이하게도 짤 구(冓)자의 그림문자(𢆶)는 진입하는 남성생식기(𠂤)와 다시 남성생식기(𠂤)가 결합한 한자입니다. 이런 일이 정말로 가능했을까요? 다음 바위그림을 보면 거짓은 아닌 것 같습니다.

내몽고 석림곽륵(錫林郭勒) 초원에 있는 바위그림

바위그림을 연구한 학자들은 '𢆶'는 두 사람이 서로 하나 된 모습, '𠂤'은 남성생식기(𠂤)가 여성의 음부(•)로 향하는 모습, "𡴀"은 여성의 다리 안에 감춰진 음부(𡴀) 안으로 진입하는 남성생식기(𠂤. 力)의 모습을 나타내며 전체적으로 '원시시대 자손의 번성을 기원하는 성교 모습'을 나타낸다고 풀이했습니다. 이 바위그림에서 중요한 점은 바로 '𠂤'인데 이 모양이 바로 짤 구

(冓)자입니다. 특히 '✗'에서 밑에 있는 여성의 음부 표시인 '•'는 매우 중요합니다. 학자들이 설명한 바와 마찬가지로, 바위그림에서 '•'은 여성의 음부를 나타냅니다. 따라서 짤 구(冓. ✗)자는 한 여성을 중심으로 여러 남성들이 모여 있는 상황을 묘사한 한자로 해석이 가능합니다. 이러한 사실로 볼 때, 짤 구(冓)자는 모계씨족사회의 전형적인 모습을 보여주는 한자라고 할 수 있습니다. 짤 구(冓)자의 형태는 바위그림 이외에 토기에도 그려져 있습니다. 다음 그림을 볼까요?

사랑을 나누는 그림으로 명명된 채도(彩陶)무늬

위 그림은 감숙성(甘肅省) 란주시(蘭州市)에서 발견된 채도무늬 대야에 그려진 그림으로 마가요(馬家窯) 문화기(기원전 3300~2050년)에 속하는 유물입니다. 서로 사랑을 나누는 장면을 매우 간단하면서도 사실적으로 나타냈습니다. 이제 구(冓)자가 결합된 한자의 분석을 통해 구(冓)자의 의미를 구체적으로 살펴보겠습니다.

◆ 화친할 구(媾): 여성 여(女) + 성교 구(冓). 사전에는 구(媾)자의 의미를 '화친하다, 겹혼인, 친척끼리 혼인하다, 성교하다'로 풀이했습니다.
◆ 남녀가 교접할 구(遘): 쉬엄쉬엄 다닐 착(辶) + 성교 구(冓). 착(辶)은

길거리를 그린 한자입니다. 거리에서 남녀가 만나서 사랑을 나누는 것을 구(遘)라 합니다.

◆ 만날 구(覯), 합칠 구(覯): 성교 구(冓) + 볼 견(見). 사랑을 나눌 상대를 만나서 서로 사랑하는 것을 구(覯)라 합니다.

◆ 밭을 갈 강(耩): 쟁기 뢰(耒) + 성교 구(冓). 4장 남성과 한자 편에서 남성이 쟁기를 들고 밭을 가는 행위는 성교를 상징한다고 이미 설명했습니다.

◆ 해석할 강(講): 말씀 언(言) + 성교 구(冓). 생명의 잉태와 탄생에 대해 정확하게 해석하여 설명하는 것을 강(講)이라 합니다.

재차 성교할 칭(爯)

다음은 둘을 한꺼번에 들 칭(爯)자를 보겠습니다. 칭(爯)자의 그림문자(爯, 爯. 爯)를 보면 분명히 진입하는 남성생식기(且)와 손으로 잡은 모양(爫)이 결합한 모습입니다. 손으로 남성의 성기를 들고 재차 들어가는 모습이 아닐까요? 칭(嫀)자는 '여자의 이름'에만 쓰이는 한자입니다. 왜 여자의 이름에만 쓰일까요? 혹시 손으로 잡은 모양(爫)이 여성의 손을 나타냈기 때문이 아닐까요? 칭(爯)자는 후에 남성생식기 모양(且)이 물고기 모양과 혼동을 일으켜 손으로 물고기를 잡고 있는 모습으로 해석하게 되었습니다. 그래서 저울 칭(偁), 저울 칭(稱)자에 칭(爯)자가 결합하게 되었던 것입니다.

펼칠 신(申), 귀신 신(神), 우레 뢰(雷), 우레 뢰(靁), 번개 전(電)

이미 2장 여성과 한자 2편에서 부호 '𝄐, 𝄐, 𝄐, 𝄐, 𝄐, 𝄐'에 대해 설명했습니다. 어떤 한자인지 기억나나요? 이 그림문자는 엎드려 성교를 준비하는 여성을 그린 비(匕)자입니다. 지금부터는 여성과 여성이 결합한 모양으로 보이는 신(申)자에 대해 알아보겠습니다.

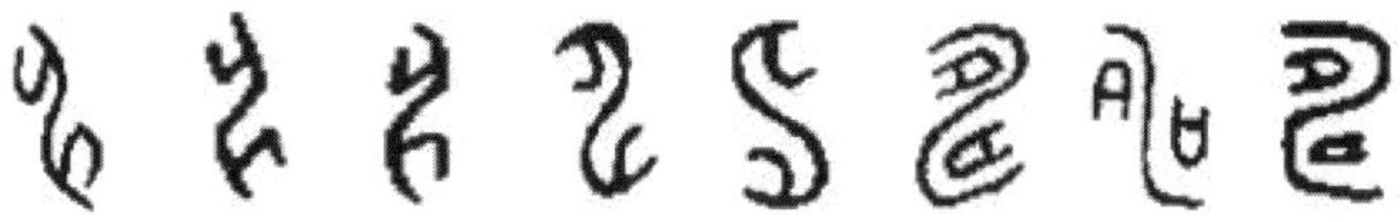

갑골문과 금문의 申(신)자

위 그림문자에 나타난 것처럼 신(申)자는 분명 비(匕)와 비(匕)가 서로 결합한 형태입니다. 허신은 "申(신)자는 신(神)을 뜻한다."[19]라고 해석했습니다. 어째서 그는 이처럼 해석했던 것일까요? 이 질문에 대답하기 위해서는 우선 신 신(神)자의 그림문자를 살펴 볼 필요가 있습니다.

금문의 神(신)자

신(申)자의 그림문자와 신(神)자의 그림문자는 같은 것도 있고 다른 것도 있습니다. 다른 것은 'ㄹ'에 신의 계시를 받기 위하여 만든 제단 혹은 고인돌의 측면 모습(示. ㅠ)이 결합되었다는 점입니다. 여하튼 신(申)자의 그림문자와 신(神)자의 그림문자에 같은 것이 있는 점으로 미루어 신(申)은 신과 관계가 있는 듯합니다. 그러면 신은 어떤 존재였을까요? 허신은 "神(신)은 천신이다. 신은 만물을 탄생시킨다."[20]라고 풀이했습니다. 이러한 해석에 기초해 볼 때, 신(申)은 만물을 탄생시키는 일과 관계가 깊은 한자라고 유추할 수 있습니다.

---

19) 『설문』: 申, 神也.
20) 『설문』: 神, 天神. 引出萬物者也.

신(申)의 의미를 보다 정확하게 이해하기 위해서 신(申)자가 들어 있는 한자 가운데 우레와 천둥을 뜻하는 우레 뢰(雷, 靐)자와 번개 전(電)자를 살펴보겠습니다.

갑골문과 금문의 雷(뢰)자

우레 뢰(靐)자의 그림문자는 신(申)자의 그림문자에 다양한 부호가 들어 있을 뿐 가장 중심이 되는 그림은 바로 신(申. ꕤ)입니다. 나중에 비 우(雨. ꔮ)를 더해 '우레'를 뜻하는 한자인 우레 뢰(靐)자를 만들게 된 것입니다. 허신은 "靐(뢰)는 음과 양이 서로 움직여 우레를 치면서 비가 오는 것을 말한다. 이것은 만물을 생장하도록 도와준다. 이 한자는 비 우(雨)자와 뢰(畾)자가 결합한 형태이다. 뢰(畾)는 회전하는 모양을 나타낸다."[21]라고 풀이했습니다. 이러한 내용을 토대로 한다면, 신(申)자의 변형은 뢰(畾)자라는 것을 알 수 있습니다. 허신의 설명과 마찬가지로 뢰(畾)는 회전하는 모양, 즉 서로 몸이 뒤엉켜 격렬하게 사랑을 나누는 모습을 나타냅니다. 격렬하게 사랑을 나눈다고 한 이유는 'ꕤ' 주위에 다양한 모양(입 구(口)와 물 모양)이 있기 때문입니다. 왜냐하면 이 모양들은 성교시에 크게 신음소리를 내며 땀으로 범벅이 된 상태를 묘사한다고 생각되기 때문입니다.

게다가 뢰(畾)는 회전하는 모양이므로 속된 말로 '69형태'로 볼 수도 있습니다. 동양사상에서 숫자 6은 여성의 극수(極數)를 나타내고 숫자 9는 남성의 극수를 나타냅니다. 따라서 '69'에서 6은 여성을, 9는 남성을 나타냅니다. 여성과 남성을 나타내는 특수문자(여성 우, 남성 ♂)와 비교해보면 여성

---

21) 『설문』 : 靐, 陰陽薄動靐雨, 生物者也. 从雨, 畾象回轉形.

(우)은 그 모양이 9와 가깝고 남성(♂)은 그 모양이 6과 가깝습니다. 이는 서양과 동양이 사물을 바라보는 인식이 서로 달랐음을 보여줍니다. 이처럼 뢰(畾)자는 원을 그린 형태로 서로 돌고 도는 모습을 분명하게 보여주는 한자임에 틀림없어 보입니다. 이 설명에 기초해서 뢰(畾)자가 결합된 한자들을 분석해 보겠습니다.

◆ 피로할 뢰(儡): 사람 인(亻. 人) + 격렬한 사랑 뢰(畾). 뢰(儡)자에는 '피로하다'는 뜻 이외에도 '영락(零落)하다'는 뜻도 있습니다. '영락'이란 꽃이 시들어 떨어지는 것을 말합니다. 어찌하여 '영락하다'는 의미가 있게 된 것인지는 굳이 설명하지 않아도 쉽게 유추할 수 있을 것입니다.

◆ 갇힐 류(纍): 격렬한 사랑 뢰(畾) + 실 사(糸). 잘못된 사랑으로 인해 죄인이 되어 포승줄에 묶여 갇힌 모습을 나타냅니다.

◆ 잇닿을 뢰(轠): 수레 거(車) + 서로 연결됨 뢰(畾). 이는 수레가 계속 줄지어 있는 모습을 나타낸 한자입니다.

◆ 덩굴풀 루(藟): 나무 목(木) + 서로 연결됨 뢰(畾)

◆ 돌을 굴려 내릴 뢰(礧): 돌 석(石) + 원 모양 뢰(畾)

이제 신(申)자가 들어 있는 번개 전(電)자의 그림문자를 볼까요?

금문의 電(전)자

번개 전(電)자 역시 신(申)자의 그림문자에 비 우(雨. 霝)가 더해져 만들어졌습니다. 허신은 "電(전)이란 음과 양이 서로 격하게 부딪혀 빛을 발산하는 것이다. 이 한자는 비 우(雨)자와 펼 신(申)자가 결합하여 만들어졌다."[22]라고 풀이했습니다. 그의 설명에서 '음과 양이 서로 격하게 부딪혀 빛을 발산하다'는 표현은 격렬하게 사랑을 나눈 결과 눈앞에 빛이 보인다는 뜻이거나 혹은 빛은 새로운 생명을 나타내므로 사랑의 결실인 생명의 탄생과도 관계가 있습니다.

우리는 귀신 신(神), 우레 뢰(靁. 雷), 번개 전(電)에 대한 설명을 근거로 음과 양이 결합하여 만물을 창조하는 행위가 신(申)이라는 결론에 도달했습니다. 만물은 음양의 조화를 통해 탄생한다고 생각하는 것이 음양사상입니다. 인간 역시 이러한 자연의 법칙에서 예외가 될 수 없죠. 음양의 결합과 순환, 이것이 바로 신(申)자의 진정한 의미입니다.

◆ 신음(呻吟)하다는 단어를 살펴볼까요? 신(申)은 남녀의 성스러운 사랑을, 금(今)은 정액이 분출하는 것을 나타냅니다.[23] 서로 사랑을 나눌 때 나오는 거친 소리가 바로 신음소리입니다. 남녀의 사랑 나눔은 자손을 널리 퍼뜨리는 행위이므로 신(申)자에는 '펼치다, 퍼지다'는 의미가 생겨나게 되었습니다.

◆ 펼 신(伸): 사람 인(亻. 人) + 남녀의 신성한 사랑 신(申). 생명이 퍼져 나가는 것을 말합니다.
◆ 늘릴 신(抻): 손 수(扌. 手) + 널리 퍼질 신(申). 손으로 널리 퍼지도록 늘리는 것을 말합니다.
◆ 땅 곤(坤): 흙 토(土) + 생명의 잉태 신(申). 흙은 생명을 잉태하는 곳입니다.

---

22) 『설문』: 電, 陰陽激燿也. 从雨从申.
23) 6장 에로스와 한자 2편 참고.

거칠게 성교할 량(良)

계속해서 신(申)자가 결합한 한자를 살펴보겠습니다.

갑골문과 금문의 良(량)자

위 그림문자는 어질 량(良)자입니다. 량(良)자의 그림문자는 신(申)자의 그림문자(ᔑ) 중간에 'ㅁ, ㅇ'가 들어있습니다. 부호 'ㅁ, ㅇ'는 지금까지 설명한 바와 같이 여성생식기를 나타내는 부호입니다. 그러므로 량(良)자 역시 남녀의 사랑과 관련된 한자라고 할 수 있습니다. 량(良)자가 '기분이 좋다, 말을 잘 들으니 착하다, 어질다' 등의 의미가 된 이유는 량(良)자는 사랑과 관련이 있기 때문입니다. 이 한자를 보면 남성이든 여성이든 서로의 말을 잘 듣는 것이 가정의 행복을 위해서 중요하다는 점을 강조한 듯합니다. 사나이/남편 랑(郎), 사내/남편 랑(㜶), 아가씨/어머니 랑(娘) 등에 어째서 량(良)자가 결합되었는지 알 수 있을 것입니다. 이제 량(良)자가 '좋다, 착하다, 선하다' 등의 의미로 쓰인 한자를 더 살펴보겠습니다.

- ◆ 좋다, 어질다, 아름답다 양(俍): 사람 인(亻. 人) + 어질 량(良). 착하고 어진 사람을 말합니다.
- ◆ 양식 량(粮): 쌀 미(米) + 좋을 량(良)

사랑을 나누는 장면을 묘사한 량(良)자는 '거칠게 요동치다'는 의미도 숨겨져 있습니다.

◆ 물결, 파도 랑(浪): 물 수(氵. 水) + 남녀의 격렬한 사랑 량(良). 격렬하
게 사랑을 나누는 모습과 물결이 일렁이는 모습, 격렬하게 일렁이면서
파도치는 모습이 유사하기 때문에 이처럼 두 개를 결합하여 랑(浪)자
를 만들게 된 것으로 보입니다.
◆ 목이 쉴 량(哴): 입 구(口) + 남녀의 격렬한 사랑 량(良)
◆ 슬퍼하고 서러워할 량(悢): 마음 심(忄. 心) + 남녀의 격렬한 사랑 량
(良). 격렬한 사랑을 나누고 싶지만 상대가 없으므로 마음이 슬프고 서
럽다는 뜻입니다.
◆ 이리 랑(狼): 개 견(犭. 犬) + 거칠 량(良). 으르렁거리며 격렬하게 달려
드는 견과(犬科) 동물인 이리를 말합니다.

거친 사랑을 나눈 다음에는 몸은 피곤하지만 정신과 마음이 맑아짐을 느
낄 수 있습니다. 그래서 량(良)자에 '맑다, 밝다'는 의미도 숨겨놓았습니다.
예를 들면, 밝을 랑(朗), 밝을 랑(朖), 밝을 량(眼), 빛 밝을 랑(烺) 등이 그것
입니다.

오랫동안 사랑을 나눌 수(壽)

지금부터 남녀의 사랑나누기를 그린 신(申)자와 결합한 한자인 목숨 수
(壽)자를 알아보겠습니다.

금문의 壽(수)자

목숨 수(壽)자의 그림문자를 분석하면, 머리가 긴 사람의 모습(耂)과 남녀 간의 사랑(申. 𠤏)이 결합한 한자입니다. 사람이 머리가 길었다함은 나이가 많다는 것을 의미한다고 몇 차례 설명한 바 있습니다. 그래서 늙을 로(老. 耂), 길 장(長. 镸)자에 '耂'이 들어 있게 된 것이죠. 목숨 수(壽)자는 신(申)자 가 결합된 것으로 미루어 '늙도록 사랑을 나누다'로 해석이 가능하고 '심하 게 사랑을 나누다보면 몸이 허약해지고 쉽게 늙어버린다. 심한 경우 생명에 지장을 초래할 수도 있다'라는 해석도 가능합니다.

- ◆ 짝 주(儔): 사람 인(亻. 人) + 늙도록 사랑나누기 수(壽). 늙어서도 사랑 을 나눌 수 있는 사람이 바로 당신의 짝입니다.

- ◆ 빌 도, 기도할 도(禱): 신의 계시를 받는 제단 시(示) + 오래도록 사랑 나누기 수(壽). 오래도록 사랑을 나눌 수 있는 짝을 점지해 달라고 신에 게 기도하는 것을 나타낸 한자라고 볼 수 있고, 건강하게 오래도록 살 고자 하는 바램을 신에게 기도하는 것을 나타낸 한자라고도 볼 수 있 습니다.

- ◆ 파도 도(濤): 물 수(氵. 水) + 사랑나누기 수(壽). 남녀가 격렬하게 사랑 을 나눌 때의 모습과 파도의 모습이 유사하지 않나요?

- ◆ 근심에 잠겨 괴로워할 주(燾): 마음 심(忄. 心) + 늙도록 사랑나누기 수(壽). 오래도록 사랑을 나누고 싶지만 짝이 없기 때문에 몹시 괴로워 하는 모습을 나타낸 한자입니다.

- ◆ 사냥해서 수확이 많기를 빌 도(禂): 원래는 고인돌 모양을 그린 시(示)

자와 사랑나누기 수(壽)자가 결합했으나, 수(壽)자가 여성의 자궁에 많은 생명체가 있는 모양을 나타낸 주(周)자로 바뀌어 도(裯)자가 된 것입니다. 하지만 도(裯)자의 그림문자는 '𩥫'로, 말 마(馬)자와 사랑나누기 신(申)자가 결합한 모습입니다. 이러한 사실을 토대로 볼 때, 신(申)자와 주(周)자는 서로 밀접하게 관계있음을 알 수 있습니다. 이제 전체적으로 정리해 보면, 시(示)자가 있는 것은 신께 기도를 드린다는 의미고, 주(周)자 혹은 신(申)자가 있는 것은 많은 생명체를 의미하기 때문에 이 두 가지를 결합해서 해석하면 빌 도(裯)자는 결국 '많은 생명체'를 얻을 수 있도록 신께 기도드리는 것을 사실적으로 나타낸 한자로 풀이할 수 있습니다.

◆ 소나 양의 새끼가 없을 도(犆): 이것은 늙은 소나 양은 생식기능이 없음을 뜻하는 한자입니다.

여성 상징 구(臼), 자지 곤(丨)

지금까지 신(申)자 및 이와 관련된 한자들을 살펴보았습니다. 신(申)자에 대한 설명을 마치기 전에 중국학자들도 해석하지 못한 비밀을 한 가지 말씀드리죠. 허신은 신(申)자를 어떻게 해석했을까요?

> "申(신), 神也(신야). 七月(칠월), 陰气成(음기성), 體自申束(체자신속). 从 臼(종구), 自持也(●●야)."

위 문장을 지금부터 하나씩 해석해 보겠습니다. "申(신)은 신(神)이다. 7월은 음기가 만들어지고, 음기가 모든 물체들을 묶어버린다(휘감아버린다). 신(申)이란 한자는 구(臼)자와 '自持(● ●)'가 결합한 한자다." 그가 "申(신)이란 한자는 구(臼)자와 '自持(● ●)'가 결합한 한자다."처럼 오묘하게 해석해 놓았기 때문에 후대의 학자들은 이게 무슨 말인지 해석을 할 수가 없었습니다. 구(臼)자는 절구 구(臼)자입니다. 절구가 제 기능을 발휘하기 위해서는 곡식을 찧는 도구인 절굿공이가 필요하겠죠? 오늘날 우리나라를 포함한 많은 나라에서 절굿공이로 절구를 찧는 행위를 '성행위'로 인식하고 있습니다. 절구는 여성을, 절굿공이는 남성을 상징하고 있다는 뜻이죠.

우리나라 민화에 절구와 공이는 여성과 남성이 사랑을 나누는 모습을 상징

허신은 절굿공이를 '自持(● ●)'로 풀이했습니다. '自持'는 한자로 풀면 '스스로 가지고 있는 것'인데 이게 어떤 의미인지 불분명하기 때문에 이것은 한자로 해석하면 안되고 발음으로 해결해야 합니다. 그래서 저는 '● ●'처럼 표시했던 것입니다. 자 '● ●'을 읽어볼까요? 그렇죠. '자지'입니다. 신(申)자는 자지가 보지에 꽂혀 있는 모양입니다. 自持(자지)라는 발음과 그 발음이 무엇을 의미하는 것인지를 모르는 중국인들로서는 도저히 이 문장을 해석할 수가 없었습니다. 허신이 '자지'라는 발음과 그 발음이 의미하는 것이 무엇인지를 알았는지 알지 못했는지 현재로써는 판단 할 수는 없습니다. 어쩌면 알고는 있었지만 그가 살았던 당시는 유교적 삶을 강조하는 사회였기 때문에 '자지'라는 발음을 한자로 '自持'처럼 써버렸는지도 모르겠습

니다. 이런 점으로 미루어 볼 때, '자지'라는 발음은 아주 오래 전부터(최소 2,000년 전 이상) 사용되었던 고대어가 아니었을까요? 이제 절구 구(臼)자와 뚫을 곤(丨)자에 대하여 좀 더 구체적으로 살펴보겠습니다.

손깍지 낄 구(臼, 臼)자와 절구 구(臼, 𦥑, 𦥑, 𦥑)자는 모양이 비슷하기 때문에 다양한 한자를 통해서 구분해야 합니다. 허신은 "臼(구)자는 손을 서로 교차시킨 형태다."[24]라고 했고, "臼(구)자는 찧다(절구질하다)는 뜻이다. 옛날에는 땅을 파서 절구를 만들었으나 후에는 나무나 돌로 만들었다. 상형문자다. 구(臼)자 안에 있는 것은 쌀이다."[25]라 했습니다. 손깍지 낄 구(臼)자가 결합한 한자로는 허리 요(要, 㞡), 마주 들 여(舁), 줄 여(與), 흥분할 홍(興), 새벽 신(晨), 농사 농(農), 불 땔 찬(爨), 손 씻는 대야 관(盥), 배울 학(學) 등이 있고, 절구 구(臼)자가 결합한 한자들은 찧을 용(舂), 가래 삽(臿), 퍼낼 요(舀), 함정 함(臽), 외삼촌 구(舅), 노인의 이빨 구(䶗), 옛 구(舊), 새이름 구(鷨), 미숫가루 구(臬) 등이 있습니다. 여기에서 외삼촌 구(舅)자를 예로 들면, 구(舅)자는 구(臼)자와 남(男)자가 결합된 형태로, 이때 구(臼)는 여성 혹은 부인을 말하고 남(男)은 남성을 말합니다. 즉, 여성 혹은 부인(臼)쪽의 남성(男)을 말하기 때문에 외삼촌이란 의미가 된 것입니다. 여기에서 절구 구(臼)자는 여성의 의미로 쓰였음을 엿볼 수 있습니다.

지금부터는 뚫을 곤(丨)에 대하여 살펴보겠습니다. '丨'은 문자를 만들 때 매우 중요한 요소로 작용했습니다. 왜냐하면 '丨'자는 글자의 맨 처음 순서인 '점(丶)'을 아래로 연결하면 그려지는 문자기 때문이죠. 청동기로 만들어진 최초의 조개화폐에 '丨'자가 새겨져 있습니다.[26]

---

24) 『설문』: 臼, 叉手也.
25) 『설문』: 臼, 舂也. 古者掘地爲臼, 其後穿木石. 象形. 中, 米也.
26) 『사고전서』 844-12; 『가재집고록』 26책 20; 김대성, 『금문의 비밀』, 컬처라인, 2002, 50쪽.

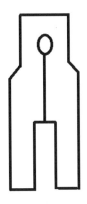

청동기로 만들어진 최초의 조개화폐

　허신은 "丨(곤)자는 위아래 서로 통하는 것을 뜻한다. 위로 끌어당겨 올리면 신(囟)으로 읽고, 아래로 끌어당겨 내리면 퇴(退)로 읽는다."[27]라고 했습니다. 그러므로 '丨'은 '곤, 신, 퇴' 등 세 개의 발음이 있고 각각의 음에 각각의 의미가 있다는 뜻입니다. 즉, '곤'으로 읽으면 '서로 통하다'는 뜻이고, '신'으로 읽으면 '위로 올라가다'는 뜻이며, '퇴'로 읽으면 '아래로 내려오다'는 뜻입니다. 따라서 '丨'은 위아래로 안팎으로 자유자재로 왔다 갔다 할 수 있는데, 왔다 갔다 하는 동작을 '곤'으로 발음해야 함을 보여줍니다. 허신은 '丨'은 자지라고 쉽게 설명하지 않고 왜 이처럼 복잡하게 설명했을까요? 인체 중에서 커졌다 작아졌다하고 또한 들어갔다 나왔다하는 것이 자지라는 것을 몰랐을까요? 자지가 커지면 위로 솟아오르는데, 이 경우는 '곤'으로 읽어서는 안되고, '신'으로 읽어야만 합니다. '신'이 되어서야만 자궁으로 들어가 생명을 부여할 수 있습니다. '신'은 곧 생명이었던 것입니다. 생명을 준 다음에 다시 원래 상태로 돌아오게 되는데, 이 경우는 '퇴'로 읽습니다.

---

27)『설문』: 丨, 上下通也. 引而上行讀若囟, 引而下行讀若退.

여성 음부의 병 퇴(癀), 처녀의 첫 경험 귀(貴)

절구 구(臼)자와 뚫을 곤(|)자에 대한 내용은 여기까지하고 마지막으로 퇴(癀)자를 살펴보겠습니다. 제가 한자를 공부할 때 깜짝 놀랐던 한자가 바로 퇴(癀)자입니다. 왜냐하면 퇴(癀)자의 의미가 '여성 음부의 병'이었기 때문이었죠. 이 한자는 병들어 누울 녁(疒)자와 귀할 귀(貴)자가 결합하여 이루어졌습니다. 병들어 누울 녁(疒)자가 있는 것으로 보아 병 가운데 하나임이 분명합니다. 그렇다면 귀할 귀(貴)자가 '음부'를 뜻해야만 '여성 음부의 병'이란 의미가 되는데, 귀(貴)자는 정말 음부라는 뜻일까요? 이제 귀(貴)자의 그림문자를 보겠습니다.

금문의 貴(귀)자

위 그림문자를 통해 알 수 있는 사실은 귀(貴)자에는 원래 조개 패(貝)가 없었다는 점입니다. 고대사회에서 조개는 화폐로 사용되었기 때문에 '귀하다'는 의미를 보다 강조하기 위하여 '𦥑'에 조개 패(貝)자를 더하여 만들었음을 알 수 있습니다. 위 그림문자에 나타난 바에 따르면, 귀(貴)자는 본래 '𦥑'에서 생겨난 한자입니다. 그래서 귀(貴)자는 처음에 귀(臾)자로 썼죠. '𦥑'은 앞에서 언급한 '절구(여성)와 절굿공이(남성)'를 그린 모습으로 볼 수도 있고, 남성생식기(|)를 양손으로 잡은 모습으로도 볼 수 있습니다. 이러한 사실에 비추어 볼 때, 위 첫 번째 그림문자인 '𦥑'는 남성생식기를 양손으로 잡고 음부 안으로 들어가는 모습이고, 두 번째 그림문자인 '𦥑'는 여성이 음부

를 벌려주는 모습이며, 세 번째 그림문자인 '⺍'는 여성의 다리 사이를 강조한 모습입니다. 그렇다면 어째서 양손으로 잡고 다리와 음부를 벌려서 사랑을 나누었을까요? 그것은 '처녀'이기 때문입니다. 여자아이는 14살이 되면 성년식을 했습니다. 성년식을 끝내면 여아(女兒)에서 여성이 되는 것이죠. 처음으로 여성이 된 사람이 첫 경험을 할 때의 고통이 바로 귀(貴)자의 그림문자에 적나라하게 드러나고 있습니다. 따라서 귀(貴)자는 '처녀, 처음, 작은 구멍, 파괴되다' 등의 의미가 생겨나게 된 것입니다. 첫 경험은 여성에게 있어서 너무도 중요하고 소중하기 때문에 귀(貴)자는 '귀하고 소중하다'는 뜻이 되었고, 후에 '귀하다'는 의미를 보다 강조하기 위해 조개 패(貝)자를 더했던 것입니다. 이제는 귀(潰)자가 어째서 '음부에 생긴 병'을 뜻하는지 이해할 수 있겠죠? 귀(貴)자의 '처녀, 처음, 작은 구멍, 파괴되다' 등의 의미를 생각하면서 귀(貴)자가 결합된 몇 개의 한자를 더 살펴보겠습니다.

◆ 무너질 궤(潰): 물 수(氵. 水) + 여성의 첫 경험 귀(貴)
◆ 심란할 궤(憒): 마음 심(忄. 心) + 여성의 첫 경험 귀(貴)
◆ 탄식할 귀(嘳): 입 구(口) + 여성의 첫 경험 귀(貴)
◆ 잃을 유, 남길 유(遺): 쉬엄쉬엄 갈 착(辶) + 여성의 첫 경험 귀(貴). 쉬엄쉬엄 갈 착(辶)은 네거리를 그린 한자입니다. 그래서 '걷다'는 동작과 관계가 있습니다. 그러므로 유(遺)자는 처녀가 야외에서 겁탈당한 사실을 보여주는 한자라고 볼 수 있습니다. 이처럼 겁탈당한 여성은 심신의 상처가 오래도록 남기 때문에 '오래도록 남다'는 의미가 생기게 된 것이 아닐까요?
◆ 아랫배가 살찔 괴(膭): 고기 육(月. 肉) + 여성의 첫 경험 귀(貴). 첫 경험의 결과 뱃속에 새 생명을 잉태했다는 뜻입니다.

6장. 에로스와 한자 2

盲(향), 享(향), 亨(형), 韋(순), 敦(돈), 孰(숙), 吉(길), 台(이),
予(여), 幻(환), 今(금), 合(합), 助(조), 就(취), 坙(음), 里(리),
楚(람), 會(회), 曾(증), 舍(사), 余(여), 加(가), 交(교), 要(요),
中(중), 色(색), 厄(치), 丸(환), 卬(앙), 生(생), 壴(주), 豐(풍),
豐(풍), 豈(기), 豆(두), 喜(희)

6장

에로스와 한자 2 ———————————————

宣(향), 享(향), 亨(형), **臺**(순), 敦(돈), 孰(숙), 吉(길), 台(이), 予(여),

幻(환), 今(금), 合(합), 助(조), 就(취), 뀰(음), 里(리), 棽(람), 會(회),

曾(증), 舍(사), 余(여), 加(가), 交(교), 要(요), 中(중), 色(색), 厄(치),

丸(환), 卬(앙), 生(생), 壴(주), 豊(풍), 豐(풍), 豈(기), 豆(두), 喜(희)

지금부터는 본격적으로 여성상징부호(▽, 口, 匕, 田 등)와 남성상징부호
(△, 且, 土, 士, 厶, 力, 高 등)가 결합한 한자들을 살펴보겠습니다. 여러분들
은 이제 그림문자만 보고도 대략 어떤 의미인지 짐작할 수 있을 것입니다.
아래의 그림문자를 볼까요?

갑골문과 금문의 高(고)자

여러분들이 이미 잘 알고 있는 그림문자입니다. 발기한 남성생식기를 그린 높을 고(高)자죠. 이제 고(高)자와 비슷한 몇 몇 한자들을 살펴보겠습니다.

성교 : 향(盲), 향(享), 형(亨)

제사 지낼 향(盲), 제사 지낼 향(享), 제사 지낼 형(亨) 등 세 개의 한자는 모두 '제사'와 관련이 있습니다. 향(盲), 향(享), 형(亨) 등 세 한자는 갑골문과 금문에서 거의 비슷하거나 동일하게 나타나지만, 『설문』에는 향(享)과 형(亨)은 없고 단지 향(盲)자만 있을 뿐입니다. 양수달(楊樹達)은 『설문』의 내용에 근거하여, 원래는 향(盲)자만 사용되었는데 후에 향(享)자, 형(亨)자, 팽(烹)자 등 세 개의 한자로 분화되었다는 견해를 제시했습니다.[1] 그러므로 우리들은 향(盲)자의 그림문자를 이해할 수만 있다면 향(享)과 형(亨)의 의미도 쉽게 파악할 수 있을 것입니다.

갑골문과 금문의 盲(향)자

허신은 "盲(향)자는 '바치다'는 의미다. 향(盲)자의 윗부분인 '古'은 고(高)자의 윗부분과 같다. 향(盲)자에서 '古'를 제외한 나머지 '曰'은 신께 바치는 음식물을 그린 형태다. 『효경』에는 '제사를 지낼 때, 귀신이 와서 음식물을 맛본다.'라는 구절이 있다. 卑는 향(盲)자의 고문이다."[2]라고 설명했는데,

---

1) 『고문자고림』 5책, 551~552쪽.
2) 『설문』: 盲, 獻也. 從高省, 曰象進孰物形. 『孝經』曰 : '祭則鬼盲之.' 古文, 卑.

여기에서 중요한 점은 바로 '✲'입니다. 왜냐하면 '✲'는 분명히 '㐀'와 자식을 나타내는 '子(✲)'가 결합한 한자기 때문이죠. 어째서 '㐀' 밑에 자식이 있는 것일까요? 향(肓)자는 혹시 자식과 관련된 글자가 아닐까요?

청동기에 새겨진 금문에는 지금까지 해석하지 못한 다양한 그림문자가 있는데, 그 가운데 다음과 같은 그림문자도 있습니다.

금문에 자주 보이는 지금까지 해독되지 못한 그림문자

그림문자의 모양으로 보아 '✲'는 긴 머리카락을 가진 사람입니다. 머리가 길게 자랐다는 것은 성년이 되었음을 의미하든지 혹은 나이가 많은 사람을 의미합니다.[3] 그 밑에 있는 '✲'는 분명히 향(肓)자의 그림문자와 같습니다. 사람 밑에 어째서 '✲'이 있는 것일까요? 혹시 '✲'은 인체와 관계된 것이 아닐까요?

지금부터 향(肓)자의 그림문자(✲, ✲, ✲, ✲)를 분석해 보겠습니다. 향(肓)은 '✲'와 '✲'의 결합, 혹은 '✲'와 '✲'의 결합, 혹은 '✲'와 '✲'이 결합된 모습입니다. 본서의 내용을 토대로 해석하면 부호 '✲'는 남성생식기, 口(✲)와 田(✲)는 여성생식기를 간단하면서도 구체적으로 나타낸 그림문자입니다. 게다가 바위그림에서 '✲'은 일반적으로 여성생식기를 나타내는 부호입니다. 그러므로 향(肓)자는 남녀가 사랑을 나누는 모습을 그린 그림문자임을 쉽사리 눈치 챌 수 있을 것입니다. 따라서 앞에 있는 해독되지 않은 그림

---

3) 5장 에로스와 한자 1편 참고.

문자(圖)의 의미는 '수많은 자식을 낳은 위대한 사람'으로 해석할 수 있습니다. 이러한 추측이 타당한지 여부를 향(亯)자가 들어있는 순(臺)자, 돈(敦)자, 숙(孰)자 등을 통해 확인해 보겠습니다.

거세하여 길들일 순(臺), 거세하여 길들일 돈(敦)

순(臺)자는 지금은 사라져 사용되지 않는 한자지만 『설문』에는 실려 있습니다. 허신은 "臺(순)자는 '성숙하게 자라다'는 의미다."[4]라고 풀이했습니다. 허신이 설명한 것과 같은 의미인지 아래 그림문자를 볼까요?

갑골문과 금문의 臺(순)자

위 그림문자는 성교를 뜻하는 향(亯)자와 양(羊)자가 결합된 모습입니다. 그러면 양이 짝짓기를 하는 모습일까요? 순(臺)자의 의미는 그리 간단한 것 같지 않습니다. 오기창(吳其昌), 왕국유(王國維), 곽말약(郭沫若) 등 학자들의 견해에 따르면, 옛날에는 순(臺)이란 한자가 있었지만 사람들은 이 한자 대신 '치다, 정벌하다, 다스리다'는 의미를 지닌 돈(敦)자를 즐겨 사용하면서 순(臺)자는 폐지되었다고 했습니다.[5] 그러므로 순(臺)자의 의미 역시 '치다, 정벌하다, 다스리다'겠죠. 양(羊)과 짝짓기(亯)를 동시에 결합시킨 순(臺)자의 의미가 어째서 이러한 의미를 갖게 된 것일까요? 이에 순(臺)자가 무엇인

---

4) 『설문』 : 臺, 孰也.
5) 徐中舒主編, 『甲骨文字典』, 四川辭書出版社, 1998, 602쪽; 『고문자고림』 3책, 675~680쪽.

지를 파악하기 위해서는 우선 돈(敦)자에 대하여 살펴볼 필요가 있어 보입니다.

갑골문과 금문의 敦(돈)자

위 돈(敦)자의 그림문자는 순(覃)자의 그림문자와 같거나 순(覃)자의 그림문자에 손에 몽둥이를 들고 때리는 모습인 두드릴 복(攴. ⺙)자가 결합한 모습입니다. 그래서 『설문』에는 돈(敦)자를 '斁'처럼 썼습니다. 그림문자로만 볼 때, 짝짓기를 하지 못하도록 양을 때린다고 분석할 수 있습니다. 짝짓기를 못하게 하는 이유는 동물의 사육 때문인 것 같습니다.

『설문』에 수록된 9,353개 한자 가운데 거세된 돼지 분(豶), 거세된 양 이(羠), 거세된 말 승(騬), 거세된 개 의(猗), 거세된 소 개(犗) 등 거세(去勢)와 관련된 5개 한자가 들어 있습니다. 동물들을 거세하는 이유는 무엇일까요? 그것은 동물 사육 때문 아닐까요? 거세된 가축은 성격이 온순해지고 육질이 뛰어납니다. 순(覃)자와 돈(敦. 斁)자에 '양'이 들어있는 이유는 양의 짝짓기를 막는다는 의미가 아니라 거세하면 양처럼 온순해지기 때문입니다. 그래서 다른 동물이 아닌 '양(羊)'자를 결합시킨 것이죠. 결론적으로 말하자면 순(覃)자와 돈(敦)자는 '성질이 사나운 동물을 거세하여 성질을 온순하게 만들어 잘 기르다'는 의미를 지니고 있다고 유추해 볼 수 있습니다. 그러므로 순(覃)자와 돈(敦)자의 그림문자에 들어있는 향(音)자는 모두 수컷생식기, 성교와 관계있음을 엿볼 수 있습니다.

성교할 정도로 성숙한 숙(孰)

지금부터 익을 숙(孰)자에 대해 알아보겠습니다.

갑골문과 금문의 孰(숙)자

위 그림문자는 익을 숙(孰)자입니다. 무엇이 익었다는 뜻일까요? 허신은 "孰(숙)자는 음식이 익다는 뜻이다."[6]라고 풀이했습니다. 하지만 그림문자를 아무리 살펴봐도 음식과는 거리가 멀어 보입니다. 갑골문에서 숙(孰)자가 어떤 의미로 사용되었는지 불분명하기 때문에 그림문자의 분석을 통해 의미를 유추해 볼 수밖에 없을 것입니다. 그림문자를 분석해보면, 성교(血, 盲)와 여성(𠂹) 그리고 사람이 양팔을 앞으로 뻗어서 잡고 있는 모습(𠃊)이 결합되어 있습니다. 어떤 사람이 남녀의 성교를 도와주는 모양으로 볼 수도 있고, 여성이 성교를 할 수 있을 정도로 성숙해 있는 모습으로 추측해 볼 수도 있습니다. 이에 대한 판단은 여러분에게 맡기겠습니다.

지금까지 내용을 종합해보면 향(盲), 향(享), 형(亨) 등 세 개 한자는 모두 성교와 관계가 있다고 할 수 있습니다. 이제 이들 향(盲), 향(享), 형(亨) 등 세 개 한자와 결합된 한자의 분석을 통해 이들 한자의 의미를 재차 확인해 보겠습니다.

---

6) 『설문』: 孰, 食飪也.

◆ 배가 불룩할 형(脝): 고기 육(月. 肉) + 성교 형(亨). 사랑의 결과 여성의 임신을 보여주는 한자입니다.

◆ 뽐낼 형(悙): 마음 심(忄. 心) + 성교 형(亨)

◆ 칠 팽(挗): 손 수(扌. 手) + 성교 형(亨). 아무 사람과 함부로 사랑을 나누면 다른 사람들에게 얻어맞을 수 있음을 경고한 한자입니다.

◆ 삶아 죽일 팽(烹): 성교 형(亨) + 불 화(灬. 火). 아무 사람과 함부로 사랑을 나누면 삶아서 죽이는 형벌에 처해졌음을 엿볼 수 있습니다.

◆ 타이를 순(諄): 말씀 언(言) + 성교 향(享). 아무 사람과 함부로 사랑을 나누지 못하도록 말로 타이른다는 뜻입니다.

◆ 짚을 묶어서 만든 짚단 준(稕): 벼 화(禾) + 결합 향(享). 벼를 결합시켜 하나로 만든 것이 짚단입니다.

◆ 기세가 등등할 돈(焞): 불 화(火) + 남녀의 격렬한 사랑 향(享)

◆ 순박할 순, 흠뻑 적실 순(淳): 물 수(氵. 水) + 남녀의 격렬한 사랑 향(享)

◆ 도타울 돈, 진심 돈(惇): 마음 심(忄. 心) + 사랑 향(享). 진심으로 사랑하는 마음입니다.

◆ 진한 술 순(醇): 술 유(酉) + 사랑을 나눌 때 흘러내리는 체액 향(享)

◆ 밀칠 퇴(捙): 손 수(扌. 手) + 성교 향(享). 순수하지 못한 목적으로 접근하는 사람을 손으로 밀쳐내는 모습을 묘사한 한자입니다.

성교 길(吉)

계속해서 '좋다, 길하다'는 의미를 지닌 길(吉)자를 살펴보겠습니다. 일부 학자들을 제외하고는 길(吉)자가 어째서 좋다는 의미인지 구체적으로 해석하지 않았습니다. 이는 유교문화를 강조하는 사회문화적 환경 때문인 것 같습니다. 길(吉)자가 무엇을 나타낸 한자인지를 알아보기 위해 우선 다음의 그림문자를 보겠습니다.

갑골문과 금문의 吉(길)자

　여러분들도 이 그림문자를 분석할 수 있을 것입니다. 남성생식기(☆, ♠)
와 여성생식기(ㅂ, ▽)의 결합이 길(吉)자의 의미입니다. 4장 남성과 한자 편
에서 살펴본 바와 마찬가지로, 곽말약은 논문 「갑골문자연구 · 석조비」[7]에
서 좋을 길, 길할 길(吉)자의 그림문자(☆, ☆, ☆)에 보이는 '♠, ♠, ♠'는 남
성생식기를 나타내는 부호라는 독창적인 견해를 제시했고, 이후 상승조(商
承祚), 마서륜(馬叙倫) 등 여러 학자들이 그의 견해에 찬성했습니다. 손신주
는『중국의 원시예술부호에 대한 문화 분석』에서 부도빈(傅道彬)의 견해를
인용하여 다음과 같이 분명하게 언급했습니다.

　　　"확실히 생식숭배는 그것(중국원시예술부호)의 핵심적인 의미다. 이러한
　　사실로 볼 때, 나는 자연스럽게 길(吉)자를 떠올려본다. 길(吉)자는 선비 사
　　(士)와 입 구(口)가 결합한 한자다. 갑골문에서는 선비 사(士)자를 '☆' 혹은
　　'♠'처럼 썼다. 부도빈은『중국의 생식숭배 문화론』에서 다음과 같이 말했
　　다. '선비 사(士)는 남성생식기를 상징한다. 그리하여 후에는 남자를 의미하
　　게 되었다. …… 입 구(口)는 분명히 여성생식기 모양이다. …… 이미 '☆'이
　　남성생식기 모양임이 분명하기 때문에 그 밑에 있는 '口'가 여성생식기를
　　상징한다는 가정은 의심의 여지가 없다.' 지금 보면, 중국에서 '좋다'는 의미
　　를 지닌 길(吉)자의 최초의 뜻은 분명히 남녀의 성교에서 온 것이라 볼 수 있
　　다."[8]

　곽말약, 부도빈, 손신주 등의 견해는 처음으로 문자를 만들었던 당시의

7) 郭沫若,「甲骨文字研究·釋祖妣」,『郭沫若全集』第1卷, 人民文學出版社, 1982.
8) 孫新周,『中國原始藝術符號的文化破譯』, 中央民族大學出版社, 1998, 70쪽.

상황에 비추어 해석한 것으로 어느 정도 사실에 부합한다고 볼 수 있고, 그들의 견해에 따라 길(吉)자를 해석하면 '남녀 간 사랑을 나눌 때의 쾌락'을 의미한다고 할 수 있습니다. 길(吉)자와 결합된 한자들을 보면 길(吉)자의 의미가 분명하게 드러날 것입니다.

- 웃음소리 길(咭): 입 구(口) + 성교 시의 쾌락 길(吉). 성교할 때의 웃음소리를 나타낸 한자입니다.
- 맺을 결(結): 실 사(糸) + 성교 길(吉). 줄로 서로 얽어 맨 것처럼 남녀가 서로 한 몸이 된 것을 말합니다.
- 건장할 길(佶): 사람 인(亻. 人) + 성교 길(吉). 서로 성교를 나눌 정도로 건강한 사람을 말합니다.
- 따져 물을 힐(詰): 말씀 언(言) + 성교 길(吉)
- 자제할 길(姞): 여성 여(女) + 성교 길(吉). 여성이 성교를 자제하는 것을 나타낸 한자입니다.
- 즐거워할 힐(欪): 성교 길(吉) + 입을 벌린 모양 흠(欠). 성교할 때 입을 벌려 즐거워하는 모양을 나타낸 한자입니다.

성교 시 음흉한 웃음소리 이(台)

좋을 길(吉)자와 기뻐할 이(台)자는 결합관계가 같습니다. 기뻐할 이(台)자 역시 남성생식기(厶)와 여성생식기(口)가 결합하여 남녀 간 사랑나누기를 나타낸 한자죠. 허신은 "台(이)자는 기뻐하다는 의미다."[9]라고 풀이했습니다. 무엇을 기뻐하는지는 쉽게 유추할 수 있겠죠? 게다가 사랑을 나눌 때의 음흉한 웃음소리인 "이~~"라는 소리에서 '台'자의 발음 '이'를 취했다고 볼 수 있습니다. 이제 이(台)자와 결합된 한자를 살펴보겠습니다.

---

9) 『설문』: 台, 說也.

◆ 아이를 밸 태(孡): 아이 자(子) + 성교 이(台)

◆ 아이를 밸 태(胎): 육체 육(月. 肉) + 성교 이(台)

◆ 기뻐하여 웃을 해(咍): 입 구(口) + 성교 이(台)

◆ 위태로울 태(殆): 앙상한 뼈 알(歹) + 성교 이(台). 너무 심하게 사랑을 나누다보면 생명이 위태로울 수 있음을 경고한 한자입니다.

◆ 처음, 근본 시(始): 여성 여(女) + 성교 이(台). 성인식을 끝낸 여성이 '처음으로' 사랑을 나누는 것을 나타낸 한자입니다.

◆ 기뻐할 이(怡): 마음 심(忄. 心) + 성교 이(台)

◆ 줄 이(貽): 조개 패(貝) + 성교 이(台). 사랑을 나눈 후 금전(貝)으로 그 값을 지불하는 것을 말합니다.

줄 여(予)

성교 이(台)자는 서로 사랑을 주고받는 것을 나타냅니다. 남성의 입장에서 본다면 '주는 것'이고 여성의 입장에서 본다면 '받는 것'입니다. 남성의 입장을 대변하는 한자는 줄 여(予)자입니다. 갑골문의 여(予)자는 '𠂉'이고 소전(小篆)의 여(予)자는 '𠂤'입니다. 여성생식부호인 '▽'와 남성생식부호인 '△'이 결합한 모양임이 분명합니다. 여(予)자가 결합된 한자들을 분석해보면 여(予)자의 의미를 쉽게 파악할 수 있을 것입니다.

◆ 아름다울 여(伃): 사람 인(亻. 人) + 성교 여(予). 사랑할 만한 사람은 아름다운 사람임을 나타낸 한자입니다.

◆ 편안할 여(忬): 마음 심(忄. 心) + 성교 여(予). 진정으로 사랑하는 사람과 사랑을 나눈 후의 편안한 마음상태를 나타낸 한자입니다.

◆ 차례 서(序): 집 엄(广) + 성교 여(予). 집안에서 사랑을 나누는 것도 순서가 있다? 이런 해석도 가능하지만 집안에서 결혼하는 것도 차례가

있다는 해석이 보다 합리적입니다.

꿈속에서의 성교 환(幻)

줄 여(予. 𣎴)자와 반대되는 한자는 미혹될 환(幻)자입니다. 환상(幻想), 환각(幻覺), 환영(幻影), 환청(幻聽), 몽환(夢幻) 등의 단어에 사용되는 환(幻)자는 '실제적이지 않은 거짓된 것'을 나타냅니다.

금문	소전	예서
𠃉	𢆶	幻

줄 여(予)자가 실제 성교 행위를 나타내므로 그와는 반대되는 환(幻)자는 거짓 성교를 나타낸다고 볼 수 있지 않을까요? 즉, 꿈속에서 성교하는 행위가 바로 환(幻)입니다. 그래서 환(幻)자는 ① 헛보이다 ② 미혹(迷惑)하다 ③ 괴이(怪異)하다, 신기(神奇)하다 ④ 어지럽히다, 현혹(眩惑)시키다 ⑤ 변(變)하다, 변화(變化)하다 ⑥ 바뀌다 ⑦ 요술(妖術) ⑧ 허깨비, 환상(幻想) 등의 의미가 생겨나게 된 것입니다.

막 정액이 나오는 모습 금(今)

여러분들이 잘 알고 있는 합할 합(合)자를 보겠습니다. 시중 한자 관련 서적을 보면 합(合)자를 '밥이 가득 담긴 밥그릇에 뚜껑이 결합한 모양'으로 해석했는데, 그렇다면 문자를 만들었던 당시에 밥공기에 밥공기 뚜껑을 얹었을까요? 그릇이 그렇게 흔했을까요? 이 부분에 대해서는 우리들이 고민해 봐야 할 문제인 것 같습니다.

갑골문과 금문의 合(합)자

위 그림문자는 남성생식부호인 '△'와 여성생식부호인 □(ㅂ)가 결합한
형태입니다. 만일 일반적인 해석처럼 'A'를 밥그릇 뚜껑으로 본다면 'ㅂ'은
밥그릇 모양인가요? 그렇다면 다음의 그림문자는 어떻게 설명할 수 있을까
요?

갑골문과 금문의 수(今)자

위 그림문자는 이제, 지금 금(今)자입니다. 만일 'A'을 밥그릇 뚜껑이라고
본다면 뚜껑과 'ㅡ, ㄹ'가 결합한 모양이 어째서 '이제, 지금'이라는 뜻이 되
었을까요? 지금까지 이제 금(今)자에 대해 합리적으로 설명한 학자가 거의
없는 듯합니다. 허신 역시 "수(今)자는 바로 지금을 뜻한다."[10]라고 해석했
을 뿐입니다. 금(今)자는 어째서 '지금 이 순간'이란 의미가 되었을까요? 어
쩌면 금(今)자의 그림문자에서 'A'과 결합한 부호 'ㅡ, ㄹ'이 중요한 의미를
감춘 것이 아닐까라는 생각이 듭니다. 부호 'ㅡ, ㄹ'이 어떤 의미인지를 살펴
보기 위해 우선 이 부호가 결합한 아래의 그림문자를 보겠습니다.

---

10) 『설문』 : 今, 是時也.

갑골문과 금문의 曰(왈)자

위 그림문자는 가로 왈, 말할 왈(曰)자입니다. 일반적으로 가로 왈(曰)자를 '입(ㅂ)'에서 공기가 밖으로 나가는 모양(━, ㄴ)'을 나타낸 한자로 풀이합니다. 그러므로 부호 '━, ㄴ'는 '안에서 밖으로 흘러나오는 모양'을 나타냅니다. 이를 토대로 다시 이제 금(今)자를 보겠습니다. 'A'을 밥뚜껑 밑으로 무엇인가 흘러나오는 모양으로 해석하는 것이 합리적인가요 아니면 남성생식기에서 무언가가 흘러내리는 모양으로 보는 것이 합리적인가요? 이에 대한 판단 역시 여러분들에게 맡기겠습니다. 저는 'A'은 남성생식기에서 흘러나오는 정액을 그린 것이라고 생각합니다. 'A'은 성교 혹은 자위를 통해서 정액이 '지금 막' 빠져나오는 모양을 그렸기 때문에 '이제, 지금'이라는 뜻이 생기지 않았을까요? 이러한 추론이 맞는지 금(今)자가 결합된 한자들을 분석해 보겠습니다.

◆ 생각할 념(念): 이제 막 정액 분출 금(今) + 마음 심(心). 성교하고 싶은 마음을 나타냅니다.

◆ 꼬집을 념(捻): 손 수(扌. 手) + 정액을 분출하고 싶은 남자의 마음 념(念). 계속해서 성교하고 싶은 생각이 들면 그러한 생각을 떨쳐버리기 위해 손으로 세게 꼬집어야 했음을 보여주는 한자입니다.

◆ 읊다, 끙끙 앓을 금(吟): 입 구(口) + 정액 분출 금(今). 정액이 분출할 때 입으로 내는 소리입니다.

◆ 머금을 함(含): 입 구(口) + 흘러나오는 정액 금(今). '머금다'는 것은 '입에 넣다'는 뜻입니다. 정액을 입에 넣는 것일까요?

◆ 기뻐할 금(妗): 여성 여(女) + 정액 분출 금(今)

◆ 마음이 급할 검(忝): 마음 심(忄. 心) + 정액 분출 금(今). 정액을 분출하고 싶은 급한 마음을 나타냅니다.

◆ 빙그레 웃을 함(唅): 정액 분출 금(今) + 사람이 입을 벌린 모양 흠(欠)

◆ 누를 금(扲): 손 수(扌. 手) + 정액 분출 금(今)

◆ 탐할 탐(貪): 정액 분출 금(今) + 조개 패(貝). 인간은 정말 탐욕스러운 동물임을 보여주는 한자가 바로 탐(貪)자입니다.

◆ 이불 금(衾): 사랑나누기 금(今) + 옷 의(衣). 사랑을 나누기 위해 넓게 펼친 옷이 이불입니다.

◆ 검은색 검(黔): 검은색 흑(黑) + 정액 분출 금(今). 너무 과도하게 사랑을 나누면 얼굴색이 검게 변하겠죠?

◆ 누런색 금(黅): 누런색 황(黃) + 정액 분출 금(今). 너무 자주 사랑을 나누면 얼굴색이 누렇게 뜨겠죠?

◆ 불쌍히 여길 긍(矜): 창 모(矛) + 정액 분출 금(今). 남성생식기를 나타내는 상징물로는 화살, 창 등이고 여성생식기를 나타내는 상징물로는 활, 방패 등입니다. 따라서 창 모(矛)는 남성생식기를 상징합니다. 성교를 통해서가 아니라 홀로 자위를 통해서 정액이 분출하는 것을 나타낸 한자가 긍(矜)자입니다. 부인을 잃었기 때문이 아닐까요? 그래서 '불쌍하다'는 뜻이 생겼나 봅니다.

성교 합(合)

이제 금(今)자에서 드러난 사실로 볼 때, 합할 합(合. 亼)자는 남성과 여성의 성교를 그린 한자라고 보는 것이 합리적일 것 같습니다. 합(合)이 '배필'이라는 의미로 사용되고 있는 『시경』의 "문왕께서 등극하셨을 때 하늘에서 배필을 정해 주셨네."[11]라는 구절과 현대 중국어에서 '부적절한 사랑 행위'

를 뜻하는 '苟合(구합. gǒuhé. 꺼우 허)'라는 단어로 미루어 보아 합(合)은 성교와 관계가 깊은 한자임을 재차 확인할 수 있습니다. 그러므로 합(合)자는 성교라는 뜻으로부터 '겹치다, 위에서 덮다'는 뜻으로 확대되었다고 유추할 수 있습니다. 여기에서는 합(合)자가 결합된 한자 중에서 성교와 관계된 한자들에 대해서 분석하겠습니다.

◆ 젖을 협(洽): 얼음 빙(冫) + 성교 합(合). 남녀가 얼음처럼 달라붙어서 사랑을 나눈다는 뜻입니다.
◆ 웃는 소리 합(哈): 입 구(口) + 성교 합(合). 사랑을 나눌 때 내는 웃음소리입니다.
◆ 넉넉할 흡(洽): 물 수(氵. 水) + 성교 합(合). 사랑을 나눌 때 체액이 넘쳐나면 매우 흡족하겠죠?
◆ 마치, 흡사 흡(恰): 마음 심(忄. 心) + 성교 합(合). 사랑을 나눌 때 남녀의 육체와 마음은 '마치' 하나가 되지 않을까요?
◆ 예쁠 압(姶): 여성 여(女) + 성교 합(合). 예나 지금이나 예쁜 여성을 보면 사랑을 나누고 싶은 생각이 들 것입니다.
◆ 번갈아 할 겹(拾): 손 수(扌. 手) + 성교 합(合). 육체로 사랑을 나누기도 하고 손으로 서로 사랑을 나누기도 하고, 그래서 번갈아 하다는 뜻이 된 것입니다.

남성의 자위 조(助)

조금 전에 불쌍히 여길 긍(矜)자는 홀로 스스로 자위(自慰)를 통해서 정액이 분출하는 것을 나타낸 한자라고 설명했습니다. 말이 나온 김에 자위와 관련된 몇 개의 한자를 살펴보겠습니다. 우선 '돕다, 협조하다'는 의미를 지

---

11)『詩經 · 大雅 · 大明』편 : 文王初載, 天作之合.

닌 조(助)자의 그림문자를 보겠습니다.

금문 助(조)자

조(助)자의 그림문자를 보면 남성생식기를 그린 조(且. 🅰, 🅱)와 손을 그린 손 수(手. 𐤕)가 결합한 한자였으나, 후에 손 수(手. 𐤕)자가 힘 력(力)자로 바뀌어 조(助)자의 형태를 취하게 된 한자입니다. 허신은 "助(조)자는 도와주다는 뜻이다."[12]라고 풀이했습니다. 무엇을 도와주는 것일까요? 그림문자만으로 추측해보면 남성생식기를 손으로 도와준다는 뜻입니다. 그러므로 조(助)자는 원래 남성의 자위를 사실적으로 보여주는 한자로 볼 수 있습니다. 조(助)자 자체는 회의문자이므로 조(助)자가 결합된 한자는 구기자 조(莇), 호미 서(鋤), 구실 이름 서(耡) 등 그리 많지는 않습니다. 이 중에서 호미 서(鋤)자만 분석해 볼까요?

◆ 호미 서(鋤): 쇠 금(金) + 도울 조(助). 고대사회에서 쇠 금(金)자가 결합한 한자는 일반적으로 청동기 혹은 철기를 가리키는데, 호미 서(鋤)에서의 쇠 금(金)자는 철기를 말합니다. 그러면 도울 조(助)는 땅을 파는 것을 의미해야 호미 서(鋤)자의 의미가 분명해지겠죠? 따라서 조(助)는 땅을 파는 것과 관계가 있는 한자임을 알 수 있습니다. 우리들은 이미 땅은 여성을 상징하고 땅을 파는 도구는 남성을 상징한다는 점을 확인한 바 있습니다. 그러므로 조(助)는 남성과 관계가 있는 한자라고 추론해 볼 수 있습니다.

---

12)『설문』: 助, 佐也.

자위로 정액을 분출할 취(就)

이제 '나가다, 성취하다'는 의미를 지닌 취(就)자를 볼까요? 아래의 그림
문자를 보면 어떤 의미인지 쉽게 파악할 수 있을 것입니다.

갑골문과 토기에 새겨진 就(취)자

토기에 새겨진 그림문자(𪔂, 𪔂, 𪔂)는 '𩚵, 𩚵, 𩚵'과 '𠂤, 𠂤, 𠂤'자가 결합
한 형태입니다. 그림문자인 '𩚵, 𩚵, 𩚵'은 경(京)자이고, 경(京)자는 정액이
흘러나오는 남성생식기 모양을 그린 한자라고 4장 남성과 한자 편에서 이
미 설명하였습니다. 그리고 '𠂤, 𠂤, 𠂤'는 손 모양을 그린 손 수(手)자입니
다. 취(就)자에서 '더욱 우(尤)'자는 손 수(手)의 변형인데, 우(尤)자 역시 손
모양을 그린 한자입니다. 손 수(手)가 왼쪽에 쓰이면 수(扌)로 변형되고 '손,
손동작, 손으로 움직이다'란 의미로 쓰이고, 오른쪽에 쓰이면 우(尤)로 변형
되고 '손으로 움직이다, 손으로 쌓아 올린 것 그래서 볼록 부풀어 오른 것'이
란 의미로 쓰입니다. 예를 들면 마음이 움직일 우(忧)자에서 보면 우(尤)자
는 '움직이다'는 의미로 쓰였습니다. 종합해보면 '남성생식기를 잡고 움직
여 정액이 나오는 모양'이 바로 취(就)자입니다.

문제는 이 그림문자의 마지막 그림문자(𪔂)입니다. 이것을 어떻게 해석해
야 할까요? 혹자는 향(亯. 𠅃)과 경(京. 𪔂) 두 개의 한자로 분석하기도 하지
만 일반적으로 취(就)자로 보고 있습니다.[13] 앞에서 향(亯. 𠅃)자는 성교를

---

13) 『고문자고림』 5책, 543~548쪽.

나타낸 한자임을 살펴보았습니다. 또한 경(京. 🏠)자는 흘러내리는 정액을 그린 한자라고도 설명했죠. 후대에 오면서 성교를 나타내는 향(盲. 🏠)자 대신 손을 더하여 취(就)자처럼 된 이유는 성교를 통해서 정액이 분출하는 것이 아니라 자위를 통하여 정액을 분출하는 것을 나타내기 위해서였습니다. 그리하여 허신은 "就(취)자는 나가다(就)와 높다(高)는 뜻이다."[14]라고 풀이했던 것이죠. 즉, 남성생식기를 높게 세워서 분출시킨다는 의미입니다. 오줌을 '찍~' 싸거나 혹은 침을 이빨 사이에 넣고 혀로 밀면 침이 이빨 사이로 '찍~' 소리를 내면서 밖으로 나오죠? 그 소리가 바로 취(就)자의 발음이고 그래서 '나가다'는 의미가 된 것입니다. 취(就)자가 결합된 한자들을 볼까요?

◆ 슬퍼할 추(僦): 마음 심(忄. 心) + 자위 취(就). 사랑을 나눌 대상이 없어 혼자 자위하면 기쁜 마음이 들까요 아니면 슬픈 마음이 들까요?

◆ 몹시 강하게 잡아 칠 추(摼): 손 수(扌. 手) + 자위 취(就). 설명하지 않아도 어떤 모양인지 쉽게 유추할 수 있을 것입니다.

◆ 빌 추(僦): 사람 인(亻. 人) + 자위 취(就). 사랑을 나눌 대상이 없어 혼자 자위하면 마음이 슬프기 때문에 사람을 빌려 오는 상황을 나타낸 한자입니다.

◆ 입을 맞출 축(噈): 입 구(口) + 자위 취(就). 이것은 입을 맞추는 소리를 나타낸 한자입니다. 키스할 때 '쪽, 쪽' 혹은 '쪽~'하는 소리입니다.

◆ 마칠 축(殧): 뼈 앙상할 알(歹) + 자위 취(就). 자위를 너무 많이 하면 홀쭉 마르고 뼈가 앙상(歹)하게 되겠죠. 이 지경에 이르면 자위행위를 그만두어야 합니다. 이러한 상황을 묘사한 한자가 마칠 축(殧)자입니다.

◆ 찰 축(蹴): 발 족(足) + 자위 취(就). 자위하는 사람을 발로 차버린다?

---

14)『설문』: 就, 就高也.

축(蹴)자는 '뒤쫓다'는 의미도 있습니다. 이는 다른 사람이 자위하는 모습을 보고 자신도 따라 자위하는 것을 나타낸 한자로도 볼 수 있습니다.

여하튼 취(就)자와 조(助)자는 형태와 의미면에서 매우 비슷합니다. 차이점은, 조(助)자는 남성이 자위하는 과정을 나타낸 한자이고, 취(就)자는 남성의 자위 결과를 나타낸 한자라는 점입니다.

여성이 남성의 자위를 도와주는 상황을 나타내는 음(坙)

지금까지 자위와 관련된 한자에 대한 설명을 보면서 이상한 점 한 가지를 발견했을 것입니다. 어째서 조(助)자와 취(就)자에서 손(力, 尤)은 모두 남성의 손인가 하는 점입니다. 그러면 여성이 남성의 사정(射精)을 도와주는 모습을 그린 한자도 있을까요? 물론 있습니다. 바로 음탕할 음(婬)자입니다. 음(婬)자에 여성(女)이 있는 것으로 보아 음탕한 여성을 뜻한다고 볼 수 있죠. 그렇다면 음(坙)자는 분명히 음탕한 어떠한 상황이나 행위를 나타내는 한자로 볼 수 있지 않을까요? 지금부터 음(坙)자를 분석해보겠습니다.

음(坙)자는 손으로 무엇인가를 하는 행위를 그린 손톱 조(爫, 爪)자와 壬(정)자[15]가 결합한 한자입니다. 그러면 壬(정)자는 무엇일까요? 이 한자에 대한 해석은 두 가지로 나뉩니다. 하나는 사람이 땅 위에 서 있는 모양이고 다른 하나는 만물이 땅에서 솟아나오는 모양이라는 것입니다.[16] 어째서 이

---

15) 『설문』에서 "壬, 他鼎切."로 한 것에 착안하여 '정'으로 발음했습니다. 정(壬)자와 임(壬)자는 비슷한 것처럼 보이지만, 실은 다른 글자입니다. 이 두 한자의 차이점은 가운데 있는 '一'의 크기 때문입니다. 정(壬)자는 가운데 '一'이 아래보다 작으며, 임(壬)자는 가운데 '一'이 아래보다 크죠. 하지만 지금은 이 두 개 한자를 구분하지 않고, 임(壬)으로 통용하여 사용하고 있습니다.
16) 『고문자고림』 7책, 520~522쪽.

처럼 해석하는 것일까요? 그것은 바로 壬(정)자의 그림문자(, ,) 때문입니다. 사람이 땅 위에 서 있는 모습으로 보이죠? 하지만 다른 그림문자( )도 있습니다. 이미 4장 남성과 한자 편에서 土( )는 남성생식기를 나타낸 한자라고 설명했습니다. 따라서 이 그림문자( )는 거만하게 위로 솟구친 생식기를 자랑하는 남성을 그린 한자로 볼 수 있죠. 허신은 "壬(정)은 좋다는 의미다."[17]라고 풀이한 점으로 미루어보아 그 역시 남성이 기분이 좋으면 생식기가 커진다는 것을 이미 알았던 것은 아닐까요? 그래서 '위로 솟아오르다'는 의미가 생겨나게 된 것입니다. 여기에 손(爫)이 결합했으니, 손으로 생식기를 꼿꼿하게 세운다는 뜻일 것입니다. 누가 세워주는 것일까요? 바로 여성(女)이 세워주는 주체가 됩니다. 그래서 음(婬)자는 음탕한 여성을 의미하게 되었던 것입니다. 음(淫)자는 '도리에 어긋나다, 음란하다'는 의미를 지닌 한자입니다. 손으로 남성생식기를 꼿꼿하게 세워(㸒) 정액(氵)을 분출하게 도와주는 것은 도리에 어긋난 음란한 행위이기 때문에 이러한 의미를 가지게 되었다고 볼 수 있습니다. 그래서 허신은 "㸒(음)자는 가까이하다, 추구하다는 뜻이다."[18]라고 상당히 세련되게 해석했던 것입니다.

자위와 관련된 한자가 많지 않은 점으로 미루어 한자를 만들 당시(혹은 그 이전)에는 굳이 자위를 할 필요가 없었거나 혹은 후대로 오면서 유교적 사회분위기가 팽배해지면서 이와 관련된 한자를 만들 수 없게 되면서 이와 관련된 한자들이 자취를 감춘 듯합니다. 그러면 여기서 한자를 만들 당시(혹은 그 이전)에는 마을들이 어떻게 형성되었는지 그리고 정착 초기 마을 사람들은 어떻게 욕망을 해결하였는지에 대해 살펴보겠습니다.

---

17) 『설문』: 壬, 善也.
18) 『설문』: 㸒, 近求也.

성교 리(里)

신석기시대로 접어들면서 인류는 정착생활을 시작했습니다. 그들은 농사를 지으면서 살아가기에 적합한 조건을 갖춘 곳을 찾은 후, 그곳에 정착생활을 하면서 차츰 마을을 형성했습니다. 마을과 관련된 한자는 마을 리(里)자입니다. 사람들은 마을 주변의 땅을 일구어 농사를 지으면서 살아갔기 때문에 마을 리(里)자는 밭 전(田)자와 흙 토(土)가 결합했다고 보는 것이 일반적인 해석입니다. 하지만 마을의 형성에 있어서 밭만큼이나 일정 정도 이상의 사람들도 중요한 요소입니다. 마을은 몇 명의 사람만으로는 형성될 수는 없기 때문입니다. 일정 정도 이상의 사람들이 갖춰지기 위해서는 무엇보다도 생식력이 중요한 요소임에 틀림없습니다.

우리들은 2장 여성과 한자 2편에서 들 야(野)자를 살펴보았습니다. 오늘날의 들 야(野)자는 마을 리(里)자에 줄 여(予)자가 결합한 한자지만 초기에는 아래와 같이 '釱'처럼 썼습니다.

갑골문	금문	소전체	해서체
釱	杍	野	野

들 야(野)자의 설명에서 이미 언급했듯이, 당시 마을 안은 비교적 안전한 곳이었으므로 여성들이 아이들을 양육하며 생활하는 공간이었고, 마을 밖은 야수들이 돌아다니는 매우 위험한 곳이었기 때문에 남성들이 마을도 지킬 겸 사냥을 하던 곳이었습니다. 그래서 들 야(釱)자에는 숲(林. 朾. 수풀 림)과 남성생식기를 나타내는 부호(丄)가 결합하게 된 것입니다. 수풀(林)에는 벌거벗은 남성들이 어슬렁거렸습니다. 그곳에 가는 여성들도 있었을까

요? 물론 있었습니다. 이 여성들의 목적이 무엇인지는 몰라도 성교와 관계가 있었던 듯합니다. 이러한 사실을 알려주는 한자는 수풀 림(林)자와 여성여(女)자가 결합한 탐욕스러움이 심할 람(婪)자입니다.

마을 리(里)자의 그림문자는 '堲'입니다. 위 그림문자에서 마을 리(里)자는 '堲'처럼 쓰기도 했죠. 그러므로 '堲'에서 숲 모양(йй)이 '⊕'처럼 바뀌게된 것이 '堲'입니다. 그러면 부호 '⊕'은 무엇일까요? 일반적으로 밭 전(田)자로 해석하고 있습니다만 4장 남성과 한자 편에서 살펴보았듯이, 바위그림에서는 부호 '⊕'을 여성생식기로 풀이하고 있습니다. 지금도 우리는 '밭을갈고 씨앗을 뿌린다'고 하면 성교 행위를 상징하는 말로 사용하고 있습니다. 이 말은 밭과 여성생식기를 동일시하고 있다는 의미입니다. 밭으로 사용할 만한 장소가 있는 적합한 곳에 마을이 형성되듯이 여성이 있는 곳에인구가 증가하면서 마을이 형성된다는 의미죠. 따라서 마을 리(里)자 역시성교를 뜻한다고 볼 수 있습니다.

◆ 슬퍼할 리(悝): 마음 심(忄. 心) + 성교 리(里): 성교(里)하고 싶은 마음(忄)이 있지만, 다양한 원인으로 인해 할 수 없을 때는 마음이 매우 슬퍼지겠죠?

◆ 속될 리(俚): 사람 인(亻. 人) + 성교 리(里): 성교(里)만을 생각하는 사람(亻)은 속된 사람입니다.

◆ 속 리(裏): 옷 의(衣) + 성교 리(里): 옷 가장 안쪽에 있는 것은 여성생식기와 남성생식기라는 것을 나타낸 한자입니다.

내몽고 석림곽륵(錫林郭勒) 초원에 있는 성교라 명명된 바위그림

성교하기 위하여 젊은 남녀들이 한 곳에 모일 회(會)

동일한 마을 사람들은 거의 동일한 부모에게서 태어난 경우가 많았기 때문에 그들 간에는 성교가 엄격하게 금지되었습니다. 그래서 족외혼(族外婚)이란 개념이 만들어졌습니다. 이는 훌륭한 자손을 보존시키고 더욱 강력한 마을을 만들기 위해서 매우 자연스러운 현상이었습니다. 초기 족외혼은 'A' 마을의 여성들과 'B'마을의 남성들이 함께 만나서 사랑을 나누었습니다. 이러한 현상을 보여주는 한자가 모일 회(會)자입니다.

갑골문과 금문의 會(회)자

이것은 모일 회(會)자의 그림문자입니다. 조금은 복잡한 그림이죠? 하지만 자세히 보면 합할 합(合)자의 그림문자(合)가 들어 있는 것이 보일 겁니다. 뿐만 아니라 합(合. 合)자 안에는 조금 전에 살펴 본 성교라 명명된 바위그림(合)의 모양이 들어 있는 것도 보일 것입니다. 허신은 합(合)자 사이에 있는 다양한 모양의 의미를 생략한 채 "會(회)자는 서로 합친다는 뜻이다."19)라고 간략하게 풀이해 버렸습니다. 게다가 학자들은 합(合)자는 밥그릇과 밥그릇 위에 놓인 뚜껑으로 해석했기 때문에 회(會)자 역시 '그릇과 뚜껑 사이에 곡물이 놓여 있는 모습'으로 설명하고 말았습니다. 이러한 해석이 맞는 것일까요? 이 문제를 해결하기 위해서는 합(合)자 사이에 있는 다양한 모양(부호)을 해석해야만 하기 때문에 각종 부호들을 하나씩 살펴보겠습니다.

---

19) 『설문』: 會, 合也.

합(合)자 사이에 들어있는 부호 'ㅂ'은 어떤 의미일까요? 지금까지 갑골문을 분석해본 결과 부호 'ㅂ'는 갑골문의 노둔할 노(魯)자, 나아가 사이에 끼울 진(晉)자, 무리 중(衆)자의 그림문자 속에 들어 있는 부호 'ㅂ'와 동일한 부호임을 확인할 수 있었습니다. 노(魯)자, 진(晉)자, 중(衆)자의 그림문자에서 부호 'ㅂ'는 '목적지'를 나타냅니다. 따라서 회(會. ⑧)자는 '남녀가 서로 사랑을 나누기 위한(合) 목적지(ㅂ)'를 뜻한다고 볼 수 있습니다.

합(合)자 사이에 밭 전(田)자와 비슷한 부호도 있죠? 이 역시 '남녀가 서로 사랑을 나누기 위한 넓은 곳'을 의미합니다. 이 뿐만 아니라 회(會)자의 그림문자(⬤)에서 '☰'는 길거리를 그린 모양입니다. 즉, 집안이 아니라 야외를 뜻하는 부호죠. 부호 '⬤'도 보이죠? 조금 전에 살펴 본 바위그림과 비슷하지만 구멍이 여러 개 있는 것으로 보아 여러 명을 뜻한다고도 볼 수 있습니다. 허신은 모일 회(會)자의 고문(古文)은 '㞱'라고 했습니다. 이것은 '△'과 '▽'의 결합을 분명하게 보여주는 형상이죠. '㞱'에서 '彡'은 '많음'을 의미합니다. 즉, '㞱'자는 '수많은 사람들이 특정한 장소에서 함께 성교를 즐기는 것'을 나타냈다고 볼 수 있습니다. 이러한 일이 가능했을까요? 원시사회의 생활상에 대해 연구한 19세기 미국의 민속학자 모건(Lewis H · Morgan)은 『고대사회』에서 군혼(群婚)가정 형태를 띠고 있었던 원시사회에서는 동일한 씨족의 여성들이나 혹은 남성들이 다른 씨족의 남성들과 혹은 여성들과 통혼하는 방식을 의미하는 Punaluan Family의 형태를 가지고 있었다고 주장했습니다.[20] 그의 주장에 따르면, 원시사회에서는 이러한 일들이 비일비재하게 발생했음을 알 수 있습니다. 이러한 사실로 미루어 볼 때, 군혼(群婚)의 남녀들이 일정한 장소에서 만나 사랑을 나누었던 상황을 모일 회(會)자의 그림문자로 남긴 것이 아닐까 추측해 볼 수 있지 않을까요? 만일 이러한 추측이 타당하다면 합(合)은 남녀 개인 간의 성교이고, 회(會)는 단체 간의 성교를 뜻한다고 볼 수 있을 것입니다. 그래서 회(會)자는 '단체, 모이다, 하나

---

20) 摩爾根(Lewis H · Morgan), 『古代社會』, 商務印書館, 1972.

로 묶다'라는 뜻이 생겨나게 된 것이 아닐까요?

◆ 위독할 괴(癐): 병들어 누울 녁(疒) + 단체 회(會). 이런 저런 병들이 한
꺼번에 몸에 있어 위독한 상태를 나타냅니다.
◆ 곳간 피(庯): 집 엄(广) + 모일 회(會). 많은 것을 모아 저장해 두는 곳
을 의미합니다.
◆ 띠 매듭 괴(襘): 옷 의(衤. 衣) + 하나로 묶을 회(會). 매듭으로 옷을 하
나로 묶다는 뜻을 나타냅니다.
◆ 회 회(膾): 고기 육(月. 肉) + 단체 회(會). 고기를 얇게 썰어서 함께 늘
어놓은 것입니다. 회 회(膾)자와 회 회(鱠)자는 같습니다.
◆ 끊을 회(劊): 하나로 묶은 것 회(會) + 칼 도(刂. 刀). 하나로 묶인 것을
칼로 끊다는 의미입니다.

나누어 증가시킬 증(曾)

허신은 "회(會)자는 함께 모이다는 뜻이다. 회(會)자는 모일 집(亼)과 증가
할 증(曾)자의 생략형이 결합한 한자다. 증(曾)은 더하여 증가하다는 뜻이
다."[21]라고 해석했습니다. 이러한 설명을 통해 그는 회(會)자와 증(曾)자와
의 관계를 보여주었습니다. 이제 증가할 증(曾)자를 볼까요?

갑골문과 금문의 曾(증)자

---

21)『설문』: 會, 合也. 从亼, 从曾省. 曾, 益也.

위 그림문자(🖼)와 모일 회(會)자의 그림문자(🖼)가 다른 점은 남성생식부호인 '△' 대신 'ᄉ'이 들어 있다는 점입니다. 숫자 여덟 팔(八)은 우리들의 양팔을 그린 모습이기 때문에 '팔'이라는 발음과 '벌리다, 나누다, 나뉘다'는 의미를 가지게 되었던 것입니다. 예를 들면, 나눌 분(分)자는 나눌 팔(八)자와 칼 도(刀)자가 결합하여 '칼로 나누다'는 뜻입니다. 따라서 증가할 증(曾)자는 단체(會)를 나누는 것(八)으로 하나를 둘로 나누면 두 개로 증가하기 때문에 '증가하다'는 뜻을 갖게 된 것입니다.

◆ 미워할 증(憎): 마음 심(忄. 心) + 나눌 증(曾). 남녀가 서로 하나였던 마음이 계속 나뉘는 것을 말합니다. 그러면 미워지겠죠?

성교 사(舍)

사람들은 집에서 생활했습니다. 집을 뜻하는 한자는 집 면(宀), 집 가(家), 집 사(舍) 등이 있는데 여기에서는 집 사(舍)자를 살펴보겠습니다. 이 한자는 기숙사(寄宿舍), 사랑방(舍廊房) 등의 단어에 사용됩니다. 집은 어떤 공간이었을까요?

갑골문과 금문의 舍(사)자

위 그림문자는 집 사(舍)자입니다. 대부분의 학자들 역시 사(舍)자를 '집'으로 해석하고 있죠. 여러분들은 집 모양으로 보이나요? 이 그림문자는 분명히 남성생식부호(△)와 여성생식부호(▽)의 결합 그리고 들어감을 나타내는 부호(♥)가 결합된 한자입니다. 즉, 사(舍)자는 남성의 입장에서 본 성교와 관련된 한자입니다. 왜냐하면 들어감을 나타내는 부호(♥) 양 옆에 두 점(ˊ ˋ, ˙˙)이 있기 때문이죠. 이는 서로 사랑을 나눌 때 흘러넘치는 체액을 상징적으로 나타낸 것입니다. 일반적으로 사랑을 나누는 장소가 집이기 때문에 사(舍)자는 '집'을 뜻하게 되었던 것입니다.

◆ 암말 사(騇): 말 마(馬) + 성교 사(舍)
◆ 버릴 사(捨): 손 수(扌. 手) + 성교 사(舍). 사랑을 나누기 위해 손으로 옷을 다 벗어 버리는 것을 나타낸 한자입니다. 그래서 허신은 "捨(사)는 풀어 헤치다는 뜻이다."[22]라고 풀이했던 것입니다.
◆ 펼칠 서(舒): 성교 사(舍) + 성교 여(予). 앞에서 줄 여(予)자의 그림문자(𠃌, 𠄔)는 성교라고 설명했습니다. 특히 여(予)자는 남성의 입장을 강조한, 즉 남성이 여성에게 사랑을 준다는 의미죠. 사(舍)자와 여(予)자는 모두 남성의 입장에서 본 한자입니다. 여성의 입장에서는 사랑을 계속 받기만 하는 사람입니다. 계속 받기만 하는 지속적인 성교 행위는 여성의 음부를 크게 벌어지게 만듭니다. 그러므로 허신은 "舒(서)자는 넓게 펼치다는 뜻이다. 서(舒)자는 집 사(舍)자와 줄 여(予)자가 결합한 한자로, 여기에서 줄 여(予)자는 소리도 나타내는 회의겸형성문자다. 서(舒)자는 '느슨하다'는 뜻도 나타낸다."[23]라고 풀이했던 것입니다.

성교하는 남성생식기 여(余)

갑골문에서는 집 사(舍)자는 두 가지 의미로 사용되었습니다. 하나는 조금 전에 살펴 본 펼칠 서(舒)자의 의미고, 다른 하나는 '나'를 뜻하는 나 여

---

22) 『설문』: 捨, 釋也.
23) 『설문』: 舒, 伸也. 从舍从予, 予亦聲. 一曰舒, 緩也.

(余)자로 쓰였습니다.

갑골문과 금문의 余(여)자

　허신은 "余(여)자는 말이 늘어지는 것을 뜻한다."[24]라고 풀이했습니다. 위 그림문자는 집 사(舍)자의 그림문자(🔣, 🔣, 🔣, 🔣, 🔣)와 매우 비슷합니다. 단지 여성생식부호(▽)만 없을 뿐이죠. 집 사(舍)자의 그림문자 분석을 통해 본다면, 나 여(余)자는 체액을 흘리면서 음부 안으로 진입하는 남성생식기를 적나라하게 보여준 한자라고 유추해 볼 수 있습니다. 그러한 행위를 하는 사람이 바로 '나 자신'이기 때문에 여(余)자는 '나'를 의미하게 되었던 것이 아닐까요?

◆ 잊을 여(忝): 성교하는 남성생식기 여(余) + 마음 심(心). 여(忝)자는 '잊어버리다'는 뜻 이외에도 '기뻐하다, 근심하다, 입 가득히 넣어 꿀꺽 삼키다'는 의미가 들어 있습니다. '사랑을 나눌 생각을 잊어버리다, 사랑을 나눌 생각을 하면 기쁘고 그런 생각을 하면 입안에 침이 고여 꿀꺽 삼키게 된다, 사랑을 나누고 싶지만 상대방이 없으면 근심스럽다' 등을 연관시킬 수 있지 않나요? 여(忝)자는 여(悇)자와 같습니다. 단지 마음 심(心. ↑)자가 어디에 쓰였는가에 따라 달리 할 뿐입니다.
◆ 누워 끌어당길 도(捈): 손 수(扌. 手) + 성교하는 남성생식기 여(余)
◆ 밭을 일굴 여(畬): 남성생식기 여(余) + 밭 전(田). 여기에서 밭 전(田)자는 여성생식기를 상징적으로 나타냅니다. 밭을 일구는 행위와 남녀

---

24)『설문』: 余, 語之舒也.

의 사랑나누기가 상징적으로 같다는 것을 드러낸 한자가 바로 여(畬)
자입니다.

◆ 찰벼 도(稌): 벼 화(禾) + 성교하는 남성생식기 여(余). 체액으로 뒤범
벅된 남성생식기는 끈적끈적 하겠죠? 벼 중에서도 끈적끈적 한 벼가
찰벼입니다.

◆ 차례 서(敍, 敘): 남성생식기 여(余) + 두드릴 복(攴, 攵). 차례(순서)를
지키지 않으면 몽둥이를 들어 처벌하는 것을 나타낸 한자입니다.

이 외에도 편안하고 천천히 걸을 서(徐), 남을 여(餘), 길 도(途), 비스듬할
사(斜), 섬돌 제(除) 등이 있는데 여러분들이 다양한 상상력을 발휘해서 자
의적으로 해석해보면 나 여(余)자의 모습이 더욱 분명해질 것입니다.

성교 가(加)

이제는 '더하다'는 뜻을 지닌 더할 가(加)자를 볼까요?

갑골문의 加(가)자

일반적으로 더할 가(加)자를, 일을 할 때 입(口)으로 힘(力)을 내라고 하면
더 많은 힘을 낼 수 있기 때문에 '더하다'는 의미를 지니게 되었다고 풀이합
니다. 물론 일견 타당한 듯 보이지만 가(加)자의 그림문자는 분명히 남성생
식기를 상징하는 힘 력(力)과 여성생식기를 상징하는 입 구(口)가 결합한 한
자입니다. 이처럼 분석한 이유는 그림문자에서 력(力)과 구(口)의 위치 때문
입니다. '力'은 남성을 '口'는 여성을 나타내므로 이러한 위치가 가능했던 것

이죠. 지금까지 성교를 나타낸 한자 가운데 '口'를 위에 위치시킨 경우를 본 적이 있나요? 항상 안쪽이나 아래쪽에 위치합니다. 이것은 자연의 이치였기 때문입니다. 남성은 위에 위치하므로 하늘을 나타내고, 여성은 아래에 위치하므로 땅을 나타냅니다. 남성은 하늘에서 비를 뿌리기를 원하고, 여성은 땅에서 빗물과 씨앗을 받아서 품기를 원합니다. 이러한 자연스러운 현상을 철학적으로 설명한 것이 음양(陰陽)사상입니다. 더할 가(加)가 결합된 한자들을 분석해보면, 가(加)자에 숨겨진 다양한 의미를 알 수 있습니다.

- 책상다리하여 앉을 가(跏): 발 족(足) + 성교 가(加). 책상다리는 다리를 서로 꼬아서 만든 자세로 가(加)는 '서로 꼬여있는 것'을 나타내는 의미심장한 한자임을 엿볼 수 있습니다.
- 수사슴 가(麚): 사슴 록(鹿) + 성교 가(加). 이 사실로 볼 때 가(加)자는 남성(수컷)의 행위를 더욱 강조한 한자로 볼 수 있습니다. 왜냐하면 가(加)자는 힘 力(력)자를 먼저 썼다는 것은 남성중심사회로 진입하였음을 의미하기 때문입니다. 이러한 사실로 볼 때 가(加)자는 남성이 여성에게 가하는 행위임을 알 수 있습니다.
- 비녀 가(珈): 옥 옥(玉) + 성교 가(加). 가(加)는 남성의 입장을 대변한다고 했습니다. 남성의 입장에서 본다는 '생식기를 꽂는 행위'죠. 비녀는 머리에 꽂는 것이므로 따라서 가(加)자는 꽂는 행위와 불가분의 관계가 있음을 알 수 있습니다.
- 여자 스승 아(妿, 姉): 성교 가(加) + 여성 여(女). 여자에게 성교를 가르치는 사람이란 뜻을 지닌 한자입니다.

내몽고 석림곽륵(錫林郭勒) 초원에 있는 바위그림

위 바위그림 역시 '성교'로 명명된 바위그림입니다. 성교(性交)란 성(性)을 서로 나누는 것(交)을 말합니다. 성교(性交)라는 단어에 어째서 교(交)자를 사용했을까요?

성교 교(交)

이제 사귈 교(交)자에 대해 살펴보겠습니다.

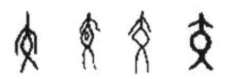

갑골문과 금문의 交(교)자

허신은 "交(교)자는 정강이를 서로 교차시킨 모양이다."[25]라고 풀이했습니다. 다리를 교차시켰다는 점은 다리가 서로 엉킨 모양으로 이 역시 성교

---

25) 『설문』: 交, 交脛也.

를 나타낸 한자라고 볼 수 있습니다. 사귈 교(交)자가 들어있는 한자를 분석해보면, 교(交)는 성교와 관련된 한자임이 더욱 분명해질 것입니다.

◆ 음란한 소리 교(咬): 입 구(口) + 성교 교(交). 성교(交)할 때 내는 소리(口) 혹은 단지 성교(交)만 말하는 것(口)을 나타낸 한자입니다.

◆ 요염하고 예쁠 교(姣): 여성 여(女) + 성교 교(交). 성교(交)를 하기 위해 드러내는 여성(女)의 자태는 요염하고 예쁠 것입니다.

◆ 유쾌할 교(恔): 마음 심(忄. 心) + 성교 교(交). 성교(交)를 할 때의 사람의 마음(忄)은 어떨까요? 떨리고 기쁜 마음이 아닐까요?

◆ 깊숙할 요(窔): 집 면(宀) + 성교 교(交). 집(宀)에서 성교(交)가 이루어지는 장소는 환하게 밝은 장소가 아니라 어둡고 깊숙한 장소입니다.

◆ 부르짖을 효(詨): 말씀 언(言) + 성교 교(交). 효(詨)자는 '부르짖다'는 뜻 이외에도 '자랑하다'는 의미도 있습니다. 성교를 할 때 내는 소리 혹은 동물들이 성교를 하기 위해 부르짖는 소리란 뜻이고, 성교한 것을 자랑하는 것을 뜻하기도 합니다.

◆ 예쁠 교(佼): 사람 인(亻. 人) + 성교 교(交). 교(佼)자는 '예쁘다'는 의미 외에도 '교활하다, 어지럽다'는 뜻을 지니고 있습니다. 성교(交)를 유도하는 사람은 예쁜 사람이고, 또한 교활한 말로 성교를 유도하며 사회를 어지럽히기 때문에 이러한 의미가 있게 된 것은 아닐까요?

적극적인 여성 요(要)

『명심보감』에 "가장 큰 즐거움은 독서만한 것이 없고, 가장 중요한 것은 자식을 가르침만한 것이 없다(至樂莫如讀書, 至要莫如敎子.)"는 구절이 있습니다. 여기에서 요(要)자는 '중요한 것'이라는 의미로 사용되었습니다. 요(要)자는 어째서 중요한 것이라는 의미가 되었을까요?

				要
금문	한간(汗簡)	고문사성운(古文四聲韻)	소전체	해서체

위 그림문자는 '구하다, 요구하다, 원하다, 바라다, 잡다'는 뜻을 지닌 요(要)자입니다. 허신은 "要(요)자는 몸 가운데 있는 것이다. 사람이 양손으로 허리를 잡고 있는 모습이다. 요(要)자는 양손으로 잡은 모양인 구(𦥑)자로 이루어졌으며, 요(要)자의 소리는 교(交)의 소리와 비슷하다."[26]라고 풀이한 것으로 보아 이 역시 성교 교(交)자와 관계가 있음을 간접적으로 보여줬습니다. 허신의 설명이 타당한지 위 그림문자를 분석해 볼까요?

그림문자에서 공통적으로 들어 있는 것은 양손(, )으로 무엇인가를 잡고 있는 모양입니다. 그리고 금문과 한간 그리고 해서체에서 보면 분명 여성(女, , )이 들어 있습니다. 무엇을 잡고 있는가하는 문제가 매우 중요하지만 지금까지 대부분의 학자들은 이 부분에 대한 언급을 의도적으로(?) 회피했습니다. 왜 그랬을까요? 성性에 대한 언급을 회피하는 유교적인 문화 때문인 듯합니다. 금문과 고문사성운 앞 두 개의 그림문자(, , , )에서는 남성생식기 모양이 분명하게 보이고, 한간()에서는 여성생식기 모양이 보이며 고문사성운 마지막 글자()에서는 탯줄 모양이 보입니다.[27] 무엇일까요? 여성이 음부를 벌려 남성을 갈망하는 모양일까요? 그래서 임신되기를 바라는 모양이 아닐까요? 이 한자에 보이는 분명한 점은 '여성의 적극성'이라는 점입니다. 이러한 내용을 토대로 요(要)자가 결합한 한자들을 살펴보겠습니다.

◆ 가냘플 요(㜳): 여성 여(女) + 적극적으로 성교를 원할 요(要)

26) 『설문』: 要, 身中也. 象人要自𦥑之形. 从𦥑, 交省聲.
27) 탯줄에 대한 내용은 8장 출산, 탯줄, 양육과 한자 편 참고.

◆ 단아하고 얌전한 모양 요(偠): 사람 인(亻. 人) + 성교를 원할 요(要)

◆ 허리 요(腰): 육체 육(月. 肉) + 중요한 곳 요(要)

◆ 허리띠 요(褑): 옷 의(衤. 衣) + 중요한 곳 요(要)

◆ 깊을 유(湲): 물 수(氵. 水) + 여성의 중요한 곳 요(要). 여성의 깊은 곳 (要)에 마르지 않는 물(氵)이 들어 있는 모양을 나타내는 한자입니다.

성교 중(中)

이제 가운데 중(中)자를 보겠습니다. 중(中)자를 보면 '가운데'로 보이나요? '어떤 가운데'인가요? 이러한 질문을 가지고 중(中)자의 그림문자를 살펴보겠습니다.

갑골문과 금문의 中(중)자

대부분의 학자들은 위 그림문자 중에서 처음 두 개의 그림문자(ꔄ, ꔅ)를 토대로, 씨족사회에서 씨족을 나타내는 깃발을 꽂으면 사람들이 깃발을 중심으로 모여들게 되기 때문에 가운데라는 뜻을 지니게 되었다고 해석합니다. 물론 그림문자(ꔄ, ꔅ)의 모습은 펄럭이는 깃발 모습으로 보입니다. 하지만 그림문자(中, 中, 中, 中)에는 깃발모습이 보이지 않습니다. 허신은 "中(중)자는 '안에'라는 뜻이다. 중(中)자는 구(口)와 곤(丨)이 결합하여 만들어진 회의문자다. 곤(丨)은 위아래로 통한다는 뜻이다."[28]라고 풀이했습니다. 이미 5장 에로스와 한자 1편에서 곤(丨)은 남성생식기라고 해석했고, 또한

---

28)『설문』: 中, 內也. 从口. 丨, 上下通.

안 내(內)자는 두 발을 벌린 여성 사이로 남성생식기가 진입하는 모양이라고 설명했습니다. 여러분들은 그림문자(♦)가 어떻게 보이나요? 성교 장면을 가장 간단한 부호로 나타낸 것으로 보이지 않나요?

내몽고 과이심(科爾沁) 초원의 바위그림

가운데 중(中)자와 관련하여 위 바위그림 중에서 '⚤'은 우리들에게 많은 상징적인 의미를 보여줍니다. 위 바위그림은 성교를 통한 자손의 번성이란 의미로 해석합니다. 이러한 사실에 기초한다면 가운데 중(中)자에 어째서 '비어있다, 안, 속, 뚫다' 등의 의미가 생겨나게 되었는지를 쉽게 짐작할 수 있을 것입니다.

- ◆ 빌 충(盅): 가운데 중(中) + 그릇 명(皿). 여기에서 중(中)자는 '속이 비다'는 뜻으로 사용되었습니다.
- ◆ 배 가운데 중(舯): 배 주(舟) + 가운데 중(中)
- ◆ 바지 중(裈): 옷 의(衤. 衣) + 가운데 중(中)
- ◆ 버금 중(仲): 사람 인(亻. 人) + 가운데 중(中)
- ◆ 속마음 충(衷)· 옷 의(衣) + 가운데 중(中). 충(衷)자에는 '속마음'이란

뜻 이외에도 '가운데, 속옷'이라는 뜻도 있습니다. 가운데 입는 옷이 속옷입니다. 그래서 허신은 "衷(충)자는 안에 입는 속옷이다."[29]라고 풀이했던 것입니다.

◆ 근심할 충(忡): 마음 심(忄. 心) + 가운데 중(中). 여기에서 중(中)자는 원치 않는 성교란 뜻으로 쓰여 원치 않는 성교로 인한 마음의 고통을 나타낸 한자가 바로 근심할 충(忡)자입니다.

◆ 충성 충(忠): 가운데 중(中) + 마음 심(心). 충(忠)자는 '충성'이란 뜻 이외에도 '진실 된 마음으로 정성을 다하다'는 뜻도 있습니다. 서로를 공경하는 진실 된 마음으로 사랑을 나눠야 함을 보여주는 한자입니다. 그래서 허신은 "忠(충)자는 공경하다는 뜻이다."[30]라고 풀이했던 것입니다.

◆ 빌 충(沖): 물 수(氵. 水) + 가운데 중(中). 가운데 물이 비어있다는 뜻일까요? 하지만 허신은 "沖(충)자는 물이 샘솟다는 뜻이다."[31]라고 풀이했습니다. 충(沖)자는 원래 성교 시 체액이 강하게 분출되는 모습을 나타낸 것입니다. 안에 있는 물이 모두 **빠**져나오면 안에는 물이 없어지기 때문에 충(沖)자에 '비다'는 뜻도 포함되게 된 것입니다.

적극적인 여성 색(色)

지금부터는 매우 '섹시(sexy)한 여성'에 대해 알아보겠습니다. '섹시'라는 단어의 의미는 무엇일까요? 성(性)적 자극을 유발시킬 정도로 자극적인 모습을 섹시하다고 하죠. 이제 '섹시'와 발음이 비슷한 색 색(色)자를 살펴보겠습니다. 색(色)자에는 '얼굴 빛, 정욕, 여색' 등 다양한 의미가 들어 있습니다. 어째서 색(色)자에 이러한 의미가 들어있는 것일까요? 이 한자는 갑골문

---

29) 『설문』: 衷, 裏褻衣.
30) 『설문』: 忠, 敬也.
31) 『설문』: 沖, 涌搖也.

과 금문에서는 찾아 볼 수 없고 소전(小篆)에서 볼 수 있는데, 소전의 모습은 '[seal glyph]'로 되어 있습니다. 즉, 위에도 사람의 모습(⺈)[32]이고 아래도 분명히 사람 모습(㔾)입니다. 이에 대해 마서륜(馬叙倫)은 위에 있는 사람은 여성이고 아래에 있는 사람은 남성이 무릎을 꿇고 있는 모양이라고 의미심장하게 해석했습니다. 즉, 남성이 여성을 무릎에 올려놓고 사랑을 즐기는 모습을 그린 한자라고 말이죠.

은허(殷墟) 부호묘(婦好墓)에서 출토된 앉아 있는 남성 모양의 조각상. 卩(㔾. 절)자

저 역시 마서륜의 견해에 동의합니다. 분명한 점은 여성이 남성 위에 올라 탄 모습이라는 점입니다. 남성보다는 더욱 적극적으로 사랑을 나누는 여성을 말한 것이죠. 남성들은 대게 이런 여성에게 끌리지 않나요? 그래서 맹자(孟子)와 같은 성현조차도 "色(색)시한 여성을 좋아하는 것은 인간(남자)의 본성이다."라고 언급했던 것입니다. 색(色)자가 결합한 한자에는 심란할 몽(艶)자가 있습니다.

◆ 심란할 몽(艶)자는 마음이 혼란스럽고 부끄러워 잠을 이루지 못하는

---

32) 3장 여성과 한자 3편에서 위태로울 위(危)자를 설명하면서 '⺈'은 사람 인(人)자의 변형이라고 이미 설명했습니다.

몽(瞢)자와 남성을 유혹하는 요염한 여성과 사랑을 나누는 것을 묘사한 색(色)자의 결합으로 이루어진 한자입니다. 어째서 심란하다는 의미를 지니게 되었을까요? 이 한자는 색(色)시한 여성과 만나 사랑을 나누고 싶다는 생각에 마음이 혼란스러워 잠을 이루지 못하는 남성의 심리를 잘 반영한 한자입니다.

서로 하나 된 모습 치(卮), 환(丸), 卬(앙)

소전체 卮(치)자	소전체 丸(환)자	소전체 卬(앙)

적극적인 여성을 나타낸 색(色)자와 비슷한 한자로는 술잔 치(卮)자와 둥글 환(丸)자, 그리고 오르고 싶어 할 앙(卬)자가 있습니다. 치(卮)자는 색(色)자와 마찬가지로 여성(卩)과 남성(역)이 서로 하나 된 모습이고, 환(丸)자 역시 남(역)녀(勹) 두 사람이 하나 된 모습입니다. 치(卮)자의 의미가 '술잔'인 이유는 남녀가 서로 사랑을 나누기 위해 술을 마신다는 점에 착안하여 '술잔'이란 의미를 취하게 된 것이고, 환(丸)자가 '둥글다'는 의미는 남녀가 서로 둥글게 포개진 모습이기 때문에 '둥글다'는 의미를 취하게 된 것입니다. 환(丸)자를 부수로 삼는 한자는 돌릴 이(㔾)자와 여자가 영오할 번(㚆)자가 있는 것으로 보아, 환(丸)자는 남녀가 서로 사랑을 나누는 것과 관계있음이 분명합니다. 앙(卬)자는 원래 '남녀가 서로 만나고 싶어 하는 욕망'을 나타낸 한자입니다.[33] 맞이할 영(迎)자는 이러한 사실을 잘 보여줍니다. 그림문자를 보면 '여성이 남성 위로 오른 모습'으로 적극적인 여성을 나타내기도 합니다. 그래서 '오르다'는 의미가 생긴 것입니다. 오를 앙(昻)자, 우러를 앙

---

33) 『설문』: 卬, 望, 欲有所庶及也.

(仰)자가 그것입니다. 남녀가 하나 되면 더욱 강한 모습이 됩니다. 그래서 '강하다'는 의미도 생겨난 것입니다. 단단한 뿔 각(䚩)자, 말뚝 앙(柳)자가 그것입니다. 수컷 말과 암컷 말이 서로 교배할 때 거친 행동을 합니다. 이러한 사실을 나타낸 한자는 말이 놀라 성내는 모양 앙(駉)자입니다.

뚫고 나올 생(生)

성교는 자손의 번영이라는 목적 이외에도 즐거움을 추구하기 위한 목적도 있기 때문에 이에 마지막으로 쾌락과 관련된 한자를 소개하고 본장을 마치겠습니다.

쾌락과 기쁨에 해당하는 한자는 환희(歡喜), 희열(喜悅), 희소식(喜消息), 희색(喜色) 등의 단어에 사용되는 기쁠 희(喜)자입니다. 허신은 "喜(희)자는 즐겁다는 의미다. 희(喜)자는 주(壴)와 구(口)가 결합하여 이루어진 회의문자다."[34]라고 풀이했습니다. 그러면 주(壴)는 무엇일까요?

갑골문과 금문의 壴(주)자

위 그림문자는 악기 이름 주(壴)자로, 이는 '요'와 '屮'가 결합한 모습입니다. '屮'는 다음의 그림문자인 날 생(生)자와 비슷합니다.

---

34) 『설문』 : 喜, 樂也. 从壴从口.

갑골문과 금문의 生(생)자

허신은 "生(생)은 나가다는 의미다. 초목이 땅을 뚫고 나온 모양을 그린 한자다."[35]라고 해석했습니다. 흙 토(土)자는 남성생식기 모양을 그린 한자로도 볼 수 있습니다. 땅에 봉긋하게 흙을 쌓은 모양은 남성생식기가 볼록 솟아오른 모습과 비슷하기 때문입니다. 뚫고 나온다는 의미에서는 허신의 해석과 동일할 지라도 그것이 땅을 뚫고 나오는 것이냐 아니면 남성생식기를 뚫고 나오는 것이냐에 따라 보는 관점이 확연히 달라집니다. 여하튼 주(壴)자의 그림문자(𣌢)에서 '요'와 결합한 부호 '屮'는 '나오다'는 의미를 지닌 부호입니다.

시원하게 뿜어져 나오는 정액 주(壴)

다시 악기 이름 주(壴)자를 보겠습니다. 주(壴)자의 그림문자를 토대로 한다면, 주(壴)자는 '요'와 분출(生, 屮)이 결합된 한자로 볼 수 있습니다. 그렇다면 '요, ♀, ♀, ♀'는 무엇일까요? 다음의 바위그림에는 발기된 남성생식기(◎)가 사실적으로 그려져 있는데, 주(壴)자의 그림문자와 매우 유사합니다.

---

35)『설문』: 生, 進也. 象屮木生出土上.

내몽고 석림곽륵(錫林郭勒) 초원에 있는 바위그림

결론적으로 말하자면 주(壴)자는 힘차게 발기된 남성생식기에서 시원하게 뿜어져 나오는 정액을 사실적으로 묘사한 한자입니다. 주(壴)자가 결합된 한자를 살펴보면 주(壴)자의 의미가 더욱 분명해질 것입니다.

◆ 세울 주(尌): 정액을 분출하는 남성생식기 주(壴) + 마디 촌(寸). 마디
   촌(寸)자는 손동작과 관련된 한자입니다. 손으로 정액을 분출시키기
   위해 남성생식기를 딱딱하게 세운다는 뜻입니다.
◆ 기쁠 가(嘉): 정액을 분출하는 남성생식기 주(壴) + 성교 가(加). 성교
   를 통해 정액을 분출한 후의 마음 상태를 묘사한 한자입니다.

발기된 남성의 성기와 세워진 북 모양이 비슷하기 때문에 주(壴)자는 '북'이라는 의미도 지니게 된 듯합니다. 북소리 팽(彭), 북을 칠 고(鼓) 등의 한자에서 주(壴)자는 '북'이라는 의미로 사용되었습니다.

많은 정액: 풍(豊), 풍(豐)

악기 이름 주(壴)자, 풍성할 풍(豊)자, 풍년들 풍(豐)자의 그림문자는 매우
비슷합니다. 풍성할 풍(豊)자, 풍년들 풍(豐)자의 그림문자는 다음과 같습니다.

갑골문과 금문의 豊(풍)자   갑골문과 금문의 豐(풍)자

풍(豊)자와 풍(豐)자 역시 발기된 남성생식기인 '壴, 豆, 壴, 豆'와 그 위에
다양한 그림들이 결합된 모습입니다. 다양한 그림들 중에서 가장 핵심적인
요소는 날 생(生. 屮)입니다. '屮' 안과 밖에 사람의 모습이 보입니다. 풍(豐)
자의 그림문자(豐)에서 '屮' 안에 들어 있는 '丨'는 나무를 그린 것이 아니라
갓 태어난 아이를 그린 아닐 미(未)자입니다.[36] 여하튼 '屮' 안과 밖에는 모
두 사람의 모습입니다. 이러한 사실로 볼 때, 풍(豊)자와 풍(豐)자는 본래 풍
부한 정액을 묘사한 듯합니다. 여성의 난자는 유한적이지만 남성의 정액은
거의 무한정입니다. 이는 무한한 생명의 씨앗이므로, '풍부하다'는 의미를
취하게 된 것으로 볼 수 있습니다. 이 두 개의 한자가 '육체'와 관련된 의미
로 쓰인 경우에 해당하는 한자는 몸 체(體)자와 고울 염(艶)자 등입니다. 그
림문자를 보면 이 두 개의 한자는 비슷하거나 같기 때문에 서로 혼용되고
있습니다. 예를 들면, 풍부(豊富, 豐富), 풍요(豊饒, 豐饒), 풍성(豊盛, 豐盛),
풍족(豊足, 豐足) 등이 그것입니다.

---

36) 아닐 미(未)자와 나무 목(木)자의 차이에 대해서는 7장 임신과 한자 편 참고.

풍(豊)자는 '례'로도 읽힙니다. '례'로 읽힐 경우에는 제사를 지낼 때 사용하는 제기(祭器)의 일종을 말합니다.[37] 이 경우에 해당하는 한자는 예도 례(禮), 제사에 쓰이는 단 술 례(醴) 등입니다.

정액 기(豈)

악기 이름 주(壴)자와 어찌 기(豈)자는 형태가 매우 비슷합니다. 그러므로 어찌 기(豈)자 역시 남성의 정액 분출을 그린 그림문자로 볼 수 있습니다. 어찌 기(豈)자에는 '바라다'는 뜻도 들어 있는데, 바로 그러한 행위를 희망하기 때문에 바라다는 의미를 갖게 된 것이죠. 기(豈)자가 결합한 한자들을 분석해보면 기(豈)자의 의미가 더욱 분명해질 것입니다.

- 흴 기(澑): 물 수(氵. 水) + 정액 기(豈). 정액의 색깔을 나타낸 한자입니다.
- 마음이 누그러질 개(愷): 마음 심(忄. 心) + 정액분출 기(豈). 시원하게 정액을 분출한 후의 마음 상태를 나타낸 한자입니다. 개(愷)자는 '즐겁다, 마음이 편안해지다'는 의미도 들어 있습니다.
- 즐겁고 편안할 의(顗): 정액분출 기(豈) + 머리 혹은 얼굴 혈(頁). 정액을 분출한 후의 얼굴 모양을 나타낸 한자입니다.
- 다스릴 애(敳): 정액분출 기(豈) + 칠 복(攴). 항상 성교만을 생각하며 아무데서나 정액을 분출하면 사회적으로 용납이 되지 않겠죠? 그런 사람들은 몽둥이를 들고 잘 다스려야 합니다. 이러한 현상을 반영한 한자가 다스릴 애(敳)자입니다.
- 바랄 기(覬): 정액분출 기(豈) + 볼 견(見). 사정하는 모습을 보고 싶어 하는 것을 나타낸 한자입니다.

---

37) 허신은 "풍(豊)자는 예를 행하는 그릇이다(豊, 行禮之器也)."라고 풀이했습니다.

남성생식기 두(豆)

주(壴), 풍(豊), 풍(豐), 기(豈)에서 공통적인 부분은 콩 두(豆)자입니다. 콩 두(豆)자는 원래 육고기를 담는 그릇이었습니다.[38] 두(豆)자의 그림문자를 볼까요?

갑골문과 금문의 豆(두)자

위 그림문자에 남성생식기 모양과 흡사한 것들이 보이지 않나요? 남성생식기는 많은 생명체의 씨앗을 담고 있고 있는 그릇입니다. 그러므로 이 모양을 본떠 그릇 형태로 만든 것이 두(豆)입니다. 그래서 허신은 '고기'를 담는 그릇이라고 표현했던 것이죠. 거북이 머리를 뜻하는 귀두(龜頭)는 남성생식기를 나타냅니다. 나왔다 들어가고 작아졌다가 커지는 거북이 모양이 흡사 남성생식기와 닮았기 때문에 귀두라고 표현했던 것입니다. 귀두(龜頭)에서 두(頭)자는 '머리'란 의미로 남성생식기 두(豆)와 머리 혈(頁)이 결합한 한자입니다. 이제 머리 두(頭)자에 어째서 두(豆)가 들어있게 된 것인지 이해할 수 있을 것입니다.

두(豆)자는 '남성생식기'란 의미에서 '볼록 튀어난 곳, 안에서 밖으로 솟아오르는 것' 등의 의미로 확대되었습니다. 게다가 '남성생식기 모양을 본떠 만든 그릇'이란 의미도 있고, '콩'이란 의미도 있기 때문에 주의해서 살펴 볼

---

38) 허신은 "豆(두)자는 옛날 고기를 담는 그릇이었다(豆, 古食肉器 也)."라고 풀이했습니다.

필요가 있습니다.

◆ 두(豆)자가 남성생식기를 의미하는 경우: 세울 수(侸), 말을 더듬을 두
(娅), 조금 성낼 두(悹), 말 머뭇거릴 투(誣) 등

◆ 두(豆)자가 볼록 튀어난 것, 안에서 밖으로 나오는 것을 의미하는 경
우: 머리 두(頭), 목 두(脰), 천연두 두(痘), 침을 뱉을 두(歞) 등

◆ 두(豆)자가 그릇을 의미하는 경우: 부엌 두(㾒), 오를 등(登), 부엌 주
(厨), 음복하는 음식 두(裋), 제기 이름 등(㽎), 옛 질그릇 희(盧), 대그
릇 두(筳), 술그릇 두(鈄), 음식을 늘어놓을 두(餖) 등

◆ 두(豆)자가 콩을 의미하는 경우: 콩 두(荳), 메주 시(豉), 메주 시(䜴), 메
주 음(䜌), 메주 침(䜻), 완두 완(豌), 완두 류(䜳), 콩깍지 매(䜱) 등

성교 시 쾌락 희(喜)

지금까지 생(生), 주(壴), 풍(豐), 풍(豊), 기(豈), 두(豆) 등을 설명한 이유는
기쁠 희(喜)자를 설명하기 위해서였습니다. 왜냐하면 희(喜)자는 주(壴)자와
구(口)자가 결합한 한자이기 때문입니다. 이제 마지막으로 기쁠 희(喜)자의
그림문자를 볼까요?

갑골문과 금문의 喜(희)자

희(喜)자는 발기된 성기에서 정액을 분출하는 모습을 그린 주(壴. 𣥂, 𥝍,
𥞦, 𥅣, 𥎊)에 여성생식부호인 '口'가 결합된 한자입니다. 서로 사랑을 나누

는 상황을 묘사한 기쁠 희(喜)자의 그림문자를 보면 세차게 뿜어져 나오는 정액을 가감 없이 사실적으로 잘 그려내지 않았나요? 그래서 허신은 "희(喜)자는 즐겁다는 의미다."[39]라고 해석했던 것입니다. 기쁠 때의 웃음소리는 여러 가지가 있지만 우리들이 "씨익~ 웃어봐"라고 할 때의 발음이 기쁠 희(喜)자의 발음이 된 것으로 볼 수도 있습니다. 기쁠 희(喜)자가 결합된 한자들을 보면 희(喜)자의 의미를 더욱 실감하게 될 것입니다.

◆ 즐거워할 희(嬉): 여성 여(女) + 성교 시 쾌락 희(喜)

◆ 웃을 희(嘻): 입 구(口) + 성교 시 쾌락 희(喜). 희(嘻)자는 '웃다'는 뜻 이외에도 "아!~"하는 소리를 지른다는 의미도 들어 있습니다. "아!~" 하는 신음소리를 나타낸 한자가 바로 웃을 희(嘻)자입니다.

◆ 아! 감탄소리 희(譆): 말씀 언(言) + 성교 시 쾌락 희(喜). 아! 감탄소리 희(譆)자와 웃을 희(嘻)자의 의미는 같습니다.

◆ 맑을 청(濆): 물 수(氵. 水) + 성교 시 뿜어져 나오는 정액 희(喜)

◆ 성할 희(熺, 熹): 불 화(火. 灬) + 성교 시 쾌락 희(喜). 불꽃처럼 타오르는 욕망과 열정을 나타낸 한자입니다.

◆ 눈빛이 빛날 희(瞦): 눈 목(目) + 성교 시 쾌락 희(喜). 남몰래 성교 행위를 볼 때의 눈동자는 어떨까요? 반짝반짝 빛나지 않을까요? 이러한 사실을 나타낸 한자가 바로 눈빛이 빛날 희(瞦)자입니다.

◆ 몹시 더울 희(曦): 날 일(日) + 성교 시 쾌락 희(喜). 한낮에 불타는 정열을 뿜어내면서 사랑을 나누면 몹시 덥겠죠? 이 사실을 나타낸 한자가 몹시 더울 희(曦)자입니다.

◆ 열을 가하여 음식을 익힐 희(饎): 먹을 식(食) + 성교 시 쾌락 희(喜). 사랑을 나눌 때 온 몸이 불과 같겠죠? 그래서 열을 가하여 음식을 익힐 희(饎)자에 성교 시 쾌락 희(喜)자가 들어있게 된 것입니다.

---

39)『설문』: 喜, 樂也.

◆ 갑자기 기뻐할 희(歓): 성교 시 쾌락 희(喜) + 하품 흠(欠). 일반적으로 하품 흠(欠)자는 입을 벌려 무엇인가를 희망하다는 뜻입니다. 성교를 생각하다가 갑자기 실제로 성교하게 될 때에는 정말이지 갑자기 기뻐하지 않을까요?

◆ 아름다울 가(嘉): 성교 시 쾌락 희(喜)자에서 '口'가 생략된 모양 주(壴) + 성교(加). 가(嘉)자는 '아름답다'는 뜻 이외에도 '기쁘다, 훌륭하다'는 뜻도 있습니다. 지속적이고도 계속해서 사랑을 나눌 수 있는 사람은 아름답고 훌륭한 사람이란 뜻입니다.

지금까지 5장과 6장에서 성교와 관련된 다양한 한자들을 살펴보았습니다. 앞에서도 언급한 바와 마찬가지로 성교의 가장 중요한 목적은 새로운 생명의 탄생입니다. 생명을 잉태할 때 어머니들은 용꿈을 꿨다고들 합니다. 그러면 용은 무엇일까요? 7장에서 이 질문에 대해 구체적으로 살펴보겠습니다.

7장. 임신과 한자 _용의 비밀을 찾아서

壬(임), 工(공), 巫(무), 十(십), 氏(씨), 氐(저), 孕(잉), 包(포),
身(신), 肙(은), 殷(은), 彔(록), 束(속), 東(동), 重(중), 庚(경),
量(량), 辰(신), 它(사), 虫(훼), 巳(사), 也(야), 家(가), 孩(해),
子(자), 辛(신), 新(신), 親(친), 妾(첩), 童(동)

7장

임신과 한자 _ 용의 비밀을 찾아서

壬(임), 工(공), 巫(무), 十(십), 氏(씨), 氐(저), 孕(잉), 包(포),
身(신), 肙(연), 殷(은), 彔(록), 束(속), 東(동), 重(중), 庚(경), 量(량),
辰(신), 它(사), 虫(훼), 巳(사), 也(야), 家(가), 孩(해), 子(자), 辛(신),
新(신), 親(친), 妾(첩), 童(동)

아이 밸 임(妊)자와 아이 밸 신(娠)자가 결합한 임신(妊娠)이란 단어에 대한 설명으로 7장을 시작하겠습니다. 아이를 갖는 일은 여성과 관련되어 있기 때문에 임(妊)자와 신(娠)자에는 모두 여성 여(女)자가 결합되었습니다. 그러면 이제 이 두 개 한자에서 여(女)자를 제외한 임(壬)자와 신(辰)자 역시 임신과 관련된 한자인지에 대하여 알아보겠습니다.

임신한 모양 임(壬), 임신한 모양 공(工), 산파 무(巫)

6장 에로스와 한자 2편에서 음탕할 음(婬)자를 분석하면서 징(王)사에 내해 설명했습니다. 다시 한 번 설명하자면, 정(壬)자와 임(壬)자는 비슷한 것처럼 보이지만, 정(壬)자는 가운데 '一'이 아래보다 작으며, 임(壬)자는 가운데 '一'이 아래보다 크기 때문에 실은 서로 다른 글자였지만 지금은 임(壬)자로 통용되고 있습니다. 정(壬)자의 그림문자(𝕚)는 거만하게 위로 솟구친 생식기를 자랑하는 남성을 그린 한자입니다. 그러면 임(壬)자는 어떤 모습을 그린 것일까요?

허신은 "壬(임)자는 북쪽에 자리한다. 음이 극성해져서 양이 생겨나므로 주역에 이르기를 '용이 들에서 싸운다(龍戰于野.)'고 했는데 여기에서 전(戰)자는 교접하다는 뜻이다. 임(壬)자는 여성이 임신한 모습을 그린 상형문자다."[1]라고 풀이했습니다. 이 해석에 따르면, 임(壬)자와 정(壬)자는 모두 생식(生殖) 및 임신과 관련된 한자이므로 후에는 임(壬)자와 정(壬)자를 구분하지 않고 임(壬)자로 통일해서 사용했던 것임을 알 수 있습니다.

임신한 모양을 나타낸 한자인 임(壬)자를 보면, 여러분들이 잘 알고 있는 사람 인(亻)자가 있고, 사람 인(亻)자 중간에 '一'은 임신하여 배가 볼록 튀어나온 것을 나타낸 부호입니다. 만일 여기까지만 한다면 일천 천(千)자와 같은 글자가 됩니다. 그래서 밑에 땅을 나타낸 부호인 '一'을 그려 일천 천(千)자와 다른 한자임을 나타냈던 것입니다. 결론적으로 말하자면 임(壬)자는 여성이 임신한 모양을 가장 간단하게 나타낸 부호이자 한자입니다. 이제 임신한 모양 임(壬)자의 그림문자와 이와 비슷한 그림문자들을 살펴볼까요?

갑골문과 금문의
壬(임)자

갑골문과 금문의 工(공)자

갑골문과 금문의 巫(무)자

---

1) 『설문』: 壬, 位北方也. 陰極陽生, 故 『易』曰: '龍戰于野.' 戰者, 接也. 象人裹妊之形.

위 그림문자에 나타난 사실은, 임신한 모양인 임(壬)자와 물건을 만드는 사람 공(工)자의 그림문자가 유사하다는 점입니다. 그러므로 공(工)자 역시 자식을 임신한 여성을 그린 것으로 볼 수 있습니다. 결론적으로 말하자면, 임(壬)과 공(工) 두 개 한자는 원래는 '임신한 여성'이란 의미로 같았지만, 임(壬)은 임신을 나타내는 데 주로 사용되었고, 공(工)은 출산을 나타내는 데 주로 사용되면서 각자 다른 한자로 변화되었습니다. 출산은 세대를 연결시키는 역할을 하기 때문에 공(工)자는 '연결하다'는 의미로 자주 쓰입니다. 공(工)자가 결합된 한자들을 볼까요?

- 항아리 항(缸): 액체를 담는 그릇인 장군 부(缶) + 임신한 모양 공(工)
- 빌 공(空): 구멍 혈(穴) + 출산 공(工)
- 붉을 홍(紅): 탯줄 사(糸) + 출산 공(工)
- 무지개 홍(虹): 살무사 훼(虫) + 연결 공(工)
- 항문 항(肛): 육체 육(月. 肉) + 연결 공(工)
- 목 항(項): 연결 공(工) + 머리 혈(頁)

무(巫)자의 그림문자는 출산 공(工)자 옆에 양손이 결합한 모습입니다. 이는 임신한 여성의 배를 양손으로 잡은 모습으로, 다리를 벌려 자식을 출산할 수 있도록 옆에서 도와주는 사람을 나타냅니다. 그래서 의사 의(毉)자에 무(巫)자가 결합된 것이죠. 의사 의(毉)자를 분석하면, 침대(匚)에 외상(矢) 당한 사람이 누워 있고 그 옆에는 의사(巫)가 손에 수술도구를 들고(殳) 수술을 하는 모습을 나타냅니다. 지금은 의사 의(醫)자를 사용합니다. 의사 의(醫)자는 의사를 나타냈던 무(巫)자 대신 마취제 역할을 했던 술(酉)이 결합된 한자입니다. 원래 출산을 도와 줬던 무(巫)는 후에 인간의 삶과 관련된 일을 하는 사람으로 의미가 확대되어 오늘날까지 사용되고 있습니다.

임신한 모양 항(恒)

임신한 모양을 나타낸 그림문자는 항상 항(恒)자도 있습니다. 그림문자를 볼까요?

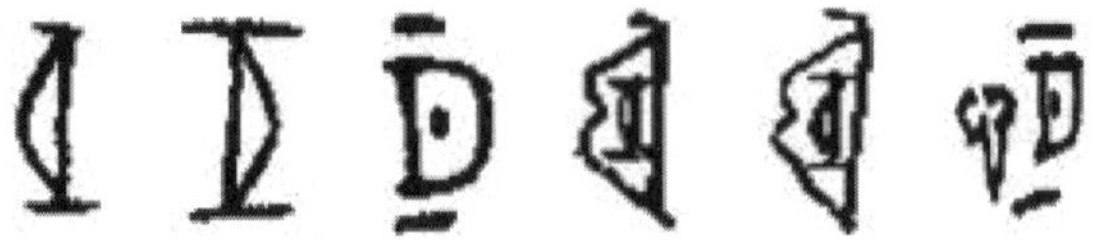

갑골문과 금문의 恒(항)자

항상 항(恒)자는 원래 심장(♥)을 그린 마음 심(心. ↑)이 없는 모습이었으나, 후에 춘추전국(春秋戰國)시대에 비로소 마음 심(心. ↑)이 결합한 항상 항(恒)자가 되었습니다. 위 그림문자(◁)에도 임신한 모양을 나타내는 공(工)자가 있음을 확인할 수 있을 것입니다. 공(工)자와는 배가 볼록 나온 모습만 다를 뿐입니다. 임신했음을 강조하기 위해 배 안에 점(·)을 그린 것도 있죠. 임신한 여성 안에 다시 임신한 여성이 있는 모습도 보입니다. 이것은 부족(인간)은 '영원히, 항상' 멸망하지 않을 것을 의미합니다.

임신한 모양: 십(十), 씨(氏), 저(氐)

임신한 모양을 나타낸 그림문자는 열 십(十), 성씨 씨(氏), 근본 저(氐)자도 있습니다. 그림문자를 볼까요?

| 갑골문과 금문의 十(십)자 | 갑골문과 금문의 氏(씨)자 | 금문의 氐(저)자 |

열 십(十)자는 임(壬)자, 공(工)자, 씨(氏)자, 저(氐)자의 그림문자에 모두 들어 있으므로 십(十)자가 무엇을 나타내는지 파악하는 것이 무엇보다 중요합니다.

십(十)자는 원래 '✦'와 같았는데, 전국(戰國)시기 진(秦)나라의 금문에서 '✦'처럼 되었다가 서한(西漢)시대에 지금의 '十'자처럼 되었습니다. 허신은 "十(십)은 완전한 숫자다. 'ㅡ'은 동서를 뜻하고, 'ㅣ'은 남북을 뜻한다. 곧 사방의 중앙까지 모든 것이 갖추어진 것이다."[2]라고 풀이했고, 혹자는 십(十)자는 여성을 의미하는 땅(ㅡ)과 남성을 나타내는 곤(ㅣ)이 결합하여 '성적 합일'을 나타낸다고도 해석했습니다. 하지만 이러한 해석은 갑골문의 그림문자와는 현저히 다른 해석입니다.

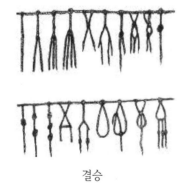

결승

갑골문에서는 늘어뜨린 새끼줄에 가운데 매듭 하나를 묶은 형태입니다. 옆에 있는 그림은 줄 매듭으로, 당시 서로 의사소통하던 결승(結繩)인데, 옆 그림에서 '✦✦✦'은 10, 20, 30을 나타냅니다. 여기에서 10개를 나타내는 모양(✦)과 열 십(十)자의 그림문자(✦)가 같지 않나요?

'열'은 '10개'라는 뜻 이외에도 '열리다'는 뜻도 가지고 있습니다. '열리다'는 '과일이 나무에 열리다'는 의미와 '구멍이 열리다'는 두 개의 의미를 나타내기도 합니다. '과일이 나무에 열리다'는 의미로부터 '어머니에게서 자식이 열리다. 임신하다'는 의미로 확대되었

---

2) 『설문』: 十, 數之具也. 一爲東西, ㅣ爲南北, 則四方中央備矣.

고, '구멍이 열리다'는 의미로부터 '보여주다'는 의미로 확대되었습니다. '임신하다'는 의미와 관련된 한자는 십(十)자와 수건 건(巾)자가 결합한 앞치마 불(市)자이고,3) '보여주다'는 의미와 관련된 한자는 하늘(二)과 열 십(十)자가 결합한 보일 시(示)자입니다.

市 市	丁 丁 丁 丅
갑골문과 금문의 市(불)	갑골문과 금문의 示(시)자

시장 시(市)자와 비슷한 한자인 앞치마 불(市)자는 임신한 여성이 입는 옷을 의미합니다. 불(市)이 '앞치마'란 의미를 분명하게 보여주는 한자는 씻을 발(祓)자인데, 이는 손(扌)으로 앞치마(市)를 씻는 것을 나타냅니다.4)

보일 시(示)자는 '하늘의 계시를 보여주다'는 의미입니다.5) 원래는 고인돌 측면모습을 그린 모습이었는데, 시간이 지나면서 '제사'와 관련된 의미로 쓰이면서 '하늘(신)의 계시'를 강조하기 위해 하늘을 나타내는 부호 '二'를 더했고, '하늘(신)의 계시를 보여주다'는 의미를 강조하기 위해 하늘(二) 밑에 '♦'로 고친 다음에 오늘에 이르고 있습니다. 그러므로 시(示)자의 '♦'은 '하늘이 열리다'는 의미로 사용되었습니다.

사람 인(人)자와 열 십(十)자가 결합한 씨(氏)자의 그림문자(ᓀ) 역시 임신한 모양입니다. 『설문』에 씨(氏)자를 부수자로 삼는 한자는 뿌리 궐(氒)자가 있는데, 나를 낳아 준 어머니(氏)의 어머니(十)를 추적해 올라가보면 나의 '뿌리'를 발견하게 된다는 것을 나타낸 한자입니다. 이를 통해 임신한 모

---

3) 『설문』: 市, 韠也. 上古衣蔽前而已, 市以象之. 天子朱市, 諸侯赤市, 大夫葱衡. 从巾, 象連帶之形.

4) 『설문』: 祓, 撻也. 从手市聲.

5) 『설문』: 示, 天垂象, 見吉凶, 所以示人也. 从二(古文上字), 三垂, 日月星也. 觀乎天文, 以察時變. 示, 神事也.

양을 나타냈던 씨(氏)자가 어째서 성씨를 나타내게 되었는지 쉽게 짐작할 수 있을 것입니다.

　근본 저(氐. ꓬ)자도 임신한 모양을 나타낸 임(壬)자와 매우 유사합니다. 그러므로 이 역시 임신을 나타낸 한자라고 유추해 볼 수 있습니다. 그렇기 때문에 저(氐)자는 '결혼'과 관련된 한자와 '근본, 뿌리'를 나타내는 한자에 쓰입니다. 예를 들면, 뿌리 저(柢)자6)와 저녁 혼(昏)자7)가 그것입니다. 특히 저녁 혼(昏)자는 사람(氏) 밑에 태양(日)이 있는 모습이므로 저녁이라는 의미를 쉽게 유추할 수 있습니다. 혼(昏)자는 저녁에 결혼할 여성을 납치해 결혼하던 풍습을 나타낸 한자로, 이를 통해 약탈혼이 성행할 당시의 결혼식 문화를 엿볼 수 있으며, 결혼할 혼(婚)자에 어째서 혼(昏)자가 들어 있는지도 유추할 수 있을 것입니다. 뿌리는 아래에 있기 때문에 '밑, 아래'란 의미로도 사용되었습니다. 예를 들면, 밑 저(低)자8), 바닥 저(底)자9)가 그것입니다. 임신한 여성을 함부로 겁탈해서는 안된다는 의미로부터 '막다, 저항하다'는 의미로 확대되었습니다.10) 예를 들면, 막을 저(抵)자11)가 그것입니다.

임신한 모습: 잉(孕), 포(包)

　임(壬), 공(工), 씨(氏), 저(氐)는 모두 임신한 모습을 간단하게 나타낸 한자입니다. 임신한 모습을 구체적으로 나타낸 한자는 몸 신(身)자, 돌아갈 은(㐆)자, 많을 은(殷)자, 아이 밸 잉(孕)자, 무거울 중(重)자, 쌀 포(包)자 입니다.

---

6)『설문』: 柢, 木根也.
7)『설문』: 昏, 日冥也.
8)『설문』: 低, 下也.
9)『설문』: 底, 山居也. 一曰下也.
10)『설문』: 氐, 至也. 从氏下箸一.
11)『설문』: 抵, 擠也.

	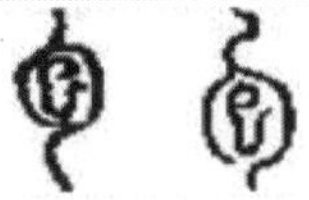
갑골문과 금문의 孕(잉)자	갑골문과 금문의 包(勹)포자
	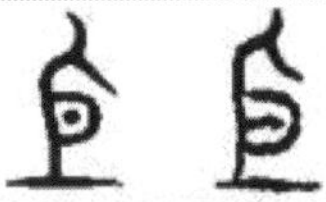
갑골문과 금문의 身(신)자	갑골문과 금문의 月(은)자

갑골문과 금문의 殷(은)자	갑골문과 금문의 重(중)자

위 그림문자 가운데 잉(孕)자와 포(包)자는 여성의 배 안에 태아가 있는 모습을 그렸음을 쉽게 확인할 수 있을 것입니다. 그러므로 허신은 "孕(잉)자는 아이를 품은 모습을 뜻한다."[12]라고 풀이했고,[13] 또한 "包(포)자는 태아(巳)를 밴 모습을 그린 한자다."[14]라고 풀이했습니다. 임신은 아이를 몸 안에 감싼 모습이므로 '감싸다'는 뜻도 생겨났으며, 임신은 배가 나온 상태이므로 '배가 불다, 볼록 부풀어 오르다'는 뜻도 생겨났습니다. 포(包)자가 결합된 한자를 통해 포(包)자의 의미를 자세히 살펴볼 수 있습니다.

◆ 아이 밸 포(孢): 자식 자(子) + 임신할 포(包)

◆ 태보 포(胞): 육체 육(月. 肉) + 임신할 포(包)

◆ 배부를 포(飽): 먹을 식(食) + 부풀어 오를 포(包)

◆ 천연두 포(疱): 병들어 누울 녁(疒) + 부풀어 오를 포(包)

---

12) 『설문』 : 孕, 裹子也.

13) 아이 밸 잉(孕)자와 어머니 젖 내(奶)자에 공통적으로 들어 있는 이에 내(乃)자는 어머니 젖을 그린 문자입니다. 임신하면 배도 나오고 젖도 커지므로 내(乃)자가 공통적으로 들어 있게 된 것입니다.

14) 『설문』 : 包, 象人裹妊, 巳在中, 象子未成形也.

◆ 여드름 포(皰): 가죽 피(皮) + 부풀어 오를 포(包)

◆ 빵 포(麭): 보리 맥(麥) + 부풀어 오를 포(包)

◆ 거품 포(泡): 물 수(氵. 水) + 부풀 포(包)

◆ 껴안을 포(抱): 손 수(扌. 手) + 감쌀 포(包)

◆ 주머니 포(褒): 옷 의(衣) + 감쌀 포(包)

임신한 모습: 신(身), 은(勻). 출산을 돕는 모습 은(殷)

그림문자 가운데 몸 신(身)자와 돌아갈 은(勻)자는 잉(孕)자와 포(包)자 안에 있는 태아의 모습을 점(·)으로 간단하게 표시했을 뿐 실질적으로는 이 네 개의 한자는 모두 '아이를 배다'는 의미입니다. 몸 신(身)자에 대해 간단하게 설명하면, 신(身)자는 원래 임신한 모습을 그린 한자였지만 후에 '몸'이라는 뜻으로 사용되었기 때문에 원래의 뜻을 분명하게 나타내기 위해 여성 여(女)자를 결합하여 아이 밸 신(娠)자를 다시 만들게 되었습니다. 신(倁)자는 아이를 밴(身) 사람(人)을 의미하는 한자이고, 분(躬)자는 몸속의 태아(身)가 몸 밖으로 나와 어머니와 분리되어(分) 자신의 자식이 된 것을 의미하는 한자입니다.

은(勻)자 역시 임신한 몸을 나타낸 한자지만, 허신은 "勻(은)자는 '되돌아가다'는 뜻이다. 몸 신(身)자를 반대로 그린 한자다."[15]라고 풀이했습니다. '되돌아가다'는 원래 상태로 '돌아가다'는 의미입니다. 그러므로 은(勻)자는 임신한 몸에서 원래의 몸으로 되돌아가다는 의미가 된 것입니다. 원래의 몸으로 되돌아가기 위해서는 아이를 출산해야 합니다. 아이를 출산시키는 모습이 클 은(殷)자입니다. 은(殷)자의 그림문자를 분석하면 아이를 밴 몸(勻)에 손에 수술 도구를 든 모습(殳)이 결합한 한자입니다. 어째서 수술이 필요했을까요? 그 이유는 태아가 너무 크기 때문입니다. 그래서 은(殷)자는 '크

---

15)『설문』: 勻, 歸也. 从反身.

다'는 이미를 나타내게 된 것입니다.

임신한 모습: 彔(록), 朿(속), 東(동), 重(중), 庚(경)

잉(孕), 포(包), 신(身), 은(㕯), 은(殷) 등 5개 한자의 그림문자는 모두 임신한 모습을 그린 것임을 쉽게 확인할 수 있습니다. 하지만 무거울 중(重)자의 그림문자에 대한 분석은 그다지 쉽지만은 않은 것 같습니다. 중(重)자의 그림문자(𡍱)는 사람 인(ㄱ, 亻)자와 '東'가 결합한 한자입니다. '東'은 무엇일까요? '東'은 동녘 동(東)자입니다. 그러면 중(重)자는 사람 인(人)과 동녘 동(東)자가 결합한 한자인데 어째서 '무겁다'는 의미를 지니게 된 것일까요? 동녘 동(東)자에 다른 어떤 무엇인가가 숨겨져 있는 것은 아닐까요?

갑골문과 금문의 東(동)자

어째서 동(東)자가 '동쪽'을 의미하게 되었을까요? 어떤 학자들은 나무(木) 사이에 해(日)가 있으므로 이것은 태양이 떠오르는 모습이기 때문에 동쪽을 의미한다고 설명합니다. 나무 사이에 해가 있다고 모두 동쪽일까요? 해가 지는 모습 역시 나무 사이에 해가 있는 모습이 아닌가요? 그러므로 이러한 해석은 잘못된 듯합니다. 이 해석에서 가장 문제가 되는 것은 '朩'을 나무 목(木)으로 해석했다는 점입니다. '朩'은 나무의 모습이 아니라 갓 태어난 아이를 그린 아닐 미(未)자입니다.[16] 또한 어떤 학자들은 동(東)자는 씨앗을

---

16) 이 부분에 대해서는 조금 후에 새로울 신(新)자를 설명하면서 구체적으로 살펴보겠습니다.

싼 모습을 그린 것이라고 합니다. 아침에 해가 떠오르면 씨앗을 들고 들판으로 나가는데, 아침에 해가 떠오르는 곳이 바로 동쪽에 해당하므로 동쪽이라는 의미를 갖게 된 것이라고 합니다. 일견 타당한 듯합니다. 동(東)자는 태양이 나무사이에 있는 모습이 아니라, 보자기에 씨앗을 싼 모습이라고 해석했다는 점은 중요한 의미를 갖습니다. 아래의 그림문자를 볼까요?

갑골문과 금문의 束(속)자

위 그림문자는 묶을 속(束)자입니다. 동녘 동(東)자와 비슷한 것(東)도 있고 다른 것(東, 東)도 있습니다. 위 가운데 그림문자에는 '米'도 보이는데, 분명히 여성생식부호(▽)가 들어있습니다. 그러면 '東'는 무엇일까요?

갑골문과 금문의 彔(록)자

위 그림문자는 나무를 깎을 록(彔)자인데 '근본'이라는 뜻도 들어 있습니다. '彔' 밑에 있는 부분이 묶을 속(束)자의 그림문자인 '東'와 유사하지 않나요? 이제 그림문자를 분석해보겠습니다. '쌔, ㅂ'는 여성의 다리 혹은 여성상징부호이므로,[17] 위 그림문자(東)는 여성생식기를 크게 그린 모양으로 볼 수 있습니다. 게다가 그 안에는 점(·)이 있으므로 아이를 임신한 상태임(◊)을 보여주고 있죠. 그러면 '◊' 옆에 있는 점(¦¦)은 무엇일까요? 그것은 아이

---

17) 5장 에로스와 한자 1편 참고.

가 어머니 뱃속에서 움직이는(요동치는) 모습을 나타낸 부호입니다. 이제 나무를 깎을 록(彔)자에 어째서 '근본'이란 의미가 있는지 이해할 수 있을 것입니다.

◆ 복 록(祿): 고인돌 측면 모습 시(示) + 임신 록(彔). 고인돌 측면 모습을 그린 시(示)자는 제사, 신의 계시와 관련되어 있습니다. 임신할 수 있는 복을 부탁드리며 신에게 제사를 지내는 것이 복 록(祿)자입니다. 아이들을 양육하기 위해서는 돈이 필요하겠죠? 그래서 록(祿)자에는 녹을 주다는 뜻도 들어 있는 것입니다.

◆ 조심조심 갈 록(逯): 쉬엄쉬엄 갈 착(辶. 辵) + 임신 록(彔). 임신한 사람은 빨리 걸으면 안 되겠죠?

◆ 삼가 바라볼 록(睩): 눈 목(目) + 임신 록(彔)

◆ 좋은 술 록(醁): 술, 술동이 유(酉) + 임신하여 기쁠 록(彔)

임신 록(彔)자를 간략하게 그린 한자가 속(束)자와 동(東)자입니다. 속(束)자는 '안에 담은 모습을 강조'한 한자이고, 동(東)자는 안에 담겨 있는 '새로운 생명을 강조'한 한자입니다. 이제 속(束)자가 결합된 한자들을 살펴볼까요?

◆ 삼갈 착(婒): 여성 여(女) + 임신 속(束). 임신한 여성은 모든 일에 삼가고 근신해야 합니다.

◆ 솥 안에 든 음식물 속(餗): 밥 식(食) + 안 속(束)

◆ 빨아들일 삭(欶): 안 속(束) + 입 벌려 하품할 흠(欠)

◆ 두려워할 송(悚): 마음 심(忄. 心) + 임신 속(束)

새로운 생명을 잉태한 모습을 그린 동(東)자에 대해 허신은 "東(동)자는 움직인다는 의미다."[18]라고 해석했습니다. 그는 뱃속에 새로운 생명이 꿈틀꿈틀 움직이는 모습을 분명하게 이해한 듯합니다. 태양은 만물을 탄생하게 합니다. 태양이 떠오른 다는 것은 새로운 생명의 탄생을 의미하죠. 그래서 동(東)자는 태양이 떠오르는 곳인 동녘이란 의미를 갖게 되었던 것이 아닐까요?

다시 처음으로 돌아가서 무거울 중(重)자를 보면, 이는 분명히 사람(人)과 동(東)자의 결합입니다. 동(東)은 임신한 모습이기 때문에, 중(重) 역시 임신한 사람을 나타낸 한자라고 볼 수 있습니다. 그래서 '무겁다'는 의미를 지니게 되었던 것입니다. 이제 중(重)자가 결합한 한자들을 살펴볼까요?

◆ 씨 종(種): 벼 화(禾) + 임신 중(重)
◆ 젖 동(湩): 물 수(氵. 水) + 임신 중(重)
◆ 움직일 동(動): 임신 중(重) + 힘 력(力)
◆ 부스럼 종(腫): 육체 육(月. 肉) + 볼록 튀어난 모양 중(重)

일곱째 천간을 뜻하는 경(庚)자의 그림문자는 속(束)자와 매우 닮았습니다.

갑골문과 금문의 庚(자)자

이는 양 손으로 임신한 배를 움켜 쥔 모습으로, 이제 막 출산하려는 상태를 나타낸다고 볼 수 있습니다.[19] 경(庚)자가 결합된 한자 가운데 쌀이 다

18)『설문』: 東, 動也.
19)『설문』: 庚(경)은 서방에 위치한다. 가을날 만물에 수렁수렁 열매가 열린 것을 그렸다. 경(庚)은 기(己)를 이으며, 사람의 배꼽과 같다.(庚, 位西方, 象秋時萬物庚庚有實也. 庚

빠져나온 껍데기를 의미하는 겨 강(穅)자가 있는데, 이를 통해 경(庚)자는 임신과 밀접한 관계가 있고 편안할 강(康)자는 출산과 관련이 있음을 엿볼 수 있습니다.[20]

갓 태어난 아이의 상태를 확인하여 장래를 예측하는 량(量)

여기에서 한 가지만 더 언급하면 무거울 중(重), 아이 동(童), 헤아릴 량(量)에서 공통적인 부분인 리(里)는 여성을 나타내는 부호인 전(田)과 남성을 나타내는 부호인 토(土)가 결합한 것으로 사랑을 나눈 결과인 '임신'을 뜻하는 한자라는 점입니다. 이 3개 한자가 다른 점은 무거울 중(重)자는 임신한 사람의 상태를 강조한 한자, 아이 동(童)자는 죄인(첩)에게서 태어난 아이 모습을 강조한 한자, 헤아릴 량(量)자는 갓 태어난 아이의 상태를 관찰하는 모습을 강조한 한자라는 점입니다. 동(童)자에 대해서는 조금 후에 신(辛)자를 설명하면서 자세히 살펴볼 예정이므로, 여기에서는 헤아릴 량(量)자만 간단하게 설명하겠습니다.

금문의 量(량)자

량(量)자는 태양(日)과 임신한 모습(東. 束)이 결합한 한자입니다. 태양은 새로운 생명의 탄생을 말합니다. 즉, 출산을 의미하죠. 그러므로 량(量)자는 갓 태어난 아이를 뜻합니다. 더 나아가 량(量)자는 갓 태어난 아이의 상태를

承己, 象人臍.)
20) 강(康)자는 나무 막대기를 들고서 쌀을 터는 모습을 그린 한자입니다. 쌀을 털어냈다는 것은 결실을 의미하므로, 이는 사람에게 있어서는 출산을 상징합니다.

확인하는 모습을 나타낸 한자이므로, '헤아리다'라는 뜻 이외에도 '길이, 좋다'는 뜻도 포함되었습니다. 이 아이가 건강한 아이로 자라기 위해서는 양식이 필요하므로 양식 량(糧)자에 '量'자가 들어 있게 된 것입니다.

지금까지 임신 임(壬), 몸 신(身), 돌아갈 은(月), 많을 은(殷), 아이 밸 잉(孕), 쌀 포(包), 근본 록(彔), 묶을 속(束), 동녘 동(東), 무거울 중(重), 이을 경(庚), 헤아릴 량(量) 등 임신한 모습과 관련있는 한자들을 살펴보았습니다. 이 외에도 애 밸 추(㜘)자가 있습니다. 허신은 "㜘(추)자는 부인이 임신한 몸이다."[21]라고 풀이했습니다.

용 진(辰)

임신(妊娠)이란 단어를 해석해보면 '신(辰)을 잉태하다(壬)'는 뜻입니다. 그러면 별 진, 때 신(辰)자는 무엇일까요? 신(辰)자의 그림문자는 두 종류로 나눌 수 있습니다.

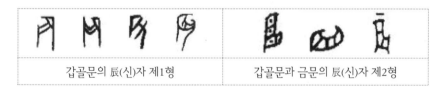

갑골문의 辰(신)자 제1형	갑골문과 금문의 辰(신)자 제2형

위 그림문자 제1형은 사람이 양손으로 농기구(호미)를 잡고 있는 모습(㼬)으로, 이는 농사와 관계된 한자라고 볼 수 있습니다. 사람이 손으로 호미를 잡고 있는 모습(㼬)을 그린 한자 가운데 대표적인 한자는 농사 농(農)자입니다. 농사 농(農)자의 그림문자는 '𦬊'로, 풀 밑에 손으로 호미를 잡은 모습을 그림으로써 농사일을 하고 있음을 보여줍니다. 그래서 신(辰)자가

---

21) 『설문』: 㜘, 婦人妊身也.

들어 있는 한자에는 농사와 관련된 한자들이 상당수 포함되어 있습니다. 예를 들면, 욕되게 할 욕(辱)자는 손으로 호미를 잡고 있는 모습(辰) 밑에 다시 손을 의미하는 마디 촌(寸)자를 결합한 한자입니다. 농사를 지어야 할 때를 놓쳤다는 의미로, 때를 놓치면 부끄럽기 때문에 욕(辱)자는 '부끄럽다'는 뜻이 생겨나게 된 것입니다. 욕(辱)자가 결합된 한자는 호미 누(槈), 김맬 누(耨), 김맬 누(鎒), 괭이 누(鎒) 등으로 모두 농사와 관련된 한자들입니다. 농부들은 새벽에 농사를 지으러 밭에 나갑니다. 따라서 새벽 신(晨)자에 신(辰)자가 결합된 것이죠. 석기시대의 호미는 재료가 다양했지만 그 가운데서도 조개껍데기가 중요한 역할을 했습니다. 그래서 무명조개 신(蜃)자도에 신(辰)자가 결합된 것입니다.

하지만 욕(辱)자가 결합된 한자는 다른 의미도 포함하고 있습니다. 예를 들면, 요 욕(褥), 요 욕(蓐) 등이 그것입니다. 실과 천으로 만든 요가 욕(褥)이고, 풀을 깔아서 만든 요가 욕(蓐)입니다. 일반적으로 요는 여성을 상징하고 이불은 남성을 상징합니다. 여성이 요를 깔아서 누어있는 한자는 욕(嫗)자로 '게으르다'는 뜻으로 쓰입니다. 요를 깔고 이불을 덮어 사랑을 나누는 모습을 나타낸 한자는 욕(溽)자로 '무덥다'는 뜻으로 쓰입니다. '요'를 나타내는 한자에 욕(辱)이 들어 있는 것으로 보아, 욕(辱)자는 손(寸)으로 펼치다(辰)는 뜻이 있다고도 할 수 있습니다. 이처럼 신(辰)자는 농사뿐만 아니라 사랑을 나누는 행위와도 관계가 있습니다. 신(辰)이 사랑을 나누는 행위와 관련된 한자는 입술 순(脣), 입술 순(漘) 등이고, 암사슴 신(麎), 새매의 암컷 신(鷐) 등으로 미루어 신(辰)은 암컷과도 관계되어 있습니다.

조금 전에 농사 농(農)자를 설명했는데, 농사를 지을 때 우선 땅을 일궈 씨앗을 뿌린 다음에 땅을 도톰하게 북돋아 줘야 합니다. 그래서 농(農)자가 결합된 한자들 가운데 '부풀어 오르다'는 뜻을 지닌 한자들도 있습니다. 예를 들면, 종기에서 나오는 고름 농(膿), 종기가 터져 나오는 고름 농(癑), 옷이 두툼할 농(襛) 등이 그것입니다. 농사를 지으면 과일과 곡식이 풍성하게 됩니다. 그래서 농(農)자가 결합된 한자들 가운데 '풍성하다'는 뜻과 관계된 한자들도 있게 된 것입니다. 예를 들면, 꽃나무 풍성할 농(穠), 성하고 많을 농(襛), 머리털이 많을 농(醲), 무성할 농(濃) 등이 그것입니다.

이러한 사실로 볼 때 신(辰)은 씨앗을 땅에 묻는 행위와 밀접한 관계가 있다고 추론해 볼 수 있습니다. 땅에 묻어 도톰하게 만드는 행위는 여성의 배가 도톰하게 올라오는 모습과 연관되기 때문에 임신과도 관계가 된 듯합니다. 그래서 신(辰)은 여성, 성교와도 관계되어 있습니다.

앞 그림문자 제2형(邑, 𝄞, 𝄞)은 마디가 있는 벌레 모양으로 보입니다. 농(農)자의 그림문자(𝄞)와 달리 지금은 농사 농(農)자는 곡(曲)자와 신(辰)자가 결합한 한자로 해석합니다. 허신은 "曲(곡)은 물건을 담는 그릇(광주리)을 그린 한자다. 혹은 누에다."[22]라고 풀이했습니다. 이러한 해석으로 보아 그는 누에를 길러내는 일과 농사일을 동일시했던 것 같습니다.

갑골문과 금문의 曲(곡)자

신(辰)자의 그림문자 제2형(邑, 𝄞, 𝄞)과 위 곡(曲)자의 그림문자가 매우 비슷한 점으로 보아 신(辰)은 누에(曲) 혹은 누에와 같이 마디가 있는 벌레라고 생각됩니다. 따라서 임신(妊娠)이란 단어는 '누에(辰)를 잉태하다(壬)'는 뜻으로 해석할 수도 있습니다. 신(辰)자는 다섯째 지지(地支)로 쓰여 '용'을 나타내기도 합니다. 그러므로 임신(妊娠)이란 단어는 '용(辰)을 잉태하다(壬)'는 뜻으로도 해석할 수 있습니다.

고대인들은 어째서 '누에'와 '용'을 같은 것으로 인식했을까요? 이 문제를

---

22) 『설문』: 曲, 象器曲受物之形. 或說曲, 蠶薄也.

해결하기 위해 우선 용 용(龍)자의 그림문자를 살펴볼 필요가 있습니다. 용(龍)자의 그림문자는 세 종류가 있습니다.

| 갑골문의 龍(용)자 제1형 | 갑골문의 龍(용)자 제2형 | 갑골문과 금문의 龍(용)자 제3형 |

위 그림문자에 대한 연구 결과를 요약하면, 용 용(龍)자는 초기에 갑골문 제1형이 주로 사용되었는데, 그림문자가 복잡하기 때문에 제2형으로 간단하게 표현하여 줄곧 사용되었습니다. 하지만 제2형을 계속 사용하다보니 이 그림문자가 무엇을 그린 것인지 불분명하게 되자 본래의 의미를 보다 정확하게 나타하기 위해 다시 제3형으로 변화되었습니다. 즉, 다시 말하자면 제3형으로 변화된 이유는 용(龍)자의 의미를 보다 정확하게 나타내기 위함이었죠.[23]

용(龍)자의 그림문자 제1형(🐛, 🐛, 🐛, 🐛, 🐛, 🐛, 🐛)과 신(辰)자 그림문자 제2형(🐛, 🐛, 🐛)은 입 모양을 제외하면 유사한 부분이 매우 많습니다. 입 모양을 강조한 이유는 '성장하기 위해 먹다'는 행위를 강조한 모습이죠. 여하튼 용 역시 누에 혹은 이와 비슷한 벌레 모습을 그린 것으로 볼 수 있습니다.

그렇다면 누에와 비슷한 벌레와 임신과는 어떤 관계가 있었던 것일까요? 이 문제에 대해 의사(醫師)인 김영균은 우리나라의 곡옥(曲玉)의 형태, 기원전 6세기경 이슬람교의 경전 코란(Koran)의 기록, 3세기 그노시스(Gnosis)[24] 분파들이 고안해낸 어둠의 존재인 '소피아'가 낳은 최초의 인간인 '사

---

23) 김하종, 「고문자에 반영된 龍의 原型 고찰」, 『중국어문학지』 제46집, 2014, 3.
24) 그노시스(Gnosis)란 '신(神)의 인식'을 의미하는 그리스어입니다. 직관적인 앎(知)에 의

투른(Saturn)' 등을 토대로 벌레와 초기 태아의 모습과의 상관성을 입증했습니다. 게다가 그는 실제 태생 4주 초기의 배아 모습을 관찰하여 다음과 같은 결론을 얻었습니다.

"수태된 후 세포가 분할 성장과정에 있는 사람의 '주머니 배(blastocyst)'는 실제로 수정 이후 6일째에 자궁 속에 착상하기 시작하며 작은 물집 형상을 보입니다. 태생 4주 초기의 배아 모습은 거머리와 비슷하고, 후반기 배아의 '몸 분절(somite)'의 윤곽은 물체를 깨물어서 생긴 이빨자국과 상당히 닮았습니다.

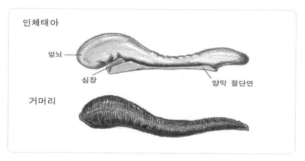

태생 4주 초기의 태아는 거머리와 비슷한 형태를 보임(일러스트 김소은)

1677년, 함(hamm)과 리오이벤획(Leeuwenhoek)이 개량 현미경을 제작하여 인간의 정자를 최초로 관찰하였고, 20세기에 들어 와서야 겨우 태생 4주째의 배아가 거머리 형태의 윤곽을 보이는 것을 알 수 있었다면 여러분들은 이를 믿겠습니까? 현대 의학에서 가르치고 있는 발생학적 미세구조를 이미 기원전에 깨우치고 있었던 것입니다."[25]

하여 '신'의 세계에 이를 수 있다고 믿었는데, 이러한 직관은 일종의 비밀의식에 의해 추구되었습니다. 이들이 말하는 '신'은 '아브락서스(Abraxas)'로 플라톤의 대화편에서 세계를 창조한 것으로 묘사된 '테미우르고스(Demiurg)'와 같이 쓰입니다. 이는 곧 중세 초기의 신비주의인 신플라톤주의와 연결됩니다. 신플라톤주의란 중세 초기 플로틴 (Plotinus)에 의해 고대의 플라톤이 주장하던 영혼관 등이 계승되었다고 보는 것으로, 플로틴은 정신의 단계를 일자-신적 지성(예지계)-영혼들-자연(감각계)-물질계로 나뉘어 이는 일자로부터 단계적으로 유출된 것으로 보았습니다. 또한 물질을 제외한 모든 것은 일자로 회귀할 수 있다고 보았습니다. 일자로의 회귀를 위해 예지적 직관이 필요 하며, 일자와의 합일은 곧 '엑스타시스(脫我)'의 상태를 말합니다.

25) 김영균 · 김태은, 『탯줄코드』, 민속원, 2008, 49쪽.

실제로 물고기, 도롱뇽, 거북이, 닭, 돼지, 송아지, 토끼, 인간 등의 임신 초기 모습은 거의 비슷한 형태입니다.

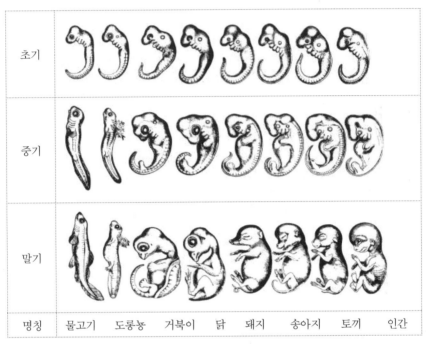

초기								
중기								
말기								
명칭	물고기	도롱뇽	거북이	닭	돼지	송아지	토끼	인간

태아의 진화 모습 표1

한국, 중국, 일본 등지에서 발굴되는 곡옥(曲玉)은 태아의 형상으로 생명의 잉태, 다산의 상징을 가지고 있는 것으로 알려져 있는데, 위 표1에서 초기 배아의 모습은 곡옥의 모습과 매우 유사합니다.

국립중앙박물관에 소장된 무령왕릉에서 출토된 곡옥(백제, 6세기)

1970년대 말 중국 요서(遼西)지역에 대한 대규모 발굴조사로 약 1000여 곳에 달하는 유적지가 발견되었는데, 중국에서는 이를 용산(龍山)문화라 명명했습니다. 이 유적지 가운데 가장 중요한 곳은 요녕성(遼寧城) 건평현(建平縣) 우하량(牛河梁) 유적지입니다. 왜냐하면 그곳에서 여신상(女神像)이 발견되었고, 여신상 옆에 있는 토상(土像)에서 곰 이빨과 곰 발바닥이 발견되었기 때문이죠. 이 여신상은 분명히 곰과 관련된 여성으로 이것을 한자로 나타내면 웅녀(熊女)입니다. 우리가 신화라고 믿었던 부분이 역사적 사실로 발견되었다니 정말 충격적이지 않나요?26) 이곳에서 발견된 곡옥은 조금 특이한 모습을 하고 있습니다.

우하량 유적지에서 발굴된 옥저룡(玉猪龍) 혹은 옥웅룡(玉熊龍) 사진

　　얼굴 모습이 돼지코 형상을 하고 있으므로 돼지 저(猪)자를 써서 옥으로 만든 돼지 모양의 용을 뜻하는 '옥저룡'이란 명칭으로 불리기도 하고, 곰의 형상을 하고 있으므로 곰 웅(熊)자를 써서 옥으로 만든 곰 모양의 용을 뜻하는 '옥웅룡'이란 명칭으로 불리기도 합니다. 여하튼 이 모습이 최초의 용 모습이라는 견해에 대해서는 거의 이견(異見)이 없어 보입니다.

　　지금까지 내용을 토대로 본다면, 용(龍)자의 그림문자 제1형(🐲, 🐉, 🐍,

---

26) 저는 용산문화와 한(韓)민족과의 관계에 대해 자료를 수집중이고 이를 토대로 추후에 논문으로 발표할 예정입니다.

⑥, ⑪, ⑭, ⑮)과 신(辰)자의 그림문자 제2형(⻖, ⑥⑥, 瓦)은 인간과 동물의 태
아를 닮은 곡옥의 형태와 상당히 유사합니다. 그렇다면 고대인들은 인체 배
아의 모습을 직접 눈으로 본 것은 아니었을까요? 만약 그렇지 않았다면, 현
미경으로나 관찰이 가능한 벌레, 거머리, 누에의 형상과 유사한 배아의 형
태를 고대인들은 어떻게 알고 그림문자를 만들었을까요? 고대인들은 정말
벌레모양의 배아를 '용'이라 불렀을까요? 이제 용 용(龍)자의 그림문자 제3
형을 보겠습니다.

갑골문과 금문의 龍(용)자 제3형

앞에서 언급한 바와 같이, 제1형과 제2형에서 제3형으로 변화된 이유는
우리들에게 용(龍)이 무엇인지를 보다 정확하게 알려주기 위함이었습니다.
위 그림문자 '⾜, ⾜, ⾜, ⾜'에 공통적으로 들어있는 부분은 '⾜, 𝟪(𝐒)'입니
다. 한자 용(龍)자와의 관계로 본다면 용(龍)자의 왼쪽 부분인 '育'은 '⾜'이
고, 오른쪽 부분인 '⻳'는 '𝟪(𝐒)'입니다. 왼쪽 부분인 '育(⾜)'를 다시 분석하
면 '⾅'와 '⿂'으로 나눌 수 있습니다. 부호 '⿂'는 육체(⺼. 肉)를 의미하므로
우리들은 두 개의 그림문자(𝟪(𝐒), ⾅)를 정확하게 분석하기만하면 용이 도
대체 어떤 것인지에 대하여 대략적으로 확인해 볼 수 있지 않을까요? 지금
부터 이에 대해 하나씩 살펴보겠습니다.

부호 𝟪(𝐒)의 의미

신(申. 𝐒)자는 남녀가 사랑을 나누면서 하나 된 모습을 그린 그림문자입
니다.[27] 신(申)자의 그림문자(𝐒)를 통해 알 수 있는 사실은 부호 '𝐒'는 사랑

을 나누는 장면을 가장 간단하게 묘사한 그림이라는 점입니다. 용(龍)자의 그림문자에서 'ㄷ'는 신(申)자의 그림문자(ㄷ)에서의 'ㄷ'로 볼 수 있습니다.

그러면 'ㄹ'는 무엇일까요? 갑골문과 금문을 조사한 결과 부호 'ㄹ'는 뱀 사(它)자, 살무사 훼(虫)자,[28] 뱀 사(巳)자, 여성생식기 야(也)자,[29] 자식 자(子)자 등 5개 문자로 사용되었음을 확인할 수 있었습니다. 고대문자에서 하나의 그림문자는 하나의 객관적 사물을 나타내야만 합니다. 그래야만 문자 사용의 혼동을 피할 수 있기 때문이죠. 하지만 부호 'ㄹ'는 이러한 가장 기본적이고도 중요한 원칙을 파기했습니다. 어째서 하나의 그림문자가 5개나 되는 한자의 의미로 사용되었을까요? 혹시 이 5개의 한자는 서로 밀접한 관계가 있는 한자이기 때문이 아니었을까요? 하지만 고대문자를 연구하는 학자들은 이 부분에 대해 한마디 언급도 하지 않았습니다.

뱀 사(它), 살무사 훼(虫), 뱀 사(巳), 여성생식기 야(也), 자식 자(子) 등 5개 한자의 그림문자인 'ㄹ'는 여성, 뱀, 자식과 밀접하게 관계된 문자라고 볼 수 있습니다. 특히 5개 한자 가운데 '뱀'으로 쓰인 것이 3개나 되는 것으로 보아, 부호 'ㄹ'는 뱀과의 관계가 매우 중요하다고도 할 수 있습니다. 고대문자를 만든 사람(들)은 용과 뱀의 관계를 부호 'ㄹ'을 통해 보여주고 있는 것 같습니다. 용(龍)자의 그림문자에서 부호 'ㄷ' → 부호 'ㄹ'로 변화된 점을 살필 수 있는데, 이것은 바로 남녀가 사랑을 나눈(ㄷ) 결과 뱀 혹은 태아(ㄹ)를 임신하게 되었다는 점을 분명하게 보여주고 있는 것이 아닐까요?

고대인들은 배아 혹은 태아의 모습을 어째서 뱀(용)으로 나타냈을까요? 이유경의 논문 「서양 중세 연금술에서의 '안트로포스(Anthropos)'」를 보면 최초의 인간의 모습인 '벌레 모양'의 생명체는 '뱀이나 용'과 같은 변용을 일으켜 중세 '메르쿠리우스(Mercurius)'의 기원이 되었고, 그노시스적 가르침에서 종종 기독교의 신 야훼와 동일시되었다고 했습니다.[30] 즉, 벌레가 용이

---

27) 5장 에로스와 한자 1편 참고.
28) 충(虫)자는 '벌레 충'자이지만, 고문자에서는 '살무사 훼(虫)'자로 사용됩니다.
29) 2장 여성과 한자 2편 참고.

나 뱀의 형상으로 변용을 일으켜 '메르쿠리우스'가 된 것처럼, 인간도 벌레의 형태를 가진 배아가 성장하면서 용이나 뱀 형상으로의 변용을 거쳐 정상적인 인간의 모습이 된다는 것입니다. 또한 "뱀, 도마뱀과 동일시되는 '용'은 동서양의 문화에 공통적으로 나타나는 주요 모티프 중의 하나다. 거의 모든 민족에게서 '용'이라는 존재는 인간정신의 보편적 내용이 담기 원형상(原形象. archeotype)이며, 정신심리학에서는 '용'이 인간에서의 고태적(古態的)인 정신영역을 의미하는데, 이 고태적인 정신의 영역은 대지의 어머니적인 요소, 즉 인류를 낳아준 여성적인 요소를 의미한다."[31]고 했습니다.

저는 고대 인류가 무의식이 아닌 뚜렷한 의식으로 배아와 태아를 관찰했을 것이라 생각합니다. 왜냐하면 도마뱀의 형상이 태아의 초기 형태인 배아(胚兒)의 모습과 그대로 닮아 있기 때문이죠. 우리 인간은 꼬리가 없지만 모태자궁 속에 있는 배아는 태생 4주가 지나 8주에 이를 때까지 앞에서 살펴본 표1에서와 마찬가지로 도마뱀처럼 꼬리를 달고 있는 모습입니다. 중세 연금술 서적에 묘사된 도마뱀 형상의 '메르쿠리우스'와 임신 초기 배아의 모습(배아의 머리와 몸통 부분은 도마뱀의 형상을 닮았고, 하반신은 도마뱀 혹은 뱀의 꼬리 형상)은 매우 흡사합니다.

30) 이유경, 「서양 중세 연금술에서의 '안트로포스(Anthropos)'」, 『心性研究』 제13권 제1호, 1998.
31) 이유경, 「서양 연금술의 심리학적 의미」, 『心性研究』 제11권 제1·2호, 1996, 31쪽.

메르쿠리우스 모습

　'메리쿠리우스'의 도마뱀 형상은 일반적으로 '용'과 같은 괴물로 알려져
있고 '용'과 동일시됩니다.[32] 이 도마뱀이 빛의 세계에서 천상의 새로부터
날개를 얻으면 완벽한 용의 모습을 갖추고 하늘을 날 수 있습니다. 뱀 꼬리
와 날개를 조합해보면 어떤 형상이 될까요? 바로 '메르쿠리우스'가 들고 다
니는 '카두세우스(Caduceus)'라는 뱀 지팡이가 됩니다. '카두세우스'는 훗날
의학을 상징하는 엠블렘으로 바뀝니다.[33]

　용과 의학과이 관계는 갑골문에서도 발견됩니다. 제가 조사한 바로는, 갑

---

32) 이유경, 「서양 연금술의 심리학적 의미」, 『心性研究』 제11권 제1·2호(1996), 31쪽.
33) 김영균 · 김태은, 『탯줄코드』, 민속원, 2008.

골문에서 용(龍)자는 지명(地名), 인명(人名), 제사를 받는 대상 등 명사로 쓰인 것을 제외한 나머지 대부분은 발병(發病), 병의 악화(혹은 치유) 여부와 관련된 의미로 사용되었습니다. 갑골문에 사용된 용(龍)자의 의미를 근거해 보면, 당시(지금으로부터 약 3,300년 전 혹은 그 이전) 사람들은 발병, 치유(삶), 악화(죽음)는 '용'과 관계가 깊다고 인식했을 가능성이 충분하다는 결론에 도달했습니다.[34] 그들은 어째서 이처럼 인식했을까요? 고대인들은 생명은 어떻게 만들어지는지, 새로운 생명은 어떻게 탄생하는지, 그리고 모든 생명체는 어떻게 죽음에 이르는지에 대하여 끊임없이 관찰과 사유를 반복했을 것입니다. 그 결과 죽음에 이르게 하는 근본 원인은 다양한 병(病)에 있음을 확인했을 것이고, 다시 발병(죽음)의 원인이 무엇인지에 대해 지속적으로 관찰하고 사유한 결과 그 원인은 배아(혹은 태아) 시기에 이미 형성됨을 확인했을 가능성이 있습니다. 그리고 홍산문화 유적지와 은허 유적지에서 많은 옥룡(玉龍)이 발견되었는데 이러한 점으로 볼 때, 고대인들은 죽은 이후에 다시 생명의 최초 상태인 '용'으로 돌아간다고 생각했을 가능성도 배제할 수 없습니다. 그래서 그들은 '용'을 생사(生死)와 밀접하게 관련되어 있는 것으로 파악했을 것이고 그 결과 갑골문에서도 이와 같은 의미(병의 발생, 치유, 악화 → 죽음)로 사용했을 것입니다.

여기서 한 가지 주목할 만한 사실은 지금으로부터 약 6,000년 전에 해당하는 용산문화 우하량 유적지에서 발굴된 옥저룡(玉猪龍) 머리에 조각된 모습, 약 4,700년 전에 우루크를 126년 동안 지배했던 길가메시에 대한 서사시(길가메시 서사시)에서 괴물로 등장하는 홈바바(Humbaba)의 모습, 약 3,500년 전에 해당하는 상商나라 청동기 문양, 약 3,000년 전 잉카문명의 얼굴 모습 조각품 등 4개의 서로 다른 지역에서 출토된 유물의 공통적인 특징은 커다란 눈과 돼지코 모양을 들 수 있는데, 김영균은 『탯줄코드』에서 이들 모습은 8주시기의 배아 얼굴과 매우 흡사하다고 했습니다.

---

34) 김하종, 「고문자에 반영된 龍의 原型 고찰」, 『중국어문학지』 제46집, 2014, 3.

| 옥저룡 | 훔바바 | 상나라 청동기 | 잉카문명 조각상 |

돼지와 배아(태아)와의 관계는 집 가(家)자와 어린아이 해(孩)자를 통해서
도 서로 엿볼 수 있습니다. 집 가(家)자는 집 면(宀)자와 돼지 시(豕)자가 결
합된 한자이고, 어린아이 해(孩)자는 자식 자(子)자와 돼지 해(亥)자가 결합
된 한자입니다. 집, 어린아이, 돼지는 서로 어떤 관계가 있는 것일까요?

가(家)자의 의미에 대한 지금까지의 학설은 대략 2가지로 나뉩니다. 하나
는 육축(六畜. 소, 양, 말, 개, 돼지, 닭) 가운데서 돼지가 가장 많은 새끼를 낳
기 때문에 집안 역시 돼지처럼 많은 자식을 낳아 번성하길 바라는 마음에서
집 가(家)자에는 돼지 시(豕)자가 들어 있다는 것이고, 다른 하나는 당시에
뱀이 우글거렸는데 뱀의 천적이 돼지이므로 집안 식구들을 보호하기 위해
돼지 시(豕)자가 들어 있다는 것입니다. 여러분들은 이 두 가지 해석 가운데
어느 해석이 고대사회를 더 잘 반영한다고 생각하나요? 저는 돼지의 얼굴모
습과 태아의 얼굴모습이 흡사하다는 점, 어린아이 해(孩)자에 돼지 해(亥)자
가 들어 있는 점 등으로 미루어, 가(家)는 '아이들이 태어나서 자라는 곳'으
로 설명하는 것이 가장 합리적인 해석이라고 생각합니다.

지금까지 용(龍)자의 그림문자에서 중요한 부호 가운데 하나인 ꝑ(ꜱ)를
살펴보았습니다. 결론적으로 말하자면, 부호 ꝑ(ꜱ)은 남녀가 사랑을 나눈
결과인 '배아'를 간단하면서도 상징적으로 나타낸 그림문자입니다. 이제는
용(龍)자의 그림문자에서 중요한 부호인 'ꝯ'를 살펴보겠습니다.

부호 ♀의 의미

부호 '♀'는 매울 신(辛)자로 알려져 있습니다. 허신은 "帝(제)자는 살핀다는 뜻이다. …… '二'는 고문의 上(상)자다. 신(辛), 시(示), 신(辰), 룡(龍), 동(童), 음(音)자에서의 '二'는 모두 고문의 上(상)자다."[35]라고 풀이했습니다. 여기에서 '二'는 '上'이고, 하늘입니다. 이러한 해석에 비추어보면 매울 신(辛)자는 '하늘'과 관계가 있는 듯합니다. 그러면 신(辛)자는 어떤 사물을 그림으로 나타내어 '하늘'과 관계가 되었던 것일까요?

지금까지 매울 신(辛)자를 연구한 학자들은 대부분 신(辛)자는 '날카로운 병기(兵器)', '무기', '얼굴에 글자를 새기는 날카로운 도구', '구멍을 낼 때 사용하는 도구인 끌' 등 병기 혹은 도구라는 데 견해를 같이 했습니다. 학자들이 이러한 견해를 제시하게 된 근본 원인은 아마도 허신이 "辛(건)은 罪(죄)다."[36]라고 해석했기 때문일 것입니다. 즉, 죄를 지은 사람들의 얼굴에 문신을 새기는 도구, 여기에서 더 나아가 날카로운 무기 등의 견해가 도출되기에 이르렀던 것이죠.

매울 신(辛)자는 일(一)과 허물 건(辛)자가 결합한 한자입니다. 허신은 "辛(신)은 가을철 만물이 성장하여 성숙한 것을 말한다."[37]라고 풀이했습니다. 이 해석에 대하여 단옥재는『설문해자주』에서 "『율서』에 '辛(신)이라는 것은 만물이 새롭게 태어나는 것을 말한다. 그러므로 辛(신)이라 한 것이다.'라는 기록이 있고,『율력지』에는 '모든 것이 신(辛)에서 새롭게 된다(新).'라는 기록이 있으며,『석명』에는 '辛(신)은 새롭다(新)는 뜻이다. 만물은 처음에 새롭게 태어나 성장하게 된다.'라는 기록이 있다."[38]라고 풀이하여 신(辛)은

---

35)『설문』: 帝, 諦也. ……二, 古文上字. 辛, 示, 辰, 龍, 童, 音皆从古文上.

36)『설문』: 辛, 辠也.

37)『설문』: 辛, 秋時萬物成而孰.

38) 段玉裁,『說文解字注』, 上海古籍出版社, 1981. 1235쪽:『律書』: '辛者, 言萬物之新生,

'새롭다'는 의미를 지닌 신(新)과 같다고 했습니다.[39] 즉, 허신은 '성숙하다'고 했고, 단옥재는 '새롭다'고 했습니다. 성숙함과 새로움은 어떤 관계가 있는 것일까요? 먼저 새로울 신(新)자의 그림문자 분석을 통해 그 의미를 살펴보겠습니다.

갑골문과 금문의 新(신)자

처음 두 개의 그림문자는 매울 신(辛. ∀)과 도끼 근(斤. ◁)이 결합한 모습이고, 뒤 세 개의 그림문자는 '¥'와 도끼 근(斤)이 결합한 모습입니다. '¥'을 한자로 나타내면 '亲'이고 오늘날에는 친할 친(亲)자와 같습니다. 위 그림문자를 자세히 살펴보면 새로울 신(新)자는 근(斤)과 신(辛)이 결합되었든 혹은 근(斤)과 친(亲)이 결합되었든 도끼(◁)의 위치는 분명히 '∀'과 '↓' 사이에 혹은 '∀'과 '✱' 사이에 위치하고 있다는 점입니다. 이 사실은 매우 중요합니다.

도끼 근(斤. ◁)은 베거나 자르는 도구를 그린 그림문자입니다. 즉, 근(斤)은 절단을 나타내는 문자죠. 이렇게 볼 때, 새로울 신(新)은 '∀'과 '↓'을 혹은 '∀'과 '✱'을 절단(분리)하는 것임을 알 수 있습니다. 이미 수차례 언급했듯이, 부호 '∀'은 여성생식기를 가장 간단하고도 분명하게 나타낸 부호입니다. 그러면 새로울 신(新)자는 여성생식기(∀)에서 '↓' 혹은 '✱'을 절단하여 분리하는 모양을 그린 그린문자라고 볼 수 있지 않을까요?

이제 신(新)자에 대한 허신의 설명을 살펴보겠습니다. 그는 "新(신)자는

故曰辛.'『律曆志』曰: '悉新於辛.'『釋名』曰: '辛, 新也. 物初新者, 皆收成也.'

39) 다른 문헌인 『예기(禮記)·월령(月令)』의 "其曰庚辛."에 대하여 『주(注)』에서도 "辛之言 新也."라고 한 점으로 미루어보아, 신(辛)과 신(新)간의 상호 관련성을 부인할 수 없습니다.

나무를 취한다는 뜻이다. 신(新)자는 근(斤)에서 뜻을 취하고 친(亲)에서 소리를 취해 만든 형성문자다."[40]라고 해석했습니다. 이 해석으로 볼 때, 그는 羊(亲. 亲)를 '나무'로 보았습니다. 그의 이러한 해석은 이후 많은 학자들에게 영향을 끼쳤고 지금도 '나무를 잘라내는 것'으로 해석하고 있습니다. 나무를 잘라내는 것과 새로운 것은 어떤 관계가 있는지 저는 도무지 그 연관성을 찾을 수 없습니다. 그의 해석에서 가장 큰 오류는 '羊'을 나무 목(木)으로 이해했다는 점입니다. 부호 '羊'은 무엇일까요? 이를 알아보기 위해서는 우선 나무 목(木)자의 그림문자와 아닐 미(未)자의 그림문자를 정확하게 관찰해야만 합니다.

갑골문과 금문의 木(목)자	갑골문과 금문의 未(미)자

실제로 그림문자에 나타난 나무 목(木)자와 아닐 未(미)자는 상당히 유사합니다. 하지만 나무 목(木)자인 경우 위에 뻗은 나뭇가지가 가지런한 경우(羊, 羊)도 있고 가지런하지 않는 경우(羊, 羊)도 있지만, 아닐 미(未)자인 경우에는 위로 뻗은 모습이 모두 가지런합니다. 이 점에서 약간의 차이점이 있을 뿐이지만 그것의 의미는 확연히 차이가 있습니다. 새로울 신(新)자의 그림문자에서 '羊'을 '나무'로 본다면 허신의 설명이 맞는 것이고, '아닐 未(미)'로 본다면 허신의 설명은 틀린 것입니다. 저는 이 부분에 대해 연구한 결과 새로울 신(新)자의 그림문자에서 '羊'은 나무 목(木)이 아니라 아닐 미(未)로 보아야 옳다는 결론을 얻었습니다.[41]

그러면 아닐 미(未)자는 무엇일까요? 허신과 단옥재는 "나무가 자라면 과

40) 『설문』 : 新, 取木也. 从斤亲聲.
41) 김하종, 「고문자에 반영된 龍의 原型 고찰」, 『중국어문학지』제46집, 2014, 3.

일과 곡식이 생겨나고 그것이 성숙하면 맛있게 된다. 수많은 새로운 생명을 탄생시킨 후 나무는 늙어 죽는다. 미(未)는 많은 가지가 있는 늙은 나무를 그린 상형문자다."라고 설명했습니다.42) 이 설명에 근거한다면, 아닐 미(未)는 나무 위에 달린 새로운 생명체(과일, 곡식 등)라고 볼 수 있습니다. 아직은 덜 익은 새로운 생명체가 나무에 달린 모습이죠. 즉, 신(辛)자는 '가을철 만물이 성숙한 것'을 의미하고, 미(未)자는 '만물이 아직 완전히 성숙하지 않은 것, 완벽한 새로운 생명체가 아직 되지 못함'을 의미합니다.

이제 다시 친(亲)자의 그림문자(𣂆, 𣂆)를 보죠. 여성생식부호(▼)와 연결된 것은 '𣕏(未)' 혹은 '𣂆'입니다. 만일 여성상징부호(▼) 밑에 미(未)'만 연결되었다면, 미(未)자의 의미를 통해 살펴보았듯이 어머니에게서 새로운 생명체가 생겨나듯이 나무에서도 새로운 생명체가 생겨난다는 것을 보여 준 것으로 볼 수 있습니다. 하지만 이렇게 설명한다면 부호 '𣂆'이 연결된 이유를 설명할 수 없게 됩니다. 왜냐하면 미(未)자의 그림문자에는 '𣂆'와 같은 모습은 지금까지 발견된 그림문자 자료에서는 찾아 볼 수 없기 때문입니다.

그림문자 '𣕏'와 '𣂆'의 관계를 설명할 수 있는 합리적인 방법은 무엇일까요? 저는 지금까지 많은 그림문자들을 제시하였는데 이러한 사실을 통해 알 수 있는 점은, 하나의 문자에 해당하는 그림문자는 하나만 존재하는 것이 아니라 복잡한 것과 간단한 것이 혼재(混在)해 있는 경우가 대부분이라는 것입니다. 이럴 경우에는 고대문자를 연구하는 학자들은 복잡한 모양은 간단한 모양의 의미를 보다 분명하게 나타내는 역할을 하는 것으로 이해합니다. 이것이 고대문자 해석 방법의 일반론입니다. 이러한 일반론에 근거하여 부호 '𣕏'와 '𣂆'의 관계를 설명하면 부호 '𣕏'는 구체적인 모습이고 '𣂆'는 간단

---

42) 허신의 설명: "未, 味也. 六月, 滋味也. 五行, 木老於未. 象木重枝葉也." 이에 대한 단옥재의 설명: "味也, 口部曰, 味者, 滋味也. 六月滋味也. 韵會引作六月之辰也. 律書曰, 未者, 言萬物皆成. 有滋味也. 淮南天文訓曰, 未者, 昧也. 律曆志曰, 昧薆於未. 釋名曰, 未, 昧也. 日中則昃. 向幽昧也. 廣雅釋言曰, 未, 昧也. 許說與史記同. 五行木老於未. 天文訓曰, 木生於亥, 壯於卯, 死於未. 此卽昧薆之說也. 篆木重枝葉也. 老則枝葉重. 故其字篆之."

한 모습입니다. 즉, 신(辛)자의 여성생식부호(▼)와 결합한 '✹'은 구체적인 형태이고 '↓'은 간단한 형태지만 그 의미는 동일합니다. 그렇다면 간단한 형태(↓)에서도 '✹'의 의미가 드러나야 하겠죠. 하지만 '↓'은 '✹(未)'의 의미인 '나무에 달린 새로운 생명체'의 모습과는 확연히 다릅니다. 그러면 '↓'는 무엇일까요? 지금부터 자식 자(子)자의 그림문자를 보겠습니다.

갑골문의 子(자)자 제1형

이와 같은 그림문자는 많지는 않지만 어머니 다리 사이(冄, 冝, 冟)로 새로운 생명체(│)가 빠져 나오는 모습을 그린 것입니다.

갑골문의 子(자)자 제2형

이와 같은 그림문자 역시 많지 않지만 새롭게 태어난 아이의 가장 큰 특징인 '머리'를 분명하게 보여줍니다. 특히 그림에서 '✕'는 숨골이라 불리는 정수리 모양으로 한자로는 정수리 신(囟)자입니다.

갑골문과 금문의 子(자)자 제3형

이와 같은 그림문자는 제1형과 제2형에 비해 좀 더 많습니다. 큰 머리, 두 팔을 위로 올린 모습을 한 어린 아이의 모습입니다.

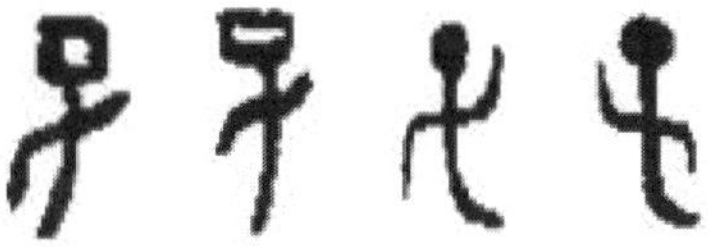

갑골문과 금문의 子(자)자 제4형

위 그림문자 형태가 가장 많이 출현합니다. 팔을 자유롭게 흔드는 어린 아이의 모습이죠.

다시 처음으로 돌아가서 친(亲)자의 그림문자(𢀖, 𢀖)에서 여성생식부호 (▼)와 연결된 것은 '𢀖(未)' 혹은 '𢀖'입니다. '𢀖'은 간략하게 그린 것이고 '𢀖'는 구체적으로 그린 것입니다. 간략하게 그린 '𢀖'은 위 제3형의 그림문자와 유사합니다. 즉, 아이의 출산 장면인데 머리와 팔이 빠져 나온 듯한 모습이죠. 그러면 구체적으로 그린 부호 '𢀖'는 머리와 팔 그리고 다리가 다 빠져나온 모습으로 볼 수 있지 않을까요?

생명을 출산하는 모습 신(辛), 탯줄의 절단 신(新), 생명을 출산하는 모습을 옆에서 바라보는 모습 친(親)

이러한 추론에 근거하여 신(辛), 신(新), 친(親)을 분석해 보겠습니다.

신(辛)자는 여성생식부호(▼)와 새로운 생명체인 태아(𢀖)가 연결된 것으로 출산의 장면을 묘사한 문자입니다. 일반적으로 출산은 태아가 충분히 성장하여 성숙했을 때에 가능한 일이므로, 허신은 신(辛)자의 의미를 '만물이 성숙하다'라고 풀이했던 것이죠. 『한어대자전(漢語大字典)』에는 신(辛)자의 의미를 ① 8번째 天干 ② 매운 맛 ③ 아프다 ④ 수고하다 ⑤ 죄 ⑥ 파나

마늘 등 자극성을 띈 채소 ⑦ 참기 힘든 고통 ⑧ 새롭다 ⑨ 상제(商帝)의 호(號) ⑩ 성씨 등 10개로 구분했습니다. 이 10개의 의미에서 ①, ⑨, ⑩을 제외한 나머지는 '참기 힘든 고통, 노력, 새로움'의 의미로 요약할 수 있습니다. 이 요약된 의미를 생각하면 어떤 장면이 떠오르나요? 출산 장면이 떠오르지 않나요? 어머니의 입장에서 본다면 이것은 다름 아닌 출산의 노력과 고통이고, 새로운 생명체의 입장에서 본다면 이것은 탯줄의 절단에서 오는 새로운 시작을 의미한다고 볼 수 있을 것입니다.

신(新)자는 여성생식부호(▼)와 새로운 생명체(✸와 ↓)가 연결된 모양, 그리고 그 연결 고리(탯줄)를 절단하는 도구(斤)가 결합하여 이루어진 한자입니다. 탯줄의 절단을 통해 새 생명체가 완벽하게 시작됨을 나타낸 한자라 하겠습니다.[43]

친(親)에 대해 허신은 "親(친)자는 이르다(도착하다, 다다르다)는 뜻이다."[44]라 했고, 이에 대해 단옥재는 "이르다는 말은 도착하다(다다르다)는 의미이다. 어떤 장소에 도착하는 것을 의미하기도 하고, 정성이 자식에 미치는 것을 의미하기도 한다. 부모의 정은 쌓이고 쌓여 결국에는 자식에게 미친다. 그렇기 때문에 친(親)이라 하는 것이다."[45]라고 허신의 설명을 보충했습

---

43) 구약성서 창세기 1장 1절의 히브리어 원본은 '베레쉬트 바라'로 시작됩니다. 전치사 '베'를 뺀 명사인 '레쉬트'는 '처음, 시작, 태초, 출발점, 최초의 것, 최선, 처음 익은 열매'의 뜻으로, 히브리어의 '로쉬'에서 유래하였다고 합니다. '로쉬'라는 단어는 '머리, 머리털, 꼭대기, 시작, 최상의, 우두머리'란 의미를 가지고 있습니다(『히브리어 아람어사전』, 참말, 1994). '바라'는 '창조하다'는 뜻입니다. 하지만 놀랍게도 이 단어는 원래 '자르다, 쪼개다, 나누다'는 말에서 유래한 것입니다. 여기에는 '분리하다'는 뜻도 포함되어 있죠. 히브리어 '바라'에 대응하는 고대 수메르어 문자로는 '타르'와 '쿠드', '쿠우', '쿠'가 있는데, 이를 '쿠드', '쿠우', '쿠'로 읽을 때에는 '자르다'의 의미로 쓰이고, '타르'로 읽을 때에는 '분리하다, 나누다, 결정하다'의 의미로 쓰입니다. '타르'에 '존재'를 뜻하는 '남'을 붙인 '남타르'라는 단어는 '운명, 운명을 결정하다'라는 말입니다. 즉 존재를 분리, 분배한다는 개념의 '운명 결정'이 생성된다는 것입니다(장국원, 『고대근동문자와 성경』, 기독교문서선교회, 1996, 101~102쪽).
44) 『설문』: 親, 至也.

니다. 비록 그는 어째서 친(親)이 부모(父母)라는 의미가 되었는지에 대해 상당히 고민한 흔적을 엿볼 수 있지만 저는 이 설명을 보면서 억지로 끼워 맞춘 것 같다는 느낌을 지울 수가 없습니다. 위에서 추론한 바대로 '辛'을 자식을 출산하는 모습으로 본다면, 친(親)자는 출산 장면(辛)을 직접 눈으로 확인하는 사람(見)을 묘사한 한자입니다. 출산 장면을 곁에서 눈으로 확인하는 사람은 부모입니다. 이러한 이유 때문에 친(親)자에는 부모라는 의미가 생기게 된 것 같습니다.

단지 사랑만을 나눌 대상 첩(妾)

신(辛)자에 대해 중요한 문제가 한 가지 더 있습니다. 출산하는 모습을 가장 간단한 부호로 나타낸 신(辛)자가 결합한 한자 중에는 허물 고(辜), 허물 죄(辠), 재상 재(宰), 첩 첩(妾) 등에서 볼 수 있듯이 법을 어긴 죄인과 관련된 한자가 많은데 어째서 이러한 현상이 발생했을까요? 첩 첩(妾)자를 통해 이 문제에 대하여 접근해 보겠습니다.

첩(妾)자는 출산의 고통 신(辛→立)자와 여성 여(女)자가 결합하여 이루어진 한자입니다. 학자들은 고대 중국에서는 노예로 잡은 여성의 얼굴에 문신(文身)을 새기고 첩으로 삼았기 때문에 첩(妾)자를 문신을 새기는 도구(辛)와 여성(女)이 결합하여 이루어진 회의문자라고 풀이했습니다. 이러한 해석에 따르면 문신은 노예주와 노예를 구분하는 표시로 볼 수 있죠. 어째서 이런 풍습이 생겨났을까요?

2장 여성과 한자 2편에서 간략하게 언급했던 문신에 대해 좀더 구체적으로 살펴보겠습니다. 현재 중국 운남성(雲南省) 서부에 독룡족(獨龍族)이라 불리는 소수민족이 생활하고 있습니다. 이 부족 여성들 가운데 할머니들의

---

45) 『설문해자주』: 至也. 至部曰, 到者, 至也. 到其地曰至. 情意懇到曰至. 父母者, 情之冣
至者也. 故謂之親.

얼굴에만 용(龍)문신이 새겨져 있고 젊은 여성들의 얼굴에는 문신이 새겨져 있지 않습니다. 이는 중국정부가 문신을 하는 것은 좋지 못한 풍속으로 여겨 젊은 여성들이 문신하는 것을 불허(不許)했기 때문입니다.

얼굴에 용 문신을 한 독룡족의 할머니들

　　몇 해 전 할머니들께 얼굴에 문신을 한 이유를 여쭤보니 "무섭고 못생긴 얼굴은 우리 부족 남성들을 제외한 모든 다른 부족 남성들이 싫어합니다. 우리가 얼굴에 문신을 새기면 새길수록 문신은 우리를 보호해줍니다. 얼굴에 용 문신을 새기는 이유는 우리 부족은 용을 섬기기 때문입니다. 그러므로 용은 그리고 문신은 우리를 적으로부터 보호해 줍니다."라고 대답했습니다. 힘이 없는 여성들이 건장한 남성들을 피하기 위한 방법이 바로 문신이었던 것이죠. 이러한 예로 볼 때, 자신의 부족을 대표하는 문양을 새긴 문신은 자신을 보호하고 자신의 부족을 유지시켜주는 역할을 했다고 볼 수 있습니다. 하지만 모든 부족이 문신을 새긴 것은 아닌 듯합니다. 문신은 다른 부족보다 상대적으로 세력이 약한 부족들이 했던 것 같습니다. 강한 부족이라면 굳이 문신을 하지 않아도 부족민들(특히 남성들)의 보호를 받을 수 있었을 테니까요. 그러므로 세력이 강한 부족들은 밖으로 나와 넓은 평원을 무대로 생활했고 상대적으로 세력이 약한 부족들은 산속으로 들어가 생활하게 된 것 같습니다. 이렇게 추론해 볼 때, 첩(妾)이란 문신을 하지 않은 강한 부족이 문신을 한 약한 부족의 여성을 잡아와 노예로 삼은 것으로 볼 수 있습니다. 이렇게 함으로써 문신은 노예를 의미하게 되었습니다. 죄를 지은 사람들 역시 노예가 되었습니다. 그래서 죄인들에게 문신을 새김으로써 일반인과 죄인을 구분하는 문화가 생겨난 것으로 유추해 볼 수 있지 않을까요?

고대 중국에서는 주(周)나라 때부터 묵형(墨刑) 혹은 경형(黥刑), 의형(劓刑), 월형(刖刑) 혹은 비형(剕刑), 궁형(宮刑), 대벽(大辟) 등 5가지 형벌이 있었습니다. 묵형 혹은 경형이란 죄인의 이마나 팔뚝 등에 먹줄로 죄명을 써넣던 형벌이고, 의형이란 죄인의 코를 베던 형벌이며, 월형 혹은 비형은 발꿈치나 팔꿈치를 베던 형벌이고, 궁형이란 죄인의 생식기를 없애던 형벌이며, 대벽은 죄인의 목을 베던 형벌을 말합니다. 여기에서 얼굴에 죄인의 신분을 새기는 것이 바로 묵형 혹은 경형입니다. 혹시 '경을 치다'는 말을 들어본 적이 있나요? 여기에서 '경'은 바로 경형(黥刑)의 '경'입니다. 경형은 가장 가벼운 형벌이지만 일반인에게는 가장 수치스러운 것으로 여겨졌습니다. 수(隋)나라 때부터 5가지 형벌이 태(笞, 대나무 채찍으로 볼기를 침), 장(杖, 곤장으로 때리는 것), 도(徒, 감옥에 가둠), 류(流, 귀양을 보냄), 사(死, 사형)로 바뀌었고, 근대에는 이 가운데 도(徒)와 사(死)만 남았습니다.

첩(妾)자가 결합한 한자 중에 사귈 접, 교제할 접(接)자가 있습니다. 접(接)자는 손(扌)으로 첩(妾)을 만지는 것을 나타낸 한자입니다. 사람과 사람이 서로 사랑을 나누는 것은 접합(接合)이요 교접(交接)이고, 나무와 나무를 서로 결합시키는 것은 '접(椄)붙이다'라고 합니다. 이러한 한자를 통해서 첩(妾)은 일을 시키기 위한 노예가 아니라 사랑을 나눌 대상으로서의 여성 노예였던 것이 아닌가 생각됩니다.

첩의 자식 동(童)

여성 노예뿐만 아니라 남성 노예도 있었습니다. 허신은 "童(동)자의 의미는, 남자가 죄를 지으면 종(奴)이라 하는데 남자 종을 동(童)이라하고 여자 종을 첩(妾)이라 한다. 동(童)자는 허물 건(辛)자에서 뜻을 취하고, 무거울 중(重)자의 생략형(里)에서 소리를 취한 형성문자다."46)라 했고, 또 "妾(첩)이란 죄가 있는 여자로 남자(주인)에게 일을 해 주기 위해 얻은 여성이다. 첩(妾)자는 허물 건(辛)자와 여성 여(女)자가 결합한 회의문자다. 『춘추』에 이르길: '다른 사람에게 시집가지 않은 여성이다.' 즉, 첩(妾)이란 시집가지 않은 여성을 말한다."47)라고 풀이했습니다.

하지만 우리들은 이미 중(重)자는 임신한 여성을 그린 한자임을 살펴보았습니다. 이를 토대로 한다면, 동(童)은 임신한 여성(重)이 출산한 모습(辛)을 나타낸 한자라고 볼 수 있습니다. 만일 여기에서 죄인을 나타내는 신(辛)자를 강조한다면 죄를 지은 여성의 자식, 즉 첩의 자식이라고도 볼 수 있습니다. 일반적인 자식(子)과는 신분이 다른 자식을 나타내기 위해 아이 동(童)자를 만들어 낸 듯합니다. 동경(憧憬)하다에서 동(憧)자는 그리워할 동(憧)자입니다. 이 한자는 첩이 자식을 가지고(童) 싶은 마음(忄) 또는 자식을 빼앗긴 첩이 그 자식을 그리워하는 마음을 묘사한 것으로 볼 수 있습니다. 신(辛)자가 죄인이란 의미로 사용된 한자들을 살펴보겠습니다.

◆ 재상 재(宰): 집 면(宀) + 고통 신(辛). 재상(宰相)이란 임금을 보필하며 2품 이상의 벼슬을 통틀어 이르던 말입니다. 형벌을 주는 도구(辛)가 있는 집(宀)이란 의미로, 옛날에는 재상이 형벌을 줬기 때문에 재상이라는 의미가 생겨나게 된 것 같습니다.

◆ 따질 변(辡): 죄인 신(辛) + 죄인 신(辛). 죄인이 서로 송사(訟事)하여 누가 옳고 그른지를 따지는 것을 말합니다.

◆ 논쟁할 변(辯): 말씀 언(言) + 죄인이 서로 옳고 그름을 따질 변(辡)

---

46) 『설문』: 童, 男有辜曰奴, 奴曰童, 女曰妾. 从辛, 重省聲.
47) 『설문』: 妾, 有辜女子, 給事之得接於君者. 从辛从女. 『春秋』云: "女爲人妾." 妾, 不娉也.

◆ 분별할 변(辨): 칼 도(刂, 刀) +죄인이 서로 옳고 그름을 따질 변(辡).
두 사람 중 누가 잘못했는지를 분별하여 나눈다(刀)는 의미입니다.

이상의 내용을 정리해보면, 매울 신(辛)자는 두 가지 의미가 병행되었습니다. 하나는 고통을 감내하면서 출산하는 여성을 그린 한자이고, 다른 하나는 죄인의 얼굴에 문신을 새기는 끝이 뾰족한 ♥(辛) 모양처럼 생긴 도구를 그린 한자입니다. 둘 다 '고통'을 의미하죠. 출산하는 여성을 그린 한자는 새로울 신(新)자, 친할 친(親)자에서 확인할 수 있었고, 문신을 새기는 도구를 그린 한자는 첩 첩(妾)자, 재상 재(宰)자, 따질 변(辡)자, 논쟁할 변(辯)자, 분별할 변(辨)자 등에서 확인할 수 있었습니다.

지금까지 용(龍)자의 그림문자에서 가장 중요한 부호인 'ᠪ(ᠫ)', '♥'를 살펴봄으로써 그림문자에 숨겨진 용의 실체에 접근해 보았습니다. 용(龍)자에서 립(立)은 설 립(立)이 아니라 고통스런 출산의 장면을 묘사한 고통 신(辛)자이고, 고기 육(月, 肉)자는 먹고 자라나기 위한 입 모양을 그린 모습이며, '룡'는 뱀 모양의 정자, 꼬리가 달린 벌레 모양의 배아, 태아의 단계를 거쳐 출산으로 이어지는 모습인 사(巳)자, 자(子)자의 변형입니다.

이러한 해석이 타당한지『설문』을 통해 살펴볼까요? 허신은 "용은 비늘이 있는 동물에서 으뜸이다. 그윽하여 안보이게 할 수 있을 뿐만 아니라 분명하게 보이게 할 수도 있으며, 미세하고 작게 할 수 있을 뿐만 아니라 거대하게 할 수도 있고, 또한 몸을 짧게 할 수도 있을 뿐만 아니라 몸을 아주 길게 할 수도 있는 동물로, 춘분에 승천했다가 추분에 깊은 연못 속에 잠긴다."[48]라고 해석했습니다. 그의 설명으로 볼 때, 용은 물과 관계가 깊고 자신의 몸을 자유자재로 변화시킬 수 있는 동물로 볼 수 있습니다. 하지만 이 설명만으로는 용이 도대체 어떤 동물인지 확인할 수가 없습니다. 그러므로

---

48)『설문』: 龍, 鱗蟲之長. 能幽, 能明, 能細, 能巨, 能短, 能長. 春分而登天, 秋分而潛淵.

우리들은 『설문』에 실린 9,353개 한자 가운데 용(龍)자가 결합된 한자를 통해 좀 더 정확하게 이해할 필요가 있습니다. 『설문』에 용(龍)자가 결합된 한자들은 瓏(기우제를 지낼 때 사용되는 용이 새겨진 옥), 蘢(개여뀌), 嚨(목구멍), 龔(공손하다), 龏(주다), 龓(흙을 담아 옮기는 그릇, 다른 뜻으로는 도꼬마리), 槞(우리), 櫳(우리, 감옥), 曨(동이 틀 무렵의 어둑어둑함, 동이 트면서 훤해지는 모양), 朧(분명치 않아 흐릿함), 龒(함께 가지다), 寵(사랑하다), 襱(바짓가랑이), 龎(크다, 높다), 礱(갈다), 瀧(비가 오는 모양), 巃(크고 긴 골, 산이 높은 모양), 龗(용), 龕(용 모양), 龖(용의 등갈기, 용의 지느러미), 龘(날아다니는 飛龍), 聾(귀머거리), 蠪(붉은 반점이 있는 왕개미), 壟(언덕, 밭이랑), 隴(넓은 물이 있는 곳) 등 모두 25개 한자입니다. 이 한자들의 의미소(意味素)를 분석해서 분류하면 다음과 같습니다.

① '함께, 같이'와 관련: 龒(롱)

② '사랑하다'와 관련: 寵(총)

③ '공손히 드리다'와 관련: 龔(공), 龏(공)

④ '가늘고 긴 모양'과 관련: 嚨(롱), 襱(롱), 巃(롱)

⑤ '오르내리다'와 관련: 龘(답)

⑥ '물'과 관련: 瓏(롱), 隴(롱), 蘢(롱), 瀧(롱), 龗(령)

⑦ '공간'과 관련: 槞(롱), 櫳(롱), 龕(감)

⑧ '분명치 않음'과 관련: 曨(롱), 朧(롱)

⑨ '볼록 솟아오름'과 관련: 龎(방), 壟(롱), 礱(롱), 龓(롱), 蠪(롱)

⑩ '변화'와 관련: 礱(롱)

위와 같이 의미소를 분석해본 결과 용(龍)자의 의미는 대략 다음과 같이 요약해 볼 수 있습니다. 하나, 위의 ⑥, ⑦, ⑧의 의미소를 종합하면 용(龍)자는 물이 들어 있는 공간으로, 이곳은 인간의 지식으로는 도저히 알 수 없는 미지(未知)의 공간을 나타냅니다. 둘, 위의 ①, ②, ③의 의미소를 종합하면 용(龍)자는 남녀 간의 사랑과 관계가 깊습니다. 셋, 위의 ④, ⑤의 의미소를 종합하면 용(龍)자는 수정(受精)과도 관계있습니다. 넷, 위의 ⑨, ⑩의 의미소를 종합하면 용(龍)자는 임신과 몸의 변화와도 관계있습니다. 그러므로『설문』에 나타난 용(龍)의 의미는 사랑, 수정, 임신, 태아, 태아가 성장하는 미지의 세계(자궁)를 보여줍니다. 이러한 의미는 바로 용(龍)자의 그림문자 분석을 통해 얻은 결과와 유사합니다.

용(龍)자의 그림문자와 문헌에 나타난 용(龍)자의 의미를 통해 '용'이 과연 무엇인지 그 비밀을 어느 정도 풀 수 있었습니다. 용(龍)은 다양한 동물의 배아 중에서 인간의 배아만을 가리킵니다. 어머니가 용을 잉태한 후 힘겨운 출산 과정을 거쳐 용을 몸 밖으로 내보내야만이 비로소 진정한 용이 됩니다. 어머니 뱃속에 있는 용은 꿈틀거리는 무섭게 생긴 벌레의 모습에 불과할 뿐이지만 온갖 역경을 딛고 힘들고 고통스럽게 몸밖으로 빠져나온 용은 비로소 날개가 달려 날아오를 준비를 하게 됩니다. 기실 우리 모두가 용입니다. 하지만 자신을 진정한 용으로 승화시키기 위해서는 저 멀리 창공을 향해 날아오르는 꿈을 꾸며 그것을 위해 노력하는 자세가 필요합니다. 이러한 꿈과 노력이 없다면 용은 용이되 진정한 용으로 볼 수는 없기 때문입니다.49)

---

49) 벌레, 도마뱀, 돼지코 모양을 한 무서운 괴물 모습 등 실체적인 모습을 지녔던 용이 어떠한 심리적 과정을 거쳐 상상속의 동물로 변용되었는지에 대한 내용은 집단무의식을 연구한 융(C.G.Jung)학파 정신분석가인 이유경(李裕瓊)의 다음 세 편의 논문을 참고하면 많은 도움이 될 것입니다. 이유경, 「서양 연금술의 심리학적 의미」, 『心性研究』 제11권 제1·2호, 1996; 「서양 중세 연금술에서의 '안트로포스(Anthropos)'」, 『心性研究』 제13권 제1호, 1998; 「중국 연금술의 분석심리학적 이해」, 『心性硏究』 제15권 제1호, 2000.

8장. 출산, 탯줄, 양육과 한자

去(돌), 育(육), 充(류), 毓(육), 充(충), 后(후), 司(사), 産(산),
昆(곤), 晜(현), 挽(면), 寅(인), 齊(제), 幺(요), 玄(현), 糸(사),
午(오), 繁(번), 孫(손), 禦(어), 胤(윤), 率(솔), 尤(윤), 紹(소), 离(란),
丝(유), 玆(자), 絲(사), 幽(유), 繼(계), 絶(절), 斷(단), 幾(기),
伐(벌), 縩(런), 蠻(만), 孌(런), 爽(상), 森(무), 奭(석), 爾(이),
渾(동), 縠(누), 乳(유), 孚(부), 孔(공), 季(교), 爻(효),
易(역), 敎(교), 學(학)

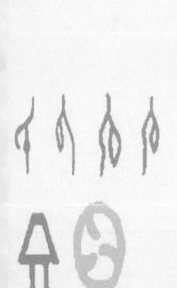

8장
출산, 탯줄, 양육과 한자

云(돌), 育(육), 㐬(류), 毓(육), 充(충), 后(후), 司(사), 産(산),
昆(곤), 㬎(현), 免(면), 寅(인), 齊(제), 幺(요), 玄(현), 糸(사), 午(오),
繁(번), 孫(손), 禦(어), 胤(윤), 率(솔), 尤(윤), 紹(소), 䜌(란), 丝(유),
玆(자), 絲(사), 幽(유), 繼(계), 絶(절), 斷(단), 幾(기), 伐(벌), 縺(련),
蠻(만), 攣(련), 奭(상), 森(무), 奭(석), 爾(이), 渾(동), 穀(누), 乳(유),
孚(부), 孔(공), 㤅(교), 爻(효), 易(역), 敎(교), 學(학)

우리들은 7장 임신과 한자 편에서 출산과 관련된 신(辛), 신(新), 친(親)자
를 살펴보았습니다. 신(辛)자는 출산의 장면을 매우 간단한 부호로 나타냈
기 때문에 비교적 복잡한 분석이 필요했지만, 여기에서는 그림문자만으로
도 출산의 장면을 쉽게 알 수 있는 한자들을 살펴보겠습니다.

출산 시 머리가 먼저 빠져나오는 모습 돌(云)
출산 모습: 육(育), 류(㐬), 육(毓), 충(充)

교육(教育), 체육(體育), 생육(生育) 등의 단어에 공통적으로 들어 있는 육

(育)자는 '기르다'는 의미 외에도 '낳다, 자라다'는 의미도 가지고 있습니다. 어째서 이런 의미를 지니게 되었는지 그림문자를 보면 쉽게 짐작할 수 있을 것입니다.

갑골문과 금문의 育(육)자

육(育)자의 그림문자는 여성이 아이를 낳는 모습을 매우 사실적으로 묘사했습니다. 이 그림문자를 통해 우리들은 모계씨족사회에서의 여성들은 앉은 상태로 아이를 낳았다는 점을 엿볼 수 있습니다. 그림문자를 분석하면, 자식 자(子. 子)를 거꾸로 그려(子) 출산하고 있음을, 밑에 있는 세 개의 점(ᴖ)은 출산할 때 흘러나오는 양수를 나타낸 것입니다.

'子'을 문자로 나타내면 '去'이고 '돌'로 발음합니다.1) 기를 육(育)자처럼 한자에 돌(去)이 있으면 대부분 출산과 관계있습니다. 아이를 낳으면 잘 길러야 하기 때문에 육(育)자는 '기르다'는 의미를 가지게 된 것입니다. 양육(養育), 육성(育成) 등의 단어에 사용되는 육(育)자의 의미가 '기르다'는 뜻입니다. 잘 기르는 방법 가운데 하나는 교육을 잘 시키는 것이겠죠? 그래서 교육(敎育)이라는 단어에도 육(育)자가 들어있게 된 것입니다. 우리들은 육(育)자의 의미를 통해, 아이를 낳은 것으로 끝내지 않고 용이 될 자식으로 잘 기르는 것까지도 부모의 몫이었음을 알 수 있습니다.

이미 설명했듯이 '充'은 양수와 함께 아이가 어머니 자궁 밖으로 나오는 장면을 그린 모습인데, '充'을 한자로 나타내면 류(充)자입니다. 그러므로

---

1) 허신은 '去'자의 발음을 '타골절(他骨切)'로 표기했으므로 발음은 '돌'입니다.

류(㐬)자는 '아이를 낳다, 아이를 기르다' 등의 의미와 관계가 깊습니다. 예를 들면, 어머니 모습을 그린 매양 매(每)자[2]와 아이를 낳을 류(㐬)자가 결합한 한자인 기를 육(毓)자는 이 그림문자를 가장 사실적으로 나타낸 한자입니다. 그래서 학자들은 기를 육(育)자와 기를 육(毓)자는 원래 같은 한자로 보고 있습니다.

- ◆ 류(㐬)는 어머니에게서 '양수와 함께 아이가 순조롭게 빠져 나오다'는 의미에서 '시원하게 흘러나오다'는 의미로 확대되었습니다. 흐를 류(流)자, 배가 흐를 류(舳)자, 옷자락이 치렁거릴 류(梳)자 등에 들어 있는 류(㐬)자의 의미가 그것입니다.

- ◆ 아이는 자궁(어둠) 속에서 밖으로 빠져나와 비로소 빛을 보게 됩니다. 그래서 다시 '막힌 것이 트이다'는 뜻으로 확대되었습니다. 트일 소(疏)자, 빗 소(梳)자에 들어 있는 류(㐬)자의 의미가 그것입니다.

- ◆ 류(㐬)자는 '해, 혜'로도 발음이 됩니다. 이처럼 발음되는 경우는 양수가 터져 밖으로 나오지 못하여 태아가 자궁 안에서 죽어 썩은 것과 관계가 깊습니다. 예를 들면 젓갈 해(醢)자, 식초 혜(醯)자에 들어 있는 류(㐬)자의 의미가 그것입니다.

- ◆ 류(㐬)자와 비슷한 한자는 채울 충(充)자입니다. 충(充)자를 분석하면, 사람 인(儿)자와 어머니 자궁에서 밖으로 빠져 나오는 아이 돌(𠫓)자가 결합하여 만들어졌습니다. 어머니가 자식을 출산하면 자식은 자라나기 때문에 '자라다'는 의미가 생긴 것이고,[3] 다시 자궁에 자식을 채워야 하기 때문에 '채우다'는 의미가 생긴 것입니다. 자식을 보면 부모를 알 수 있겠죠? 그러한 사실을 나타낸 한자가 탯줄 사(糸)자와 채울 충(充)자가 결합한 '혈통, 핏줄, 실마리 통(統)'자입니다.[4]

---

2) 어머니 모습을 그린 한자는 모(母)자, 매(每)자, 무(毋)자입니다. 3장 여성과 한자 3편 참고.
3) 『설문』: 充, 長也. 高也. 从儿, 育省聲.
4) 『설문』: 統, 紀也. 从糸充聲.

출산 모습: 후(后), 사(司)

출산 모습을 보여주는 한자는 육(育)자, 육(毓)자, 류(充)자, 충(充)자 등 네 개 한자 이외에도 후(后)자와 사(司)자가 있습니다.

갑골문과 금문의 后(후)자	갑골문과 금문의 司(사)자

왕국유, 곽말약, 진독수 등은 육(育)자, 육(毓)자와 후(后)자는 같은 문자라고 했습니다.[5] 후(后)자의 그림문자를 분석하면, 여성(匕. 𐐺)의 생식기(口. 𐐒)가 크게 벌어진 모양입니다.[6] 즉, 아이를 출산하고 있다는 것을 간단한 부호로 나타낸 것이죠. 후(后)자는 출산을 나타내므로 '후손'과 관계가 있습니다. 하지만 황후(皇后), 모후(母后. 임금의 어머니) 등에서와 같이 '임금의 여성'과 관련된 단어에 주로 사용되었기 때문에 후손이라는 의미를 나타낼 때에는 후(后)자 대신 뒤 후(後)자를 사용해 후손(後孫)이라고 썼습니다. 이런 내용을 토대로 후(后)자가 결합된 한자들을 살펴보겠습니다.

◆ 힘들일 구(劬): 출산 후(后) + 힘 력(力). 출산할 때 상상할 수 없을 정도의 힘이 든다는 사실을 나타낸 한자입니다.

◆ 만날 구(姤): 여성 여(女) + 출산 후(后). 자신의 후손을 출산해 줄 여성을 만난다는 것을 나타낸 한자입니다.

◆ 더럽혀질 구(垢): 흙 토(土) + 출산 후(后). 출산 후에 주변이 더럽혀진 모양을 나타낸 한자입니다.

---

5)『고문자고림』8책, 88~89쪽.
6) 2장 여성과 한자 2편의 비(匕)자와 여성생식부호로 쓰이는 '口'에 대한 설명 참고.

◆ 성난 소리 후(吼): 입 구(口) + 출산 후(后). 출산할 때 여성들이 힘든 고통의 소리를 지르는 것을 나타낸 한자입니다.

후(后)자를 반대로 쓴 한자는 사(司)자지만, 그림문자를 보면 후(后)자와 같습니다. 그러므로 사(司)자 역시 출산을 나타낸다고 볼 수 있습니다. 사(司)자가 결합된 한자들을 볼까요?

◆ 이을 사(嗣): 출산 사(司) + 자식 자(子). 자손을 출산하여 후대를 잇는 다는 뜻을 나타낸 한자입니다.
◆ 먹일 사(飼): 먹을 식(𠊊. 食) + 출산 사(司). 아이를 출산하면 아이에게도 먹여주어야 하고 산모에게도 잘 먹여주어야만 하는 것을 나타낸 한자입니다.
◆ 말씀 사(詞): 말씀 언(言) + 출산 사(司). 출산이란 아이가 자궁 안에서 밖으로 나오는 것을 말합니다. 말 역시 생각한 후에 마음속의 생각을 밖으로 표출하는 행위이므로, 의미상 서로 연관되어 있습니다.
◆ 엿볼 사(伺): 사람 인(亻. 人) + 출산 사(司). 출산할 때 옆에서 보면서 도와주는 사람을 나타낸 한자입니다.
◆ 훔쳐볼 사(覗): 출산 사(司) + 볼 견(見). 출산하는 장면을 몰래 엿보는 것을 나타낸 한자입니다.
◆ 사당 사(祠): 신의 계시 시(示) + 출산 사(司). 순산(順産)할 수 있도록 기도드리는 곳을 나타낸 한자입니다.

지금까지 육(育)자, 육(毓)자, 류(充)자, 충(充)자, 후(后)자, 사(司)자를 간단하게 살펴보았습니다. 이 6개 한자 모두 출산과 관련된 한자지만 쓰임이 조금 다릅니다. 육(育)자와 육(毓)자는 '출산 후 자식 교육'을 강조하는 의미도, 류(充)자는 '순조롭게 빠져 나옴'을 강조하는 의미도, 충(充)자는 '출산 후 다시 자식을 잉태함'을 강조하는 의미로, 후(后)자는 '어머니, 여성'을 강조하는 의미로, 사(司)자는 '아이를 기르는 일을 담당하는 사람'을 강조하는 의미로 각각 사용되었습니다.

낳을 산(産)

낳을 산(産)자 역시 출산과 관련된 한자입니다. 산(産)자의 그림문자()는 동물 중에서 암컷의 뒷모습 문(文)자[7]와 날 생(生)자가 결합한 모습입니다. 허신은 "産(산)자는 낳다는 의미다."[8]라고 풀이했고, 또한 "사람과 새가 새끼를 낳는 것을 유(乳)라하고, 짐승이 새끼를 낳는 것을 산(産)이라 한다."[9]라고 풀이한 것으로 보아 산(産)자는 동물이 새끼를 낳는 것을 나타낸 한자입니다. 산(産)자가 결합된 한자 가운데 암소 산(犍)자가 있는데, 어째서 소 우(牛)자에 산(産)자가 결합하여 '암소'라는 의미가 생겼는지 쉽게 짐작할 수 있을 것입니다.

많은 자식을 낳을 곤(昆), 아이가 태어나는 모습 현(㬎), 해산할 면(挽)

출산과 관련된 다른 한자를 볼까요? 곤(昆)자는 '형, 맏이, 뒤, 다음, 나중, 자손, 후예'를 뜻하는 한자입니다. 하지만 허신은 "昆(곤)자는 '동일하다'는 의미다."[10]라고 풀이했습니다. 어째서 그는 '동일하다'고 했을까요?

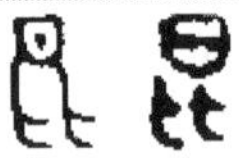	
금문의 昆(곤)자	금문의 㬎(현)자

7) 2장 여성과 한자 2편의 문(文)자에 대한 설명 참고.
8)『설문』: 産, 生也.
9)『설문』: 乳, 人及鳥生子曰乳, 獸曰産.
10)『설문』: 昆, 同也.

위 곤(昆)자의 그림문자는 바위그림에서 여성생식기를 상징하는 부호(⊙, ❺)와 훌륭한 자손을 출산할 수 있는 여성인지를 판단하기 위하여 여성생식기를 잘 관찰하여 비교하는 모습을 나타낸 비교할 비(比. ⚘, ⚘)자[11]가 결합한 모습입니다. 그러므로 곤(昆)자는 같은 어머니에게서 태어난 자식들이 매우 많아서 그들의 순서를 정하기 위하여 비교하여 살펴보는 것을 나타낸 한자입니다. 그래서 허신은 '같은 어머니에게서 태어난 자손, 동일하다'라고 해석했던 것입니다. 이 설명을 토대로 곤(昆)자가 결합된 한자들을 살펴보겠습니다.

◆ 혼탁할 혼(混): 물 수(氵. 水) + 한 어머니에게서 태어난 자식이 많아 어지러울 곤(昆). 이러저런 많은 물들이 서로 섞여 물이 혼탁하게 된 것을 나타낸 한자입니다.

◆ 어지러울 곤(悃): 마음 심(忄. 心) + 어지러울 곤(昆). 어지러운 마음을 나타낸 한자입니다.

◆ 꾀할 혼(諢): 말씀 언(言) + 어지러울 곤(昆)

◆ 곤이 곤, 물고기 뱃속의 알 곤(鯤): 물고기 어(魚) + 많은 새끼 곤(昆)

드러날 현(㬎)자의 그림문자는 바위그림에서 여성생식기를 상징하는 부호(⊙)와 탯줄(🐚)이 연결된 모습입니다. 즉, 영아를 출산했지만 아직 탯줄을 절단하지 않은 상태를 보여줍니다. 현(㬎)자가 결합된 한자를 살펴보겠습니다.

◆ 드러날 현(顯): 출산 현(㬎) + 머리 혈(頁). 태아의 머리가 밖으로 드러난 것을 나타낸 한자입니다.

◆ 축축할 습(濕): 물 수(氵. 水) + 출산 현(㬎). 출산할 때 양수가 터졌기

---

11) 2장 여성과 한자 2편의 비(比)자에 대한 설명 참고.

때문에 주위가 축축하게 젖은 것을 나타낸 한자입니다. 축축할 습(溼),12) 습지 접(塌), 진펄 습(隰)에서의 현(㬎)자는 모두 '양수가 터져 주위가 축축한 것'과 관계있습니다.

출산과 관련된 한자는 이 외에도 아이를 낳을 면, 해산할 면(挽)자가 있습니다. 허신은 "挽(면)자는 아이를 낳아 임신에서 벗어난다는 뜻이다. 면(挽)자는 자식 자(子)자와 벗어날 면(免)자가 결합하여 이루어진 회의문자다."13)라고 풀이했습니다. 그의 해석에 따르면, 면할 면(免)자는 임신한 상태에서 해방됨, 즉 출산을 나타낸 한자입니다.

◆ 해산할 만(娩): 여성 여(女) + 출산 면(免)
◆ 힘쓸 면(勉): 출산 면(免) + 힘 력(力)
◆ 쌍둥이 낳을 반(嬎): 여성 여(女) + 출산 면(免) + 날 생(生). 낳고 또 낳은 것이므로 쌍둥이를 의미합니다.
◆ 당길 만(挽): 손 수(扌. 手) + 출산 면(免)

혹자는 출산 면(免)자를 사람(儿)의 머리에 쓰는 것(투구나 모자 등)으로 풀이합니다. 이것을 나타낸 한자는 면류관 면(冕)자입니다. 머리에 쓰다는 의미로부터 '가리다'는 의미로 확대되었습니다. 예를 들면, 저물 만(晚)자가 그것입니다. 즉, 해(日)가 가려진 상태(免)를 말하는 것이죠. 얼굴을 가리는 것을 나타낼 때에는 면(丏)자를 씁니다. 눈 한 쪽을 가린 것을 나타낸 애꾸눈 면(眄)자가 그것입니다.

---

12) 『설문』 : 溼, 幽溼也. 从水. 一, 所以覆也, 覆而有土, 故溼也. 㬎省聲.
13) 『설문』 : 挽, 生子免身也. 从子从免.

자궁에서 아이를 빼 낼 인(寅)

셋째 지지 인(寅)자의 그림문자를 볼까요?

갑골문과 금문의 寅(인)자

그림문자만으로 해석해보면, 임신한 여성(↑)의 다리(冂)를 양손(ㅆ)으로 벌리고 둘로 분리하는 것(↓), 즉 출산할 때 아이가 빠져나오지 못하는 경우에 산파(産婆)가 임산부의 다리를 벌리고 양손으로 아이를 꺼내는 모습입니다. 그러므로 인(寅)자는 원래 '크다, 당기다, 나아가다'는 의미였지만 후에 '셋번째 지지(地支)'라는 의미로 사용되었던 것입니다.

고대에는 인(寅)자를 어떻게 해석했을까요? 허신은 "寅(인)자는 종지뼈를 뜻한다. 정월에 양기가 동하면 황천에서 벗어나 위로 나오고자하나 음기가 아직 강하다."[14]라고 했고, 『사기』에서는 "寅(인)은 만물이 꿈틀꿈틀 일어나기 시작하는 것을 말한다."[15]라고 했습니다. 그리고 『한서』에서는 "寅(인)에서 당겨 나온다."[16]라 했고, 『석명』에서는 "寅(인)은 펼치는 것이니 널리 펴서 만물을 낳는 것이다."[17]라고 했습니다. 이러한 내용으로 볼 때, 인(寅)자는 분명 '출산'과 밀접한 관계가 있는 한자라고 생각됩니다. 이제 인(寅)자가 결합한 한자들을 분석해 봄으로써 인(寅)자의 의미를 좀 더 분명하게 살펴보겠습니다.

---

14) 『설문』: 寅, 髕也. 正月陽氣動去黃泉欲上出陰尙彊.
15) 『史記』: 寅言, 萬物始生螾然也, 故曰寅.
16) 『漢書』: 引達於寅.
17) 『釋名』: 寅, 演也, 演生物也.

◆ 멀리 흐를 연(演): 물 수(氵. 水) + 출산 인(寅). 물이 멀리 흘러가듯 자손이 멀리 퍼져나간다는 것을 나타낸 한자입니다.

◆ 지렁이 인(螾): 벌레 충(虫) + 출산 인(寅). 태아는 어머니의 뱃속에서 꿈틀거리며 몸 밖으로 빠져 나옵니다. 지렁이는 땅속에서 꿈틀거리며 땅밖으로 빠져 나옵니다. 이러한 연관성으로 인해 지렁이 인(螾)자는 벌레 충(虫)자와 꿈틀거리는 태아(寅)가 결합된 것입니다.

◆ 조심할 인(夤): 저녁 석(夕) + 출산 인(寅). 밤에 출산할 때에는 반드시 조심해야한다는 것을 나타낸 한자입니다.

어머니가 출산한 뒤에도 어머니와 자식은 탯줄로 연결되어 있으므로, 탯줄을 절단해야만 비로소 완벽한 새로운 생명체로 자라나게 됩니다. 이러한 사실을 나타낸 한자는 새로울 신(新)자입니다. 이 부분에 대해서는 7장에서 충분히 설명했기 때문에 여기에서는 탯줄에 대해 살펴보겠습니다.

배꼽 제(齊)

탯줄을 다른 말로 제대(臍帶)라고 합니다. 제대(臍帶)란 배꼽 제(臍)자와 띠 대(帶)를 결합한 단어입니다. 즉, 배꼽을 연결하는 줄이란 의미죠. 배꼽 제(臍)자는 육체 육(月. 肉)자와 가지런할 제(齊)자가 결합한 한자이므로, 가지런할 제(齊)자에 '배꼽' 혹은 '배꼽과 관련된 것'이란 의미가 담겨 있어야만 합니다. 이제 제(齊)자에 대해 살펴볼까요?

엘리아데는 "세계의 중심산은 고대 인도의 수미산(須彌山), 이란의 하라베레자이티, 게르만민족의 히밍비요르산, 메소포타미아 전승의 '여러 나라의 산', 팔레스타인의 타보르산, 기독교인들의 골고다, 이슬람 전승의 카바(Ka´aba) 등을 들 수 있다. 여기에서 열거한 중심산 중에서 팔레스타인의 타보르(Thabor)산의 이름은 '배꼽'을 의미하는 '타부르(tabbur)'에서 유래했으며, 팔래스타인의 또 다른 중심산인 게리짐(Gerizim)산은 '대지의 배꼽 (tabbur eres)'이라고 따로 불리워진다고 한다."[18]라고 했고, "따라서 우주 '산'의 정상은 단순히 땅의 가장 높은 지점을 가리키는 것만 아니라, 땅의 '배꼽'으로서 천지창조의 시작 지점이기도 하다. 그렇기 때문에 고대인들은 이와 같이 태생학에서 빌려온 듯한 용어들을 가지고 '중심'이라는 상징체계를 표현한 것으로 보인다."[19]라고 했습니다.

그렇다면 중국의 중심산은 어디일까요? 고대 중국인들은 스스로 자신들의 땅을 제주(齊州)라고 부르고, 그 중심이 되는 곳을 대(岱) 혹은 태대(泰岱)라고 불렀습니다. 여기서 태대(泰岱)란 산동성에 위치한 태산(泰山)을 가리키는 것으로, 중국인들의 관념 속에 태대(泰岱)와 그곳이 있는 제주(齊州)는 천지 한가운데에 자리 잡고 있습니다.[20] 태산이란 어떤 곳일까요? 우리들은 4장 남성과 한자 편에서 태(泰)자는 '양수가 터져 아이를 출산하는 모습'을 그린 한자라는 사실을 이미 확인했습니다. 그러므로 태산이란 어머니 자궁과 같은 곳으로 만물이 태어나는 곳을 의미합니다. 이를 엘리아데의 주장에 근거해보면, 제(齊)와 대(岱)는 분명 '중심', '배꼽'과 관련된 한자라고 추론할 수 있을 것입니다. 이 추론이 맞는지 제(齊)와 대(岱)의 의미에 대해 조금 더 구체적으로 살펴보겠습니다.

허신은 "齊(제)는 벼와 보리 이삭의 윗부분이 고르다는 뜻이다. 상형문자다."[21]라고 풀이하여 '평평하다'는 뜻을 강조했습니다. 그리하여 그는 제(齊)자가 들어있는 한자인 제(儕)자를 "같은 항렬을 말한다."[22]라고 해석했고, 지(齋)자를 "가지런하게 옷을 꿰맨다."[23]라고 풀이했던 것입니다. 하지만 제(齊)자는 '평평하다', '동등하다'라는 의미만을 가진 것은 아닌 것 같습

18) 마르치아 엘리아데, 이재실 역, 『이미지와 상징』, 까치글방, 1998, 49쪽.
19) 마르치아 엘리아데, 심재중 역, 『영원회귀의 신화』, 이학사, 2005, 26~27쪽.
20) 하신, 홍희 역, 『신의 기원』, 동문선, 1993, 110쪽.
21) 『설문』: 齊, 禾麥吐穗上平也. 象形.
22) 『설문』: 儕, 等輩也.
23) 『설문』: 齋, 縺也.

니다. 왜냐하면 그가 "臍(제)자는 배꼽이다."[24]라고 해석한 것으로 보아, 제(齊)는 '중심'이라는 의미도 지니고 있고,[25] "穧(재)자는 벼를 베다는 의미다."[26]라는 풀이와 "劑(제)자는 자르다는 뜻이다."[27]라고 풀이한 것으로 보아, 제(齊)자는 '자르다'라는 의미도 가지고 있기 때문입니다.[28] 이러한 사실들로 미루어 볼 때, 제(齊)자에는 '동등하다', '평평하다'는 의미 이외에도 '배꼽', '중심', '자르다' 등의 의미도 들어 있음을 알 수 있습니다.

제(齊)자의 '배꼽', '중심', '자르다' 등 세 개의 의미는 모두 '탯줄'과 관련되었다고 볼 수 있습니다. 왜냐하면 탯줄을 자르면 배꼽이 생기고 배꼽은 인체의 중심에 위치하고 있기 때문이죠. 여기에서 더 나아가 탯줄을 잘랐을 때 배꼽이 부풀어 오른 것 같지만 시간이 지나면서 배와 평평하게 되기 때문에 '동등하다', '평등하다'는 의미로 확장되었다고 볼 수도 있고, 모계씨족 사회에서 한 어머니에게서 태어난 탯줄들은 모두 '동일한 씨족'이므로 '동등하다', '평등하다'라는 의미로 확장된 것이 아닐까라는 추측도 가능합니다.

허신이 "岱(대)는 태산이다."[29]라고 풀이한 것으로 보아, 대(岱)자는 '크다'는 의미를 지니고 있습니다.[30] 뿐만 아니라, 대(岱)자는 태(胎. 태아, 아이를 배다)의 의미도 가지고 있고,[31] 또한 장(長. 길다)의 의미도 내포하고 있

---

24) 『설문』: 臍, 肶齎也. 『고문자고림』 4책, 434쪽 마서륜(馬敍倫)의 설명 참고.

25) 『이아(爾雅)·석언(釋言)』에서 "殷(은)자와 齊(제)자는 '가운데'를 뜻한다(殷齊, 中也)."라 했고, 『이아(爾雅)·석지(釋地)』의 "제주(齊州)의 남쪽으로 가다(岠齊州以南)."에 대해 『소(疏)』에서 "齊(제)자는 가운데를 뜻한다. 중주(中州)는 제주(齊州)가 된다. 중주(中州)는 오직 중국을 말한다(齊. 中也. 中州爲齊州. 中州猶言中國也)."라고 풀이한 점으로 미루어 볼 때, 제(齊)자는 '중심'이라는 뜻을 내포하고 있음을 엿볼 수 있습니다.

26) 『설문』: 穧, 穫刈也.

27) 『설문』: 劑, 齊也.

28) 『의례(儀禮)·기석(旣夕)』의 "말 밑에 긴 털을 자르다(馬下齊髦)."에 대해 『주(註)』는 "齊(제)는 자르다는 의미다(剪也齊, 剪也)."라고 한 것으로 볼 때, 제(齊)자는 분명 '자르다'는 의미를 내포하고 있다고 볼 수 있습니다.

29) 『설문』: 岱, 太山也.

30) 段玉裁, 『說文解字注』, 上海古籍出版社, 1999, 437~438쪽.

습니다.[32] 그러므로 대(岱)자는 '태아를 길게 이어줘서 자라게 하는 것'으로 추측이 가능하고 이것 역시 '탯줄'과 관계가 깊다고 볼 수 있습니다.

위 내용을 종합하면, 고대 중국인들은 생명이 잉태되어 시작되는 곳(岱)을 세상의 중심(齊)으로 여겨 그곳에 거주했습니다. 세상의 중심은 제(齊)이고, 인체의 중심 역시 제(齊)입니다. 제(齊)자가 '평평하다'는 뜻으로 상용되어버렸기 때문에 원래의 의미를 분명하게 하기 위해 제(齊)자에 인체(人體)를 뜻하는 고기 육(月)자를 더해 새로 배꼽 제(臍)자를 만들었다고 볼 수 있습니다. 이제 제(齊)자의 그림문자를 볼까요?

갑골문과 금문의 齊(제)자

이러한 추론이 맞다면, 갑골문 제(齊)자의 그림문자(◈)에 있는 부호 '◇'는 바로 '생명의 잉태와 시작', '생명의 탄생', '탯줄'과 밀접한 관계가 있는 부호라고 할 수 있습니다.

사람들은 어째서 부호 '◇'를 세 개 결합한 형태(◈)로 '배꼽'을 나타냈을까요? 그 비밀은 탯줄에 있습니다. 탯줄 단면도를 볼까요?

31) 漢語大詞典編纂處 編,『康熙字典』, 上海辭書出版社, 2007, 248쪽.
32) 徐中舒 主編,『漢語大字典』卷一, 四川辭書出版社, 2010, 767쪽.

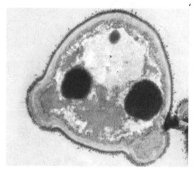

　탯줄 단면도 모습과 배꼽 제(齊. ∞)의 모습이 서로 닮지 않았나요? 탯줄 단면도를 거꾸로 하면(☺) 우리 얼굴 모습과도 매우 닮았습니다. 삼태극(三太極) 모양, 탯줄, 빛날 경(囧)자의 그림문자 등은 우리들에게 시사(示唆)하는 바가 매우 큽니다.

삼태극

갑골문과 금문의 囧(경)자

부호 '◇'의 의미

　지금부터 '∞'에 나타난 부호 '◇'의 의미에 대해 좀 더 구체적으로 살펴보겠습니다. 부호 '◇'는 현재 전 세계의 바위그림, 예를 들면 우리나라의 천전리 바위그림, 시베리아의 레나 강변에 있는 쉬쉬키노 바위그림,[33] 알프

---

33) 아리엘 골란, 정석배 옮김, 『선사시대가 남긴 세계의 모든 문양』, 푸른역사, 2004.

스 산맥 배고 산의 '기적의 계곡'이라고 알려진 바위그림,[34] 미국 캘리포니
아 주의 스머글러즈(Smugglers) 협곡에 있는 안자보레고(Anza-Borrego) 주
립 공원이나 바커(Baker) 댐 주변 등지의 바위그림 및 멕시코의 토마틀란
(Tomatlan) 강변의 라펜다핀타나(La Penda Pintada) 유적지 등지의 바위그
림[35] 등에서 발견됩니다.

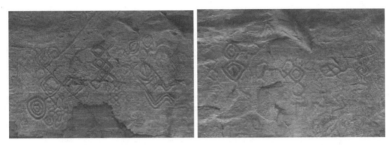

울주 천전리 바위그림에 새겨진 부호 '◇'

우리나라의 바위그림을 연구한 송광익,[36] 김열규,[37] 정동찬,[38] 장명수[39]
등은 전 세계의 바위그림 연구자들과 마찬가지로 부호 '◇'는 여성생식기를
나타내는 부호로, 이 부호의 상징적 의미는 풍요와 다산 그리고 번식과 수
확을 기원하는 주술적인 의례와 긴밀히 관련된 것으로 해석했습니다.

그렇다면 부호 '◇'를 단독으로 문자로 사용한 예가 있을까요? 만일 문자
로 사용되었다면 어떠한 의미로 사용되었을까요? 수메르 문자에서는 '◇'

34) 조르주 장 저, 김형진 옮김, 『기호의 언어-정교한 상징의 세계』, 시공사, 1999, 16쪽.
35) Alex Patterson, 『A field guide to Rock Art Symbols of the Greater Southwest』, Johnson
   Books, 1992, 83쪽.
36) 송광익, 『한국 선사시대 암각화의 일 연구』, 계명대학교 교육대학원 석사논문, 1978.
37) 김열규, 『한국문학사』, 탐구당, 1983, 108~151쪽.
38) 정동찬, 『살아있는 신화 바위그림』, 혜안, 1996.
39) 장명수, 「한국 암각화의 편년, 한국의 암각화」, 한길사, 1996, 179~227쪽; 「한국 암각
   화에 나타난 성 신앙 모습」, 『고문화』제50집, 1997, 10쪽; 『한국 암각화의 문화상에
   대한 연구』, 인하대학교 박사논문, 2001.

과 그 변형들(◇, ◈)이 보이는데, '◇'은 빛과 낮을 의미하며, '◈'은 모태를, 그리고 '◈'은 자손을 뜻한다고 합니다.[40] 그리고 시나이 문자 속에서도 부호 'ㅁ'과 '◇'이 보이는데, 이것은 입(口)을 의미하고 있는 것으로 해독하고 있습니다.[41] 우리들은 이미 2장 여성과 한자 2편에서 입(口)은 여성을 상징한다는 점을 확인했습니다. 따라서 시나이 문자 속에서도 부호 '◇'는 여성을 나타낸다고 볼 수도 있습니다.

부호 '⊗'의 의미

하지만 그림문자 가운데 부호 '◇'이 단독으로 사용된 예를 거의 찾아볼 수 없고, 단지 위아래로 연결된 부호 '⊗'가 많이 보입니다. 갑골문과 금문에 있는 부호 '⊗'에 대해, 진독수는 검을 현(玄)자로 보았고,[42] 주곡성은 '나무에 매달린 과실'로 설명했으나,[43] 대부분 '새끼줄'을 그린 모양이고 부호 '⊗'을 한자로 나타내면 작을 요(幺)자, 검을 현(玄)자, 실 사(糸)자 등 세 개 한자로 나타낼 수 있다고 했습니다.[44] 하지만 이들은 어째서 부호 '⊗'이 작

---

40) 世界の文字研究會編, 『世界の文字の図典』, 吉川弘文館, 2005, 8쪽.
41) 같은 책, 70쪽.
42) 『고문자고림』 4책, 291~294쪽에 실린 진독수(陣獨秀)의 설명 참고.
43) 『고문자고림』 4책, 326~327쪽에 실린 주곡성(周谷城)의 설명 참고.
44) 『고문자고림』 4책, 291~294쪽 내용 참고. 이 내용을 종합하면, 진독수(陣獨秀)는 요(幺)는 '새끼줄'을 그린 것으로, 요(幺)자와 현(玄)자는 원래 같은 글자이고, 이것을 중첩시킨 유(玆)자와 자(茲)자 역시 같은 글자라고 주장했습니다. 고홍진(高鴻縉) 역시 진독수의 주장과 마찬가지로 요(幺)는 새끼줄(繩)을 그린 것이라 주장했으며, 이 사실을 증명하기 위해 견(牽)자를 예로 들어 설명했습니다. 고전충주(高田忠周)는 요(幺)는 현(玄)을 통해서 알 수 있고, 현(玄)은 사(糸)를 통해서 알 수 있다고 했고, 마서륜(馬叙倫)은 풍진심(馮振心)의 "糸絲同字. 糸省則爲幺. 絲省則爲玆. 故幺玆糸絲實爲同字."라는 주장과 용경(容庚)의 "幺與玄爲一字."과 같은 주장을 인용하여 이들의 주장에 동의했습니다. 결론적으로 학자들은 요(幺)자, 玄(현)자, 糸(사)자를 하나의 문자로 보고 있습니다.

을 요(幺)자, 검을 현(玄)자, 실 사(糸)자 등 세 개의 한자로 분화되었는지에 대해 설명하지 않았습니다. 그러므로 이 문제에 접근하기 위해 우선 부호 '∞'이 무엇을 그린 것인지에 대한 해결이 선행되어야 할 것입니다.

갑골문이나 금문에 부호 '∞'가 단독으로 출현하는 것이 있지만 이것만을 가지고 위 문제를 해결하기에는 부족합니다. 이 부분에 대해 살펴보기 위해서는 우선 부호 '∞'가 결합된 다른 문자를 통해서 살펴볼 필요가 있습니다. 다음의 금문 자료는 『금문자료고』[45]를 참고한 것입니다.

女(母)와 결합								
子와 결합								
也[46]와 결합								

위 표를 통해 확인할 수 있는 점은 부호 '∞'은 '여성', '여성생식기', '자식'과 밀접한 관계가 있다는 사실입니다. '어머니와 자식을 연결시켜주는 끈'을 나타낸 부호 '∞'은 아마도 '탯줄'을 직접적으로 그린 부호라고 추론해 볼 수 있지 않을까요? 이러한 추론이 타당한지 여부를 확인하기 위해 지금부터 '∞'와 관계된 몇몇 한자들을 더 살펴보겠습니다.

---

45) 華東師大, 『金文資料庫』(금문검색프로그램), 廣西教育出版社, 2003에 속한 「殷周金文三級字符全拼編碼檢字系統使用手冊」, 274~585쪽에 실려 있는 '金文原形字輸入編碼表', '金文待考原形字輸入編碼表', '金文不獨立成字原形偏旁輸入編碼表' 참고.
46) 고대그림문자를 보면 마음 심(心), 어조사 야(也), 뱀 사(它) 등 3개 한자는 그 모양이 매우 비슷합니다. 위 표에서는 마음 심(心)자처럼 보이지만, 여성생식기를 나타내는 어조사 야(也)자로 이해하는 것이 훨씬 합리적이라고 생각합니다.

탯줄: 작을 요(幺), 검을 현(玄), 실 사(糸), 교차할 오(午)

앞에서 살펴본 바와 같이, 학자들은 부호 '⑧'를 작을 요(幺), 검을 현(玄), 실 사(糸) 등 세 개의 한자로 나타냈지만, 갑골문과 금문을 재차 조사해 본 결과 교차할 오(午)자 역시 탯줄을 그린 모습임을 확인할 수 있었습니다.

금문 幺(요)자	금문 玄(현)자	갑골문의 糸(사)	갑골문의 午(오)자

허신은 "幺(요)자는 작다는 의미다. 어린 아이가 처음 태어난 모양을 그린 것이다."[47]라고 해석했고, "玄(현)자는 아득히 멀다는 의미다. 검붉은 색을 玄(현)이라 한다."[48]라고 풀이했습니다. 그리고 "糸(사)자는 가는 실을 의미한다. 다발로 묶인 실타래를 그린 것이다."[49]라고 해석했고, "午(오)자는 거스르다는 의미다. 오월은 음기가 양기보다 강하다. 땅을 뚫고 나온다. 이것은 줘서 사라지다는 의미와 같다."[50]라고 풀이했습니다. 그는 오(午)자의 설명이 부족했다고 느꼈는지 "五(오)자는 오행(五行)을 말한다. 五(오)자는 천지를 나타내는 二(이) 사이에 음양이 서로 교차(交午)하는 것을 나타낸다."[51]라고 하여 오(午)자는 '서로 꼬여있는 것'임을 강조했습니다. 그의 설명을 종합해보면, 요(幺)의 의미는 '작다', '영아가 처음 태어남'이고, 현(玄)의 의미는 '아득히 멀다', '검붉은 색'이며, 사(糸)의 의미는 '실타래 모양으로

---

47) 『설문』: 幺, 小也. 象子初生之形.
48) 『설문』: 玄, 幽遠也. 黑而有赤色者爲玄.
49) 『설문』: 糸, 細絲也. 象束絲之形.
50) 『설문』: 午, 啎也. 五月, 陰气午逆陽. 冒地而出. 此予矢同意.
51) 『설문』: 五, 五行也. 从二, 陰陽在天地閒交午也.

꼬인 줄'이고, 오(午)의 의미는 '주고 사라지는 것', '서로 꼬여 있는 모양'입니다. 그러므로 부호 '⊗'는 초기에 이 7개의 의미를 전부 갖는 부호라고 추론해 볼 수 있습니다. 즉, 어린 생명의 탄생과 관련된 실타래처럼 꼬인 검붉은 줄, 그 시작과 끝이 어디인지 인간의 지식으로는 알 길이 요원한 줄, 이 줄은 바로 '탯줄'이라고 보는 것은 저만의 생각일까요?

많을 번(繁), 자손 손(孫)

이러한 추론을 뒷받침하기 위해 앞 표에 제시된 많을 번(繁)자, 자손 손(孫)자를 예로 들어 설명해 보겠습니다. 많을 번(繁)의 금문 자형은 앞 표에 실려 있는 '🦫'입니다. 『한자형의분석자전』에 따르면 번(繁)자는 '번식', '많다'는 의미를 가지고 있습니다.[52] 즉, '많은 자식을 낳다.'라는 의미죠. 그리고 갑골문과 금문에 보이는 손(孫)자의 자형은 '🦝'입니다. 『한자형의분석자전』에 따르면 손(孫)은 '자식의 자식', '식물이 다시 생겨나는 것'이란 의미를 가지고 있습니다.[53] 그러므로 이 두 개의 한자에서도 부호 '⊗'는 분명 '자손을 이어주는 것'과 깊은 관련이 있다는 점을 염두해 본다면, 자손을 이어 주는 것이 바로 '탯줄'이라는 사실을 언급하지 않을 수 없을 것입니다. 이어서 갑골문과 금문 자형에 부호 '⊗'가 들어 있는 막을 어(禦), 이을 윤(胤), 거느릴 솔(率), 이을 소(紹), 다스릴 란(矞) 등 5개 한자를 차례로 살펴보겠습니다.

대(代)가 끊어지는 것을 막을 어(禦)

고대사회에서는 영아(嬰兒) 사망률이 상당히 높았던 까닭에 여자 아이가 자식을 임신할 수 있을 정도로 성장했다는 것은 매우 경사스러운 일이었습

---

52) 曹先擢·蕭培成 主編, 『漢字形義分析字典』, 北京大學出版社, 1999, 134~135쪽.
53) 같은 책, 505쪽.

니다. 하지만 모든 여성이 임신할 수 있는 것은 아니었기 때문에 예나 지금이나 기도를 드리고 제사를 지냅니다. 이러한 사실을 나타낸 한자가 막을 어(禦)자인데, 어(禦)자의 그림문자를 보면 쉽게 유추할 수 있을 것입니다.

갑골문과 금문의 禦(어)자

위 그림문자를 분석하면, 고인돌 측면 모습을 그려 제사와 관련되어 있음을 보여주는 시(示. 示), 사람이 꿇어 앉아 있는 모습을 그린 절(卩. 卩), 탯줄을 그린 오(午. 午, 午, 午) 혹은 남성생식기를 그린 사(士. 士) 등이 결합한 모습입니다. 따라서 어(禦)자는 자신의 핏줄을 전해 줄 자식 혹은 아들을 얻기 위해 신에게 드리는 제사임을 알 수 있습니다. 방어(防禦)라는 단어를 통해 알 수 있듯이 어(禦)자는 '막다'는 의미도 가지고 있습니다. 이러한 의미를 갖게 된 이유는 어(禦)자는 대(代)가 끊기는 것을 막기 위해 드리는 제사이기 때문입니다. 어(禦)자에서 제사를 의미하는 시(示)자를 제외하면 다스릴 어(御)자가 됩니다. 이 한자 역시 사람이 꿇어 앉아 있는 모습을 그린 절(卩. 卩), 탯줄을 그린 오(午. 午, 午, 午) 혹은 남성생식기를 그린 사(士. 士) 등이 결합하여 만들어진 것으로, 본래는 자식을 얻기 위해 성교하다는 의미였습니다. 그리하여 '상대방을 길들이다'는 의미로 확대된 것입니다.

탯줄과 영아가 이어져 있는 모양 윤(胤)

이을 윤(胤)자에 대해 허신은 "胤(윤)자는 자손이 끊임없이 이어지다는 뜻이다."[54]라고 풀이했습니다. 이을 윤(胤)자의 그림문자를 보면 그의 설명을 쉽게 이해할 수 있습니다.

금문의 胤(윤)자

위 그림문자를 분석해보면, '나누다'는 의미인 팔(八), '혈통 혹은 자손'을 의미하는 고기 육(月, 肉), '이어지다'는 의미인 '𢇃'가 결합한 모습입니다.[55] 이를 종합해보면, 이을 윤(胤)자는 '영아가 갓 출생할 때 영아와 탯줄이 연결된 모양' 혹은 '영아가 태어나면 탯줄을 끊어 영아와 모친을 분리해야만 진정한 새로운 생명이 시작됨'을 나타낸 한자라고 볼 수 있습니다. 후윤(後胤)은 후손(後孫)이란 뜻이고, 내윤(來胤)은 자손(子孫)이라는 의미입니다. 이들 단어에서 윤(胤)자는 자손이라는 의미로 사용되었습니다.

탯줄이 뒤따라 빠져나올 솔(率)

이을 윤(胤)자의 금문(𣫿)에서 고기 육(月, 肉)을 제외한 '𢇃'이 거느릴 솔(率)자입니다.

갑골문과 금문의 率(솔)자

허신은 "率(솔)자는 새를 잡는 그물이다. 위와 아래에 손잡이가 있고, 끝

---

54) 『설문』: 胤, 子孫相承續也.
55) 간혹 영아가 태어날 때 흘러나오는 핏방울 모양을 그린 '八', 혈통 혹은 자손을 나타내는 육(肉), 이어짐을 나타내는 요(幺)가 결합되기도 합니다.

에 그물이 달려있는 도구로 이것으로 새를 잡는다."[56]라고 풀이했는데, 이러한 해석은 위 그림문자와는 전혀 어울리지 않는 해석입니다. 그렇다면 솔(率)의 본래 의미는 무엇일까요? 이 문제를 해결하기 위하여 우선 『실문』에서 솔(率)자가 결합된 한자들 가운데 솔(達)자와 위(衛)자를 살펴 볼 필요가 있습니다. 허신은 "達(솔)은 먼저 이끌다는 뜻이다."라고 풀이했고,[57] "衛(위)는 장수란 뜻이다."[58]라고 풀이했습니다.[59] 이 두 개의 한자를 통해, 솔(率)자는 원래 '이끌다'는 의미를 지닌 한자임을 미루어 짐작할 수 있습니다. 영아가 태어날 때 탯줄이 뒤따라 나오고 탯줄이 나온 후 태반이 끌려 나오기 때문에 '이끌다'라는 의미가 생겨나게 된 것이 아닐까요?

사내아이를 낳을 윤(允)

진실로 윤(允)자의 그림문자는 4장 남성과 한자 편에서 설명한 '성교 숭배 준(畯)'의 그림문자(𝅘, 𝅘, 𝅘)에서 여성상징부호인 밭 전(田)을 제외한 것과 같습니다.

갑골문과 금문의 允(윤)자

위 그림문자는 남성 숭배(𝅘), 사람이 태어난 후 탯줄이 뒤따라 빠져나오

---

56) 『설문』: 率, 捕鳥畢也. 象絲罔, 上下其竿柄也.
57) 『설문』: 達, 先道也. 東漢 許愼 原著, 湯可敬 撰, 앞의 책, 241쪽에 실린 '達'의 해석을 재인용하면 "達, 毛際盛 『述誼』: '案: 率帥達三字古通, 義皆可假. 然帥, 佩巾也; 率, 捕鳥畢也: 非先道義. 故知達爲正字.'"라고 하여 '率'자의 본래 의미는 '새를 잡는 그물'이 아니라 '먼저 이끌다'라고 했습니다.
58) 『설문』: 衛, 將衛也. 從行率聲.
59) 段玉裁, 앞의 책. "將衛, '衛'當作'衙'. 將帥字古祇作將衙, 帥行而衛又廢矣. 帥者佩巾也. 衛與辵部達(導)音義同."라 하여 '達'와 '衛'는 같은 글자라고 하였습니다.

는 모양(🐮), 여성이 사내아이를 낳은 모습(👶) 등을 보여줍니다. 즉, 사내아이를 원하던 어머니가 정성으로 산신께 빌어 '진실로' 사내아이를 낳았다는 뜻이죠. 그래서 '진실로 믿다'란 의미가 생겨난 것입니다.[60] 갓 태어난 영아는 어머니 모유를 빨아 생명을 유지할 수 있다는 사실을 보여주는 한자가 빨 연(吮)자입니다.

새로운 생명의 탄생 소(紹)

댓줄을 절단한 이후에야 진정으로 새로운 생명이 시작되는 것이라고 할 때, 이를 나타내는 한자가 바로 이을 소(紹)자입니다.

갑골문과 금문의 紹(소)자

위 그림문자 가운데 갑골문 그림문자인 '🧵'과 '🧶'은 날카로운 칼(ㄟ. 刀)과 댓줄(🧵. 糸)이 결합되었습니다. 따라서 '댓줄을 칼로 자르는 것'을 의미합니다. 금문 그림문자인 '🧶'은 갑골문의 자형에 'ㄱ'이 결합되어있는데, 이것은 댓줄과 결합된 '태반'을 나타내는 것으로 볼 수 있습니다. 새로운 생명의 탄생은 혈연을 지속적으로 이어주는 역할을 하기 때문에 허신은 "紹(소)자는 잇다는 뜻이다."[61]로 해석했던 것입니다. 이러한 사실을 이해한다면, 소(紹)자의 불어난 의미인 '받다'(댓줄을 자른 아이를 잘 받다), '소개하다'(그 아이를 다른 사람에게 보여주다) 등의 의미도 어렵지 않게 유추해 볼 수

60) 『설문』 : 允, 信也.
61) 『설문』 : 紹, 繼也.

있을 것입니다.

다스릴 란(𤔔)

만일 탯줄이 얽혀있다면 생명에 커다란 영향을 끼치게 됩니다. 이 경우에
는 탯줄을 조심스럽게 다루어야 하는데, 이를 나타내는 한자가 다스릴 란
(𤔔)자입니다. 다스릴 란(𤔔)자의 금문자형은 '𤔔'로, 이것은 두 손으로 탯줄
을 분리하는 모양을 그린 것입니다. 허신은 "𤔔(란)자는 잘 정돈하다는 뜻이
다. 즉 幺子(탯줄)가 서로 엉켜있어서 두 손으로 그것을 정리하는 모양을 그
린 것이다. 발음은 란(亂)과 같다. 다른 뜻은 손질하여 잘 다스리다는 의미
다."62)라고 풀이했습니다. 다스릴 란(亂)자의 금문 자형을 보면 '亂'로, 이것
은 𤔔(𤔔)에 'ㄱ'이 결합된 형태입니다. 여기에서 'ㄱ'은 '칼'을 나타낸 것이므
로, 다스릴 란(亂)은 '탯줄을 칼로 잘 분리하는 모양'을 그린 한자입니다. 그
래서 허신은 "亂(란)자는 흐트러진 것을 잘 바로잡다는 의미다. 칼(ㄱ)을 가
지고 바로잡는 것을 나타낸다."63)라고 풀이했던 것입니다. 란(𤔔)자가 결합
된 한자를 볼까요?

◆ 말씀 사(辭): 어지러운 것을 잘 정돈할 란(𤔔) + 죄인 신(辛). 이 한자는
   죄를 지었는지 여부를 조목조목 말로 잘 정리하여 따지는 것을 나타냅
   니다.
◆ 자세할 라, 기쁜 표정으로 볼 라(覶): 탯줄을 자르기 위해 잘 정돈할 란
   (𤔔) + 볼 견(見)

지금까지의 내용을 종합해보면, 그림문자에 들어있는 부호 '⑧'는 '탯줄'

---

62) 『설문』: 𤔔, 治也. 幺子相亂, 𠬪治之也. 讀若亂同. 一曰理也.
63) 『설문』: 亂, 治也. 從乙, 乙, 治之也.

을 의미합니다. 고대인들은 탯줄이 어떻게 생성되고 어떻게 이어지는지 그 시작과 끝이 어디인지 그들의 지식으로는 도저히 알 수 없는 지식 저편의 신(神)만 알 수 있는 영역으로 생각했습니다. 그래서 그들은 제단 앞에서 신에게 탯줄(자식, 자손)을 기구하였고(禴), 그 결과 여성들은 새로운 생명을 잉태하게 되었죠. 어머니는 탯줄을 통해 수많은 생명을 낳아(繁) 후대를 이어주는(孫) 고귀하고 거룩한 존재였습니다. 새로운 생명의 탄생은 반드시 탯줄의 절단(胤)을 통해 이루어지기 때문에, 만일 탯줄이 엉켜 있었을 경우에는 손으로 정리하여 분리(蜀)한 다음에 칼로 정확하게 탯줄을 절단(紹)해야 비로소 새로운 생명을 얻을 수 있었습니다.

탯줄, 실 사(糸)

사(糸)자가 들어 있는 한자는 매우 많습니다. 사(糸)자가 들어 있는 한자들 가운데 일부 한자들, 예를들면 자손 손(孫), 이을 계(繼), 반성할 번(繁), 이을 소(紹), 끊을 절(絶) 등에서는 사(糸)자는 '탯줄'이라는 의미로 사용되었습니다. 하지만 사(糸)자는 허신의 "糸(사)자는 가는 실을 의미한다. 다발로 묶인 실 모양을 그린 것이다"[64]라는 설명처럼 '실'이라는 의미로도 사용되었습니다.

실 사(糸)자는 크게 ① 실이나 줄을 나타내는 경우 ② 실의 색상을 나타내는 경우 ③ 옷감의 종류를 나타내는 경우 ④ 실의 성질을 나타내는 경우 ⑤ 묶거나 잇는데 사용하는 경우 ⑥ 실을 뽑거나 만드는 것과 관련된 경우 ⑦ 그물이나 베를 짤 때 사용하는 경우 ⑧ 기타 등으로 나눌 수 있습니다. 이에 대하여 간단하게 정리하면 다음과 같습니다.

① 실이나 줄을 나타내는 한자: 줄 선(線), 실 유(維), 악기줄 현(絃), 실마

---

64) 『설문』: 糸, 細絲也. 象束絲之形.

리 서(緒), 명주실 순(純), 줄 승(繩) 등

② 실의 색상을 나타내는 한자: 흴 소(素), 붉을 홍(紅), 푸를 록(綠), 자줏
빛 자(紫) 등

③ 옷감의 종류를 나타내는 한자: 솜 면(綿), 비단 견(絹), 깁 사(紗), 비단
비(緋), 비단 채(綵), 비단 단(緞), 모시 저(紵) 등

④ 실의 성질을 나타내는 한자: 오그라들 축(縮), 느슨할 완(緩), 팽팽할
긴(緊), 가늘 세(細), 가늘 섬(纖) 등

⑤ 묶거나 잇는 것을 나타내는 한자: 이을 계(系), 묶을 누(累), 묶을 박
(縛), 꿰맬 봉(縫), 엮을 편(編), 묶을 결(結), 봉할 함(緘), 묶을 약(約),
묶을 총(總), 이을 락(絡) 등

⑥ 실을 뽑거나 만드는 것과 관련된 한자: 줄 급(給), 실 뽑을 방(紡), 길
쌈할 적(績), 끝날 종(終), 익힐 련(練) 등

⑦ 그물이나 베를 짜는 경우를 나타내는 한자: 짤 직(織), 날줄 경(經), 씨
줄 위(緯), 벼리 강(綱), 벼리 기(紀), 그물 망(網), 짤 조(組) 등

⑧ 기타: 새끼 꼴 삭 혹은 찾을 색(索), 매달 현(縣), 매달 현(懸), 어지러울
분(紛), 꼴 규(糾), 종이 지(紙), 등급 급(級), 무늬 문(紋), 목맬 교(絞),
큰 띠 신(紳), 들일 납(納), 인연 연(緣) 등

탯줄: 작을 유(絲), 검을 자(玆), 실 사(絲)

지금부터는 탯줄을 나타내는 부호 '⑧'을 옆으로 병렬(竝列)하여 연결한
모양인 부호 '⑧⑧'에 대해 살펴보겠습니다. 부호 '⑧'을 한자로 나타내면 어릴
요(幺)자, 검을 현(玄)자, 실 사(糸)자라고 이미 설명했습니다. 그러면 부호
'⑧⑧'을 한자로 나타내면 작을 유(絲)자, 검을 자(玆)자, 실 사(絲)자가 되겠죠.
부호 '⑧'가 단독으로 사용되었든 아니면 부호 '⑧⑧'처럼 병렬하여 사용되었
든 의미면에서는 거의 차이가 없습니다.[65) 그러므로 부호 '⑧⑧'(絲, 玆, 絲) 역

시 부호 '8'(ㅿ, 玄, 糸)와 마찬가지로 '탯줄'을 나타냅니다. 이제 부호 '88'와 관계된 몇 몇 한자들을 살펴볼까요?

탯줄 태우기 유(幽)

언젠가 경기도 용인시에 위치한 한국민속촌을 둘러보다가 우연히 '태(胎) 태우기'라고 적힌 푯말을 보게 되었습니다. 푯말에는 "옛 사람들이 출산 후 3일 째 되는 날 아기의 탯줄을 태우는 것인데, 이렇게 하는 이유는 아기의 무병장수를 기원하는 풍습이기도 하고, 태운 재를 강물에 버리면 젖이 풍부해진다고 하여 이런 풍습이 생겼다."고 기록되어 있었습니다. 이 문구를 보자마자 갑자기 그윽할 유(幽)자가 머릿속에 떠올랐습니다.

갑골문과 금문의 幽(유)자

위 그림문자를 보면 그윽할 유(幽)자는 원래 탯줄(88)과 불(火)이 결합된 것이었지만, 불(火) 모양이 와변(訛變)하여 산(ㅗ, 山) 모양으로 바뀌어 지금의 유(幽)처럼 된 한자입니다. 서중서는 "幽(유)자는 검은색을 뜻한다."[66]라고 풀이한 점으로 미루어, 그는 아마도 탯줄을 태우면 그것은 짙고 윤기 나는 검붉은 색으로 변하기 때문에 '검은색'이라고 풀이했던 것 같습니다. 『시경(詩經)·소아(小雅)·습상(隰桑)』편에 보이는 "습지에 뽕나무가 아름다우니 그 잎사귀가 윤기가 나는 듯 검도다(隰桑有阿, 其葉有幽.)"라는 문장에

65) 임진호·김하종, 「암각화 부호와 고문자 부호와의 상관성 연구 II」, 『중국어문학지』, 2012. 04.

66) 徐中舒主編, 『甲骨文字典』, 四川辭書出版社, 1998, 450~451쪽: 幽, 黑也.

서도 그윽할 유(幽)자는 '검다'는 의미로 사용되었습니다. 그렇다면 유(幽)자에는 어째서 '심원하다', '알 길이 없다' 등의 의미가 들어있게 된 것일까요?

어떤 한자가 'AB'처럼 두 개의 한자가 결합된 경우 의미는 두 가지 관점에서 바라봐야만 합니다. 즉, 'A' 입장과 'B' 입장에서 각각 고려해 봐야 한다는 의미죠. 예를 들면, 날카로울 리(利)자는 벼 화(禾)자와 칼 도(刂, 刀)자가 결합했는데, 만일 '벼의 입장'에서 분석한다면 '양식, 이익, 자원, 이자' 등의 의미가 될 것이고 만일 '칼의 입장'에서 분석한다면 '날카롭다, 빠르다, 순조롭다' 등의 의미가 될 것입니다. 이러한 분석 방법에 비추어 그윽할 유(幽)자를 분석할 때, 만일 관점을 '탯줄'에 맞춘다면 그것은 '알기 어려운 매우 요원한 것'이기 때문에 '아득하다', '요원하다', '알 길이 없다'는 의미로 되었다고 추론할 수 있고, 만일 '불'에 관점을 맞춘다면 '검게 태우다'는 의미가 된다고 추론할 수 있습니다.

탯줄을 태우면 검은 색으로 변합니다. 그렇기 때문에 허신은 "자(玆)자는 검다는 뜻이다."[67]라고 해석한 것은 아닐까요? 탯줄을 태우는 이유는 아기의 무병장수 및 다산(多産)에 대한 기원을 담고 있습니다. 그렇기 때문에 검을 자(玆)자에는 '다산, 많다'는 의미도 들어 있습니다. 자(玆)자가 결합된 한자인 사랑할 자(慈), 불어나고 번식할 자(滋), 자식을 많이 낳을 자(孳)자 등의 의미를 통해서도 자(玆)자의 기본적 의미를 엿볼 수 있습니다.

이을 계(繼), 이을 소(紹), 끊을 절(絶), 끊을 단(斷)

이을 계(繼)자, 이을 소(紹)자, 끊을 절(絶)자, 끊을 단(斷)자 등을 통해서도 부호 '⅞'와 '⅞⅞'의 의미가 탯줄과 관련 있다는 점을 볼 수 있습니다.

---

67)『설문』: 玆, 黑也.

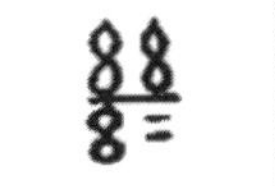		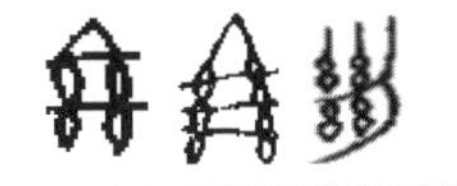	
금문 繼(계)자	갑골문과 금문 紹(소)자	갑골문과 금문 絶(절)자	갑골문 斷(단)자

위 표에 열거된 4개 한자를 구성하는 최소의 단위는 '탯줄'을 나타내는 부호인 '8, 88', '절단'을 나타내는 부호 '一', 절단을 하는 도구인 '칼(⺄, 刀), 도끼(斤, 斤)', 그리고 갑골문과 금문에서 문자의 중첩을 나타내는 부호인 '二'[68] 등으로 이루어져 있습니다. 이를 토대로 각각의 그림문자를 분석해 보겠습니다.

이을 계(繼)자의 그림문자는 탯줄(88)을 계속(二)해서 절단(一)하는 것을 말합니다. 탯줄을 계속 절단한다는 것은 어떤 의미일까요? 자손이 계속해서 불어난다는 의미겠죠. 그래서 허신은 "繼(계)자는 뒤를 잇다는 뜻이다. 계(繼)자는 실 사(糸)자와 이을 계(㡭)자가 결합한 회의겸형성자다. 혹은 㡭(절. 絶)의 반대가 계(繼)자다."[69]라고 풀이했던 것입니다.

이을 소(紹)자는 앞에서 이미 설명했습니다. 다시 언급하자면 태반(?)이 있고 탯줄(8)을 절단(⺄. 刀)한 것을 말합니다. 탯줄의 절단은 새로운 생명체의 탄생으로 대를 이어주는 역할을 하기 때문에 허신은 "紹(소)자는 뒤를 잇다는 뜻이다. 다른 의미로는 실이 끊어지지 않도록 단단하게 꼰다는 뜻이다."[70]라고 풀이했던 것입니다. 즉, 계(繼)자와 소(紹)자는 모두 '연결하다'는 의미를 강조한 한자입니다.

끊을 절(絶)자의 그림문자 역시 탯줄(88)을 절단(⺄. 刀)하는 모습을 나타냅니다. 그림문자를 자세히 살펴보면, 이을 계(繼)자와 이을 소(紹)자의 탯

---

68) 손손(孫孫)을 갑골문과 금문에서는 'ㄋ'으로 나타냈습니다. 따라서 여기에서 '二'는 같은 문자의 '중첩'을 나타내는 부호입니다.

69) 『설문』: 繼, 續也. 從糸, 㡭. 一日反㡭爲繼.

70) 『설문』: 紹, 繼也. 一日紹, 緊糾也.

줄 절단 모습과는 달리 탯줄의 중간을 끊어버리는 모습입니다. 허신은 "絕(절)자는 '실을 끊다'는 의미다. '𢇍'는 고문(古文) 절(絕)자다."[71)]라고 풀이했습니다. 『논어(論語) · 요왈(堯曰)』편에 "망했던 나라를 다시 세워주고, 끊어졌던 집안의 대를 다시 이어준다(興滅國, 繼絕世.)"는 문장이 보이는데, 이 문장에서 계(繼)는 '혈연의 연속'을 나타내고, 절(絕)은 '대(代)가 끊김'을 나타냅니다. 이 뿐만 아니라 『한서(漢書) · 양웅전찬(揚雄傳贊)』에 "후대를 잇지 못한 죄를 참수해야 한다(蓋誅絕之罪也.)"는 문장이 보이는데, 이에 대해 안사고(顏師古)는 "이 문장에서 절(絕)은 '후대를 잇지 못한 것'을 말한다(絕謂無胤嗣也.)"라고 풀이한 점으로 미루어 절(絕)은 본래 '대가 끊김'을 강조한 한자였음을 알 수 있습니다.

끊을 단(斷)자의 그림문자 역시 끊을 절(絕)자와 마찬가지로 탯줄(⅜)의 중간을 끊어버리는 모습입니다. 허신은 "斷(단)자는 '끊다'는 의미다. 단(斷)자는 도끼 근(斤)자와 𢇍(절. 絕)자가 결합한 회의문자다. '𢇍'는 고문(古文) 절(絕)자다."[72)]라고 풀이했습니다. 즉, 절(絕)자와 단(斷)자는 모두 '끊다'는 의미를 강조한 한자입니다.

대(代)가 끊길 기(幾)

대를 잇는 일은 예나 지금이나 매우 중요한 일로 여겨지고 있습니다. 그러므로 사람들은 대가 끊어지지 않기를 바라는 마음으로 정성껏 자연신과 조상신께 제사를 지냈습니다. 하지만 대가 끊기는 요인은 개인적인 내부요인도 있었지만 사회적인 외부요인도 존재했습니다. 개인적인 내부요인으로 대가 끊기는 것을 나타낸 한자가 절(絕)자라면, 사회적인 외부요인으로 대가 끊기는 것을 나타낸 한자는 기(幾)자입니다.

---

71) 『설문』: 絕, 斷絲也. 𢇍, 古文絕.
72) 『설문』: 斷, 截也. 從斤從𢇍. 𢇍, 古文絕.

금문의 幾(기)자

위 그림문자는 탯줄(𢆶)과 '[illegible], [illegible], [illegible]'가 결합된 모습입니다. 여기에서 '[illegible], [illegible], [illegible]'은 사람([illegible], [illegible], [illegible])과 손에 무기를 든 모습([illegible])이 결합한 모습으로 분석할 수 있습니다. 사람의 모습 중에서 '[illegible]'는 일반적인 사람을 그린 한자이고, '[illegible]와 [illegible]'는 4장 남성과 한자 편에서 언급했듯이 위대한 여성을 나타낸 한자입니다. 사람(특히 여성)을 베어 버리는 것이 '[illegible], [illegible], [illegible]'이고, 이것을 한자로 나타내면 칠 벌, 벨 벌(伐)자입니다. 이러한 사실로 볼 때, 기(幾)자는 '후대를 더 이상 잇지 못하도록 목숨을 베어 버림'이라는 의미라고 추론해 볼 수 있습니다. 그렇게 하면 부족의 인구가 계속 감소하기 때문에 허신은 "幾(기)자는 적다는 뜻이고 위태롭다는 뜻이다."[73]라고 해석했던 것입니다. 이 말은 인구가 줄어들기 때문에 종족 보존이 위태롭게 된 것이라 이해할 수 있습니다. 기(幾)의 이와 같은 의미는 기(幾)자가 들어 있는 한자인 嘰(기. 작은 소리로 재잘거리다, 음식물을 조금씩 먹다), 趪(기. 잰 걸음으로 달리다), 饑(기. 음식물이 없어 배를 주리다), 僟(기. 행동을 줄여 삼가다) 등의 한자의 의미에 지금도 남아 있습니다.

동일한 언어를 사용하는 집단 련(䜌)

같은 종족의 구성원들은 동일한 언어를 사용하는데, 이러한 사실을 보여주는 한자가 어지러울 련(䜌)자입니다.

73) 『설문』: 幾, 微也. 殆也.

금문의 緣(련)자

위 그림문자는 탯줄(㸚)과 언어(𠬝, 言)가 결합된 모습입니다. 알려진 바와 같이 갑골문과 금문은 대칭(對稱)을 통한 아름다움을 추구했는데, 이러한 예들은 『갑골문자전』, 『금문고림』 등을 통해 쉽게 찾아볼 수 있습니다. 따라서 '𩫏'은 자손(𦳊, 孫)과 말(ㅂ, 口)이 결합된 한자로도 분석이 가능합니다. 탯줄은 자손과 밀접한 관계가 있기 때문에 이처럼 두 가지 방법으로 해석해도 큰 무리가 없을 것입니다. 그렇다면 련(緣)은 '동일한 언어(口)를 사용하는 자손들(孫)'이란 의미로 봐도 무방하겠죠. 만일 종족의 구성원들이 서로 다른 언어를 사용하게 된다면 어떻게 될까요? 질서가 문란해지고 매우 혼란스럽겠죠? 그렇기 때문에 다른 언어를 사용하는 사람들을 잘 다스려야 합니다. 이러한 사실에 착안하여 허신은 "緣(련)자는 어지럽다는 뜻이다. 잘 다스리다는 뜻도 있다."[74]라고 풀이했던 것입니다. 더욱이 동일한 언어를 사용하는 사람이 계속 생겨난다면 그 종족은 자자손손 대대로 번성한다는 것을 의미합니다. 그러므로 허신은 다시 "緣(련)자의 다른 뜻은 후대가 끊어지지 않고 계속 이어지다."[75]라고 풀이했던 것입니다.

오랑캐 만(蠻)

련(緣)자가 들어 있는 한자 가운데 오랑캐 만(蠻)자는 '남방의 미개민족인 오랑캐'를 뜻합니다.[76] 만(蠻)자의 금문 그림문자는 련(緣)자의 그림문자와

---

74) 『설문』: 緣, 亂也. 一曰治也.
75) 『설문』: 緣, 一曰不絕也.
76) 『설문』: 蠻(만)이란 남방의 만족(蠻族)을 가리킨다. 이들은 뱀과 같은 독충과 함께 거

마찬가지로 '𤼤'였지만 후에 소전(小篆)에서는 련(䜌)자에 뱀 훼(虫)를 더하여 '虥'처럼 변했습니다. 여기에서 훼(虫)는 촉나라 촉(蜀)자의 생략형으로 '남방'을 가리킵니다. 그러므로 만(蠻)자는 '중원의 언어와는 다른 언어를 사용하는 남방의 소수민족'을 나타냅니다. 『좌전(左傳)·희공(僖公)21년』에 "소수민족이 중원을 어지럽히고 있어, 주나라 주변이 재앙과 환란으로 가득하다(蠻夷猾夏, 周禍也.)"라는 문장이 있는데, 이를 통하여 만(蠻)은 한민족(漢民族)이 남방의 소수민족에 대한 멸시적인 호칭으로 사용되었음을 알 수 있습니다.

쌍둥이 련(孿)

련(䜌)자가 들어 있는 쌍둥이 련(孿)자의 경우, 금문 그림문자는 '𤼤'로 이것은 '동일한 언어를 사용하는 혈연으로 이루어진 종족(䜌)'과 이러한 사람들로 이루어진 '하나의 집안'을 나타내는 '∩(宀)'이 결합하여 만들어진 모습입니다. 소전에 이르러 집안을 나타내는 '∩'이 사라지고 자손을 뜻하는 '𫞂(子)'가 결합하여 '孿'가 되었습니다. 따라서 련(孿)자는 '혈연으로 이루어진 가족 구성원이 다시 생겨난 것'으로 볼 수 있습니다. 이러한 사실에 착안하여 허신은 "孿(련)자는 쌍둥이라는 뜻이다."[77]라고 풀이했던 것입니다.

이상의 내용을 종합하면, 부호 '⸸'와 이의 중첩형인 부호 '⸸⸸'은 모두 '탯줄'을 나타내는 부호라는 점을 확인할 수 있었습니다. 고대인들은 아기의 안녕과 번영을 기원하면서 탯줄을 불에 태웠으며(𢆶, 幽), 이러한 의식을 통해 '다산'을 기원(慈, 滋, 孳)하기도 했습니다. 그리하여 혈연 집단을 이루는 구성원들은 번성하였고(孿), 그 집단은 지속되었습니다(繼, 紹). 그들은 동

주하는 종족이다(蠻, 南蠻, 蛇種).
77) 『설문』: 孿, 一乳兩子也.

일한 언어를 사용하였고(繇), 동일한 언어를 사용하지 않는 집단은 오랑캐(蠻)로 폄하 했습니다. 하지만 모든 혈연집단이 지속적으로 번영하는 것은 아닙니다. 내적인 요인으로 인해 후대가 단절되든(絶) 혹은 외적인 원인으로 후대가 단절되든지(幾) 간에 이러한 사태가 발생하게 되면 자손이 줄어들어(幾) 종족이나 집단의 멸망을 초래할 수도 있었습니다.

지금까지 탯줄과 관련된 한자들을 살펴보았습니다. 이제는 양육(養育)과 관련된 한자를 살펴보겠습니다.

풍만한 젖가슴: 상(爽), 무(霖), 석(奭), 이(爾)

양육이란 낳아서 잘 기르는 것을 말합니다. 갓 태어난 영아를 기르기 위해서는 무엇보다도 모유母乳가 필요합니다. 다시 여성 여(女)자와 어머니 모(母)자를 볼까요?

갑골문과 금문의 女(여)자	갑골문과 금문의 母(모)자

다시 봐도 정말 놀랍지 않나요? 단지 부풀어 오른 두 개의 젖꼭지만으로 자식을 낳은 여성과 낳지 않은 여성을 구분했던 고대인들의 관찰력과 사고력이 대단합니다. 이제 보다 분명하게 어머니 젖가슴을 그린 그림문자들을 살펴보겠습니다.

갑골문과 금문 爽(상)자	갑골문과 금문 㷊(무)자	금문의 奭(석)자	갑골문과 금문의 爾(이)자

위 4개 그림문자에 공통적으로 들어 있는 부분은 두 팔을 벌려 서 있는 사람(大)의 모습입니다. 大(大)는 자식을 잉태하고 출산할 수 있을 정도로 성숙하여 결혼 적령기에 접어든 위대한 어머니 모습임을 이미 4장 남성과 한자 편에서 살펴봤습니다. 시원할 상(爽)자, 풍성할 무(㷊)자, 클 석(奭)자, 너 이 (爾)자의 그림문자에 '大'가 있는 것으로 보아 이 4개 한자는 모두 여성과 관련된 한자라는 사실을 짐작할 수 있습니다. 이제 이들 한자에 대해 차례로 살펴보겠습니다.

시원하고 상쾌할 상(爽)자의 그림문자는 분명히 여성의 유방을 나타냈습니다. 특히 '爽'에서 '井'는 우물 정(井)자와 비슷합니다. 여성의 가슴과 우물이라, 정말 놀랍지 않나요? 그러면 어째서 커다란 유방을 그려 시원하고 상쾌하다는 의미를 나타냈을까요? 게다가 허신은 왜 "爽(상)자는 밝다는 뜻이다."[78]라고 풀이했을까요? 젖 색깔이 우윳빛이기 때문에 '밝다'로 해석했던 것이 아닐까요?

여성들은 임신했을 때 가슴이 부풀어 오릅니다. 그리고 출산했을 때 가장 부풀어 오르죠. 만일 출산을 했는데 영아가 잘못되어 죽었을 경우에는 어떡 했을까요? 고대사회에서는 영아의 사망률이 매우 높았기 때문에 이러한 여성들은 상당수 존재했을 것이라는 추측이 가능합니다. 만일 영아가 죽게 되었다면 어머니는 부풀어 오른 가슴 때문에 많은 고통을 겪게 됩니다. 그러한 상황에 이르렀을 때에는 반드시 억지로 젖을 짜 줘야만 하죠. 어머니의 입장에서 보면 거추장스러웠던 유방이 작아져서 시원하고 상쾌하다고 느끼

---

78)『설문』: 爽, 明也.

지 않을까요? 이러한 이유로 말미암아 상(爽)자가 결합한 한자는 '좋다', '나쁘다', '볼록하다', '맑은 물'이라는 뜻이 들어 있게 된 것입니다. 높고 밝은 땅 상(塽), 성품 밝을 상(慡), 좋은 말 상(驦), 나쁠 상(傸), 추할 상(顡), 물 맑을 상(漺), 닦을 창(㨫) 등이 그것입니다. 특히 닦을 창(㨫)자는 손 수(扌. 手)자와 젖가슴 상(爽)자가 결합된 것으로 젖을 먹이기 전에 혹은 젖가슴을 짜기 전에 가슴을 잘 닦아 청결을 유지했다는 사실을 엿볼 수 있는 한자입니다.

풍성할 무(襰)자는 지금은 쓰이지 않지만 고대에는 사용되었던 한자입니다. 허신은 "襰(무)자는 풍부하다는 의미다. '무'로 발음한다."[79]라고 해석했습니다. 어째서 풍부하다는 의미가 되었을까요? 무(襰)자의 그림문자 (襰, 爽)를 분석해보면, 한 어머니 젖가슴에 많은 입이 모여 있는 것으로 보아 자식이 많다는 것을 자세히 나타내었다고 볼 수 있습니다. 그리하여 '많다', '풍부하다'는 뜻이 되었던 것입니다.

허신은 "奭(석)자는 성대하다는 뜻이다."[80]라고 풀이했습니다. 앞 그림문자(奭)를 보면 가슴이 많이 부풀어 오른 모양입니다. 그래서 석(奭)자는 '크다'는 의미를 지니게 되었던 것입니다. 갑골문에는 왕의 배우자를 나타낸 한자들이 있습니다. 예를 들면, 할머니인 경우에는 모(母)로 나타냈고, 증조할머니인 경우와 그 이상은 비(妣) 혹은 고비(高妣)로 나타냈습니다. 이 외에도 선왕의 배우자 관계는 처(妻), 첩(妾), 모(母), 석(奭)으로 나타낸 것으로 보아 석(奭)자는 분명 여성과 관련 있는 한자였음을 증명할 수 있습니다.

너 이(爾)자의 그림문자는 여성(大)과 두 개의 점(··) 그리고 줄줄이 딸려 있는 많은 자식들(爾, 爾)의 모습을 보여줍니다. 그러므로 너 이(爾)자는 고

---

79)『설문』: 襰, 豐也. 文甫切.
80)『설문』: 奭, 盛也.

대 모계씨족사회의 모습을 가장 간단하게 보여주는 한자라 할 수 있습니다. 이(爾)자가 결합된 한자 중에서 젖 내(嬭)자를 볼까요? 젖 내(嬭)자는 여성 여(女)자와 많은 자식을 낳은 어머니 젖가슴(爾)이 결합하여 이루어진 한자 입니다. 젖 내(嬭)자와 젖 내(奶)자는 같은 글자로 보고 있습니다. 이미 7장 임신과 한자 편에서 아이 밸 잉(孕)자와 어머니 젖 내(奶)자를 통해 이에 내(乃)자는 임신과 젖가슴을 엿볼 수 있는 한자라고 설명했습니다. 젖 내(嬭)자와 젖 내(奶)자가 다른 점은 젖 내(嬭)자는 젖으로 아이를 양육하는 것을 의미하며 젖 내(奶)자는 단순히 어머니 젖가슴을 의미합니다. 한 어머니에서 태어난 자손은 매우 가깝습니다. 그래서 관계가 가까울 이(邇)자에 많은 자식을 낳은 어머니 젖가슴(爾)이 들어 있게 된 것입니다.

젖 동(湩), 젖 누(穀)

젖을 나타낸 한자로는 젖 내(奶)자, 젖 내(嬭)자 이외에도 무거울 중(重)자 역시 젖을 의미하기도 합니다. 본서 7장 임신과 한자 편에서 중(重)자를 '임신한 모습'으로 설명한 바 있는데 임신하게 되면 젖가슴이 풍만해지기 때문에 중(重)자에는 젖이라는 의미도 포함되게 된 것입니다. 젖 동(湩)자는 물 수(氵 . 水)자와 임신 중(重)자가 결합한 한자입니다. 이 결합관계를 보면 어째서 젖이라는 의미가 된 것인지 쉽게 유추할 수 있지 않나요?

젖을 나타낸 한자에는 젖 누(穀)자도 있습니다. 이 한자는 기를 구(轂)자 와 자식 자(子)자가 결합한 한자로, 젖으로 자식을 기른다는 뜻입니다. 기를 구(轂)자가 들어 있는 다른 한자를 볼까요? 기를 구(轂)자는 기를 구(轂)자와 새 조(鳥)자가 결합된 것으로 보아 새가 새끼를 기르는 것을 나타냅니다. 곡 식 곡(穀)자는 기를 구(轂)자와 벼 화(禾)자가 결합한 것으로 아이들을 길러주는 양식인 곡식을 의미합니다. 바퀴 곡(轂)자는 기를 구(轂)자와 수레 거(車)자가 결합한 한자로 수레를 앞으로 계속 나아가게 하는 바퀴를 의미합니다.

자식을 안고 젖먹이는 모습: 유(乳), 부(孚), 공(孔)

젖을 나타낸 한자 중에서 일반인들에게 가장 널리 알려진 한자는 젖 유(乳)자입니다. 젖 유(乳)자는 미쁠 부(孚)자와 부호 'ㄴ'가 결합한 한자로 분석할 수 있으며, 또한 클 공(孔)자와 손톱 조(爪)가 결합한 한자로도 분석할 수 있습니다. 미쁠 부(孚)자의 의미와 클 공(孔)자가 무엇을 나타내고 있는지 살펴볼까요?

갑골문과 금문의 孚(부)자	금문의 孔(공)자	갑골문과 금문의 乳(유)자

미쁠 부(孚)자는 손(爪)으로 자식을 잡고(감싸고) 있는 모습입니다. 그리고 클 공(孔)자는 자식이 어머니의 젖을 빨고 있는 모습입니다. 모두 자식(새끼)에게 젖을 먹이고 보호하고 기르는 모양을 그린 모습입니다. 특히 부(孚)자는 알을 부화한다는 의미로도 사용됩니다. 알을 깔 부(孵)자에서의 부(孚)자가 알을 부화한다는 의미로 사용되었습니다. 부화하고 난 뒤의 빈껍데기는 가볍기 때문에 뜰 부(浮)자에 부(孚)자가 들어 있는 것입니다. 왕겨 부(稃)자는 쌀 알맹이가 벗겨진 겨를 말합니다. 이 한자에 어째서 부(孚)자가 들어 있는지 유추할 수 있을 것입니다. 클 공(孔)자는 '구멍'이란 뜻도 있습니다. 젖꼭지의 구멍을 말하는 것이죠. 젖 유(乳)자의 그림문자는 자식을 손으로 안고서 젖을 먹여 기르는 것을 정확하게 묘사하고 있습니다.

지금까지 젖을 먹여 자식을 기르는 것과 관련된 한자들을 살펴보았습니다. 이제 마지막으로 어느 정도 자란 자식들에게 어떤 것들을 가르쳤는지 교육과 관련된 한자들을 살펴보겠습니다.

교육과 관련된 교(斅), 효(爻), 역(易), 교(敎), 학(學)

고대사회에서 자식에게 어떤 것들을 가르쳐 주었고 자식들은 무엇을 배웠는지에 대해서는 알려진 바가 많지 않기 때문에 우리들은 몇 몇 한자를 통해서 그 내용을 대략적으로 유추해 볼 수밖에 없습니다. 우선 가르칠 교(敎)자와 배울 학(學)자를 통해 그 일면을 살펴보겠습니다.

교(敎)자와 학(學)자에 공통적으로 들어 있는 부분은 지금은 사용되지 않는 교(斅)자입니다. 교(斅)자를 연구한 학자들은 교(斅)자의 의미를 본받을 효(效), 배울 학(學), 효도 효(孝)[81] 등으로 해석합니다. 허신은 "斅(교)자는 따른다는 의미다. 교(斅)자는 자식 자(子)자에서 뜻을 취하고 효 효(爻)자에서 소리를 취해 만든 형성문자다. 발음은 '교'다."[82]라고 풀이했습니다. 그의 해석으로 보아 교(斅)자의 의미는 '따르다, 본받다'로 보는 것이 타당할 것 같습니다. 무엇을 본받고 따르는 것일까요? 그것은 효(爻)를 따르고 본받는 것이라 할 수 있습니다. 이 내용에 근거한다면 가르칠 교(敎)자는 교(斅)자에 손에 몽둥이를 들고 있는 모습을 뜻하는 칠 복(攵)자가 결합되어 있는 것으로 보아 엄하게 효(爻)를 가르친다는 뜻이고, 배울 학(學)자는 교(斅)자에 집을 그린 면(宀 → 冖)자와 양 손(𦥑)이 더해져 만들어진 것임을 감안하면, 집에서 직접 해 보면서 효(爻)를 배운다는 뜻입니다. 여하튼 교(敎)자와 학(學)자에서 효(爻)가 상당히 중요한 부분을 차지하고 있음을 부인할 수 없을 것입니다. 그러면 효(爻)란 무엇일까요?

허신은 "爻(효)자는 사귐을 의미한다."[83]라고 풀이했습니다. 그러면 사귐(交)은 무엇일까요? 이미 6장 에로스와 한자 2편에서 교(交)자는 '성교'를 의

---

81) 『고문자고림』 10책, 1093쪽.
82) 『설문』 : 斅, 放也. 从子爻聲. 古肴切.
83) 『설문』 : 爻, 交也.

미한다고 설명했습니다. 다시 교(爻)자의 그림문자를 볼까요?

갑골문과 금문의 爻(교)자

교(爻)는 원래 성교를 나타낸 한자였는데, 후에 '서로 사귀다'는 의미로 확대되어 오늘날 사용되고 있습니다. 이러한 사실로 볼 때, 효(爻) 역시 성교와 관련있다고 볼 수 있습니다. 지금까지 누차 설명했던 것처럼, 원시사회에서 성교는 쾌락적인 기능보다는 부족의 안녕과 번영을 유지시켜주는 기능으로 작용했습니다.

유목생활에서 정착생활로의 생활방식의 변화는 인류에게 많은 것들을 요구했습니다. 그 가운데 하나는 만물에 대한 세밀한 관찰력이었습니다. 인간과 동물은 어떻게 태어나는지, 씨앗은 어떻게 발아하는지 등에 대한 관찰은 인류에게 절대적으로 필요한 일들이었죠. 왜냐하면 정착생활의 요건은 적당량의 음식이었기 때문입니다. 부족민의 증가는 필연적으로 음식소비량의 증가로 이어졌고, 이 때문에 일정 공간에서 음식생산량을 높이기 위해 다양한 방법을 강구하기 시작해야만 했습니다. 당시 음식은 주로 곡물과 동물이었습니다. 동물의 습성 관찰과 사육 등의 방법을 이용한 동물생산량의 증가는 결국 곡물소비량의 증가로 이어졌으므로, 부족민들은 곡물생산량을 증가시키기 위해 부단히 노력할 수밖에 없었습니다.

이제 곡물생산량을 증가시키기 위해 자연의 법칙을 이해할 필요성이 높아졌습니다. 왜냐하면 언제 어떻게 씨앗을 심어야하는지가 곡물생산량을 결정하는데 중요한 역할을 한다고 여겼기 때문입니다. 그러면서 인류는 점점 자연에 의지하게 되었습니다. 그 이전에는 자연에 대한 무의식적 의존관계라면, 정착생활을 한 이후의 인류는 자연에 대한 의식적 의존관계로 변했습니다. 자연은 어느 순간 인류의 생사를 결정하는 신으로 자리매김하게 되었습니다. 인류의 생산증가에 대한 갈망이 결국 신을 불러들이게 되었고, 더 나아가 신에게 의지하게 되는 아이러니한 상황이 출현하게 되었던 것입니다.

인류의 몇 몇 선지자들(혹은 부족장들)은 이 아이러니한 현상의 기저에 있는 단순한 사실, 즉 갈망(욕심)이 곧 신이라는 점을 분명하게 이해했습니다. 그들은 부족민들의 욕심을 해결함과 동시에 부족의 안녕과 평화를 유지하기 위해 신을 대행하게 되었고, 또한 신처럼 행동하기에 이르렀습니다. 이에 그들은 모든 생산에 직접 관여하게 되었고, 그렇게 하면서 생산에 대해 분명하게 이해할 필요성을 느끼기 시작했습니다. 왜냐하면 생산이 되지 않으면 신으로서의 기능이 상실되었기 때문입니다. 생산을 이해하기 위해서는 우선 생산과정을 이해할 필요가 있다고 판단한 그들은 인간을 포함한 동물의 탄생과정과 곡물을 포함한 식물의 탄생과정에 대한 깊은 사고력과 세밀한 관찰력이 절대적으로 필요하다고 느꼈습니다.

인간은 성교의 결과물입니다. 무심코 행해졌던 성교는 신처럼 여겨지는 부족장들이 관여하면서 차츰 신성한 행위로 변해갔습니다. 신성한 행위이기 때문에 행위의 결과물 역시 신성한 것으로 받아들여졌죠. 행위에서 결과물에 이르는 전 과정을 이해하고자 했던 그들은 결국 자궁 속에서 일어나는 생명체의 다양한 모습을 보게 되었는데, 그 모습은 다름 아닌 벌레—도마뱀—인간이었습니다. 더 나아가 다양한 동물의 자궁 속에서도 이와 비슷한 변화가 일어남을 관찰할 수 있었습니다.[84] 그들은 이런 변화를 바꿀 역(易)자로 표현했습니다.

---

84) 7장 임신과 한자 편 '태아의 진화 모습 표1' 참고.

갑골문과 금문의 易(역)자

　　허신은 "易(역)자는 도마뱀, 도마뱀과 비슷한 파충류인 수궁(守宮)을 그린 상형문자다.『비서』에 이르길: 태양과 달이 역(易)이 되었다. 이것은 음양의 모습이다."85)라고 풀이했습니다. 수궁(守宮)에서 궁(宮)은 자궁(子宮)을 말합니다. 따라서 허신이 말한 수궁(守宮)이란 곧 자궁 속에 있는 도마뱀을 뜻합니다. 이것은 무엇일까요? 우리는 이미 7장에서 용의 비밀을 살펴보았습니다. 즉, 도마뱀이란 바로 대부분의 생물체의 배아(태아)를 의미하고 도마뱀 모양의 배아에서 인간으로 변화한 도마뱀만을 우리는 용(龍)이라 합니다. 위 그림문자에서 'ᵽ'은 앞에서 살펴본 바와 같이 임신한 사람의 모습인 몸 신(身)자이고, 그 옆에 있는 'ᦘ'는 석 삼(三)자입니다. 허신은 "三(삼)자는 하늘, 땅, 사람의 도(道)를 말한다."86)라고 풀이했습니다. 여기에서 도(道)는 '근본'을 뜻합니다. 즉, 다시 말하면 숫자 삼(三)의 의미는 하늘, 땅, 사람의 근본이란 의미입니다. 또한 그는 "태초에 오직 도(道)만 있었다. 도(道)에서 일(一)이 나왔다. 일(一)은 하늘과 땅으로 분리된 후 변화하여 만물을 만들었다."87)라고 했고, 도교(道教)에서는 "도(道)가 일(一)을 낳았다. 일(一)은 이(二)를 낳았고, 이(二)는 삼(三)을 낳았다. 삼(三)은 만물(萬物)을 만든다."88)라고 했습니다. 이들 설명에 비추어 숫자 삼(三)의 상징적 의미를 추론해 보면, 삼(三)은 '만물을 창조하는 가장 근원적인 것'이라 할 수 있습니다. 따라서 위 그림문자(ᦘ)는 '생명의 근원'을 그린 것으로 볼 수 있습니다. 생

---

85)『설문』: 易, 蜥易, 蝘蜓, 守宮也. 象形.『祕書』: 日月爲易, 象陰陽也.

86)『설문』: 三, 天地人之道也.

87)『설문』: 一, 惟初太始, 道立於一, 造分天地, 化成萬物.

88) 도교: 道生一, 一生二, 二生三, 三成萬物.

명의 근원은 '도마뱀(벌레) 모양의 배아'입니다. 도마뱀이 어떠한 변화를 거쳐 다양한 생명체가 되고 완전한 생명체로 변화하는지를 보여주는 한자가 바로 바꿀 역(易)자입니다.

부족장들은 성교 → 수정 → 도마뱀 모양의 배아의 과정을 거쳐 완전한 생명체인 용으로 태어난 인간이 어떠한 삶의 변화를 겪으면서 살아가는지를 세심하게 관찰했고, 그들의 지혜를 다음 부족장들에게 전수해 주었습니다. 지혜가 쌓이고 쌓여 마침내 체계화된 지혜가 되었는데 그것을 정리한 것이 『주역(周易)』이라 불리는 책입니다.

체계화된 지혜를 장악한 소수의 사람들은 인간이 앞으로 어떻게 살아가게 될지를 알려주는 신과 같은 존재가 되었습니다. 그들은 젓가락 모양의 나뭇가지를 사용하여 인간의 미래를 예측했는데, 이 나뭇가지를 땅바닥에 던져 바닥에 포개져 있는 모양이 점괘 효(爻)자입니다. 효(爻)를 보면 한 인간이 어떠한 삶을 살아가게 될지에 대하여 대략적으로 이해할 수 있습니다. 그러므로 효(爻)에는 모든 생명체가 살아가는 원리가 담겨 있다고도 할 수 있습니다. 이러한 내용을 바탕으로 효(爻)자가 들어 있는 가르칠 교(敎)자와 배울 학(學)자를 풀이하면, 가르칠 교(敎)자는 손에 회초리를 들고서(攵. 攴) 자식에게 자연과 인생의 원리를 엄(嚴)하게 가르치는 것을 말하고, 배울 학(學)자는 집에서 효(爻)를 가지고 직접 연습해보면서 인생의 원리를 이해하는 것을 말합니다. 그리고 효(爻)를 눈으로 직접 보면서 인생의 원리를 깨우친 것을 우리는 깨달을 각(覺)이라 합니다.

하지만 효(爻)를 통해 자신의 미래의 삶을 미리 예단해버리면 재미없는 인생이 되지 않을까요? 미래의 모습이 드러나지 않을 때 오히려 미래의 꿈을 꿀 수 있지 않을까요? 꿈이 있는 삶은 우리를 언제나 떨리게 하는 생활의 활력소가 됩니다. 이것을 나타낸 한자가 바로 희망(希望)이란 단어에 사용되는 바랄 희(希)자입니다. 희(希)자를 분석하면 미래의 삶을 뜻하는 효(爻)

자와 수건 건(巾)자가 결합된 것으로, 이를 해석하면 미래의 모습을 보려고 하는데(爻) 그 모습을 수건(巾)으로 가려버린 것입니다. 미래의 모습을 가렸다는 것은 지금의 행동이 미래를 결정한다는 것을 우리들에게 암시하는 것은 아닐까요? 희(希)자의 의미를 통해 지금 이 순간이 더없이 소중하게 느껴집니다.

본서의 내용 한눈에 보기

1장 _ 여성과 한자 1

나누다, 가르다 부(剖)

북돋울 배(培)

살찔 부(婄)

갑자기 달려갈 부(赴)

월경대 재(才) 및 관련 한자 pp.36~pp.39 참고

재목 재(材)

재물 재(財)

누룩 재(麳)

속곳이 있을 재(在)

생명의 근원이자 우주 만물의 생식신 제(帝) 및 관련 한자 pp.41~pp.43 참고

배 불룩한 모양 제(膪)

신의 이름 제(媂)

연결할 체(締)

뿌리 제(楴)

진실 체(諦)

생식신 시(啻→商) 및 관련 한자 pp.43~pp.45 참고

사실을 바르게 말할 적(商)

정실 적(嫡)

유배 갈 적(謫)

시집갈 적(適)

원수 적(敵)

과일 따위를 집어서 딸 적(摘)

2장 _ 여성과 한자 2

웅크려 앉아 있는 사람의 모습 시(尸) 및 관련 한자 pp.60~pp.61 참고

코를 골 해(屓)

오줌 뇨(尿)

똥 시(屎)

보지 비(屄)

자지 초(屌)

꼬리 미(尾)

꽁무니 구(尻)

방귀 비(屁)

집 옥(屋)

비가 샐 루(屚)

여성이 엎드려 있는 모습 비(匕) 및 관련 한자 pp.62~pp.66 참고

사람 인(人)

따를 종(从. 從)

견줄 비(比)

암컷 빈(牝)

암사슴 우(麀)

여성의 뒷모습을 서로 비교할 비(比)

이 차(此)

맛있을 지(旨)

고소할 급(皀)

곧 즉(卽)

이미 기(旣)

숟가락 시(匙)

변화 화(匕)

여성생식기를 사실적으로 그린 모습 야(也) 및 관련 한자 pp.67~pp.75 참고

밤 야(夜)

들 야(野)

땅 지(地)

연못 지(池)

마음이 가는 곳으로 달려 갈 치(馳)

흙탕물 야(㳈)

남성 타(他)

여성 타(她)

주전자 이(匜)

뱀 사(它)

암컷의 뒷모습, 암컷생식기 문(文) 및 관련 한자 pp.76~pp.82 참고

낳을 문(奻)

낳을 산(産)

어지러울 문(紊)

힘쓸 민(忞)

가엾게 여길 민(閔)

문지를 문(抆)

따뜻할 문(炆)

암컷 동물의 뒷모습 린(吝)

암키린 린(麐)

하고자 할 욕(欲)
풍속 속(俗)
목욕할 욕(浴)
넉넉할 유(裕)

질펀히 흐를 용(溶)
쇠를 녹일 용(鎔)
불안할 용(憃)

샘물 반(鑁)
줄 선(線)
샘 선(腺)

분홍빛 전(縓)
바랄 원(愿)
바랄 원(願)
줄기와 잎이 퍼질 원(薳)
천천히 말할 원(謜)

3장 _ 여성과 한자 3

여성 여(女) pp.89~pp.93 참고

무릎을 꿇고 앉아 있는 남성 절(卩) 및 관련 한자 pp.94~pp.95 참고

하여금 령, 부릴 령(令)
명할 명, 목숨 명(命)
재앙 액(厄)
위태할 위(危)
범할 범(犯)
물러날 각(却)

아내 처(妻) 및 관련 한자 pp.97~pp.98 참고

슬퍼할 처(悽)
쓸쓸하고 처량할 처(凄)

어머니 모(母) 및 관련 한자 pp.98~pp.99 참고

여스승 모(姆)
엄지손가락 무(拇)

임신한 여성을 범해서는 안 될 무(毋) 및 관련 한자 pp.99~pp.101 참고

음란할 애(毒)
높이 날 료(翏)
사모할 노(嫪)

많은 자식을 낳은 어머니 모습 매(每) 및 관련 한자 pp.101~pp.102 참고

바다 해(海)
뉘우칠 회(悔)
업신여길 모(侮)

빗자루 추(帚) 및 관련 한자 pp.104~pp.105 참고

쓸 소(埽)
아내 부(婦)
눈 설(雪)
침범할 침(侵)
잠잘 침(寢)
잠길 침(浸)

엉덩이 되(𠂤) 및 관련 한자 pp.106~pp.108 참고

스승 사(師)
장수 수(帥)
사자 사(獅)
쫓을 추(追)
쫓을 축(逐)
돌아갈 귀(歸)
허물 설(辥)
서자 얼(孼)

벼슬 관(官) 및 관련 한자 pp.109~pp.110 참고

객사 관(館)

벼슬하는 사람 관(倌)

널 관(棺)

살이 찐 아이 완(婠)

대롱 관(管)

옥피리 관(琯)

4장 _ 남성과 한자

남성생식기 조(且) 및 관련 한자 pp.122~pp.127 참고

조상 조(祖)

누이, 어머니 저(姐)

의지할 저(怚)

짤 조(組)

세금 조(租)

숫말 장(駔)

호미 서(鉏)

저주할 저, 욕할 저(詛)

교만할 저(怚)

막을 저, 그만둘 저(沮)

도울 조(助)

죽을 조(殂)

씹을 저, 맛볼 저(咀)

등창 저(疽)

험할 조(阻)

토끼그물 저(罝)

돌산 저(岨)

뾰족한 옥 조(珇)

거칠 조(粗)

모질고 사나울 차(虘)

남성생식기 상징 토(土), 흙 토(土) 및 관련 한자 pp.127~pp.128 참고

수컷 모(牡)

마을 리(里)

무거울 중(重)

아이 동(童)

지역 역, 지경 역(域)

마당 장, 넓은 곳 장(場)

무덤 묘(墓)

토할 토(吐)

배 두(肚)

남성생식기 상징 사(士) 및 관련 한자 pp.129~pp.132 참고

길할 길(吉)

남편, 사위 서(壻)

씩씩할 장(壯)

남성이 음란할 애(毐)

벼슬할 사(仕)

남성생식기 사(厶) 및 관련 한자 pp.132~pp.133 참고

자기 사(私)

유혹할 유(麩)

넓을 홍(弘)

거대하게 발기한 남성생식기 고(高) 및 관련 한자 pp.133~pp.137 참고

불꽃이 세차게 일어날 고(熇)

엄하게 다스릴 학(嗃)

두드릴 고(敲)

말라 죽을 고(藁)

말라 죽을 고(槁)

말라 죽을 고(稾)

물이 희게 빛날 호(滈)

흰 명주 호(縞)

정액 고(膏)

정액이 분출하는 모양 교(喬) 및 관련 한자 pp.137~pp.138 참고

높은 산 교(嶠)

높은 집 교(廞)

뿔이 높은 모양 교(觼)

재빠르고 건강할 교(趫)

건강하고 굳셀 교(蹻)

들추어낼 교(譑)

벼이삭이 팰 교(穚)

교량, 다리 교(橋)

연결시켜 맬 교(敫)

사랑하다, 아름다울 교(嬌)

뽐내다, 잘 난체 하다, 교만할 교(驕)

정액이 멈춤 정(亭) 및 관련 한자 pp.139 참고

잠시 머무를 정(停)

물이 고이다, 멈추다 정(渟)

아름답고 예쁜 정(婷)

정액이 힘없이 밑으로 흘러내림 경(京) 및 관련 한자 pp.139~pp.141 참고

슬플 량(悢)

참, 믿다 량(諒)

맑은 술 량(醇)

서늘할 량(涼)

쟁기로 남성생식기를 상징한 힘 력(力) 및 관련 한자 pp.141~pp.145 참고

남성생식기 숭배 준(夋)

어린아이의 자지, 불알 최(朘)

어린애 자지 최(峻)

성교 숭배 준(畯)

밭을 갈 적(耤)

여성이 아이를 낳을 가(劢)

성적 결합을 나타내는 사내 남(男) pp.145~pp.146 참고

여성을 상징하는 밭 전(田) 및 관련 한자 pp.147~pp.148 참고

구멍 전(屇)

성숙할 뉴(衄)

위대한 여성을 나타내는 큰 대(大) 및 관련 한자 pp.148~pp.150 참고

남성을 나타내는 클 태(太)

출산하는 장면을 보여주는 클 태(泰)

월경대를 찬 모습인 누를 황(黃) 및 관련 한자 pp.147~pp.151 참고

웅덩이 황(潢)

큰 개 황(獚)

끈으로 묶을 황(纘)

넓을 광(廣)

위엄스러울 광(僙)

아름다울 묘(嬇)

억지로 성교를 강요받는 여성 근(堇) 및 관련 한자 pp.152~pp.154 참고

겨우 근(廑)

겨우 근(僅)

겨우 근(厪)

근심하여 서러워할 근(懂)

지치고 피곤하여 병들어 누울 근(瘽)

삼가다, 공손할 근(謹)

부지런하다, 힘쓸 근(勤)

흉년들 근(饉)

굶어 죽을 근(殣)

지렁이 근(蟴)

억지로 성교를 강요받는 여성 한(嘆) 및 관련 한자 pp.154~pp.155 참고

탄식하다, 한숨 쉴 탄(嘆)
탄식할 탄(歎)
노여워할 한(嫼)
햇볕에 쬐어 말릴 한(暵)
불에 쬐어 말릴 한(熯)

자지 료(屪) 및 관련 한자 pp.155~pp.156 참고

뚫을 료(竂)
가지고 놀 료(嫽)
돋울 료(撩)

자지 구(屌) pp.155~pp.156 참고

5장 _ 에로스와 한자 1

항문, 방귀소리 범(凡) 및 관련 한자 pp.161~pp.166 참고

풀이 무성할 봉(芃)
봉황새 봉(鳳)
물결을 따라 떠다닐 범(汎)
바람 풍(風)

수레의 바닥 둘레나무 범(軓)

돛단배 범(帆)

물에 뜰 범(汎)

배 범(舤)

말이 바람처럼 빨리 달릴 범(馻)

젖 풍(肌)

나뭇가지를 사용하여 뒤처리할 용(用)

안에서 밖으로 빠져나와 속이 비어 있는 상태 용(甬) 및 관련 한자 pp.166 참고

위로 뛰어 오를 용(踊)

용감할 용(勇)

외다, 암송할 송(誦)

샘이 솟을 용(涌)

대나무로 만든 통 통(筒)

물건을 담는 통 통(桶)

아플 통(痛)

허수아비 용(俑)

통할 통(通)

여성이 대소변을 본 후의 뒤처리를 묘사한 두루 주(周) 및 관련 한자 pp.167~pp.168
참고

뛰어날 척(倜)

속옷 주(裯)

숨길 주(綢)

슬퍼할 추(惆)

시들어버려 생기가 사라질 조(凋)

비웃을 조(嘲)

수확이 많기를 빌 도(禱)

풍족할 조(稠)

‘푸~’ 소리를 내면서 빠져 나오는 방귀소리 보(甫) 혹은 봇물이 터질 보(甫) 및 관련 한자 pp.168~pp.169 참고

펴다, 펴질 부(敷)

먹다, 먹일 포(哺)

도울 보(俌)

옷을 기울 보(補)

구할 포(捕)

수레에 힘을 더하기 위한 덧방나무 보(輔)

푸를 청(靑) 및 관련 한자 pp.169~pp.170 참고

우물 정(井)

붉을 단(丹)

변소 청(圊)

늘씬할 정(婧)

편안할 정(靖)

풀이 우거질 청(菁)

불러 올 청(請)

예쁠 천(倩)

정 정(情)

맑을 청(淸)

비가 그칠 청(晴)

진 액(液)

슳은 쌀 정(精)

여성의 은밀한 곳을 적나라하게 보여주는 동(同) 및 관련 한자 pp.171~pp.172 참고

설사할 동(術)

큰 소리 동(詷)

골짜기 동(洞)

격렬한 성행위 흥(興) 및 관련 한자 pp.172~pp.173 참고

기쁠 홍(嬹)

여성이 양 다리를 벌린 모양 경(冂) 및 관련 한자 pp.173~pp.175 참고

끌어 쥘 경(綱)

빗장 경(扃)

들 경(坰)

빛날 경(炯)

깊고 넓은 모양 형(泂)

염탐할 형(詗)

여성이 양 다리를 벌린 모양 향(向) 및 관련 한자 pp.175~pp.176 참고

생각할 상(恦)

빛날 형(逈)

밝을 향(晑)

여성의 나체를 간단하게 묘사한 숭상할 상(尙) 및 관련 한자 pp.176~pp.177 참고

항상 상(常)

치마 상(裳)

손바닥 장(掌)

상줄 상(賞)

집 당(堂)

성교를 나타내는 마땅할 당(當) 및 관련 한자 pp.178~pp.179 참고

엿볼 당(闣)

숨길 당(擋)

나무 침대 당(欓)

잠방이, 홑바지 당(襠)

남성생식기를 나타낸 들 입(入) pp.179 참고

성교를 나타내는 안 내(內) 및 관련 한자 pp.179~pp.181 참고

장가들다, 살찔 납(妠)

살찔 눌(朒)

말을 더듬을 눌(訥)

말을 더듬을 눌(呐)

촘촘히 박을 눌(抐)

물이 합쳐질 예(汭)

성교 결과 생명이 시작을 알리는 셋째 천간 병(丙) 및 관련 한자 pp.181~pp.182 참고

병 병(病)

근심할 병(怲)

밝을 병(昞)

밝을 병(昺)

밝을 병(炳)

구멍 혈(穴) pp.182~pp.183 참고

사랑을 나누는 모습을 은유적으로 풀이한 구멍을 뚫을 율(矞) 및 관련 한자 pp.183~pp.184 참고

샘솟을 휼(潏)

빛날 율(燏)

속일 휼(憰)

속일 휼(譎)

놀라서 눈을 크게 뜰 휼(瞲)

어머니 자궁에서 아이가 태어나는 모습인 헤아릴 상(商) pp.184~pp.185 참고

말을 더듬을 눌(呐) 및 관련 한자 pp.185~pp.186 참고

후손 예(裔)

짝 량(緉) pp.186 참고

재차 량(兩) pp.186 참고

남녀가 하나 된 모습 만(㒒) 및 관련 한자 pp.186~pp.187 참고

가득 찰 만(滿)

흙으로 덮을 만(墁)

송진 만(構)

어두울 문(瞞)

부끄러워 속일 만(瞞)

엉길 문(構)

다시 성교할 재(再) 및 관련 한자 pp.187~pp.188 참고

소리 내어 퍼질 재(洅)

한 여성을 중심으로 여러 남성들이 모여 있는 모습 구(冓) 및 관련 한자
pp.188~pp.190 참고

화친할 구(媾)

남녀가 교접할 구(遘)

만나다, 합칠 구(覯)

밭을 갈 강(耩)

해석할 강(講)

재차 성교할 칭(再) pp.190 참고

펼칠 신(申) 및 관련 한자 pp.190~pp.194 참고

신 신(神)

우레 뢰(雷, 靁)

회전할 뢰(畾)

피로할 뢰(儡)

간힐 류(纍)

잇닿을 뢰(轠)

덩굴풀 루(虆)

돌을 굴려 내릴 뢰(礌)

번개 전(電)

끙끙거릴 거친 숨소리 신(呻)

펼 신(伸)

늘릴 신(抻)

땅 곤(坤)

거칠게 성교할 량(良) 및 관련 한자 pp.195~pp.196 참고

사나이, 남편 랑(郞)

사내, 남편 랑(䏄)

아가씨, 어머니 랑(娘)

좋다, 어질다, 아름답다 양(俍)

양식 량(粮)

물결, 파도 랑(浪)

목이 쉴 량(哴)

슬퍼하고 서러워할 량(悢)

이리 랑(狼)

밝을 랑(朗)

밝을 랑(朖)

밝을 량(眼)

빛 밝을 랑(烺)

오랫동안 사랑을 나눌 수(壽) 및 관련 한자 pp.196~pp.198 참고

짝 주(儔)

칠 팽(揨)

삶아 죽일 팽(烹)

타이를 순(諄)

짚을 묶어서 만든 짚단 준(稕)

기세가 등등할 돈(焞)

순박할 순, 흠뻑 적실 순(淳)

도타울 돈, 진심 돈(惇)

진한 술 순(醇)

밀칠 퇴(搊)

성교 길(吉) 및 관련 한자 pp.213~pp.215 참고

웃음소리 길(咭)

맺을 결(結)

건장할 길(佶)

따져 물을 힐(詰)

자제할 길(姞)

즐거워할 힐(欯)

성교 시 음흉한 웃음소리 이(台) 및 관련 한자 pp.215~pp.216 참고

아이를 밸 태(孡)

아이를 밸 태(胎)

기뻐하여 웃을 해(咍)

위태로울 태(殆)

처음, 근본 시(始)

기뻐할 이(怡)

줄 이(貽)

줄 여(予) 및 관련 한자 pp.216~pp.217 참고

아름다울 여(妤)
편안할 여(忬)
차례 서(序)
꿈속에서의 성교 환(幻)

막 정액이 나오는 모습 금(今) 및 관련 한자 pp.217~pp.220 참고

생각할 념(念)
꼬집을 념(捻)
읊다, 끙끙 앓을 금(吟)
머금을 함(含)
기뻐할 금(妗)
마음이 급할 검(忴)
빙그레 웃을 함(欦)
누를 금(扲)
탐할 탐(貪)
이불 금(衾)
검은색 검(黔)
누런색 금(黅)
불쌍히 여길 긍(矜)

성교 합(合) 및 관련 한자 pp.220~pp.221 참고

젖을 협(洽)

웃는 소리 합(哈)

넉넉할 흡(洽)

마치, 흡사 흡(恰)

예쁠 압(妸)

번갈아 할 겁(拾)

남성의 자위 조(助) 및 관련 한자 pp.221~pp.222 참고

호미 서(鋤)

자위로 정액을 분출할 취(就) 및 관련 한자 pp.223~pp.225 참고

슬퍼할 추(僦)

몹시 강하게 잡아 칠 추(搝)

빌 추(僦)

입을 맞출 축(嘁)

마칠 축(殧)

찰 축(蹴)

여성이 남성의 자위를 도와주는 상황을 나타내는 음(壬) 및 관련 한자
pp.225~pp.226 참고

음탕할 음(婬)

거만하게 위로 솟구친 생식기를 자랑하는 남성 정(玉)

도리에 어긋나다, 음란할 음(淫)

성교 리(里) 및 관련 한자 pp.227~pp.228 참고

슬퍼할 리(悝)

속될 리(俚)

속 리(裏)

성교하기 위하여 젊은 남녀들이 한 곳에 모일 회(會) 및 관련 한자 pp.229~pp.231 참고

위독할 괴(癐)

곳간 피(廥)

띠 매듭 괴(繪)

회 회(膾)

끊을 회(劊)

나누어 증가시킬 증(曾) 및 관련 한자 pp.231~pp.232 참고

미워할 증(憎)

성교 사(舍) 및 관련 한자 pp.232~pp.233 참고

암말 사(騇)

버릴 사(捨)

펼칠 서(舒)

성교하는 남성생식기 여(余) 및 관련 한자 pp.233~pp.235 참고

잊을 여(悆)

누워 끌어당길 도(捈)

밭을 일굴 여(畬)

찰벼 도(稌)

차례 서(敍, 敘)

성교 가(加) 및 관련 한자 pp.235~pp.237 참고

책상다리하여 앉을 가(跏)

수사슴 가(麚)

비녀 가(珈)

여자 스승 아(娿, 伽)

성교 교(交) 및 관련 한자 pp.237~pp.238 참고

음란한 소리 교(咬)

요염하고 예쁠 교(姣)

유쾌할 교(恔)

깊숙할 요(窔)

부르짖을 효(詨)

예쁠 교(佼)

적극적인 여성 요(要) 및 관련 한자 pp.238~pp.240 참고

가냘플 요(嬈)

단아하고 얌전한 모양 요(偠)

허리 요(腰)

허리띠 요(褑)

깊을 유(漫)

성교 중(中) 및 관련 한자 pp.240~pp.242 참고

빌 충(盅)

배 가운데 중(舯)

바지 중(神)

버금 중(仲)

속마음 충(衷)

근심할 충(忡)

충성 충(忠)

빌 충(沖)

적극적인 여성 색(色) 및 관련 한자 pp.242~pp.244 참고

심란할 몽(艳)

서로 하나 된 모습 치(卮), 환(丸), 卬(앙) 및 관련 한자 pp.244~pp.245 참고

돌릴 이(扈)

여자가 영오할 번(妠)

맞이할 영(迎)

오를 앙(昂)

우러를 앙(仰)

단단한 뿔 각(鞂)

말뚝 앙(柳)

말이 놀라 성내는 모양 앙(馴)

뚫고 나올 생(生) pp.245~pp.246 참고

시원하게 뿜어져 나오는 정액 주(壴) 및 관련 한자 pp.246~pp.247 참고

세울 주(尌)

기쁠 가(嘉)

많은 정액 풍(豊), 풍(豐) pp.248~pp.249 참고

정액 기(豈) 및 관련 한자 pp.249 참고

휠 기(濍)
마음이 누그러질 개(愷)
즐겁고 편안할 의(顗)
다스릴 애(敳)
바랄 기(覬)

남성생식기 두(豆) 및 관련 한자 pp.250~pp.251 참고

세울 수(侸)
말을 더듬을 두(短)
조금 성낼 두(悂)
말 머뭇거릴 투(詑)
머리 두(頭)
목 두(脰)
천연두 두(痘)
침을 뱉을 두(歆)

성교 시 쾌락 희(喜) 및 관련 한자 pp.251~pp.253 참고

즐거워할 희(嬉)
웃을 희(嘻)
아! 감탄소리 희(譆)
맑을 청(漇)
성할 희(熺, 熹)
눈빛이 빛날 희(瞦)
몹시 더울 희(暿)

열을 가하여 음식을 익힐 희(饎)

갑자기 기뻐할 희(歖)

아름다울 가(嘉)

7장 _ 임신과 한자
- 용의 비밀을 찾아서 -

임신한 모양 임(壬), 공(工). 산파 무(巫) 및 관련 한자 pp.257~pp.259 참고

항아리 항(缸)

빌 공(空)

붉을 홍(紅)

무지개 홍(虹)

항문 항(肛)

목 항(項)

의사 의(毉)

의사 의(醫)

임신한 모양 항(恒) pp.260 참고

임신한 모양 십(十), 씨(氏), 저(氐) 및 관련 한자 pp.260~pp.263 참고

앞치마 불(市)

보일 시(示)

씻을 발(沛)

뿌리 괄(氒)

뿌리 저(柢)

저녁 혼(昏)

밑 저(低)

바닥 저(底)

막을 저(抵)

임신한 모습 잉(孕), 포(包) 및 관련 한자 pp.263~pp.265 참고

아이 밸 포(孢)

태보 포(胞)

배부를 포(飽)

천연두 포(疱)

여드름 포(皰)

거품 포(泡)

껴안을 포(抱)

빵 포(麭)

주머니 포(裏)

임신한 모습 신(身), 은(月). 출산을 돕는 모습 은(殷) pp.265~pp.266 참고

임신한 모습 록(彔), 속(束), 동(東), 중(重), 경(庚) 및 관련 한자 pp.266~pp.270 참고

복 록(祿)

조심조심 갈 록(逯)

삼가 바라볼 록(睩)

좋은 술 록(醁)

초록빛 록(綠)

삼갈 착(婇)

솥 안에 든 음식물 속(餗)

빨아들일 삭(欶)

두려워할 송(悚)

씨 종(種)

젖 동(湩)

움직일 동(動)

부스럼 종(腫)

겨 강(穅)

갓 태어난 아이의 상태를 확인하여 장래를 예측하는 량(量) 및 관련 한자
pp.270~pp.271 참고

양식 량(糧)

용 진(辰) 및 관련 한자 pp.271~pp.279 참고

농사 농(農)

욕되게 할 욕(辱)

호미 누(槈)

김맬 누(耨)

김맬 누(鎒)

괭이 누(鎒)

무명조개 신(蜃)

요 욕(褥)

요 욕(蓐)

눈을 부릅뜰 진(眹)

입술 순(脣)

입술 순(脣)

암사슴 신(麎)

새매의 암컷 신(鷐)

종기에서 나오는 고름 농(膿)

종기가 터져 나오는 고름 농(癑)

옷이 두툼할 농(襛)

꽃나무 풍성할 농(穠)

성하고 많을 농(繷)

머리털이 많을 농(鬞)

무성할 농(濃)

누에 곡(曲)

용 용(龍)

부호 𖽗(𛲞)의 의미 및 관련 한자 pp.279~pp.284 참고

뱀 사(它)

살무사 훼(虫)

뱀 사(巳)

여성생식기 야(也)

자식 자(子)

집 가(家)

어린아이 해(孩)

부호 🜊의 의미 및 관련 한자 pp.284~pp.291 참고

매울 신(辛)

죄 건(辛)

어머니와 태아가 탯줄로 연결된 모양(未)

새 신(新)

친할 친(亲)

출산을 옆에서 바라보는 모습 친(親)

자식 자(子)

단지 사랑만을 나눌 대상 첩(妾) 및 관련 한자 pp.292~pp.294 참고

사귈 접, 교제할 접(接)

첩의 자식 동(童) 및 관련 한자 pp.294~pp.298 참고

재상 재(宰)

따질 변(釆)

논쟁할 변(辯)

분별할 변(辨)

8장 _ 출산, 탯줄, 양육과 한자

출산 시 머리가 먼저 빠져나오는 모습 돌(厶) 및 관련 한자 pp.301~pp.303 참고

낳다, 자라다, 기를 육(育)

기를 육(毓)

아이를 낳을 류(充)

흐를 류(流)자

배가 흐를 류(航)자

옷자락이 치렁거릴 류(梳)

트일 소(疏)

빗 소(梳)

젓갈 해(醢)

식초 혜(醯)

채울 충(充)

혈통, 핏줄, 실마리 통(統)

출산 모습 후(后), 사(司) 및 관련 한자 pp.304~pp.306 참고

힘들일 구(劬)

만날 구(姤)

더럽혀질 구(垢)

성난 소리 후(呴)

이을 사(孠)

먹일 사(飼)

말씀 사(詞)

엿볼 사(伺)

훔쳐볼 사(覗)

사당 사(祠)

낳을 산(産) 및 관련 한자 pp.306 참고

암소 산(犌)

많은 자식을 낳을 곤(昆) 및 관련 한자 pp.306~pp.308 참고

혼탁할 혼(混)

어지러울 곤(焜)

꾀할 혼(諢)

곤이 곤, 물고기 뱃속의 알 곤(鯤)

아이가 태어나는 모습 현(㬎) 및 관련 한자 pp.306~pp.308 참고

드러날 현(顯)

축축할 습(濕)

축축할 습(溼)

습지 접(㶒)

진펄 습(隰)

해산할 면(㝃) 및 관련 한자 pp.306~pp.308 참고

해산할 만(娩)

힘쓸 면(勉)

쌍둥이 낳을 반(嬎)

당길 만(挽)

면류관 면(冕)

저물 만(晩)

얼굴을 가릴 면(丏)

애꾸눈 면(眄)

자궁에서 아이를 빼 낼 인(寅) 및 관련 한자 pp.309~pp.310 참고

멀리 흐를 연(演)

지렁이 인(螾)

조심할 인(夤)

배꼽 제(齊) pp.310~pp.314 참고

부호 '◇'의 의미 pp.314~pp.316 참고

부호 '⊗'의 의미 및 관련 한자 pp.316~pp.317 참고

작을 요(幺)
검을 현(玄)
실 사(糸)

탯줄을 나타낸 작을 요(幺), 검을 현(玄), 실 사(糸), 교차할 오(午) 및 관련 한자 pp.318~pp.326 참고

많을 번(繁)
자손 손(孫)
대가 끊어지는 것을 막을 어(禦)
탯줄과 영아가 이어져 있는 모양 윤(胤)
탯줄이 뒤따라 빠져나올 솔(率)
사내아이를 낳을 윤(允)
영아가 모유를 빨 연(吮)
새로운 생명의 탄생 소(紹)
탯줄을 잘 분리하는 모양 란(龥)
탯줄을 자를 란(亂)
말씀 사(辭)
자세할 라, 기쁜 표정으로 볼 라(覼)

탯줄을 나타낸 작을 유(幼), 검을 자(玆), 실 사(絲) 및 관련 한자 pp.326~pp.334 참고

탯줄 태우기 유(幽)

사랑할 자(慈)

불어나고 번식할 자(滋)

자식을 많이 낳을 자(孳)

이을 계(繼)

끊을 절(絶)

끊을 단(斷)

대가 끊길 기(幾)

동일한 언어를 사용하는 집단 련(䜌)

다른 언어를 사용하는 집단 만(蠻)

쌍둥이 련(䜌)

풍만한 젖가슴 상(爽), 무(㸚), 석(奭), 이(爾) 및 관련 한자 pp.334~pp.338 참고

젖가슴을 닦을 창(揌)

젖 내(嬭)

젖 내(奶)

가까울 이(邇)

젖 동(湩)

젖 누(穀)

자식을 안고 젖먹이는 모습 유(乳), 부(孚), 공(孔) pp.338~pp.339 참고

교육과 관련된 교(敎), 학(學), 교(斅), 효(爻), 역(易), 희(希) pp.339~pp.344 참고

저자 소개

김하종(金河鍾)

중국산동대학교 문자학 박사
전 중국산동사범대학교 초빙교수
전 초당대학교 한중정보문화학과 교수
현 작가 겸 외래교수

역서 및 저서
『문화문자학』, 문현, 2011
『에로스와 한자』, 문현, 2013
『그림문자로 이해하는 541개 한자부수』, 문현, 2015 외

주요 논문
「殷商金文詞彙硏究」
「암각화 부호와 고문자 부호와의 상관성 연구 I」
「암각화 부호와 고문자 부호와의 상관성 연구 II」
「고문자에 반영된 龍의 原型 고찰」 외

에로스와 한자

초판인쇄   2015년 4월 20일
초판발행   2015년 4월 30일

지은이 김 하 종
펴낸이 한 신 규
편   집 박 지 연
펴낸곳 **문현출판**
주   소 138-210 서울특별시 송파구 동남로 11길 19(가락동)
전   화 Tel.02-443-0211   Fax.02-443-0212
E-mail mun2009@naver.com
등   록 2009년 2월 24일(제2009-14호)

© 김하종, 2015
© 문현, 2015, printed in Korea

ISBN   978-89-94131-86-3   93820
정가 25,000원

* 저자와 출판사의 허락 없이 책의 전부 또는 일부 내용을 사용할 수 없습니다.
* 잘못된 책은 교환해 드립니다.